本项目受广东省宣传文化发展专项资金资助出版

名家文丛

粤派评论丛书

黄树森集

黄树森 著

SPM

南方出版传媒

广东人民出版社

·广州·

图书在版编目（CIP）数据

黄树森集 / 黄树森著. —广州：广东人民出版社，2018.5
（粤派评论丛书）
ISBN 978-7-218-12675-3

Ⅰ．①黄…　Ⅱ．①黄…　Ⅲ．①文艺评论—中国—文集　Ⅳ.
①I206-53

中国版本图书馆CIP数据核字（2018）第054126号

HUANG SHUSEN JI
黄 树 森 集　　　黄树森　著　　　版权所有　翻印必究

出 版 人：肖风华

责任编辑： 胡扬文
装帧设计： 张绮华
排　　版： 广州市奔流文化传播有限公司
责任技编： 吴彦斌

出版发行： 广东人民出版社
地　　址： 广州市大沙头四马路10号（邮政编码：510102）
电　　话： （020）83798714（总编室）
传　　真： （020）83780199
网　　址： http://www.gdpph.com
印　　刷： 珠海市鹏腾宇印务有限公司
开　　本： 787毫米×1092毫米　1/16
印　　张： 24　　　　　　**字　　数：** 280千
版　　次： 2018年5月第1版　2018年5月第1次印刷
定　　价： 88.00元

总　序

近百年来中国文坛，"京派批评""海派批评"以及20世纪80年代崛起的"闽派批评"已是大家公认的文学现象，但"粤派评论"却极少被人提起。事实上，不论从地域精神、文化气质，还是文脉的历史传承，抑或批评的影响力来看，"粤派评论"都有着独特精神气质和文化品格，有它的优势和辉煌。只不过，由于历史、现实、文化和地域的诸多原因，"粤派评论"一直被低估、忽视乃至遮蔽。有鉴于此，我们认为，以百年粤派文学以及美术、音乐、戏剧、影视等评论为切入点，出版一套"粤派评论丛书"，挖掘被历史和某种文化偏见所遮蔽的"粤派评论"的价值，彰显粤派文学与文化的独特内涵和深厚底蕴，不仅能更好地展示广东文艺评论的力量，让"粤派评论"发出更响亮的声音，而且有助于增强广东文化的自信，提升广东文化的影响力，促进区域文化的繁荣发展。

出版这套丛书，有厚实、充分的历史、现实、文化和地域等方面的依据。

第一，传统文化的影响。岭南文化明显不同于北方文化。如汉代以降以陈钦、陈元为代表的"经学"注释，便明显不同于北方"经学"的严密深邃与繁复，呈现出轻灵简易的特点，并因此被称为"简易之学"。六祖惠能则为佛学禅宗注进了日常化、世俗化的内涵。明代大儒陈白沙主张"学贵知疑"，强调独立思考，提倡较为自由开放的学风，逐渐形成一个有粤派特点的哲学学派。这种不同于北方的文化传统，势必对"粤派评论"的形成起到潜移默化的作用。

第二，文论传统的依据。"粤派评论"的起源可追溯到晚清，黄遵宪的"诗界革命"，梁启超的"小说界革命"的倡导，开创了一个时代的风潮，在全国产生了普泛的影响。上世纪二三十年代，黄药眠在《创造周报》发表大量文艺大众化、诗歌民族化的文章，风行一时。钟敬文措意于民间文学，被视为中国民间文学的创始人。新中国建立后的"十七年"，"粤派评论"的代表人物有黄秋耘、萧殷、梁宗岱等人。新时期以来，"粤派评论"也涌现出不少在全国具有一定知名度的文艺评论家。如饶芃子、黄树森、黄修己、黄伟宗、洪子诚、刘斯奋、杨义、温儒敏、谢望新、李钟声、古远清、蒋述卓、陈平原、程文超、林岗、陈剑晖、郭小东、宋剑华、陈志红等，其阵容和影响力虽不及"京派批评"和"海派批评"，但其深厚力量堪比"闽派批评"，超越国内大多数地域的文艺评论阵营。如果视野和范围再开放拓展，加上饶宗颐、王起、黄天骥等老一辈学者的纯学术研究，则"粤派评论"更是蔚为壮观。

第三，地理环境的优势。从地理上看，广东占有沿海之利，在沟通世界方面具有得天独厚的优势；同时，广东处于边缘，这既是劣势也是优势。近现代以来，粤派学者在中西文化交汇的背景下，感受并接受多种文明带来的思想启迪。他们视野开阔，思维活跃，不安现状，积极进取，敢为人先，因此能走在时代变革的前列。黄遵宪、康有为、梁启超、孙中山等是这方面的代表人物。他们秉承中国学术的传统，又开创了"粤派评论"的先河。这种地缘、文化土壤的内在培植作用，在"粤派评论"的发展过程中是显而易见的。

"粤派评论"有属于自己的鲜明特点。

第一，中国现当代文学史写作，是"粤派评论"最为鲜亮的一道风景线。在这方面，"粤派评论"几乎占了文学史写作的半壁江山，而且处于前沿位置，有的甚至成为中国现当代文学史写作的高地。比如20世纪80年代，钱理群、陈平原、黄子平联合发表的著名论文《论二十世纪中国文学》，其中陈平原、黄子平均为粤人。洪子诚的《中国当代文学史》以方法先进、富于问题意识、善于整合中西传统资源和吸纳同时代前沿研究成果著称，它与陈思和的《中国当代文学史教程》被学界誉为中国现当代文学史的"南北双璧"。杨义的三卷本《中国现代小说史》是比较方法运用在文学史写作的有效实践，该著材料扎实，眼光独到，分析文本有血有肉，堪与夏志清的《中国现代小说史》比肩。此外，温儒敏的《中国现代文学批评史》、黄修己的《中国现代文学发展史》、古远清的港台文学史写作，也都各具特色，体现出自己的史观、史识和史德。

　　第二，"粤派评论"注重文艺、文化评论的日常化、本土经验和实践性。粤派评论家追求发现创新，但不拒绝深刻宽厚；追求实证内敛，而不喜凌空高蹈；追求灵动圆融，而厌恶哗众取宠。这就体现了前瞻视野与务实批评的结合，经济文化与文艺批评的合流，全球眼光与岭南乡土文化挖掘的齐头并进，灵活敏锐与学问学理的相得益彰，多元开放与独立文化人格的互为表里。粤派评论家有自己的批评立场、批评观念，亦有自己的学术立足点和生长点。他们既面向时代和生活，感受文艺风潮的脉动，又高度重视审美中的文化积累和文化传承；既追求批评的理论性、学理性和体系建构，又强调批评的实践性，注重感性与诗性的个性呈现。

　　我们认为，建构"粤派评论"，不能沿袭传统的流派范畴与标准，它不是一种具有特定文化立场、一致追求趋向和自觉结社的理论阐释行动。它只是一个松散的、没有理论宣言与主张的群体。因此，没有必要纠结"粤派评论"究竟是一个学派，还是一个地域性的概念，但有一点可以肯定："粤派评论"已是一个客观存在的文化实体，即虽具有地方身份标识，却不局限于一地之见的文艺理论家、批评家群体。

　　党的十九大报告指出，发展中国特色社会主义文化，就是以马克思主义为指导，坚守中华文化立场，立足当代中国现实，结合当今时代条件，发展面向现代化、面向世界、面向未来的，民族的科学的大众的社会主义文化，推动社会主义精神文明和物质文明协调发展。广东省委宣传部策划、组织、指导编纂出版"粤派评论丛书"，是贯彻落实十九大关于文化建设发展精神的一项重要举措，是讲好中国故事、传播中国声音、阐发中国精神、展现中国风貌的一次文化实践。我们坚信，扎根广东、辐射全国的"粤派评论"必将成为新时代坚定文化自信、实现中华民族伟大复兴路上其中一块最稳固的基石。

"粤派评论丛书"编辑委员会

作者近照

作者简介：

　　黄树森，湖北武汉人。文学评论家，编审。1959年毕业于中山大学中国语言文学系。历任《作品》编辑组长、编委，《现代人报》副总编辑，文学理论刊物《当代文坛报》副主编、主编。中国文联第六、七次全国代表大会代表。广东省人民政府原参事，广东省文艺评论家协会名誉主席，中山大学兼职教授，广东省社会科学院特约研究员。主要著作有《手记·叩问——经济文化时代猜想之子丑寅卯》《黄说——叩问岭南一甲子》等多种；主编《叩问岭南》丛书五种，《广东九章》系列六种，《流行蛊》书链六种，《广东地道》书系六种。先后获得广东省鲁迅文艺奖、五个一工程奖，中南五省优秀教育图书奖等。

目　录

随　笔

辩　说

论　说

杂　说

自　序

　　我厮守在这烦恼而又深情的文化理论批评和文学编辑领地，倏忽一个甲子，深感流逝之速，惕然而惧，虽累有机遇和"新欢"，而终未有移易。

　　如果把六十年文化批评生涯，每十年作一节点的话，第一个十年（1955—1964），"磨难期"的我，也在清水中血水中碱水里泡煮了三次，阿·托尔斯泰《苦难的历程》第二部《1918》题记的这种表述鲜活而概括。中山大学"反右"的乱世乖谬，东莞虎门"大跃进"的漫天荒唐，广东文艺界阳江海陵岛"四清"的毒流祸广。"磨难期"的岁月，风寒可怖，砭骨袭人，回首不堪。

　　所幸，1961年《羊城晚报》关于于逢长篇小说《金沙洲》的论战，留下点点陈迹和慰藉。《金沙洲》是广东作家于逢叙写珠江三角洲农业合作化的长篇小说，1959年小说出版后，出现了两种截然相反的评价。赞者认为，这是反映中国农村由初级社转入高级社过程中发生的"两条道路"成功之作，贬者认为，作品没有反映出合作化运动中的"本质和特征"。

　　古远清在他的论著中说，为此，"《羊城晚报》'文艺评论'专刊，1961年4月13号开始讨论，历时七个月，其中黄树森以林蓓之笔名发表的《阶级的本质特征是否等于典型》（载《羊城晚报》1961年4月13号）批评了'结论尽管完全相反，但探求结论的观点方法都是相同的'，即认为'共同的社会本质，阶级特征或品质就等于艺术典型的看法'。值得注意的是以中国作家协会广东分会理论组名义发表，由肖殷、易准、黄树森、曾敏之等合写的《典型形象——熟悉的陌生人》《文艺批评的歧路》《事件的个别性与艺术的典型性》等带总结性的文章，着重批评了把'典型性格和典型环境划一化'的教条主义理解，这对活跃学术气氛，延续因'反右'斗争停止了的对典型问题的讨论起到了积极的作用"①。

1961年第8期《文艺报》转载了《典型形象——熟悉的陌生人》一文，并编发了《一次引人深思的讨论》专稿，综述《金沙洲》的讨论。

这是广东文艺批评一次经典性事件，进入全国性文学视野，并进入多部文学史著作。阎纲对此有"使广东大旗多次飘舞在国家队前头"②的鼓励。

第二个十年（1965—1974）冰火两重天，先做"铁锤"，后做"铁砧"，是这十年"困顿期"的真实写照。先是在省委大批判组充当"铁锤"，批秦牧，批欧阳山等等，尔后，自己也被放倒在莫须有的"铁砧"上，在韶关花坪干校，做了被关押两年多的囚徒。权力意志与满天谎言的交媾狂欢，肉体苦役与精神良知的双重折磨，应验了德国诗人歌德"在命运的天平上""不做铁砧，就做铁锤"的无常无奈无助。

这个时期，相当的文字为受命行事，鸣鞭示警的"恶性评论"之作，"虽是受命之作，有着江湖庸医吞错自配假药的苦衷，也有'大任于斯'的年少春风得意和为'左'记云翳所遮的悲凉"。

这是从晋升编审的业绩报告中抄录的，聊见鄙意云尔。

从心灵封闭到心灵牧放的历史隧道，虽已通过，但那段恶魔般印记不可能抹去。

第三个十年（1975—1984）、第四个十年（1985—1994）：

20世纪70年代末，在中国，在广东是个笑容年代，是个激情年代，是个思想火花喷溅、灵魂复苏迸裂的年代，如浓云中出现的一道亮光，如沉冰下流出的一道清泉。

我们开始摒弃"文革"罪孽年代的窒息和崇拜，开始释放悄然萌动的惊异和好奇，开始沐浴潜质暗长的开放和挣脱，忘情地搂抱涌动着春潮春汛的解放、艳丽、多元，为一种久违了的欢快、激奋、心旷神怡所挟裹。大视野大格局地激活我的批评生命。

---

① 古远清：《中国当代文艺理论批评史》，山东文艺出版社2005年版，第19页。

② 郭小东主编：《说黄》，广东教育出版社2015年版，第80页。

　　1978年广东省文艺创作座谈会召开。这是中国文化一个重大事件。周扬、林默涵、夏衍、张光年都来到广东与会。会议期间，肖殷要我写了《砸烂"文艺黑线"论，为实现四个现代化而创作》的文章，以南方日报特约评论员名义，于1978年12月29日头版刊登，黄伟宗在《文艺与文学》中评说："这是全国最早否定'文艺黑线'论的文章，极大地推动和促进了全国文艺界的思想解放运动。"

　　据《文艺报》阎纲2001年12月9日给我的信指出：最早批判"文艺黑线"论的文章，是1978年11月19日《人民日报》上张光年的《驳"文艺黑线"论》。私意以为，南方日报的文章，是以党报评论员名义发表的，区别张光年个人名义发表的，也更显出广东传媒在当时高风险语境下的地位、胆识和魅力，这个前戏引出了《人民日报》后来对广东文艺"三个活跃"的大幅度报道。"广东大旗多次飘舞在国家队前头"这也是一次。

　　这几年间，夹风带电的争鸣撞击，咬破"小孔"，敲松中国文坛极度板结坚硬土壤，需要高风险的代价和付出，被批评者中，两三人官阶很高，争论问题都属热点，敏感度高，无疑是我生命中华采灿烂的一笔，兹录于次，聊作自慰。

　　1979年《作品》第4期，于中国大陆首次引进白先勇小说；

　　1979年《作品》第5期，批评黄安思（即黄文俞）1979年4月15日在《广州日报》发表的《向前看啊！文艺》一文；

　　1980年4月25日在《南方日报》上，批评对李士非报告文学《昭雪之后》的异议；

　　1980年10月7日在《羊城晚报》上，关于"香港电视"的严加禁封和甄别分析的首次交锋；

　　1980年12月26日在《南方日报》上，关于"恭喜发财"和"且慢'恭喜'"的首次论战；

　　1982年《作品》第2期，批评1979年李剑在《河北文艺》上发表的《"歌德"与"缺德"》一文；

　　1981年《作品》第3期，批评《上海文学》1980年第3期《对深入生活这个口号的再认识》的一些观点；

1982年7月7日在《南方日报》上，批评认为深圳特区是靠走私发展起来的观点；

1985年出版专著《题材纵横谈》。

这几年间，广东与香港、文艺批评与新闻出版高校期刊跨界联合，四面出击，接踵联动，所向披靡。如首次引入梁羽生《白发魔女传》在《广州文艺》《花城》联合办的《南风》报连载；首次引入梁羽生武侠小说《萍踪侠影》、梁凤仪的财经小说《醉红尘》于花城出版社出版；策划施爱东完成四十万字《点评金庸》和于爱成完成四十万字首部流行音乐史《狂欢季节》，施著为多家出版社出版，于著韩国出版界买了版权，并成为李海鹰音乐专题片理论文本。

1980年前后的中国文化现场，虽"阶级斗争为纲"行将寿终正寝，"运动"思维业已摇摇欲坠，呼喇喇似大厦将倾，昏惨惨似油灯将尽，大势已去，但影响仍在，较量仍在。多元、喧哗、激情、执著是那个年代的共识和特征。这是中国思想史、文化史一个里程碑式的伟大时代，更其强劲强势和诱人，就是在岭南在广东这个地方。

文艺批评是一种信息资本，争论的地方，往往带来关注的流量。文艺批评不仅是一种价值评判体系一种质检体系，也是大文化的一个杠杆支点。

1994年，提出"经济文化时代"命题。说"中国现代化进军是在岭南这一海滩登陆"，盖广州是世界千年商都，是世界交通第一孔道；唐宋以来，中国经济走向是贴东南沿海向南，直指珠江口；改革开放以来，广东最早进入市场经济，属于市场文明的新的人文精神在广东最早涌动，饱含这种新文明的新经济文化形态最早在这里聚焦。新文明的摇篮，还是"文化沙漠"？官本位还是民本位？关怀整体还是关怀个体？权力传播还是金钱传播？俗文化还是雅文化？以"经济'蛊惑'文化""世俗'爆劫'精英""时尚'非礼'高尚"三个关键词引爆并期望证实：文化世界开始转换为民间的普通人的生活世界。这种"解构期"的凫趋雀跃，乱花迷眼，很让我乐此不疲，每日孜孜。

这几年间，对为岭南新文化发展，不只是把流行文化推到"极致"，而且把"新都市文明"的研究和阐释，也推向了"极致"。

1992年3月，《羊城晚报》和《当代文坛报》同时发表章明和我《关于

〈秋霞危城〉的通信》，我认为：《白门柳》是"'国优'产品，'省优'砝码，断断打不住此书的价值"。章明回应，这是"一部从全国范围看也堪称第一流的精品力作"。据张承良《〈白门柳〉事典》研究，"这是最早有人在这样的高度上来肯定《白门柳》"（《名家评说〈白门柳〉》，广东教育出版社2000年版），如今回忆当时历史现场，一些人对把《白门柳》放在"国优"砝码上，颇不以为然，摩擦龃龉的也不在少。

其实，从1992年至1998年《白门柳》获中国长篇小说第9届茅盾奖的六年间，我们组织了北京、上海、广州三个《白门柳》研讨会的召开，及两本评论专著《文人心灵的历史回声——〈白门柳〉论》《名家评说〈白门柳〉》的编写出版，牵涉二三代数十岭南学人。

1995年，以转型期广东当代新文化为主要研究对象的《叩问岭南》理论书链，含谭庭浩钟晓毅杨苗燕三本专著出版，连带主编的我，包揽了四个鲁迅文艺奖。2002年，由刘斯奋为主编，我为执行副主编，张维、钟晓毅为副主编的《广东电视剧珍品集成》，共八卷本，三百八十万字，耗时两年，由花城出版社出版。理论卷分总论：经济神话与文化突进，世纪型的粤派电视；多元文化景观；广东电视剧珍品档案。专论为基点阐述，品牌展示，发展寻迹，未来走势。收录了《公关小姐》《情满珠江》《英雄无悔》《和平年代》四个剧本。这套书的出版，在我国地域文化中，不居首次，也为罕见无疑。它保存的那份文化记忆，不仅是粤派电视的骄傲，也是中国电视史绕不开的话题。

第五个十年（1995—2004）、第六个十年（2004—2014）是近二十年的"重构期""体验期"。

"经济与文化是恋爱关系，不是父子关系，兄弟关系，恋爱中的人总是容光焕发的，恋爱中经济与文化是最强大的。"

我不揣因陋的这个观点，曾在2010年7月21日北京《光明日报》头版头条《广东新追求：建设文化强省——对广东建设文化强省提出"三问"》大要闻中，被引用；2010年7月22日广州《南方日报》在题为《文化软实力强大了，才能有核心竞争力》文中转载，再次被引用。

2008年3月5日《南方日报》全文刊载我写的《参事建议》：《不要忽略观念和文化的GDP》，成为北京"两会"一个热门话题，在全省也引起广泛关注。

　　我的写作和编撰，如果说在1994年以前，对岭南文化的关注只是方位感的话；1994年"经济文化时代"的提出，1995年《叩问岭南》的编撰，注重的是质地感厚重感；90年代提出岭南文化新发展，1999年《流行蛊》的编撰，焦点在其潮流性；2006年批判岭南文化短板，编撰《广东九章》系列，关键在其文献性；那么2014年主编《广东地道》丛书，则是聚焦事实感体验性。

　　从"叩问岭南"，到"岭南文化新发展"，我的60年，则历经启蒙时代——批判时代——体验时代，历练了毕生孜孜以求的"欲要过渡而船来""让夏天感到秋凉"的服务理念，"经济文化时代""第三种批评""岭南新文化"的批判研究以及"文艺批评可物化可操作"的实践体悟。

　　"莞香树"，在神驰意越千年中，历经坎坷困顿百年，如今，重新活泼于世，蓬勃于世，造福于世。广东已成为中国沉香第一大省。从2006年大岭山田野调查算起，东莞十年，我发掘其事，参与其事，赓续其事，有一种别出机杼踏石留痕的喜感和慰藉。也是我文化批评实践一个代表性的案例。

发 现

不应忽略观念和文化的GDP

编者按

广东作为中国改革开放的先行者和排头兵，近三十年的发展取得了举世瞩目的伟大成就，实现了历史性的飞跃。在辉煌的背后，最为人乐道的是"敢为人先、务实进取、开放兼容、敬业奉献"的广东人精神，尤其在改革开放之初，广东人凭着一股闯劲、冒劲，大胆探索，大胆创新，大胆实践，创造了许多的"全国第一"，成就了长期保持两位数增长的"经济奇迹"。当前，我省正处于经济社会发展全面转入科学发展轨道的关键时期，我们要继续争当实践科学发展观的排头兵，掀起新一轮的大发展，仍然需要从观念、文化方面寻找动力，我们究竟需要克服和预防哪些错误的思想观念？在哪些观念和文化上有待进一步解放思想？广东省人民政府参事黄树森写给省府参事室的一份《参事建议》，也许能促进人们对上述问题的思考。本报今天予以全文发表，敬请垂注。

我们乐道于经济GDP，而忽略观念的GDP，文化的GDP；我们陶醉于经济魅力，而藐视观念、文化魅力；我们沉浸于盛世的喜悦，而忽视精神的反思。这是要付出高风险的代价的。

在我们有了钱之后，则有着保守求稳，进取艰难的心理障碍，有着享受安逸、应付取巧的精神虚脱，有着只听赞美、隐去短处的精神冷感。

一说起别人的长处、别人的辉煌，一谈到我们的滞后、不足，便会引来一大堆的过往辉煌、近期实绩，对冲之，阻击之，掩盖掉自己的短处。广东文化的"敢为人先"，理应包括不护短、自省、正视弊端的"敢为人先"。兼收并蓄的异化，是一个危险的警号。

外省人曾经批评我们：广东人只会生孩子，不会起名字（即忽视理性、观念）。广东人答：起名字易，生孩子难。殊不知，今天"名字"——即品牌、观念、文化，也能产生效益。区域文化中过于务实，就会导致狭隘、偏执，只看到脚下土地的短视。

岭南文化，如余秋雨所形容的"早茶和花市"一样，只满足日常性和季节性消耗。

广东阳江打捞的"南海Ⅰ号"，这个可以钩沉和打造无限文化经济价值，属国宝级文物的"宋代海下博览"，却取了个不伦不类的有如运沙驳船和打捞船般的名字。不说是我们没有"品牌意识"，但我们是不是存在就商业言商业，就旅游谈旅游，就文物说文物，画地为牢，各护其利，而缺乏一种广阔的文化眼光和世界眼光呢？为什么不能把三者勾连圆通起来呢？

改革开放初期，广东学术在全国思想解放运动中有重要地位，此后则与经济高速发展处于不相适宜，守旧板滞，缺乏长远的厚重的学术文化氛围，由"东西南北中，精英群彦闯广东"而衰退为"重出处不重居处，养人才而不养学问"的人才尴尬窘境。

如今是全球化时代，经济文化时代，经济中的文化附加值和文化中的经济含量都越来越重。一张"二战"二十四拐公路照片在报纸登出来，即托起滇黔两省旅游。我们的这个节那个节不少，是否是只出不进，只赔不赚呢？经济与文化不是父子关系、兄弟关系，应该是情侣关系，你中有我，我中有你。

三十年了，广东作为中国改革开放的先行者和排头兵，在现代化的浪潮中，创造了亘古未有的经济增长奇迹。在历史进化的链条上，虽只是匆匆一瞥，但确是亿万民众神圣期盼、欢欣鼓舞的一种新生命的到来，它的历程已经构成了可借以解读历史规律的"当代史"。总结三十年来的成败得失，探寻背后的历史定律，是融入世界、长久地保持"可持续发展"的必修功课。研究中国问题的学者、哈佛大学教授傅高义为广东写了两本书，其中一本《先行一步：改革中的广东》是唯一一本研究广东改革开放乃至中国改革开放的论著，在海外影响日隆。广东的辉煌，对中国乃至世界的贡献，无可辩驳。

当亚当只有一个的时候，所有的夏娃都报以倾慕的眼光。当亚当成批涌现的时候，夏娃的目光就变得扑朔迷离、飘忽不定了。广东破茧，引发中国开局。广东的"一枝独秀",启示了中国的"满园春色"。广东的初始辉煌,靠的是广东金牌观念:"敢为人先,冒险创业",这是要付出高风险的代价的,所以,邓小平说要杀开一条血路,吴南生说,杀头先杀我的,人民日报军事组组长连云山写了开放边境的"内参",也要冒着坐牢的危险;百姓说:"靓女先嫁,不要等到更年期";"不像顺德和广东,中国就要变成前苏联"。如今,广东不再"一枝独秀",面对全球化时代,面对社会、经济、文化全面科学发展的历史新使命,要持久发展,也要靠"敢为人先",知短而不护短,重振"冒险创业"的雄风而摈弃保守骄逸。必须清醒看到我们应该补偏救弊的地方,即:我们乐道于经济GDP,而忽略观念的GDP,文化的GDP;我们陶醉于经济魅力,而藐视观念、文化魅力;我们沉浸于盛世的喜悦,而忽视精神的反思。其精神代价也是高风险的。

汪洋书记以"忧患意识"的文化自省,以"解放思想"的人文支点,以"世界眼光"的广袤思维,谋划未来,促进发展,昭示着广东新一轮发展的动力潜因和精神支撑。适逢其时,深中肯綮。

我和几位年轻的博士在三年多时间内,编撰《中国九章》系列之《广东九章》《东莞九章》《深圳九章》《广州九章》,从浩如烟海的历史典籍和时评宏文中,抽出了二百万字,并筛选概括出广东从历史到当今作为精神状态、价值取向、观念文化的短板和弊端。对目前正在进行的"解放思想"学习和长远区域文化研究,提供一个可供众声喧哗、观点荟萃、脑力共振、谋划发展的资质,想是有益的。兹列于次。

一、"小富即安"的心理满足

改革开放之初,当我们没有钱的时候,满怀创业欲望,一再试水争得了一个举世辉煌。在我们有了钱之后,则有着保守求稳、进取艰难的心理障碍,有着享受安逸、应付取巧的精神虚脱,有着只听赞美、隐去短处的精神冷感。岭南文化的这个弊端,早在20世纪30年代鲁迅就提出过"革命的后方便成为懒人享福的地方"的警告,在当今,我们感觉并不陌生。

二、"兼收并蓄"的异化

岭南文化面处"中西唱和"的"华洋界",南北勾连的"集散地",是中西、南北文化两条脉线的结合部和交汇点,有着鲜明的兼收并蓄的文化品性。改革开放初始,我们有影视八大名旦:《外来妹》《公关小姐》《英雄无悔》等,在中国电视剧史中处于执牛耳地位。我们有四大名刊:《花城》《随笔》《家庭》《黄金时代》,现在国内《读者》《读书》崛起,我们难望其项背。广东曾是中国流行音乐大本营,现在已北移。三十年了,我们竟拿不出一部响当当的反映改革开放的史诗力作。山西省曾以一台话剧《立秋》、一台舞剧《一把酸枣》、一台交响乐、一套书、一个展览来广州活动一周,打着"华夏文明始于山西"的主题词,那确是个高水平的策划和演出,编舞者说了一句让人战栗的话:世上无一不可舞。算盘、伞、驼铃、法事,都舞得很美。而我们却一味地说这东西没有舞蹈语汇,那东西没有舞蹈语汇,与山西竟如天壤之别。青春版《牡丹亭》的白先勇文化范式苏州昆剧院的"校园演出"的确值得借鉴学习,我们反驳说,我们某某剧也是"进入校园"的,殊不知人家的"校园演出"和我们的完全不是一回事。湖南卫视通过《还珠格格》、超女、金鹰节几板斧,影响力已居地方台"一哥"地位,而《还珠格格》的版权最早在广东。在广东有关文化的座谈会上,一说起别人的长处、别人的辉煌,一谈到我们的滞后、不足,便会引来一大堆的过往辉煌、近期实绩,对冲之,阻击之,掩盖掉自己的短处。广东文化的"敢为人先",理应包括不护短、自省、正视弊端的"敢为人先"。兼收并蓄的异化,是一个危险的警号。

三、狭隘的务实

岭南文化的基因确实是务实的,但在全球化形势下,不能因务实而鄙薄务虚和理性,习惯于坐地经商、血缘经营,疏离团队精神。在全球化经济由产品到资本进而到品牌时代,务虚断不可忽略。在东莞三年考察中,不少浙商说:粤商确是务实守信的,早茶谈到的项目,第二天就可以干起来,而且讲诚信,我们浙商不如;但浙商的气势、信息、团队精神比粤商强,比利时、西班我们今天的辉煌发展，如今我们有钱了，倒拿不出他们当年那样的恢宏气度和智慧。改革开放初期，广东学术在全国思想解放运动中有重要地位，此后则与经济高速发展处于不相适宜，守旧板滞，缺乏长远的厚重的学术文化氛围，由"东西南北中，精英群彦闯广东"而衰退为"重出处不重居处，养人才而不养学问"的人才尴尬窘境。

七、想分居的经济与文化

经济是船，文化是水。水的浮力越大，船的载重量就越大。如今是全球化时代，经济文化时代，经济中的文化附加值和文化中的经济含量都越来越重。一张"二战"二十四拐公路照片，在报纸登出来，即托起滇黔两省旅游。广西有个民歌节，省里投资以后，据传是赚钱的。我们的这个节那个节不少，是否是只出不进，只赔不赚呢？经济与文化不是父子关系、兄弟关系，应该是情侣关系，你中有我，我中有你。我随省参事室到广州软件园，对我省动漫产业作调研。科技界碍于文化的意识形态性，认为没出路，是赔本生意。文化界则认为是创意产业。金融界摸不清行情，拿不准该不该投资，三驾马车，各奔一方。广东有个动漫连续剧《水果部落》，2005年在迪士尼原创作品的评比中，从全球二百多个剧本中脱颖而出名列第一。后来面临要不自行贷款，自主创品牌，要不被美国、日本收购，沦为加工商的困境，因为体制问题，拖延了发展。笔者紧急呼吁多次，也无人理会。动漫产业竞争激烈，浙江、成都都很厉害，花巨资挖走广东的公司。广东能否"先行一步"，先解决动漫产业的归属，同时将分管局和单位计划指标归入全省经济总指标中，而不作为一般行政意义上的管理？韩国的经验值得借鉴。

知耻而后勇，知短而继进，顾炎武说："风俗之美，养民知耻。"端的有理。精神自省，文化自省，鼓勇而前，正其时也。

（发表于《南方日报》2008年3月5日）

附:

文化建设要有叫得响的大品牌

"总结三十年来改革开放的得失成败及其历史定律,当是中国融入世界后长久地保持可持续发展的必修功课。而这一课,应从'先行一步'的广东开始。"

今年两会期间,广东省人民政府参事黄树森教授的《不应忽略观念和文化的GDP》在本报全文登载后,引起社会各界强烈反响。近日,继2006年推出"借名人慧眼看广东"的《广东九章》之后,黄树森又与广东省出版集团联袂打造了《东莞九章》《深圳九章》《广州九章》等"九章"系列图书。这批图书承传《广东九章》"站在岭南看中国,走出岭南看广东"的编辑思路和风格,精选名家笔下的人与事,对广东区域文化研究作创新尝试———从全球视角,探索珠三角代表性城市的原质根性,解读这些城市改革开放以来经济奇迹背后的文化潜因。

黄树森说,解读这些城市,就是解读当代广东的发展之谜,也就是在为广东的未来找寻观念推动的原动力。广东人如何再次激活血脉中潜藏的创新文化基因,为中国再一次奉献思想解放的精神启悟和路径创设?日前,黄树森教授接受记者采访时,指出:"解读'广东式'奇迹和延续奇迹,必须在历史链条和现时代的交叉中寻找答案。"或许对今天的广东人来说,重新认识"广东奇迹"本身蕴含的精神悖论,比再创奇迹更为迫切。

尴尬:只知林则徐未识袁崇焕

问:"中国九章"系列之《广东九章》出版以来,反应日隆,中央电视台《新闻联播》曾作七分钟的推介。为什么您想到把《广东九章》发展为一个区域文化系列品牌?

答:广东新一轮发展的动力潜因和精神支撑在哪里?这是一个切实而意义殊为重大的命题。由此我们想到在《广东九章》的续书系列中,挑选东莞、广州、深圳等珠三角有代表性的城市为"试点",试图以全球化作为话语背景，通过对这些改革开放典范城市的解读，恰逢其时地为当下面临进阶瓶颈的广东，提供了一个自我反省、自我促动的文化参照系，由此探寻广东解放思想、变革观念推动新一轮发展的可能途径。出于这种考虑，我们在后面几部书的编写过程中更注重时效性和针对当下，例如《深圳九章》中我们特意提到了前几年网上热议的"深圳会不会被抛弃"的问题，《东莞九章》我们提到了"富裕起来的东莞人怎么办"等焦点话题。

问：您能否以一个具体城市为例，为我们分享您最新的"解读广东"心得？

答：作为当代中国经济发展的一个创新典型，东莞、深圳、广州，无一不是非常有深度解读价值的"范本"。我们从这些城市历史文化的变迁、从进行中的城市文化建设切入，解读当代珠三角的经济增长奇迹及其背后的观念"谜底"。

以东莞为例，我们认为，东莞历史文化精神的集中性体现有二，其一为莞香，其二为袁崇焕。同时，我们提出了东莞的两大尴尬，一是"只知香港，不知莞香"。产于东莞的"莞香"在古代中国曾经是制作贡香的重要原料，是敬神、进贡之精品。"香港"地名称谓的由来，尽管有多种说法，但源自"莞香"的种植、加工及集散而得名一说，在著名历史学家罗香林等的翔实考证之后，则已为世人所公认。

第二大尴尬"只知林则徐，未识袁崇焕"。明末抗清名将袁崇焕是广东一颗耀眼的国宝级文化符号，乾隆为他平反，毛泽东为他批示，余氏家族为他守墓达372年，在中国历史人物中，能这样引起康梁、周恩来、叶剑英、柳亚子、章士钊等众多精英人物关注的，少之又少。但广东众多的"爱国主义教育基地"，没一个是关于袁崇焕的。事实上，如果不是因为金庸的小说《碧血剑》，恐怕知道的人更少了。著名历史学家阎崇年曾将袁崇焕精神的内涵归结为一个"敢"字———敢走险路，敢担责任，让人领略到东莞人血脉里流动的勇毅果敢的遗传基因。然而，袁崇焕的备受冷遇，道出了东莞的另一种历史尴尬和文化遗憾。

我们认为，对莞香和袁崇焕进行当代阐释，就是对东莞的历史文化精髓进行当代阐释。对莞香和袁崇焕的"发现"，也使东莞重塑文化个性落实到一个可以切实执行的层面上来。岭南先贤屈大均说："此广东之所受以文明者也，而东莞辄先得之。"一个有着深厚的人文积淀支持着"得风气之先"的东莞。

回顾：广东是思想领域策源地

问：如您所说，广东三十年的改革开放历程取得了令世界为之瞩目的"神话"，但"神话"的背后，实在的却是深层次的文化与观念的支持。那么，在您看来，哪些广东人的"文化密码"还能被再度释放、成为今日解放思想的新一轮动力呢？

答：广东人给人的印象很低调，不张扬，但在思想领域，广东一直是一个"策源地"。广东，我以为可以用四个关键词，即思想摇篮、潮流风标、开放胜地和国际商圈来概括。当代文化环境中的流行词，也即传播频率最高的人、事、物都囊括在大众性之中，改革开放三十年，这种大众性自广东始，这正是现代性文化相适应的精粹：大众精神、平民姿态、自由意志，全方位改变中国文化的原有格局，推动中国文化的转型。所以于光远说：北京是政治中心，上海是经济中心，广东是世界风云的中心。厉以宁说：广东这些年发展变化最大的，就是精神观念。

历史上的如惠能的"顿悟"，张九龄的"天涯共此时"，林则徐的"睁眼看世界"，容闳的"教育救国论"，郑观应的"商业救国论"，孙中山的"始见航海之奇"、"穷天地之想"，张之洞的"中学为体西学为用"，袁崇焕的"仁智勇廉"；近三十年，像"富了才能稳"的财富观，"《春天的故事》要天天讲"的改革观，"敢为天下先"、"应做就去做"的开拓观，"靓女先嫁，不要等到更年期"的机遇观，"按国际规则打篮球"的全球观，"每个人都有做太阳的权利"的平等观，"不要让人民恐惧"、"我誓死捍卫你讲话的权利"的民主观等。这些精神品质，正是广东人千百年来区域经济积淀而成的"文化胎记"，而这些精神特质同样能为今日广东人掀起又一轮思想解放、文化创新浪潮，注入强大的精神动力。

建议：打造广东超级文化品牌

问：您在那篇文章中提到"我们乐道于经济GDP，而忽略观念的GDP，文化的GDP。"在您看来，哪些传统文化观念最有可能为新一轮改革开放、解放思想带来阻碍？

答：我觉得最大的问题之一是广东人推崇实践，想问题着重眼前，缺乏长远考虑，不习惯"坐而论道"，清谈务虚。但在全球化经济由产品到资本进而到品牌时代，切不可因为狭隘、偏执的"务实观"而忽视"务虚"的必要性。这也正是广东"精神悖论"的集中体现之一，一种昔日的美德可能成为今日的绊脚石。外省人曾经批评我们：广东人只会生孩子，不会起名字。而如今，经济中的文化附加值和文化中的经济含量都越来越重，一个品牌就是一个价值连城的"名字"，不注重品牌，必然会在新一轮文化角力中落败。为什么琼瑶的《还珠格格》版权最早落户广东，而偏偏是湖南卫视而不是广东的影视企业把它搬上了电视屏幕？为什么除了初期的《外来妹》《公关小姐》《英雄无悔》等电视作品，我们如今拿不出一部像山西的《立秋》《一把酸枣》那样震撼全国的舞台力作？为什么反映上世纪30、40年代"老上海"的电视剧里统统会出现一个"百乐门"，而我们就是炒不红本地的"西关小姐"？"顶硬上"明明是地地道道的番禺民谣，还是靠一个河北作家发掘包装推介的……种种迹象表明，广东在文化"品牌大战"上已经呈落后一步的趋势，在珠三角地区提出"广东制造"到"广东创造"的产业升级同时，文化建设领域也急需一批叫得响、传得远的大品牌、大手笔！

一部电视剧《乔家大院》让晋商"诚信"之美誉传遍天下，而我们的十三行，曾经独揽清代外贸八十五年之久，完全可以拍成电影大片或电视连续剧，可全中国如今知道十三行商人的又有多少呢？

问：据您观察，广东文化品牌制造难，根本原因在哪里？是否与我们现行的体制存在缺憾有关？

答：这是当然。解放思想不是一句空话，而在于点点滴滴的具体工作。我们常说"八面来风"、"兼收并蓄"成就了广东，陈寅恪曾经在广东身上寄予成为全国学术中心的殷切期望，言犹在耳，但广东为什么又容易沦为常吹"穿堂风"的一个埠头，而不能成为一片各种新文化就此扎根、乃至枝繁叶茂的土壤？依我看，一切文化建设问题归根在于人，留住人才问题就是当前广东面临的一个最大挑战。《英雄无悔》的编剧贺梦凡，被誉为"中国电视剧岭南派代表"，后来跑到湖南去搞动画去了，做得挺大。坦白说，虽然广东各地现在都热衷搞动漫，有很多动漫奖励措施，例如某部动漫作品在省台、央视首播之后会获得最高二百万的奖励，政府拨了巨款，但单位拖了两三年，根本没有落实。反观湖南，人家是作品还没有播出，政府的奖励就发下来了。江浙、四川，都开出了很优厚的条件，不惜重金来粤抢夺人才，挖走动漫网游企业。这些事例表明，人才、作品引进、培育机制，并没有在广东实现根本性突破，反而在某些方面落后于内地。

问：那么您对于解决这些难题、打造广东文化品牌有何建议？

答：广东要打造超级文化品牌，长远规划，措施得力，"伤十指莫如断一指"，要有"世界眼光"，要成为中国的响当当品牌。据此，我曾写过一份《参事建议》：（一）在继续打磨《十三行商人》话剧的同时，以大手笔，大投入，大品牌筹拍电影或长篇电视连续剧《十三行商馆》。十三行商人作为近代国人"师夷长技以制夷"最早实践者，在借鉴西方先进技术上，比洋务运动早了整整二十年；2001年《华尔街日报》统计了一个千年来世界上最富有的五十个人，名单中有六位中国人的名字：成吉思汗、忽必烈、刘瑾、和珅、宋子文，还有一个乃十三行商人，他们是大清的世界推开禁闭大门时掌握这道门缝隙的举足轻重的人物。（二）以潮乐、潮州大锣鼓、潮剧为载体，创作《陈三五娘传记》的音乐经典。（三）袁崇焕是众多政治明星、文化明星、历史明星烘托起来的真正意义上的英雄，金庸说在广东真正有影响力的顶尖文化名人中，除了孙中山，当数袁崇焕。筹拍一个宛如《巴顿将军》的战争电影《袁大将军》是值得经营的事。（四）把电视动漫连续剧《水果部落》列为我省动漫产品第一品牌加以扶持，2005年《水果部落》从全球二百个作品中脱颖而出，以第一名身份进入美国迪斯尼原创频道，仅此一点，已价值不菲。（五）建立"广东年桔"品牌，打造中国式圣诞树，形成产业链。（六）整合中国舞蹈圣典《喜送粮》《草笠舞》《打竹竿手》，创作《金羊狂舞》舞蹈。（七）制定"南海Ⅰ号"品牌发展的长远规划。（八）强势推出《中国九章》品牌书系。

（载《南方日报》2008年4月8日）

岭南风劲·浦江潮大

——2010年上海世博会广东馆思絮录

广东与上海、澳门、香港，长三角与珠三角，这"群城两域"，在中国近代史上，渊源是如此悠远深长，交流是如此多空频繁，影响是如此汪洋恣肆，既触动漫漫时间之径，又绊到浩浩空间之纬，百年友好存量，百年文化积淀，百年资源荟萃，所孕育和演绎的历史更迭、经济崛起、文化生成的"斯芬克斯之谜"，需要钩沉辑轶，洞幽烛微，需要不间断地解读、憬悟和探索。

中国现代化的"原点"

一切历史是当代史（意大利历史学家克罗齐）。

一切现实都是行进中的"历史"。

这里面有两层含义。

可以说，客观存在的人类生活、文明过程，无论物质的、精神的，皆可称之为历史。

也可以说，历史是现实人的一种发现，一种理解，一种诠释。

一种文明，不是大脑设计出来的，而是千百万人经过长期努力产生出来的，演变为历史沉淀和文化记忆，使之内化为复兴不竭的精神力量。借用法国年鉴学派学说，历史，不仅仅是由精英，而且是由全体人民共同参与的，是漫长缓慢的发展过程。

明清以来，广东在中国政治、经济、文化、外交上都处于举足轻重的特殊地位。中西文化碰撞，民主民本思想勃发，市场经济思想、社会人口生态西风东渐，人文、学术思想异常活跃。

广东出现了一批思想、学术、政治、经济大家，如陈白沙、鲍俊、黄遵宪、康有为、梁启超、陈澧、容闳、郑观应、孙中山。清末民初，政坛上几乎所有风云人物，如李鸿章、丘逢甲、张之洞、曾国藩都曾留驻广东。《东西洋考每月统记传》1833年创刊于广州，是中国出版的最早的汉文期刊。还有一本被梁启超誉为"了解西方史的必读之书"的《美理哥国志略》以及林则徐魏源编的全面介绍西方的《海图国志》，造就了中国"开眼看世界"的第一批思想家。近代中国一些提倡维新变法的纲领性文献大多出之于澳门、香港、广州，如太平天国的《资政新编》，郑观应的《易言》和《盛世危言》等，十三行商人大量刻制地方文献、海外珍品、科技读物，被张之洞誉为"五百年不朽之盛事"。

近三十年来，"先行者"、"排头兵"、"风向标"、"窗口"、"试管"，"'三个代表'重要思想的发源地"、"探索科学发展的实验区"、"深化改革开放的先行地"，全球没有哪个地方，拥有如此多重的角度、身份、冠冕，有如许丰饶的气质特征、关注度和被瞩目。

"中国世博第一符号"——广东人徐荣村

"荣记湖丝"，叠映出历史尘埃掩盖下的某种真相，赋予历史灵魂的幽深境界，无疑是上海世博会的一个文化记忆，一个文化符号，是"群城两域"文化的一个DNA。正如著名心理学家荣格所说：一个民族有着潜意识的历史记忆，有文化的DNA。

广东顺德一带盛产丝绸，乡下女人依靠丝绸已可自立，她们不愿盲婚，便自梳不嫁，因有"自梳女"之称。上海早年有素质的女佣，均来自湖州及南浔，那里也同样盛产丝绸。缫丝女来自农家，也有很强的独立意识，随着湖州丝商进军上海，在那里设厂，大批湖州南梁妹涌入上海，便有"湖丝妹"之称。

2010年5月，第41届世博会移师中国上海举办。让广东人自豪的是，中国参加世博会的第一人是广东香山人，而且，他的后人为中国成功申办第41届世博会，立下显赫功勋。

　　粤籍商人徐荣村，在珠三角受"广纱甲天下"的浸润，在上海经营湖丝多有建树。1851年，他将"荣记湖丝"紧急托运伦敦，参加了伦敦万国工业博览会，并获得金奖。英国维多利亚女王接见了他全家，他的产品得到了免检进入英国市场的许可。具有民族自强意识的徐荣村，把英女王赠送的手谕画幅"翼始洋人"长期固定使用，创立了中国近代商业著名商标。一百五十年后，上海申办世博会的关键节点，徐家第四代后人徐希曾来到上海世博会申办办公室，以手中权威资料证实徐荣村实乃"中国世博第一人"，英国皇家协会1852年出版的伦敦第一届世博会的文献记载了徐荣村参展和获奖的史实，《北岭徐氏家谱》也提供相关依据。"荣记湖丝"对中国人首次进入世博会和上海成功申办世博会，功德至伟。

"中国第一商""中国第一买办群"的"东进"

　　戴高乐有句名言：在亚历山大的行动里，我们发现亚里士多德，同样在拿破仑的行动里，可以发现卢梭和狄德罗。在每一个成功和辉煌背后，都有一种观念支撑。

　　"西风东渐"、"开眼看世界"，中西文明碰撞。"中国第一商"的广州十三行商帮，"中国第一大买办群"的珠海买办精英的"东进"，与上海的天时、地利、人和结合，任督两脉一经贯通、汇合，构筑成一条开端于粤港澳沿海岸线由南往北辐射的"中西经济文化走廊"。

　　广州十三行商帮，作为"中国第一商"，是18世纪全球最大、最富有，最具影响力的商帮。

　　2001年，《亚洲华尔街日报》做过一个统计评选，在过去千年中，全球最富有的五十人里，中国占六位，分别是成吉思汗、忽必烈、刘瑾、和珅、伍秉鉴、宋子文，十三行商人伍秉鉴是这六人中唯一的商人。伍秉鉴家族拥有财产达四千二百万两白银（梁嘉彬：《广州十三行考》）。1860年法国杂志报道，十三行另一巨富潘振承后代财产只有伍秉鉴家族的三分之一。而当时乾隆朝一般年份国库积存五千万至六千万两。拿十三行总商财产与清王朝岁入和库存相比，真可谓富可敌国了。1840年鸦片战争后，一口通商结束，十三行商人看到未来发展增长点在上海，纷纷把资本转移到上海，伍秉鉴的五子就选择投资上海。

李鸿章抓住千年未有之机遇，选用了广东通晓西方语言、技术、管理的人才，唐廷枢、容闳，便是其中者；上海的第一个轮船招商，第一条电缆线，第一条铁路，让这批"东进干部"、"中国第一买办群"留下显赫足迹。正如徐润所说："创事之始，用人为先"；"所用中外得力人员"。

唐廷枢、徐润不仅创办第一家股份制企业，为打破保险公司外资一统天下的格局，还举办了第一个由华人自办自创的保险公司。1892年，唐廷枢死于天津，李鸿章派军舰专程将其遗体运回广东香山，这是当时最高规模的礼遇，上海的《北华捷报》称唐标志着"一个时代"。

19世纪初，广东中山人马应彪，郭乐、郭泉在上海创办全国两家最大华资百货公司——先施与永安。先施的英文名为Sincere，在英文为"诚实"之解，与"先施"音意相同，也算是传达了粤商求实诚信的精神。

经济学家梁小民在《康乾盛世时期的粤商》中，有一段话很有意思。他说："19世纪初上海是广东人的投资和移民中心，当年的上海话就是广东话，上海被称作'小广东'，广东人是上海的开拓者，希望以后有人把这段历史写出来，再现粤商的风采。"

对于粤人，江南名士徐珂在《康居笔记汇函》中有粤人慷慨成性，志存高远，"故凡掀天动地之事，若戊戌维新，若辛亥革命，莫不藉粤人之力以成。吾浙之甬人，且瞠乎其后，而况其他"的肯定。对于吴越，明代广东名士屈大均则有"越人善用舟，粤人善操舟"的赞誉，这其中，让我们感悟出一分封存于岁月背后的情谊，品味出一种异质汇合的文化。

从广东的辉煌"试水"，到上海的繁荣呈现，到港澳的隆升崛起，再到"世传"的风云际会，展示了一部轰然滚动于中华民族休养生息繁衍大地的阳和启蛰、品物皆春的势不可挡、势不可逆的世纪历史缎锦图，从时间、空间两个维度支撑着一种神圣期盼，欢跃沉浸的新生命到来。

（这是为中国国际贸易促进会广东省委员会编辑的《金色骑楼·绿色生活——2010年上海世博会广东馆》一书写的前言，该书于2010年由广东教育出版社出版）

汤显祖的岭南"四梦"

"临江喧万井，立地涌千艘；气脉雄如此，由来是广州。"汤显祖为瘴疠蛮荒的岭南，写下这旷世绝唱，历经四百年的风雨雷电，血脉绵延。

这是汤显祖为岭南首府广州度身定制、难以比肩的广告语和关键词。

这和法国年鉴派大师布罗代尔、梁启超对广东奇崛地理形势阐述的要义精魂（见《广东九章》，广东人民出版社2006年版）如出一辙。

大英图书馆特藏一幅清代外销画，仿若汤氏命题作画一般，是从珠江南岸中山大学北门视点，描绘了珠江北岸从白天鹅到海心沙长达二十多里的壮丽图景，有五六百人，上千艘船，鳞片栉次的食肆、杂货铺、办公楼交错坐落其中（见《大英图书馆特藏中国清代外销画精华》，广东人民出版社2011年版），其气势之雄绝不弱于《清明上河图》。

"是花都放了，那牡丹还早。"在《牡丹亭》中，杜丽娘感慨姹紫嫣红后的惆怅，锦绣春光下的失意，春香有"是花都放了，那牡丹还早"的道白，一些花放了，一些花谢了，但岁月未老，牡丹还早。阅尽世间"花开花落花还早"，宇宙、人生、历史被汤显祖一眼看穿，成为他破解枯荣忧喜、井干路绝的一个偈。在昆曲演出中，念到"牡丹还早"时，字有骨骼，音裹筋肉，拖腔很长，余音渺渺，让人回肠荡气。

2016年，适逢世界文化史"双子星座"——莎士比亚与汤显祖逝世四百周年纪念。20世纪初，日本的青木正儿在《中国近世戏曲史》中，首次把莎、汤并列，倏忽已近百年。然而，由于两人所处的历史脉络与文化语境不同，两人及其剧作的传播和命运也千差万别。莎士比亚，名冠全球，罗密欧与朱丽叶的故事，到处耳熟能详；美国高中学生，要背诵莎翁剧作；源自《麦克白》的《纸牌屋》风靡世界；刚落幕不久的伦敦奥运会的核心制作理念，源于莎翁的《暴风雨》关于城市生活与传统田园风光的叙写；奥运会前BBC出品《空皇冠》四部曲；莎士比亚的音乐舞蹈呈现更是千姿百态，凸显莎翁在世界的强烈存在感。而汤显祖则由于我们研究的乏力、传播的苍白以及传统戏曲的衰退而鲜为人知。白先勇青春版《牡丹亭》的横空出世，让欧美"惊艳"，"疯掉了"，系1930年梅兰芳赴美演出后最大的轰动；白先勇要让"中国大学生每人都看一次《牡丹亭》"的宏愿，年复一年实施着；大学生以懂昆曲为雅为荣；"古今同梦青春牡丹亭"，"世间只有情难诉"，"相思莫相负"，成为时代流行语，这是中华文艺复兴的一个真实吉兆。我作为白先勇昆曲青春版《牡丹亭》的一名义工，已逾十年，也深感荣焉。至于汤显祖与岭南关系的探索，则是一个亟待开发的处女地。

6月21日，广东省文史研究馆，徐闻县委县人民政府将举办"岭南行与临川梦——汤显祖广东高端论坛"。由戴吴金荣主编、徐闻县文学艺术界联合会编辑的《汤显祖诗文选》，周松芳专著《汤显祖的岭南行：以及如何影响了〈牡丹亭〉》已经出版。

《汤显祖诗文选》编选，眼光独异，理念明晰，点睛汤显祖与岭南。周松芳新著，澄疑辨讹，穷微阐奥，辄多胜解，展示了汤显祖行走岭南的细秀缀锦，闯荡异域的犀利豪情，颠覆自身的威悍境界，把小学术与大学术勾连起来，是汤学与岭南学研究的一大突破，具有开拓意义。龙涎香、槟榔、罗浮梅花、阳江桃花、深圳"参天乔木"，徐闻"贵生书院"和"接吻浪"，具有操作价值。这对推进汤学研究的深度递进，对填补岭南学的研究空白，对开发汤显祖入粤路线图及粤桂"西江文化走廊"、澳粤闽汉津"中西文化走廊"、粤桂湘"苍梧文化圈"提供了新的资质和视角。

汤显祖与岭南关系绵延悠长。青年时就款曲暗通，据徐朔方笺疏，汤显祖在二十五岁前，即与岭南仕宦多有来往，作《送人南海进香》。被贬入粤，由意气相激而恢魁大观。不计沿途游山玩水，在广州呆了二十多天，在澳门住了三四天，在徐闻履新达半年之久，建立了三个朋友圈（金陵旧友、同事同乡、粤籍新朋），穿透在他改变命运乃至生死梦幻超越意志的勉励，令他深感情之深切与强力；纵游饱览了殊丽悬奇的岭南风物风情；思维上迥出流辈，不拘套格，带来由帝王宫廷向民间民生倾斜，由内陆封闭向海洋开放转变，由瘴疠苦难向情之大本递进三个转捩。"天下人古怪，不象岭南人"，这般科诨，道尽岭南大地对汤显祖复杂诡异影响，也显现他对忤逆化边缘化了的岭南文化的别样情谊和独异悟解。

汤显祖岭南之行留下两处遗址：一处是徐闻贵生书院，一处是今天深圳的南头。汤显祖去东莞探望友人遗孤后，顺带去了深圳表彰晋代孝子黄舒。黄舒行孝成为深圳地区南北文化大融合的一个重要标志，被视为蛮荒的边陲之地开出了一朵鲜艳的文明之花。当地人把黄舒比作春秋时孔子的学生——大孝子曾参，把他居住的地方命名为参里，把旁边的山命名为参里山。"参山乔木"还成为"新安八景"之一。有了汤显祖的这番褒扬，历代骚人墨客不断有诗文点赞黄舒的孝行。[①]

据明人黄汴《一统路程图记》中"湖江县由江西域至广东水路"所示，汤显祖由南安府大庾岭入粤，经南雄梅岭、始兴、仁化、曲江、韶关、乳源、英德、翁源、连州、三水，进入广州；从广州去澳门，经恩平、阳江、阳春到徐闻、廉州涠洲岛；从广州南海神庙经番禺、增城、东莞上博罗罗浮山，又从东莞到深圳南头，其行踪几乎囊括粤东、粤西、粤北及珠江三角洲、澳门重要精彩景点。他留下的大量诗文尺牍，不仅有极其重要的历史文化价值，也为粤、澳、湘、琼、桂旅游经济带引发无限延长的文化产业链。

汤显祖一生写了四个梦，《紫钗记》《牡丹亭》《南柯梦》《邯郸记》，谓之"临川四梦"，他的梦想失落感悟都写进梦里。

他被贬徐闻，梦起梦断，一路梦幻一路歌，虽有着隐藏在缤纷中的无常，有着繁花易落、青春已逝的惆怅，也吸吮着密结于瘴疠、临海、异域、中西交汇的岭南元阳，有了儒道并举、进取恬退的性灵，有了"顿教"法门、"苍梧"套格的智慧。可谓之为汤显祖"岭南'四梦'"。

（一）"苍梧梦"。在汤显祖关涉岭南的诗中，"苍梧梦"，对尧舜之治的膜拜向往，屡屡形于篇章，实乃点穴之笔。在为他的顶头上司处州知府任可容擢升广东宪副诗中，直言不讳他的"曾飘赤海涯"的岭南之行，是"为谒苍梧影"；到博罗罗浮山访道，也"不忘苍梧"，稍后有"仍不忘礼敬苍梧"

---

① 见《深圳九章》，花城出版社2008年版。

句；在黄州（湖北黄冈），在赣州（江西），在广州，在获贬徐闻时，"昔坚怀苍梧"，"苍梧韶奏谒"，"云气苍梧秋色长"，"白水苍梧云色愁"，等等，"苍梧"叠加频出。《史记·五帝本纪》说："舜南巡狩，崩于苍梧之野，葬于江南九嶷，是为零陵（湖南）。"古苍梧，涵盖桂东、粤西、湘南三省繁华富庶之地。古苍梧文化，由虞舜开拓岭南，实现中原文化与岭南文化融合，致名家辈出，特质凸显，成为岭南文化的发祥地。汤显祖建徐闻贵生书院并开坛讲学，念兹在兹的是实现"致启尧舜上"的情怀。汤氏苍梧情结，如一只蜻蜓，点过湖心，够后辈钩沉探颐的了。

（二）"顿教梦"。在岭南成为中国文化中心当儿，汤显祖在岭南新州（新兴县）参禅访道，感到身为一介百姓的惠能，能开创南禅学派、济世拯民，自己作为官难有作为，而深感愧怍，有了"新生百姓能如此，惭愧浮生是宰官"的反求诸己，退恭自省。汤显然受到惠能开创"顿教"法门的"法无定法"，内心觉悟、自由气息的洗礼熏陶。这对皇权是一种消解，对民本是一种启发。他在被贬后致朋友的书信中说："弟在岭南，如在金陵，清虚可以杀人，瘴疠可以救人。"这和黄梅弘忍考新州惠能"你从蛮荒之地来，是个南蛮，也想成佛"？惠能回答的"人虽分南北，成佛不分南北"，这两种偈都昭示禅从心性上下工夫，禅就是一种思维方式或一种生活态度。日常生活的自由生动活泼，不迷乱，不妄念，枯荣过后皆成梦，忧喜两忘便是禅，"顿教梦"是汤显祖历经沧桑后突现眼前的一抹青春绚丽。

（三）"海洋梦"。15、16世纪是地理大发现时代，是哥伦布发现美洲新大陆的时代，海洋的征服成为历史大趋势。岭南的海外贸易，定期互市（交易会），夷船贾胡，都让汤显祖脑洞大开，视野开阔起来。看"番禺人入真腊"；看"时时番鬼笑，色色海人眠"（《南海江》）；看番鬼婆"花面蛮姬"；看海上贸易，"占城（越南）十日过交栏（印尼），十二帆正看渔还"（《听香山译者》）。海上的月亮跟内陆的绝对不一般。汤显祖《看贾胡别》中说："不信中秋月轮满，年年海上看明珠"。岭南商人别离的豪迈坦荡，也大别于内陆"徘徊今夜月，孤鹊向南飞"般的离情别绪。"年年海上看明珠"，与张九龄的"天涯共此时"，正道出岭南文化个性，而生发"瘴疠人才多伏骥"的感叹，和"握中悬璧自生光"的期待。泰州学派罗汝芳反理学、崇尚个性解放，以及强调"童贞"、"人欲"的李贽的影响，这种纵向、线性的传习与听受，一旦与岭南八面来风的中西文化撞碰出吉光片羽，这种横向、侧面的熏陶与点化，从帝王宫廷跃为夷船贾胡，从封闭递进到开放，而获得一种全新的自由的体验式的历史感受和思想资源，给汤显祖的创作，如《牡丹亭》柳梦梅形象塑造以有力的精神支撑。田汉题徐闻贵生书院说汤显祖"庾岭归来笔有神"，端的至理。

（四）"梅花梦"。汤显祖在岭南大笔挥洒、恣肆汪洋的写梅，对梅花铢积寸累，沉潜往复，赞誉有加，不像是偶然的闲情兴致，不像是寄情的风花雪月。而是以梅为寄托，为使者，为支撑，有自身命运改变的心境，有自由开放精神的点燃。

在《始兴舟中》写了梅："石墨画眉春色开，有人江上寄愁回。转风湾底曾回烛，新妇滩前一咏梅"。

到广州，《广城二首》有"书题小雪后，人在广州回。不道雷阳信，真成寄落梅"之句。

在博罗罗浮山，更有"梅花须放蚤，欲梦美人来"；"美人湿不来，暗与梅花语"；"消息梅花月，为舟兴不忘"的寄情。罗浮归来，又有"更折梅花问者老，罗浮清隐最相闻"的感悟。

罗浮枝头美人魂。汤显祖应是知晓"罗浮美人"这个典故：有书生游罗浮山，遇一绝代佳人，饮酒畅谈，不觉大醉，醒来樽前空余一树梅花，其怅惘之情可以想见。而这个典故，则出自唐代贬官柳宗元《龙城录·赵师雄醉憩梅花下》："隋开皇中赵师雄迁罗浮，一日天寒日暮，在醉醒间，因憩仆车于松林间酒肆傍舍，见一女子淡妆素服，出迓师雄。时已昏黑，残雪对月色微明，师雄喜之，与之语，但觉芳香袭人，语言极清丽，因与之扣酒家门，得数杯相与饮。少顷，有一绿衣童来，笑歌戏舞亦自可观，顷醉寝，师雄亦懵然，但觉风寒相袭久之，时东方已白，师雄起视乃在大梅花树下，上有翠羽啾嘈相顾，月落参横，但惆怅而尔。"此后，人们常用"罗浮"、"罗浮美人"、"罗浮梦"等指代梅花。

梅花如一点渔火，逗引来千万夜航船的啸聚，沛然注入《牡丹亭》的构思：书生梦见一位美人（即杜丽娘）立在梅树下，于是自己易名为柳梦梅。柳氏梦梅，以梅作使，欲梦美人，是顺理成章的铺垫；杜氏丽娘，情为梅根，为一梦而亡，以情作使，梦中情，人鬼情，人间情，成就"三生因缘"，爱情的幽微情怀，是水到渠成的生成。或许，《牡丹亭》里的意象、氛围，既能从此次罗浮山之游找出若干源头；也可以从剧中看到，由于汤显祖与柳宗元身世相同，使得这位明代贬官借一树梅花（"赵师雄醉憩梅花下"）为媒，与唐代贬官柳宗元隔着时空暗通款曲，剧中的这几句说白，端的正是——"小生姓柳，名梦梅，表字春卿。原系唐朝柳州司马柳宗元之后，留家岭南。父亲朝散之职，母亲县君之封……"

汤显祖在徐闻筹办贵生书院而提出惜生、贵生、尊生"三生理念"。这是对人生、人性、人爱在内的自由生命的肯定，以人的基本生存权利为目标，孕育着一股强大的人文主义暖流。

清代戏剧家，写《长生殿》的洪升，评说《牡丹亭》"肯綮在生死之际"。在《牡丹亭·还魂记·题辞》中，汤显祖提出"情至"宣言："生者可以死，死可以生，生而不可与死，死而不可复生者，皆非情之至也。"

"古往今来，多少离合悲欢，谁曾见这样的哀乐辛酸。"（《罗密欧与朱丽叶》结尾台词）"爱所有人，信任少数人，不负任何人。"（《终成眷属》）"生存，还是死亡，这是一个问题。"（《哈姆雷特》）

"此情只应天上有，人间能得几回闻"，"世间只有情难诉"，"相思莫相负"。（《牡丹亭》台词）

情之作使，爱之立言，莎汤双星四百年遗响犹存，四百年苍梧翠柏，高处相逢。

徐闻，为神州之角，大陆之尾，角尾乡灯楼角，有"中国大陆南极村"之称，与海南天涯海角，台湾鹅銮鼻，并称为大陆及两岛之"南三端"。徐闻，海为两海（南海、北部湾分水岭），波为双色，蓝为两蓝（灰蓝、湛蓝），它的"接吻浪"世间一绝，与汤显祖"情难诉"、"莫相负"，浪藏精魂，真正绝配。虽然"牡丹还早"，但姹紫嫣红锦绣春光的徐闻就要到来。

汤显祖在广东的那些事儿

——2016年6月5日在深圳市民文化大讲堂的演讲

今年适逢汤显祖与莎士比亚两个世界文化名人逝世四百周年纪念。20世纪初，日本汉学家青木正儿在《中国近代戏曲史》中，首次把莎士比亚、汤显祖并列，倏忽已近百年，历经四百年风雨雷电，今天一并来纪念，意义很不一般。而且，今天的纪念，更加入了极为重要的命题：汤显祖与岭南文化有着血脉绵延、千丝万缕的联系，汤显祖在岭南孕育了《牡丹亭》，胎教了《牡丹亭》。

莎士比亚的研究和传播非常广泛。莎士比亚于1599年创作著名历史剧《亨利亚特》，着重描写英法阿金库尔战役。由农民和部分贵族组成的英军在极为困难的劣势中击败了数倍于己的由贵族组成的法军，莎士比亚对这一战役的描写，后来被作为英国爱国主义教育的必修课。亨利五世在阿尔金战役的著名演说中，读出来的只有"怕"字，怕人多势众的法军，怕没有信心的士兵，更怕上帝不公正。战役结局是恐惧战胜了高傲，农民战胜了贵族。恐惧，是文明的凿子，是制胜的利器，恐惧成了英国的一种文化精神。

莎士比亚在世界文化中无处不在。《罗密欧与朱丽叶》家喻户晓，源于《麦克白》的《纸牌屋》风靡世界，音乐舞蹈也凸显莎翁强烈存在感。英国有句流行语，"宁可舍掉一个印度，不可舍掉莎士比亚。"英国文化，包括西方文化，很注重文化软实力，强调人的精神、灵魂。而我们对于汤显祖的研究，比较乏力、传播比较苍白，很多人不知道"临川四梦"是怎么回事，也不知道《牡丹亭》是怎么回事。更不知道汤显祖与岭南有什么样关联。

2004年4月，由著名作家白先勇主持制作，海峡两岸暨香港艺术家携手打造的青春版昆曲《牡丹亭》开始在世界巡演，给这门古老的艺术以青春的喜悦和生命，在美国上演时场场爆满。让欧美"惊艳""疯掉了"，系1930年梅兰芳赴美演出后最大的轰动。大学生以懂昆曲为荣。"世间只有情难诉"，"相思莫相负"，"古今同一梦、青春牡丹亭"，成为这个时代的流行语。这是中华民族文艺复兴的一个真实吉兆。我作为青春版《牡丹亭》的一名义工，已经十年，也深感荣幸。

白先勇在《牡丹亭》演出百场纪念庆宴上提出：要让中国每个大学生都能够看一次《牡丹亭》。年复一年，一代又一代，《牡丹亭》作为中国传统优秀的昆曲剧目，作为一席顶尖美学盛宴，就可以一代代传承下去。

汤显祖从小聪明好学，二十一岁中举，三十四岁中进士，后历任太常博士，詹事房主簿。明万历十九年（公元1591年）因不满朝廷腐败，上《论辅臣科臣疏》，弹劾大学士申时行，抨击朝廷，触犯神宗皇帝而被贬岭南。汤显祖在徐闻做典史，后来就到了浙江遂昌做县官，四百年后的今天，遂昌举办汤显祖文化节，影响很大，群众性的昆曲比赛，做了好几年。江西抚州是他的家乡，也有很具规模的纪念活动。广东这个月在徐闻召开"岭南行与临川梦——汤显祖学术广东高端论坛"，开展系列的纪念活动。上海昆曲节，《临川四梦》世界巡演，广州是首站。

究竟汤显祖与岭南与广东有怎样的联系？

浙江大学教授徐永明根据哈佛大学CHGIS即"中国历史地理信息系统"，以及徐朔方撰写的《汤显祖年谱》，查出汤显祖路径和活动地点以及其经纬度：

名称	经度	纬度
临川	116.35	27.985
南昌	115.9	28.675
北京	116.37	39.931
宜城	118.74	30.947
南京	118.77	32.053
黄州	114.87	30.447
杭州	120.17	30.294
通州	120.85	32.01

（续上表）

绍兴	120.58	30.005
吉安	114.97	27.103
赣州	114.93	25.847
保昌	114.3	25.119
梅岭	114.34	25.322
广州	113.26	23.135
东莞	113.75	23.047
南海	113.26	23.135
香山	113.37	22.526
澳门	113.55	22.2
长沙	112.98	28.198
恩平	112.31	22.192
阳江	111.96	21.845
琼州	110.36	20.008
徐闻	110.16	20.33
肇庆	112.45	23.057
遂昌	119.26	28.588
藤县	117.16	35.085
丽水	119.91	28.449
温州	120.65	28.081
扬州	119.44	32.391

在汤显祖活动的二十九个城市中，有十二个属于岭南（含澳门、琼州），这个可视化的展示，证实汤显祖与岭南的紧密思想、文化关系，纬度误差只是把开平长沙误作湖南长沙。

下面谈一下"汤显祖在广东的那些事儿"，谈一下汤显祖的岭南行孕育了《牡丹亭》。汤显祖有六条金句，透视了他的哲学、文化思想，以及在岭南的种种顿悟。

第一句话，"是花都放了，那牡丹还早"。反映了汤显祖被贬以后的心情。他被贬广东以前只写了《紫钗记》，另外三个梦《南柯梦》《邯郸梦》《牡丹亭》是被贬岭南之后写的。这句话反映了他被贬岭南后的心情，是花都已经开了又凋谢了，岁月没有老，还有希望，因为牡丹还没有开。在岭南，他得到了别一样的文化熏陶，六祖思想的冲击、海外贸易的景象，异域山山水水，让他视野开阔、脑洞大开。他的心情有很大变化。汤显祖在岭南留下两处遗址，一是徐闻的贵生书院，一是到东莞（今之深圳南头），探望友人祁衍曾遗孤，还写了一篇《东莞县晋黄孝子特祠碑》，表彰孝子黄舒，这黄舒正是深圳南头人，黄舒行孝影响深圳千年，成为深圳地区南北文化大融合的一个重要标志，"参山乔木"成为"新安八景"之一。黄舒墓成为深圳历史坐标。

苏东坡弟弟苏辙被贬到雷州以后，生不如死。看看他的诗文，什么东西都看不惯，度日如年，想皇帝把他早点弄回去。韩愈当年到潮州，对广东感觉也不好。广东地处边缘，西学东渐，但对中原来的人非常包容。韩愈在广东名声很大，广东把他作为贤人供养起来。其实贬官的生活安逸自在，游山玩水，吃吃喝喝，甚至被贬成了一种荣耀，被贬，圈粉就多了，身价也随之提高。苏东坡在广东吃蚝，写信给他儿子，说：广东生蚝很鲜美，你来了，我会请你吃，但此等美妙事，不可与人言。如果把历代被贬的文人心境作一比较研究，是很有趣的。

汤显祖在广东的心态是相对平衡的。翻过庾岭小梅关，便入广东的南雄县境，从南雄乘船顺浈水南下，在韶关曲江县城的芙蓉驿站住下，曲江县城东南的曹溪之畔便是南华寺，受刘应秋之托，汤显祖要看看六祖惠能留下的衣钵是否还存在。

他在广州二十多天，在澳门三四天，在徐闻多长时间有争论，有的说一年，有的说八个月。粤北整个片区他都看了。之后到粤西去上任。又去粤东、到东莞（包含今之深圳南头）。后来又从广州到澳门。

牡丹花有"国色天香"之誉。色泽艳丽，富丽堂皇，是花中之王，其品种很多，以黄、绿、肉红、深红、银红为上品。

元代诗人刘敏中描写牡丹是"栽时白露开时谷雨，培养功夫良苦"，过了谷雨，春天将尽的时候，牡丹才开，春天将尽，牡丹抓住春天的尾巴，那是宋诗中所说的"千金不惜买繁华"的意境。"牡丹还早"带有点哲学意味，人生有上有下，有起有落，有哭有笑。过去了就过去了，现实点，依然要看到未来，未来就是"牡丹还早"，未来还是有希望，"花开，花落，花还早"，从

西方文化传播上面功高至伟，在中国文化史上有很崇高的地位。北京做了一个雕塑，内边有他的大名。后来他死在北京，"文革"中墓地被红卫兵毁掉了，"文革"后重新把他的墓地恢复。汤显祖是否跟他见过面？是值得探究的课题。汤显祖在端州闻说了"西学东来"的第一人，此外端州伏四水之便利，据两广之要津，"水驿连三峡"、"人家各一溪"、"烟雨一秋迷"以及"尊六祖而不轻八祖"、"识顿语而不薄参冈互回"，端州的秀丽山水和深厚人文，对他的学问和思维，影响是潜移默化的。

第五句话，汤显祖在《牡丹亭》里说，"天下人古怪，不像岭南人。"这句话挺让人琢磨，作为蛮荒之地偏居地角的岭南是异质的、个性化的，有别于"天下"的存在。据徐朔方考据，在二十五岁以前，汤显祖已经跟岭南官吏有来往。广东人给他的信息文化熏陶决不同于他在内地包括江西、金陵所接受的文化。

梁启超讲，广东人对鬼佬，对西方人的态度，既不拒之，也不畏之。广东开放早，唐代就有十多二十万华侨出去了，他们见世面比较早，很多人知道外面的世道。另外，面临海洋，还有一种海盗文化，渔船出去打鱼，可以满载而归，可能发生抢夺、还会发生翻船等，命运难测，广东沿海居民都有一种彪悍、威猛的秉性。这种广东文化视角的多元，藏有一种包容性。在"非典"肆虐期间，最淡定的是广东人。北京好像大难临头，不是一般的恐慌。因为蛮荒，因为"下南洋"，因为挖金山，因为离乡背井，因为漂泊流离，在原始的地方生长出来的，在艰苦的环境里面生长的，产生出一种强大的生长力，不畏惧狂风暴雨，不怕各种各样的灾难。

由于面临大海，走私、远距离的运输、贸易等，对自然灾害和社会灾害的抗击能力非常强。这是和在内地的人物性格，和地域文化处于不同的环境。这一个开放的崭新的世界，让汤显祖在澳门看"花面蛮姬"也就是鬼佬、鬼婆、外国美女；看海外贸易，"十日过交栏（印尼），十二帆正看鱼还"，从越南到印尼，十天来回；另外，看广东定期"互市"，也就是当时的交易会。

如黑格尔所说，"海洋和河流使人接近，反之，山岳使人分离"。相对中原传统文化累叠融淀，封闭稳定，岭南是另一番景象。在讨论地域文化时，一味强调中原文化对岭南文化的影响，一味渲染岭南的瘴疠、蛮荒而忽略两种文化的双向影响和交流，我以为是偏颇的。需要补补偏、救救弊。汤显祖的岭南"四梦"，岭南荔枝运送长安的旷古奇迹，都是有力的佐证。

杜牧诗里所说的"一骑红尘妃子笑"的这荔枝来自何处？四川？海南？闽南还是广东高州？长期存有争议。我认为：粤北高山上的西京古道，据考证是为了送荔枝而修建的，此其一。2004年，随着坐落在陕西省渭南市蒲城县保南乡山西村的唐代大宦官高力士墓地抢救性考古发掘完成，考证了高力士是当年容城所辖十四个州中的潘州（今广东高州）人，专家在解读高力士生平墓志铭时，发现当年驿马传送进宫供杨贵妃享用的荔枝，是一种产自高力士与杨玉环家乡名为"白玉罂"的优质早熟荔枝。高与杨都是容州都督府人。高力士家乡高州距杨玉环容州普宁县家乡仅百公里，高力士作为皇帝和杨玉环忠实宠臣，介绍家乡的佳果也是情理之中的事。此其二。

山高路远，保鲜期极短，高州的"白玉罂"是怎么样运到长安的？2010至2012年，我去了高州三次，调查民间说法：高州早熟荔枝，在果熟前一个多月，连树枝带果截枝，然后用泥巴把截枝口包扎起来，整棵整棵的树枝经南岭山脉，越过崇山峻岭进入湘江，通过秦岭运到离长安最近的驿站，荔枝果在泥土护养下逐渐生长成熟，随即摘下果实，放入竹筒内密封之，最后用快马送到长安。这个说法，比较靠谱。此其三。根据这三点，私意以为，杜牧"一骑红尘妃子笑"送到长安的荔枝就是高州的"白玉罂"。运载方式也并非清人早已质疑的"昔有七日至长安""怠妄"之说（清吴应奎《岭南荔枝谱》）。"一骑红尘"，让我们看到朝廷的劳民伤财，极度奢靡，也折射岭南作为边陲的艰难历程、无比智慧。

"残余片段，以窥测其全部结构"，陈寅恪所揭示的方法论，让我们看到汤显祖的岭南行一路美梦不断，"苍梧梦"，"顿教梦"，"海洋梦"，"梅花梦"，以及荔枝公案中所跃动的民间传说和沉淀史籍中，窥见出汤显祖一语中的"天下人古怪，不像岭南人"独异的岭南文化生命和精神。这类岭南"残余片段"，在汤显祖的《牡丹亭》中比比皆是，如第二十三出《冥判》中，汤显祖借末与净之口，历数了三十多种岭南行所见到的花色品种。又如，在第五十五出《园驾》中，为岭南吃槟榔习俗辩解："（生）在平章，你骂俺岭南吃槟榔，其实柳梦梅唇红齿白。"再如，在第二十三出《旅奇》中写了被贬岭南的历程："香山岙（注：澳门）里打包来，三水（注：恩平、开平、阳江）船儿到岸开，要寄乡心值寒餐，岭南南上半枝梅"，现实与戏文互相映照。凡此种种，也窥测和叠加出《牡丹亭》的"全部结构"。

第六句话，在《牡丹亭》里讲到人性人情，有"世间只有情难诉，相思莫相负"句，白先勇当年选择《牡丹亭》并赋以"青春版"，因为这是一个青春恋爱题材。对年轻男女可以产生极大爆发力，这也是大学生喜欢这个戏，相当多年轻人也因此爱上昆曲的原由。

徐闻是南海和北部湾海水交界的地方，是神州之角大陆之尾，海水为两色：湛蓝色和灰蓝色。其"接吻浪"周而复始，年复一年，内有精魂，为世间一绝。这个圣地是爱情最坚贞的地方，引动汤显祖"情难诉"，"相思莫相负"的无限情思和生命追求。

归结一下，汤显祖在广东交了三个朋友圈，一是金陵旧友，一是岭南新友，还有做生意一帮朋友。他在思想和文化上经历了三个转轨，一是从内陆的封闭向海洋的开放转轨；二是从皇朝向民间转轨；第三，由瘴疠苦难向情之大本转轨。

上世纪60年代，我在阳江住了很长时间，阳江渔民生活，让我很震撼。每天下午四点多钟，女的都在海边等男的回来，一回来就一定选最好的海鲜大吃一餐，阳江话要"吃胀"；夜晚跟老婆拼命"造人"，他们的子孙非常多。命运多舛，前途难测，不知道下一次下海，还有没有命回来。大海带给人的信息是生死不确定，这也给汤显祖的思想和理念以强大冲击。他在写《牡丹亭》时悟道：情之大本。也是清代戏剧家洪升评述的生死在肯綮之间。

文化是交流的，多元的，互补的，不能说哪个文化优或劣，一种文化可以影响、感召另外一种文化，可以融合另一种文化。文化的征服，是最后的征服。世界上所有的竞争，最终的竞争是文化的竞争。这就是莎士比亚为什么在英国和世界有这么强大的存在感。汤显祖在岭南在广东孕育了《牡丹亭》，胎教了《牡丹亭》，《牡丹亭》这个儿子生下来是不是靓仔，智力高不高，都是由岭南行决定的。汤显祖被贬岭南，有繁花易落，青春已逝的惆怅，但吸吮着密结于瘴疠、临海、异域，中西交汇的岭南文化元阳，而获得一种全新的，自由的、体验式的历史感受和思想源泉，铸就了"是花都放了，那牡丹还早"的刚毅坚强的个性和创造不懈精神。今天我们纪念汤显祖这一位世界文化名人的时候，就是要把他作为中国文化的一个标志符号，作为一种文化软实力，作为一种经济的附加值来努力。

深圳应申请联合国"文学之城"

改革开放三十年来，深圳文学界为全国奉献了新都市文学、打工文学、网络文学、阳光写作的文学品牌，并且以小说、诗歌创作和报告文学的整体实力，一直延续着在全国的影响力。近年来，深圳青年作家群的异军突起和深圳打工作家群的风生水起、深圳网络文学豪华阵容，更成为重要文学现象和文学话题，深圳作家队伍和作品成就也被视为广东文学的半壁江山。

一、深圳申请联合国"文学之城"集中体现广东开放改革文化战果和贡献，也将极大提升广东文化国际形象

深圳的文学特色显示是中国最鲜明的，是中国文学创作最活跃的，是拥有中国最多写作者的，是中国底层民众释放出最具创造力想象力的文学之地，是广东改革开放文化和中国梦的集中体现之地。深圳申请联合国"文学之城"将极大提升广东文化的国际形象。

笔者今年7月18日在接受羊城晚报记者采访时，曾认为深圳如果在文学大家和文学高端杂志方面有所改观，完全可建成中国的首个联合国"文学之城"。《中国青年报》《北京青年报》《深圳商报》均就此论题作出强烈反应。7月22日盛大文学组织旗下网站进行的"寻找中国百座文学之城"评选活动中，深圳位居全国第四位。于此，可见深圳民间蕴藏着极大的创作人才和文学热情，民间创作力量的庞大和勃兴是非常突出的。

二、关于深圳文学庞大写作群的数字分析

据深圳作家协会提供的资料，深圳区级以上会员作家数量：国家级会员八十人；省级会员三百人；市级会员一千人；区级会员一千四百人。剔除重复数字，全市区级以上会员不少于一千五百人。

坚持长期持续写作的作者（打工作者、校园作者、网络作者）：不少于一万五千人。

基本持续写作的作者：不少于五万人。

非持续写作的作者数以百万人计。

深圳与文学有关的内刊：连续出版的不少于一百家（全市有一千多家各类内刊、报纸、内部资料）；开设有文学论坛的网络发布平台不少于十家，活跃在此类网站文学类论坛上面的经常发布作品的作者不少于一万人。

深圳从事写作的作者力量包括体制内专业作家、体制内业余作家、非体制内自由撰稿人、打工作家、校园作者、散落在社会各个阶层的写作者。

三、深圳为什么热爱文学

深圳是一座热爱文学的城市。与城市移民性格、人口结构、人口来源、人口知识、人口心态有关；与深圳年轻人为主体的社会构成对通过文字形式进行精神宣泄的喜好、文学写作资源的丰沛、个人生活体验的"震惊"感觉、文学功能的"灵验"效应等因素有关。

深圳文学创作活跃的原因可概括为：

（一）城市年轻人为主体的人口结构，白领阶层的庞大规模，新鲜的人物、事物和生活经验；

（二）对新技术新媒体手段使用的方便和快捷，以及心理宣泄和个体寻求慰藉、扩大社交的欲求；

（三）深圳城市的特区效应和阅读期待，吸引了全国网民对深圳的好奇，也是深圳文学大有可为的基础。

四、深圳作家的名家方阵

近年来名家佳作不断。像深圳拥有中国诗坛的常青树徐敬亚、王小妮夫妇，王小妮是从朦胧诗时代开始，一直站在中国诗歌探索前沿的最优秀的诗人之一，而且是中国最好的女性散文家之一；李兰妮探讨人类灵魂深度的长篇散文《旷野无人》被评价对中国当代文学有开拓之功，被介绍到国外，作为中国当代文学六十年来最具有国际化视野的重要作品之一；杨争光的长篇小说《从两个蛋开始》等，对中国乡土结构、伦理、政治、人性的惊人还原，阐释，反讽和反思，以及非常中国化的民间叙事智慧，使他成为中国当代文学在海外具有声誉的重要作家，这一作品及他的乡土题材中篇小说，与陈忠实的《白鹿原》形成另外一种现代中国话语的补充，他的新作《少年张冲六章》也被视作2010年中国长篇小说的最好的作品；邓一光的长篇小说《我是我的神》被视作中国罕见的长篇巨制，是具有国际文学对话能力的当代文学的作品，它的价值将逐渐显示出来；曹征路被称为当代中国底层写作的最具代表性的作家，他2009年新出的《问苍茫》被视为当代《子夜》，也被评论界视为底层文学目前为止的高峰；薛忆沩作为继谭甫成之后深圳现代派、先锋派的代表，其对文体形式的探索持久不懈；侯军在随笔领域对文人小品传统的接通和发展，成为当代中国文学小品的南方一系，他的新作《"文革"小人物》等，对文人小品有了新的超越，是孙犁、汪曾祺流风余韵的当代回声。吴启泰的历史言情小说，千夫长的草原长篇系列和手机文学，丁力的商战金融文学，梅毅的历史大散文，王樽的电影文学随笔，梁二平、胡洪侠、邓康延、姜威、王绍培、尹昌龙的文化随笔等等，都在国内独树一帜，有着鲜明的个性和文体创造；胡经之、章必功、杨宏海、陈继会、吴予敏、尹昌龙、李凤亮、汤奇云、王素霞、谢晓霞、于爱成等的文学评论和文化研究，也都站在全国学术前沿，持久地发出深圳文化和文学的声音。

深圳还拥有中国最为齐整的青年作家群，比之江苏、浙江的同龄青年作家，具有更为独特的题材优势和文体的风格多样性，像央歌、刘虹、吴君、宋唯唯、秦锦萍、弋铧、涂俏、刘静好、刘利等女作家群，谢宏、厚圃、毕亮、郭海鸿、谯楼、徐东、王顺健、谢湘南、阿翔等男性作家群。

此外，深圳还拥有南翔、陈秉安等实力雄厚、创作水准一直稳定的作家；拥有红娘子、老家阁楼等数以百计的网络文学作家；拥有张伟明、林坚、谢湘南、戴斌、徐东、卫鸦、曾楚桥等三代数以千计的打工文学作家；拥有林培源、袁博、赵荔、韩淑娴等青春文学作家群等等。

可见，深圳并非没有名家大师，而是深圳作为经济过于强势的城市，作为长期以来处于弱势的岭南文化之中的一座城市，它的文学价值、文学贡献、文学成就、文学地位被严重忽视了、低估了。

五、深圳政府对文学扶持力度很强

（一）2006年，深圳启动了与中国作家协会共同发起、共同策划、共同组织的改革开放三十周年文学创作工程和深圳重点题材创作扶持项目。近五年来，已经取得了阶段性成果。迄今为止，九十位作家申报的选题项目得到政府资助，十五部优秀作品得到研讨和宣传推介。

（二）利用文博会和改革开放文学论坛等重要平台，成功举办了两次大型文学成果图片展，向全体市民展示了深圳文学繁荣发展丰富进取的形象。

（三）邀请五十多位名家大师来深为作家和市民进行了讲座授课；举办了两期鲁迅文学院作家班和一期作家研究生班，一百八十多位作家受到培训。

（四）连续五届的打工文学论坛参与活动的农民工作家和文学爱好者总人数近两万人次，努力实现着广大外来工的文化权利。

（五）连续三届的网络文学大赛给近百万的网络作者提供了展示平台；十多批的采风创作活动，让五百多人次的深圳作家深入生活，开阔视野，近距离了解社会生活现场；八十多期的文学沙龙、诗文朗诵会、改稿笔会活动，让三万多人次的作家不断得到交流和提高。据不完全统计，2006年底至今，深圳重点题材创作签约项目已正式出版长篇文学作品三十九部，在文学期刊发表长篇文学作品十二部，工程签约作家发表的其他各类文学作品五百多篇。

深圳在建立文学创作扶持的长效机制方面正进行着积极探索，并且富有成效。

六、深圳申请联合国教科文组织"文学之城"的理由充分

一座城市没有大作家，不等于没有文学影响力。判断一个城市是否"文学"，更应该看它的市民对文学的参与热情，看这个城市文学创作的整体活力，看文学对城市人的影响。

深圳在"全国文学城市"排名中"名列第四"的报道，曾引起了网民和媒体热议，许多人对"怎么才算文学城市"的基本标准，发表不同看法。对深圳文学成就和地位的质疑，主要集中在这座城市历史短暂，大作家大作品的数量有限，但这却忽视了这个城市达到的整体文学水平，显然也是不公平的。

深圳是全国最庞大的外来移民和打工者集聚地，从中涌现出来的文学爱好者和参与文学写作者蔚为大观、闻名全国。深圳拥有全国最庞大的写作群体，最丰富的文学形态，最活跃的网络创作，最有影响的底层写作，最多样的文学民刊，最饱满的文学热情。深圳人对文学的参与热情，曾让不少慕名前往参与其间的学者、作家感慨不已。

上海《文汇报》2010年9月17日发表评论说："如果只看到一个孤独的文学天才在城市中突然跳将出来，然后把这个天才的名字与一座城市联系起来；而对城市里站稳在地面劳作的芸芸众生，对民众涌现出的文学热情，对构成一个城市文学影响力的多数人的文学活动，视而不见，甚至藐视。如果这样的评价标准得不到校正，城市大众参与文学的热情得不到应有的肯定，那么，即便城市中真有文学天才，也会在贫瘠土壤中迅速凋零；而市民文学素养和城市文明程度的整体提升，也会多少受些负面影响。"

考察一下联合国教科文组织现有的几个文学之城，爱丁堡是第一个，是因为爱丁堡提供了丰富的文学活动，并吸引了新企业参与进来，比如为表彰苏格兰文学而设立的布克奖，就被曼氏企业冠名。如今，这个城市正在寻求建造属于她自己的荣耀，并希望为苏格兰文学提供实际的利益，比如在文学和出版业方面。

对于墨尔本的成功申请，教科文组织评价道："墨尔本体现了文学在整个城市发展中的重要作用。从多语言编辑的首创，到相关行业的蓬勃发展，再到面向不同群体的高质量教育方案及公共活动，无不展现出当地社区的文化多

样性。"

爱荷华城是一个人口不到6万的极其典型的美国中西部小镇，如果不算定居在一望无际的玉米地里的自耕农，仅算点根烟就能走完的镇区地带的人口的话，大概只有三万，其中绝大部分是爱荷华大学的师生员工，一个地地道道的大学城。城中除了几幢在19世纪留下的稍大一点的楼体之外，其余几乎无一例外地全是木质小独栋。

联合国教科文组织的官方网站上公布了专家评审组对爱荷华城的评价："作为一个小型的大学城，爱荷华城与文学有着惊人的渊源，它的独一无二之处在于，经过漫长的积累，它已成为了一个原创性写作和文学阅读的中心。爱荷华城为促成文学氛围、激励文学写作与交流等而启动的一些战略性机制，譬如爱荷华国际写作计划与作家工作坊、爱荷华之夏写作节等等，非常值得全球其他小型城市借鉴，它可以被看作规划社区文化生态结构的一个绝佳范例，在通过文化创意产业推动小城市经济与文化、社会发展方面具有高度的代表性。"

看来，基本没有一座文学之城靠的是文学大师和文学巨著的多寡，而更多是着眼于城市的文学特色。

（2010年12月23日）

要从"数据偏好"中走出来

被誉为"从来没有一个诺贝尔奖得主如此系统地阐述中国几十年惊心动魄的变革"的英国年逾百岁经济学家罗纳德·哈里·科斯和他的中国伙伴王宁在《变革中国》一书中认为,中国经济的"结构性缺陷"表现在:一是只有产品,没有有影响力的品牌。科斯说:"大部分美国消费者记不起任何中国品牌,即使他们的家中已经遍布中国制造的产品。""即使最知名度的中国企业,例如联想、华为、青岛啤酒、海尔和吉利,在西方都不是家喻户晓的品牌。"二是创新乏力,没有发明产品、创新行业。有的只是"订单式"贴上外国商标的销售。不用说与英国、美国和日本的全球知名品牌比较,即使与韩国比较,人口只有四千八百万的韩国,它的"经济总量达到了中国的六分之一,拥有着三星、LG、现代、起亚和大宇这样的全球知名企业"。

科斯的结论是:"即使中国在21世纪像众人所预测一样,成为全球最大的经济体,中国的生产力依然只能排在中游水平,如果她无法显著提高其创新能力的话。这将成为现代人类史上一个前无古人的例子:世界上最大的经济体并非生产力最高的。"

科斯此论,读之精辟警策,足堪玩味。

我对于经济学始于斯密"以例立论"的认识传统;对科斯及其追随者张五常、周其仁的创新品牌生产力,倡导"在场式"有"行为过程"的经济学研究;对于岭南学派(代表为郑观应、唐廷枢等)所倡导的"经世致用"的"实学"品格,都深以为然。

而我们的"经济解释能力",存在三个偏好,亟须补补偏,救救弊。

一是习惯于"机构数据"立论,而鲜有"以例立论"。在今年省"两会"期间,大家在讨论中,凡涉江苏与广东比较,都着眼数字计算,你说

GDP，我说人均；你说人均，我说税收，少有视角的"旁行斜出"。

二是痴迷于"课题形式"研究，而鄙薄"在场式"长时间卷入"行为过程"的"实学"倡导。比如东莞"莞香文化"创意，施行四年，初见成效，可望成为一个拉动千亿产业案例，而关注不足，研究滞后。

三是偏好于科技创新、工程创意，而冷感了"文化创意"。工程设计，找不到"魂"，文化创意，落不了"地"。一位知名工程设计者说：手上有很多项目，有很多地，但没有文化创意去激活。去年伦敦奥运会工程的"魂"，出自莎士比亚的戏剧；韩国影视要输入中国，系借用中国文化的"魂"，如《十八岁新娘》一剧中，新娘要成为家族的接班人，其他行为可略而不计，但必须全文背诵诸葛亮的《前出师表》，方为入选。

数字忽悠，创意虚脱，痴迷土地财政，抓大项目，文件"击鼓传花"，口号花样翻新，梦想一夜蹿红，成为一些官员的傲慢要目和日常功课。李克强总理指出"喊破嗓子不如甩开膀子"，深中肯綮。

岭南文化的新发展、新张力，迄今为止，可说是繁星满天，不乏新月弯月，独缺具有巨大影响力、持久辐射力和超常美誉度的"十五的月亮"。

究其实，它存在五个"缺环"，或曰"短板"，此症经有年矣，有可能成为一种顽疾。

一是以金钱贴牌天下，不愿意自主创新。在广东十分流行"贴牌"、"租船"、"借船"文化，外边有一部有前景的文化项目，比如一部可望叫响的电影、电视剧，我们投资几百万去"傍热点"，行内叫做"加棒"，认为这样就行了。"年晚煎堆，人有我有"，借别人的船，我也分个声名和政绩。长此以往，自己不造船，我们没有自己叫得响的编剧、演员、导演和制片人，这对一个一亿人口大省，是件可怕的事。江苏和广东的竞争，应涵盖文化、社会广泛软环境领域的竞争，而不仅在经济GDP的你追我赶。江苏电视《非诚勿扰》《一站到底》引起广泛注目，吸纳众多人气，成为江苏形象的一大展示平台；国家"千人计划"中，广东弱于江苏，留不住人才。这已溢出了经济增产范畴。光有钱，难买到好的文化。而在上世纪80、90年代，当全国货车有三分之一开往珠三角时，正是广东文化品牌风起云涌之日。

二是只偏好经济增量，忽略经济文化联姻。"经济与文化是恋爱关系，不是父子关系、兄弟关系，恋爱中的人总是容光焕发的，恋爱中的经济文化是最强大的"，笔者不揣浅陋的这个观点，曾列2010年7月21日《光明日报》头版头条。经济和文化，在很多情况下，这两种逻辑总是隔银河相望，而无鹊桥勾连，乃至于鸡同鸭讲、对牛弹琴。有了鹊桥（文化创意），文化"四两"就拨了经济"千斤"。经济"千斤"撑住了文化"四两"的增值、辐射。2012年诺贝尔奖获得者，美国经济学家埃尔文·罗斯在接受广州日报记者采访时说："我坚持认为，经济学不仅是科学，也是人文社会科学一部分，要跟现实生活相关。"

2008年以来，民间提供大坦沙《西关小姐》实景演出文化创意方案，又提供《海心沙时尚港》文化创意方案，但其实施之路艰难曲折，至今还在"叫喊"、"论证"。

三是满足于运动式的盛世狂欢，鄙夷长期性的生长沉淀。把文化当成自养小狗，喊几声就来了；把文化当作乳沟，以为挤一下就有了。不是开发新的思维来创造新的改变。运动式的搞文化，我们的能力很强，几天就可以搞出一个什么节，但大都不具生长性、衍生性和裂变性，造不成大势，养不了人才，衍生不了产业，积淀不了文化。而对品牌文化的构建、塑造、再现甚至催生新经济的诞生，讳莫如深。所以民间就流行"文化已随黄鹤去，此地空余文化节"的感慨。长久的文化经营，难解官员政绩短期兑现欲望。

"以例立论"而言，邻近的广西就比我们做得好。广西《印象刘三姐》是从电影《刘三姐》平面变成3D大型山水实景演出，为广西阳朔带来巨大经济效益和良好社会效应。2002年阳朔接待游客总量二百八十一万人次，旅游总收入二点四亿元。2011年旅客达九百三十五点六三万人次，比2002年增长三点三倍，实现旅游收入三十八点六亿元，比2002年增长十五倍。旅游对财政贡献率超过百分之七十。该项目增加了就业，2006年阳朔全县有十万农民从事旅游业，占农业人口三分之一。实现官员有政绩、商人有钱赚、文化人出名、当地人幸福、游客高兴的目的，达到五方共赢最大公约数。

四是热衷于"空对空""课题形式"研究，而缺少以"案例"和场景经济"地对空"的建设发展研究。显得跛脚、不丰满、不实感。受聘参事以来，我在东莞调研七年，开初也是由课题形式，想做《东莞发展与东莞观念》的文章，文章做得很平淡，后来在编撰《东莞九章》中，从浩如烟海的历史文化文献，按照世界惯例，含非单向指向性、统计学支持值（一定规模）和目标清晰度（达到介绍、估量并发展的目的），挖掘"莞香理念"，赓续千年莞香已断绝一百六十年的历史，穿越东莞寮步"古代香市，现代香都""中国沉香之乡"的整个"现实场景"，长时间卷入行为过程，得出一个值得信赖的结论："莞香"一个名词的隔代相约，重新聚首，诱发了一场龙卷风，演绎为实践，蜕化为财富，每株"莞香树"成了一个"森林银行"，裂变成一个可能颇为可观的产业，成为广东经济的一个新发展极。它的影响力、辐射力已超出广东，波及云南、海南、广西各省，北纬二十三点五度以南地区及东南亚地区。"莞香"的复出，后势强劲。是岭南文化新发展一个成功的经得起检验的经济文化案例。

　　五是文化品牌方阵竞相失守，不成阵势，"风过不留痕"，疏于积累。举例说明：一是"羊城音乐花会"，中国最早最具影响力的音乐汇演和超市半途夭折了。而南宁的"民歌节"，改革开放岁月诞生的音乐平台，却搞得风生水起。二是陈翘的《草笠舞》《三月三》乃中国舞蹈的经典之作。杨丽萍还在跳她的《孔雀舞》，创作《云南影像》，成为中国舞蹈"永不落幕"巨星品牌，而陈翘在广东却水静鹅飞、偃旗息鼓了。三是文学杂志《花城》，在80年代，即与《收获》《十月》《当代》列为中国文学期刊四大名旦。《随笔》杂志，与《读书》并列，有"北有《读书》南有《随笔》"之说。文学理论月刊《当代文坛报》在80、90年代，发行量高达一百三十多万份，当今众多文化大家、文学俊彦如金庸、白先勇、王安忆、梁羽生等都行走过它十多年铺设的文化大道上，引领过许多至今还在街谈巷议、"众声喧哗"的全国性文化话题。现如今，广东的名刊方阵已不成阵势，瓦崩乐尽，只剩下羡慕《读者》的份了。四是广东影视的八大名旦如《公关小姐》《外来妹》《英雄无悔》《雅玛哈鱼档》《和平年代》等之后，难以为继，不再风光，只留得"加棒"《××》的一分荣光。五是失之交臂《袁崇焕》。2005年，堪称京剧表演史上最强阵容联袂演出的京剧《袁崇焕》，余派当红老生于魁智、裘派花脸孟广禄、老旦名宿赵葆秀、梅派传人李胜素、叶派小生李宏图等八大艺术流派的当今京剧界十三个名角担任角色，是京剧表演史上涉及行当最全、流派最多、连武带唱的尝新尝试，被人们称为京剧发展史上一个里程碑式的作品。作为袁崇焕家乡的东莞和广东，与这一文化事件、文化品牌无缘相约，失之交臂，并以"广东人不喜京剧"为由，没能让袁崇焕的家乡人一睹《袁崇焕》的风采，显现出广东文化在全球化背景下的文化不作为和缺少自觉和自信。《袁崇焕》那令人心动神驰的绝唱，都已梦里寻花昨日云烟。如今思之，理想很丰满，现实很骨感。

砸烂"文艺黑线"论，为实现四个现代化而创作

中国作家协会广东分会最近在广州举行了文学创作座谈会。这是一次解放思想的会，一次肃清流毒的会，一次落实措施的会。会议思想活跃，各抒己见，开得生动活泼。现在摆在全省文学工作者面前的任务，就是彻底批判"文艺黑线"论，进一步解放文艺思想，发扬艺术民主，深入斗争生活，按照艺术规律，努力繁荣创作，使文学更好地发挥它在新的历史时期中的战斗作用。

一

"文艺黑线专政"论被砸烂了，但"文艺黑线"论的幽灵，至今还在蹒跚踯躅，很有市场。解放后十七年中，到底存在不存在一条"反党反社会主义的文艺黑线"？或者"刘少奇反革命修正主义文艺黑线"？存在不存在所谓"文艺黑线的干扰破坏"？

实践是检验真理的唯一标准，也是证实谬误的唯一标准；"文艺黑线"论正是林彪、"四人帮"杜撰的诬骗妄说，是强加于文艺工作者身上的政治枷锁，是经不起实践检验的。

形成一条"文艺黑线"，总得有纲领，有理论；有作品，有队伍；有代表人物和代理人物。

十七年的文艺，是贯彻执行党的文艺路线、方针和政策的，并没有什么别的纲领和政策；十七年的文艺领导，也是正确的领导，并不存在什么文艺黑线的代表人物和代理人物。十七年的文艺工作确实出现过个别、局部或"左"

或"右"的错误和偏差，但这不等于就是黑线。而且，这些错误和偏差，已在实践中逐步得到纠正。既然说党的文艺路线占"主导地位"，又要留一条"文艺黑线干扰破坏"的尾巴，那么，谁是这条"文艺黑线"的代表人物呢？刘少奇吗？他和文艺部门接触极少，既没有分工管文艺，也没有由他制订、由别人执行的文艺纲领；即使有，也是红线。谁又是这条黑线的代理人呢？中宣部和文化部的领导吗？现在已经查明，当时把中宣部和文化部的领导人打成"反革命修正主义分子""叛徒"，完全是林彪、"四人帮"的政治诬陷。而且，是谁去贯彻那占"主导"地位的革命文艺路线呢？如果说，又要贯彻正确路线，又要推行文艺黑线，那不是自相矛盾吗！可见文艺黑线的"干扰破坏"云云，实质上是否定革命文艺路线。

十七年的文艺，产生了一大批好的或比较好的作品，正确地阐述了马列主义的文艺理论，培养和发展了一支革命文艺队伍，取得了巨大的成绩，并不是什么"毒草丛生，群魔乱舞"，也不是什么"烂掉了"的黑队伍。这一点通过前一段对"文艺黑线专政"论的批判，已为大量确凿无疑的事实所证实。那么，"文艺黑线的干扰破坏"，究竟指的是什么呢？系指曾出现过个别的"毒草"作品，出现过少数的坏人吗？这种情况，就是在正确路线指导下，也是不可避免的。是指所谓"黑八论"吗？那要做具体的分析。那个"反火药味"论，"离经叛道"论，纯属无中生有的捏造，至于有关"中间人物"等问题，则是人民内部正常的思想论争。把思想论争一律说成为路线的问题，并且划入敌我矛盾的范畴，正是林彪、"四人帮"的惯用伎俩，是出于他们篡党夺权的政治需要。

十七年的文艺，就没有受到一点干扰破坏吗？那也是有的。这就是林彪、"四人帮"以及他们那个"总参谋长"，那个扼杀文艺的大刽子手。1958年策动拔银幕"白旗"；1959年把《刘志丹》诬为"反党小说"；1964年全国京剧汇演时把《北国江南》《李慧娘》《逆风千里》《早春二月》等一大批影片列为"毒草"；1965年把《海瑞罢官》宣判为替彭德怀翻案；以及鼓吹上演《马寡妇开店》《十八摸》《游龙戏凤》等色情戏，就是此人的"德政"。凡此种种，为1966年他们合伙抛出"文艺黑线专政"论，作了舆论的准备。

现在，文艺界的政策落实还有阻力，文艺界的许多人还心存余悸，心有预悸，文艺创作还不够繁荣，文艺批评还不够活跃，"文艺黑线"论的毒化影响，不能不是一个主要的原因。不推倒"文艺黑线"论，文艺的生产力就不能彻底解放，文艺创作就不能迅速繁荣；在这个问题上，决容不得半点含糊和妥协。

二

文艺上的"长官意志"，受到越来越多的议论和批评，于是有的啧有烦言，有的为之辩护。到底要不要肃清"长官意志"的影响？要不要发扬艺术民主？这是文艺部门领导必须正视的一个现实问题。现在，某些地区和文艺单位践踏艺术民主的怪现象，有增无减。个别地方还十分严重。例如：同一本书籍，此一地开放，彼一地继续宣布为禁书；同个剧本，这个领导列为"优秀剧目"，那个领导却要打入冷宫；听到有人议论改革审查制度的意见，就给戴上"取消党的领导"的帽子，等等，都是"长官意志"在文艺领域的反映。文艺是一种创造性的劳动，最富于个性，最富于民主色彩，应当保证创作有充分的民主和自由；评论文艺作品，评论文艺运动，都应当靠群众，靠实践。而"长官意志"脱离政治和艺术的需要，违反艺术规律，凭主观主义瞎指挥，靠行政命令强制作家按预制规范进行写作，是错误的。

我们认为，党对文艺的领导，主要是路线、方针、政策的；它应该反映群众的意愿，合乎客观实际，尊重艺术规律，有利于调动文艺工作者的积极性。发扬艺术民主，不是削弱而是加强党的领导。保证作家自由创作的民主权利，保证题材、体裁、形式和风格的多样化，文艺才可能活跃和繁荣。那种把"长官意志"和党的领导混为一谈的错误看法，正是阻止文艺健康发展的一个大的思想障碍。

文艺需要切磋，思想需要砥砺。艺术上的是非问题，世界观和创作方法问题，只能通过民主的方法、讨论的方法去解决。毛主席的关于辨别"香花"和"毒草"的六条标准，是为了发展自由讨论，而不是束缚和妨碍这种讨论。凭"长官意志"办事，把艺术问题、世界观和创作方法问题，随意上纲上线为政治问题、立场问题、路线问题，只能窒息文艺，钳制舆论，践踏民主，起相

反的效果。

我们认为，要造成一个自由争论问题的民主气氛，要有批评的自由，也要有反批评的自由，保留个人意见的自由；在文艺批评面前，在讨论问题面前，人人平等，领导、专家、读者、作者，谁的意见对，就听谁的；任何人都不得随意禁封作品；要根据六条标准和现阶段的历史条件，制订"出版法""图书管理法"，改革作品的审查、上演制度，保证有法可依，有法必依，执法必严，违法必究，保证艺术民主的贯彻和发扬。

三

文学要为实现新时期的总任务服务，为四个现代化服务，就要恢复文艺真实地反映生活的现实主义传统，大胆揭示现实矛盾，大胆回答生活中群众所迫切关心的问题。

粉碎"四人帮"以来，文学界出现了一批揭露"四人帮"罪恶的诗歌、小说、剧本，这批作品反映了人民的心声，伸张了革命的正义，受到人民群众普遍的欢迎。文学产生如此巨大的教育战斗作用，这在历史上也是罕见的。但也有人由此忧心忡忡，贬之为"眼泪文学"，担心会重蹈暴露文学的覆辙。

歌颂人民，暴露敌人，这是文艺的基本任务。在现阶段，我们要着力歌颂科学和民主；歌颂四个现代化；歌颂老一辈的革命家；歌颂与"四人帮"作斗争和在"四人帮"高压下埋头苦干的新型英雄；歌颂为四个现代化英勇奋斗的先进人物。这是摆在文学工作者面前的一项光荣而艰巨的任务。

要歌颂，也要批判、暴露。文学是批判的武器。社会主义文学的批判任务，在当前尤其要特别强调。这不仅因为对林彪、"四人帮"一伙丑类需要鞭笞和揭露，还因为社会主义社会制度本身还有某些不够完善的地方，需要开展批评，使之完善和健全起来。要大胆揭示生活中的矛盾，大胆揭露"四人帮"；要批判假马列主义，批判现代迷信，批判封建专制主义、奴隶主义、官僚主义和教条主义，恢复文学的战斗性和现实性，为四个现代化扫清一切思想障碍。不敢揭露，不敢批判，那还要我们的社会主义文学干什么？"团结人民，教育人民，打击敌人，消灭敌人"的战斗作用又从何谈起？人民的英雄敢于抛头颅洒热血，正气凛然与"四人帮"进行英勇的斗争，谱写了气壮山河的一幕，我们有什么理由心怀余悸，举步维艰，不敢大胆为人民而创作呢？

文学为新时期的总任务服务，还要建立文学界广泛的统一战线。这不仅在文学队伍上，共产党作家、无产阶级的作家，要同党外的作家、民主主义的作家、爱国的作家，结成联盟；而且在文学的内容上，社会主义文学不仅包括宣传共产主义的文学，一切民主主义、爱国主义的文学，以及中外一切进步文学，也应该成为其组成部分。在创作方法上，我们提倡革命现实主义和革命浪漫主义相结合的创作方法，但也不应排斥其他进步的创作方法。总之，社会主义文学，不是孤家寡人，而是有庞大的队伍和丰富的内容的。

我们必须进一步解放思想，从"文艺黑线"幽灵的阴影下解放出来，到人民生活的海洋中去追波逐浪，搏击泅泳，探宝求珍，不要被无穷的忧虑和种种清规戒律弄得忧心忡忡，鼠目寸光，裹足不前。

现在，我们正在学习贯彻党的三中全会精神，把全党的工作着重点转移到社会主义现代化建设上来。这是伟大的转变，是一场广泛、深刻的革命。我们文学艺术界的同志一定要跟上形势，鼓足干劲，繁荣创作，让我们的社会主义文学发挥更大的战斗作用。一个百般红紫斗芳菲的局面必将到来！

（这是为《南方日报》撰写的特约评论员文章，见该报1978年12月29日）

白先勇《思旧赋》的"编者按语"

　　《作品》编者按：台湾作家白先勇，原籍广西，他的第一个短篇《金大奶奶》写于1958年，当时他还是个一年级大学生。此后他陆续写了《永远的尹雪艳》《金大班的最后一夜》《花桥荣记》《游园惊梦》《冬夜》等二三十篇短篇。大多是写全国解放时逃到台湾的人们，交织着思乡的悲哀、面对荒谬现实的痛心、沧桑变幻的绝望情绪。这里选用的《思旧赋》就是一篇有代表性的作品。白氏用白头宫女闲话天宝盛事的手法，写了一个过去显赫、如今没落的家庭，字里行间渗透怀旧的凄楚苍凉，对现实的哀戚失望，充满象征意味。1963年白先勇带着"心慌意乱，四顾茫然"的心情到了美国，在那里任教、办杂志。他的《纽约客》中所收作品，又为我们展示了带着去国忧患、茫然绝望情绪的"无根的一代"。

　　白氏的小说在台湾，在国外，有相当影响。他的作品委婉细腻，真实深沉，既有中国小说的传统（如细节铺排的别具匠心、环境氛围的着力渲染、人物刻画的细致入微、语言的凝练而个性化等），又吸取了西洋文学的特点（如象征手法、意识流的描写等）。

（发表于《作品》1979年第9期）

答读者问

——关于白先勇的小说《思旧赋》

编辑同志：

读了《作品》今年第九期转载的白先勇小说《思旧赋》后，感到有两点疑问：

一、这篇小说表达的是一种什么样的情绪？如何理解这种情绪？

二、小说中的两个老妪，是什么样的思想性格？以上两点，请回复。

——读者

1979年10月4日

读者：

来信所提到的两点疑问，简复如下：

一、《思旧赋》主要是描写一个老仆顺恩嫂探望故主的故事。小说通过两个女仆——顺恩嫂和罗伯娘的对白，人物的心理状态，环境景物的渲染，南京清凉山李公馆与台南李公馆兴衰荣枯的今昔对比，反映了李长官一家的沧桑变幻，表达了一种悲怆凄凉的怀旧情绪。它表露了人物对李公馆显赫的过去的无限依恋，和如今衰败没落的哀戚绝望。小说所抒发的这种怀旧的痛楚哀思和绝望心境，在某种意义上，可以说是对国民党土崩瓦解、败走台湾之后的社会一角的真实写照。

二、这篇小说怀旧的主题，是通过顺恩嫂和罗伯娘这两个老妪的形象来体现的。这两个人物，尽管个性不同，但都对主人忠心耿耿，肝脑涂地，可以说是典型的奴隶性格。她们的思想很糊涂，明明在李公馆里被奴役了几十年，却对李长官一家感恩戴德，无限眷恋。她们不知道"李长官"过去是靠什么发达起来的，不明白"南京清凉山那间公馆"是怎样建立起来的，更不晓得李公馆的倾倒衰落并非"他们家的祖坟风水不好",而是历史发展的必然。她们对"李长官"的同情规劝,对小王、桂喜的怀恨诅咒,对少爷的凄哑呼唤,以及所谓"就是一只狗,主人没了,也懂得叫三声呀"的愚忠,都异常鲜明地表现了这种奴隶性格的特征。

作者曾经说:"新一代的作者却勇往直前,毫无畏忌地试图正面探究历史事实的真况。"这话是说得好的,是向前看的。促进台湾回归祖国,促进祖国的统一,加强祖国和台湾之间的文化学术交流,是每个爱国的中国人,尤其是爱国的中国作家必须为之"勇往直前"的共同愿望。这就是今天现实的"真况",今天的现实的潮流。

(发表于《作品》1979年第12期)

在广东省文艺界欢迎查良镛先生宴会上的致辞

——2001年5月21日于广州花园酒店

他借的是武侠的形式，写的是人生和文化，通俗其表，严肃其实。

尊敬的查良镛先生、各位来宾、各位朋友：

今天，在美丽的花园酒店，高朋满座，胜友如云。我们荣幸地邀请到香港著名作家、报人、政论家查良镛先生和广东文艺界的朋友在此进行恳谈交流。我谨代表广东省文艺批评家协会向查良镛先生的到来表示衷心感谢！向广东文艺界的各位朋友表示热烈欢迎！

查良镛先生这次亲临广州，刮起了一阵旋风。昨天上午查先生在中山大学的演讲，可说是座无虚席，掌声如潮。查先生在内地的精神感召力和受欢迎程度，由此也可见一斑。

众所周知，查先生是当今华人世界拥有读者最多的作家。他以金庸为笔名发表的武侠小说，不仅赢得了各个层次读者的喜爱，而且是把全球华人联系起来的一条精神纽带。

就我个人而言，也是非常喜欢金庸先生的武侠小说。小时候，我就喜欢读民国旧派武侠小说，经常是课桌上放课本，课本下压武侠小说。我个人觉得，读武侠小说有一个好处，就是可以培养一个人的英雄气概。1979年，我在国内率先引进新派武侠小说，在《南风》文学报连载梁羽生先生的《白发魔女传》，在花城出版社编辑出版《萍踪侠影》，当时是承受了较大压力的，但武侠小说中的侠客风范一直激励着我，使我挺了过来。后来，看到金庸先生的武侠小说，更为之绝倒。

应该说，在一段时期内，国内批评界一度对武侠小说有不公正的看法。

茅盾先生把武侠小说定性为"纯粹的封建思想的文艺"，郑振铎先生批评武侠小说"使本来落伍退化的民族更退化了，更无知了"。这种批评即便针对民国旧派武侠小说而言，也有简单与片面之嫌，对新派武侠小说而言，更不能成立。以金庸先生为代表的新派武侠小说，正如北京大学严家炎教授所讲，在通俗文学领域带来了一场静悄悄的文学革命，为武侠小说开辟了一片新天地。金庸先生以其出色的文学天才，在20世纪后半叶，把武侠小说这一古老文学类型的思想及艺术水准提升到了一个惊人的高度，成为20世纪中国文学的一朵奇葩。其成就不仅令旧派武侠小说望尘莫及，即便一些新文学作品也难以比肩。这是中国文学史上的"金庸之谜"，是我们批评界、研究界必须关注的一个课题。

今天在座的有不少金庸小说专家，他们阅读得比我细，思考得比我深，更有金庸先生在这里坐镇，我在这里不揣浅陋，就"金庸之谜"略陈己见，以就教于金庸先生和各位专家。

金庸先生曾经说过："武侠小说并不纯粹是娱乐性的无聊作品，其中也可以抒写世间的悲欢，能表达较深的人生境界。"金庸先生是以严肃文学家的态度去从事武侠小说的创作的，可以这么说，他借的是武侠的形式，写的是人生和文化，通俗其表，严肃其实。我想，这是金庸先生成功的一个主要原因。

金庸的武侠小说是"为人生、写人生"的文学。塑造人物性格是他的创作目标，探讨人性、情感、人生境界是他的创作动力。这已接通了"五四"新文学的写作传统，是一般武侠小说所不具备的。金庸在其小说中塑造了一系列深入人心的人物形象，而他对人性、情感与人生境界的探讨，更是达到了哲学的高度。

金庸的武侠小说具有深厚的文化意蕴。他在小说中不仅表现了中国传统文化的风采与神韵，也表现了他对传统文化的某些批判性思考。可以这么说，金庸先生是中国当代作家中对中国传统文化领悟和体会最深的作家。

读金庸小说，如同步入了中国传统文化的宝库，历史地理、典章文物、诸子百家、风俗民情、琴棋书画、诗词歌赋、花鸟虫鱼、医药数术等等无一不包，可以说金庸小说是中国文化的教科书。而像《射雕英雄传》中闪耀的儒家文化的光芒，《笑傲江湖》中对道家逍遥自由精神的追求，《天龙八部》中展现的精微佛理，无不表现了中国传统文化的风采与神韵。中国传统文化，在现代屡遭批判而多有失传，金庸在作品中重现传统文化的神韵，又何尝只是一种个人爱好，事实上起到了传承中国文化的作用，这是金庸对中国传统文化的一个重要贡献。

金庸还以一个现代知识分子的立场与眼光，对传统文化进行了某些批判思考。对礼教纲常的批判、对王霸雄图的否定、对专制暴政的痛斥、对奴性与个人崇拜的讽刺、对流氓文化的揭示，无不体现了金庸文化思考的现代性。

金庸先生不仅以其武侠小说独步天下，而且还以一支生花妙笔写就辉煌人生。他拍电影、办《明报》、写社论，生平的精彩之处可说不逊于其笔下的武林传奇。出世与入世，立德、立功、立言，这些中国文人关注的问题，被金庸先生诠释得非常完美。加强金庸研究，不仅要研究金庸先生文学方面的成就，也要研究金庸先生在影视、传媒与政论方面的成就。

近年来，海峡两岸和香港的一些高等学府开设了金庸研究课程，涌现出一批研究金庸作品的专家学者，召开了多次金庸小说学术研讨会。金庸的武侠小说还越过中国文学批评的边界，进入了国际汉学界的批评视野。在岭南，金庸研究也是方兴未艾，金庸研究学会的成立和《金庸学刊》的创办正在紧锣密鼓的筹备之中。我们这次把查先生请来，就是要让"金庸旋风"刮起来，促进我们的金庸研究。俗话说：省港一家亲。广东与香港有着地缘与人缘的优势。我们希望查先生多来广东，多加指导。我们希望广东文艺批评界、研究界的各位同仁，共同努力，充分发挥我们的特长和优势，把金庸研究扎扎实实、轰轰烈烈地搞起来！

最后，让我们祝金庸先生身体健康！祝这次恳谈会圆满成功！

"香港电视"是非谈

今年5、6月间，在我们某些作者手下，除了裸体画《猛士》，特别受难的，似乎要数香港电视了。对于香港电视，舜之同志曾有定谳评语，说那里面"无非是宣扬那个'花花世界'的享乐主义的商业广告，和资产阶级尔虞我诈的处世哲学之种种'趣谈'"。而那些电视剧，"不是荒诞离奇的武侠打斗片，惊险恐怖的凶杀侦探片，就是庸俗低级的色情片"。概言之，香港电视通通是一种"心灵的癌症"。仿佛只有拿掉"鱼骨天线"，才能预防"心灵"致癌，方能使"社会风气"免于受"污染"，高度的"精神文明"才有可能建立起来似的。

最近，我有幸两次前往"某市"，怀着忐忑不安的心情看了几晚香港电视，有两晚连午夜场也没有放过。个中因由，除了主人的盛情邀请和职业习惯而外，还想试试自己"心灵"的免疫能力。我也曾就《"香港电视"及其他》一文所述的看法，就教于那位年富力强的主人。主人说："香港电视，有严肃的，也有胡闹的；有认识生活的启迪，也有靡靡之音的污染。刚开始看时，必至终场，而现在兴趣已经减弱，只是有选择地看看而已。我的远亲近戚，在港澳和国外的，不下七十人，但我的'心灵'仍有志于特区的建设。"主人的亲戚、一位和蔼的老人说："香港电视新闻及时、简练、自然，其中也有揭露香港社会弊病的。"当然，主人的这番话，和舜之同志笔下那位公社书记之所述，都只能是"社会效果"的一部分，还不足以为据的。

对于香港电视的优劣功过，舜之同志只是"看了一下"，而我虽然"看了几晚"，但时间不许可，不可能有更多的涉猎，兼且学识不博不深，也不可能慧眼独具，一看便着。但就各人的所见所感，砥砺切磋，相互启迪，却应当是可以的。我以为，在我们的文艺批判以至宣传中，确乎存在一种简单、绝对、片面的偏向，话说得过死、过绝，不事分析，不留余地，读后令人迷惘、怀疑，良莠不能判然而分，是非不能霄壤而别。这是很可忧虑的。舜之同志的文章，也正存有这类弊端。

比如，在舜之同志的文章中，对那个"中间也穿插播映一些诸如儿童教育、生活知识和科学常识之类的东西"，表面看来，好像模棱两可，实际上是把这类作品列入"凡此种种"，打入一概应该排斥的所谓"精粹"之中。这是不够客观、公允的。外国的某些科学小品、生活知识小品一类的书刊、电视，可以引进、出版，可以转录转播，而独独香港电视中这类内容的作品，却只能一概否定，只能"知其'坏在哪里'"，如此的立论，这般的态度，很令人感到怪异和不解，当然也是没有说服力的。

再比如，香港电视对广东粤剧院的演出，进行过实况转播；对第五届全国人民代表大会第三次会议的一些报道中，表露过某种希望祖国实现"四化"的愿望；对香港社会阴暗面作过某些指摘和抨击。这难道也是一种"心灵癌症"毒素的"侵蚀"和"污染"？不亦太简单、武断了吗？

即使是"武侠打斗""凶杀侦探"以至"资产阶级尔虞我诈的处世哲学之种种'趣谈'"的作品，只"看了一下"，便一律处以"惊险恐怖""荒诞离奇""庸俗低级"之类的判决，扫荡无存，就难免要闹出"艳若桃李"必与人通奸的过于执式笑话。依我愚见，香港电视中，虽有糟粕莠草，但也不乏健康、严肃乃至优秀之作。

对于人类文化，按照马克思主义的原则，应该采取分析、区别、批判、为我所用的政策，而不能采取仇视、恐惧、禁绝的政策。香港电视，一般来说也是一种文化，也应作如是观的。对反面的东西，尚不能一律封锁、禁绝，那么，对好坏参差、良莠不齐的香港电视，就更应该着眼于调查、研究、分析、辨别，扬善除恶，弹谬纠邪。不要把群众都当成"阿斗"，不要把社会主义看得那么脆弱，这是我们在议论文化问题时，须臾不可忘的。

"雪夜闭门读禁书，乃人生一乐事也"，恰恰是道出了封建时代禁书政策的一种悲哀。虽然这种悲哀的时代已经过去，"四人帮"的文化专制，也已成为历史的陈迹，但它的流毒和影响仍在。在文化上，极易滋生。舜之同志提倡所谓施以"政令"、"严加禁止"，以及"治安当局"的"限制"之类的做法，用之于香港电视，虽然简单、干脆、鲜明，但实效如何，倒真是值得"看个究竟"的。往事昭昭，在人耳目。这方面该"汲取的教训"，不是烙痕鲜明、记忆犹新的么？还是那句老话有效：埋塞不如疏导。对于逐渐增多的"鱼骨天线"怎么办？一是改革我国目前的电视体制，借鉴香港和外国电视的某些长处，加强竞争能力，拿出思想、艺术上高质量的电视来。二是运用脑髓，放出眼光"拿来"，吸取其"养料"，摒弃批判其糟粕。

（发表于《羊城晚报》1980年10月7日）

附：

"香港电视"及其他

舜之

广州市党政领导机关发出《关于制止一些不良风气的通知》（以下简称《通知》）①之后，大家纷纷拍手叫好，表示拥护。有的同志还颇有感慨地说，"早该如此了！"

细读《通知》，我也产生了一些杂感。

去年夏天，我出差到某市，听说那里一到晚上，几乎家家户户都在看香港电视。为什么在这个位置有点特殊的城市，收看香港电视居然"蔚然成风"，而有关人士却泰然处之？难道香港电视果真如此美好，以至人们要从中寻求什么"欢乐"？我曾为此向一位在旧社会饱尝辛酸的公社老书记请教。他只说："香港电视我也看过一些，那里头没有社会主义！"言简意赅，给我留下了深刻的印象。

为了看个究竟，我特意去看了一下香港电视，由此也就有了自己的看法。那香港电视，尽管花样繁多而又各具特色，但是，出现在荧光屏上的，无非是宣扬那个"花花世界"的享乐主义的商业广告，和资产阶级尔虞我诈的处世哲学之种种"趣谈"。至于电视剧，不是荒诞离奇的武侠打斗片，惊险恐怖的凶杀侦探片，就是庸俗低级的色情片。当然，中间也穿插播映一些诸如儿童教育、生活知识和科学常识之类的东西。凡此种种，大概就是令某些人神往的香港电视的"精粹"吧！这些"精粹"使有些人开始热衷于从香港电视中追求"今宵"的"欢乐"，受到资产阶级思想及其生活方式的影响和侵蚀，而竟然不知其"坏在哪里"！

前些日子，有人看到广州市马路两旁的楼房顶上，"鱼骨天线"日见增多，担心"港风北渐"，会污染我们的社会风气，看来，并非是"杞人忧天"。现在，《通知》发出来了，有的领导机关且已下令所属单位，倘有架设"鱼骨天线"者，限期一周内拆除。这个令下得好，这个头带得更好。俗话

---

① 见《羊城晚报》1980年5月26日。

说，"村看村，户看户，群众看干部"。我们的干部特别是身居领导岗位的干部，在执行政令方面，倘能以身作则，我们的事业就更有希望了。

我以为，对那些歪风邪气的泛滥，除了严加禁止之外，还要做许多工作。最为重要的一条，就是要从"我们有针对性地开展群众思想教育和正当的文娱活动做得不够"这方面，去吸取教训。只从"鱼骨天线"的日见增多，值得吸取的教训就不少。例如，个别担负领导工作的同志，未能以身作则，结果是上行下效；海关对进口的电视机，未作必要的规定，各种线路的电视机都可自由进口，给人打开方便之门；百货商店公开出售"鱼骨天线"以牟利，使人误认为既可卖，当可买；治安当局从未加以限制，收看香港电视者就更为放心了；政治思想工作薄弱，宣传教育旗帜不鲜明，使人以为什么都可以"开放"了，等等。这就难怪资产阶级的色情之作，迷人心窍的靡靡之音，一时间竟成为"吃香"的时髦货；而人们，包括在拒腐蚀、树新风方面负有重任的个别的领导干部、教师和文艺工作者，也一样竞相"引进""鱼骨天线"，让一家老少在更深夜静时，去度那个"欢乐"的"今宵"了。通过那个"今宵"的"欢乐"，我们可以隐隐约约地看到，某种类似正在欧美各国蔓延的"心灵癌症"的毒素，正借助于电波污染着我们的社会风气。

目前，对于贯彻执行《通知》抱犹豫观望者似乎还大有人在。看来，在劝说之余，还须诉诸舆论才行。人民既然赋予报纸以扬善除恶之责任，那么，对那些至今仍抱着"鱼骨"不放的人，就理该让他们在报纸上亮亮相。

经验表明，解决社会风气问题，同样必须"综合治理"，打"总体战"。但愿从此开始，我们的党政领导机关能旗帜鲜明，下最大的决心，把思想文化领域的工作切实抓好，庶几能在建设高度物质文明的同时，也把高度的社会主义精神文明建设起来。

（载《羊城晚报》1980年6月8日）

且慢"且慢'恭喜'"

读了舜之同志《且慢"恭喜"》一文，其中的开头，我觉得很有趣，兹照抄录于后：

> "今年元旦，有人振臂一呼：'恭喜发财'。对此表示赞赏者颇不乏人。于是乎，八仙过海，各显神通，真是生财有道。"

在"于是乎"之后，作者列举了某些生财有道的弊病，便横臂一拦，戒曰："对'发财'还是且慢'恭喜'才好。"

文章所述"颇不乏人"的"赞赏者"中，鄙人便是一个。因为在"四人帮"搞穷过渡的假社会主义期间，过得很纳闷，很憋气；如今，居然敢曰"恭喜"，敢言"发财"，真有如大旱之望云霓。因此，尽管舜之同志一声"且慢"，我却至今不悔。对于建设的目的，这样一个本来不算深奥，但多年纠缠不清的问题，在前些时候举行的五届人民代表大会上，才得到了明确的回答：我们从事现代化建设，根本目的就是在发展生产的基础上逐步提高人民的物质和文化生活水平。这是一个不可移易的真理，给真正的社会主义，给人民百姓出了一口气。舜之同志对"发财"及其目的的解释，通俗者曰"赚钱"，文雅者曰"增加收入"，都不外"发展生产"之意；至于"生活自然可以改善"云云，也脱不了"提高人民生活水平"之意。由此观之，"恭喜发财"乃"根本目的"的民间通俗说法，其含义明白、正确，不该非议，而应"赞赏"。

长期以来，以"空谈政治"为革命，以口不言财为清高，以关心"赚钱"，增加社会财富为耻，以借口发扬"艰苦传统"、不关心人民生活为荣，相当有市场。社会主义不敢言"财"，忌讳"收入"，不以提高人民生活为目的，建设来干什么？"按劳分配"，又拿什么来分配？三十年中，我们有个惨痛的教训，那就是在经济略略活跃，国家稍稍富足，人民有些钱财的时候，就有那么一些人，心里惶惶不安，不是指责你搞修正主义，就是非议你"白猫黑猫"，要不然就是这个"道路"，那个"尾巴"，直弄到凋敝贫穷才心安理得。我曾向一个深知农村经济的同志求教：极左流毒在当前农村经济工作中的主要表现是什么？他直言不讳：其中之一是"恐富症"：富必乱，富必修，富是罪恶渊薮。粉碎"四人帮"以来，落实经济政策，解决劳动就业，改革经济体制，市场活了些，收入多了些，便也有一些同志忧虑重重，唯恐什么什么，以至于"恭喜"也要"且慢"了。

写到这里，自然不会忘记了舜之同志所开列的诸如"自行车打气二分""好戏搭配次戏"之类"歪风"的单子的。但依我愚见，这类单子，并不能给舜之同志排斥以至否定"恭喜发财"这个说法以任何口实和依据。一是"自行车打气"之类，并非今年元旦开始，在"振臂一呼"之前就已存在，把账算到"恭喜"身上，就觉得不够公平。二是"恭喜"云云，明明是指"发社会主义之财"，是为整个国家发展，社会致富而立言，怎么好与"打气二分""送票费二角"同日而语。任何经济的活跃发展，都不能完全排除"敲竹杠""谋私利"之类恶习的沉渣泛起，怎么可以因为沉渣泛起，而非议"根本目的"，怎么可以泼污水连孩子都无需考虑。三是既曰"恭喜发财"，当然就得"八仙过海，各显神通"，就得"巧立名目"，"无奇不有"。厂长、工程师当推销，你说奇不奇；个人经营敢同国营的某些"官商"竞争，你说巧不巧。在经济改革过程中，难免出现一些新问题，哪些是不义的"滥收"，哪些是正当的收益，这就需要调查和分析，具体解决，而不能由此且慢"恭喜"，更不可怪罪于有人的"振臂一呼"。浑水摸鱼之徒，徇私舞弊之辈，终归是有的，施之法律就是了，不能因此而不让人"恭喜"。我看，还是"恭喜发财"好，且慢"且慢'恭喜'"罢。

（发表于《南方日报》1980年12月26日）

附：

且慢"恭喜"

舜之

　　今年元旦，有人振臂一呼："恭喜发财"。对此表示赞赏者颇不乏人。于是乎，八仙过海，各显神通，真是生财有道。

　　所谓"发财"，通俗地说即赚钱，文雅些的说法叫"增加收入"。要"增加收入"嘛，谁听了都会高兴的。因为收入增加了，生活自然可以改善，何乐而不为也！难怪有人振振有词地说什么"只要能发财，用什么手段都行"。这，比之"恭喜发财"，似乎又跨进了一大步！

　　"发财"既然"用什么手段都行"，人们很快也就看到，用来"发财"的"手段"，真是五花八门，无奇不有。

　　前些日子，我从江门市回广州，一路上见到几处修理自行车的小店，墙壁上歪歪扭扭地写着"打气二分"四个大字，觉得很新奇。难道说，路边小店，借用气筒为自行车打气，也要收钱二分么？一打听，果真如此。据说这"手段"还并非这里首创的呢。一位做宣传工作的同志，感慨系之地告诉我，有的剧团为了"发财"，竟采用一场演两出戏的"手段"——演一出"好戏"，搭配一出次戏，票价当然加倍——每张一元。群众意见很大，愤慨地说，这是"茶煲搭尿壶"！最近报载，"发财"还有更新奇的"手段"，在农村，有人居然向社员和生产队放起高利贷来了（也许美其名曰"投资"吧）。据说是，春借夏还，利息高得惊人；到期不还，就要"驴打滚"。"发财"之道，在城市也遍地开花。君不见，那政出多门，巧立名目，可以随心所欲地征"税"收"费"之风，方兴未艾；而"马路法官"，自封"巡按"，兴之所至，可以不教而罚，或罚则加码，兼收"议价"。这种滥罚款、乱收费，侵犯群众利益的事，屡有见闻。究其源，盖与只顾"发财"而不择手段有关。难怪群众议论纷纷，要求煞住这股歪风。

　　因此，对"发财"还是且慢"恭喜"为好。先要问清"发财"之道是否得当，对于大众是否有利？那些巧立名目，违反政策的不义之财或不当之财，是万万"恭喜"不得的。你若"恭喜"了，靠工资收入过日子的广大消费者，日子可就不好过了。《越秀山下》报道的诸如车站派员送票上门，"送票费"由每票收一角增至二角；民航送客至机场的汽车，每人要收费一角；派送鲜奶，也要加收"派送费"之类的新"手段"，可以为证。

其实，把"发财"等同于衣、食、住、行、用之类的生活必需品和服务性行业的提价，千方百计想"点子"，一心要在消费者身上打主意，充其量只不过是在谋小利罢了，既不能强国，更不能富民。相反的，倒有可能使人们的生活碰到新的困难，不利于调动群众的社会主义积极性，更有损于社会主义企业事业的声誉。这种"发财"之道，我看是不值得"恭喜"的。

（载《羊城晚报》1980年8月3日）

关于《秋露危城》的通信

——评刘斯奋《白门柳》

章明兄：

似乎在一个什么会上一别，倏忽数月有余。而今，晴雨无常，兄起居亦佳适否？常在念中的。

兄之杂文越写越犀利而有韵致。《羊城晚报》那篇《从一副对联说到张作霖》，即"说你行，你就行，不行也行；说不行，就不行，行也不行"，读之，仿若盛夏午后困顿，想睡而不入睡，想不睡而昏昏入睡，忽而吃了个未熟的青梅那般的强刺激。

弟这边杂事繁多，资釜不继，有时弄得执笔写篇手记的兴致，也都有些索然。

近期，收到刘斯奋《白门柳》第二部《秋露危城》，兄读过否？第一部《夕阳芳草》想是读过的。

斯奋历史和文学功底颇为厚实。他的《白门柳》，融入了他对历史的把握驾驭，人物心灵的理解揭示和哲学的思考和升华，以及他的人生经验等。他的作品既严守历史的总框架，又取现代人的客观、冷峻和宽容；有深沉的历史感，也有灵动的现代感。《夕阳芳草》和《秋露危城》，他转换了大视角和大焦点，前者是"文化的"，后者是"政治的"。这种焦点的转换，对如今文坛讨论的多卷长篇中"一部不如一部"是一种新的探索和创造，焦点变了，视角变了，不是光靠故事链、情节链来结构全篇，造成"不可比"，似可免去以往某些长篇那种"一部不如一部"的弊端。此其一。

通俗文学与纯文学，其基本分野在于塑造人物，抑或以故事情节为主要依托，或侧重于此，或倾斜于彼，但在创作实践中，将两者融合，而让"第三者"插入的试验也是有的，如日本的"第三种文学"。《白门柳》不只依托于故事情节，而融入"情绪…意向…心态…感受"的链条和"扣子"，渲染铺垫，制造悬念，抖搂"包袱"，借以刺激读者的阅读"兴奋点"。这不能不说是个创新，此其二。

作者的美学理想和追求，生发、伸延、融汇于历史题材的创作中，这肯定得益于他对中国古典文论、诗词论、画论、小说戏剧论的通晓熟谙中所爆发出的美学和文艺心理学那熠眼绚丽的光辉。比如：

"将欲避之，必先犯之"，同中有异，异中有同。这是情节、情绪、心态上的。

"燕歌莺声""琴瑟相间"与"笙箫夹鼓""龙争虎斗"的错落有致。这是环境、气氛上的。

"妙于连，妙于断"，冷热相间，张弛徐缓，故事情节与情绪心态，交替打着两张牌。这是结构和框架上的。

着力于人物的"性情""气质""情绪""形状""声口""极力摇曳，使读者心痒无挠处"，以搅动读者的情感和焦虑。这是人物塑造和刻画上的。

这种动与静、张与弛、冷与热、繁与简、连与断、刚与柔，孤不自成而又两不相背。此其三。

在文字上，为着故事和人物，而取现代白话文，浅白的文言文，家常俗语的"杂交法"，齐齐上阵。有时工笔细描，有时浓墨重彩。

《白门柳》与1980年、1985年两次历史题材创作高潮中出现的《金瓯缺》《戊戌喋血记》《庚子风云》《天国恨》等思想艺术水平较高，有相当影响的佳作巨制相较，也绝不逊色。它应是广东文坛的一件幸事，一种骄傲。鄙意以为，"省优"的砝码，断断打不住此书的价值和分量，未知兄意以为如何？

弟有志于并孜孜以求一种灵动飘逸、虎虎有生气的岭南评论文风和格局，乃老奶奶的被窝，盖有年矣。举凡随笔、杂文、题词、特写、摄影皆可注入评论；随笔式的评论中，又可分割为冷峻的、幽默的、调侃的，乃至抒情的、信息密集的等等。司马玉常、晓蓉、孔良、叶曙明、陈俊年、林墉、雷铎、刘丽明都在这块领地滚打过，奔驰过，其中有的以各自风格还为敝刊撰写专栏文章，蔚为大观。

物理学家周镇宏，近期也欲参加此项"试验"，将为敝刊炮制《赛先生"非礼"缪斯》奇文。光看题目，便妙不可酱油。

顺便一提，专栏作家在我们这里是颇为贬值的，而在外头，那却是一个令人目眩、极度权威的头衔。《微音》一书的出版，是件喜事，我们似乎应当为它做点什么？

弟热切期望兄为敝刊就《秋露危城》写篇评论，以光篇幅。

翘足以待鸿书。

专此即颂

安好

弟树森敬上

1992年3月

"韩流"与"唐流"

　　韩国面积不足十万平方公里，人口四千七百万，文化背景不如我国深厚，经济实力也逊于日本，电影电视方面也略落后于台、港。近十年来，韩国影视异军突起，电影赢得世界关注，电视剧也渗透到亚洲每个国家乃至俄罗斯、美国，引起阵阵收视狂潮。2002年，央视和国内电视台播放六十七部韩剧，播放次数达三百一十六次。在我国播出的《蓝色生死恋》《澡堂老板家的男人》《爱情是什么》《看了又看》《黄手帕》《女人天下》引起巨大反响，许多都在百集以上。《人鱼小姐》两百四十六集，播出时间都在二个月至三个月以上。韩国电视出口额1995年为二十一万美元，到2003年增长为三千零九十八万美元，增加一百四十七倍，向五十六个国家出口了一百六十四部电影，平均每部出口价值为十九万美元。听韩国歌，看韩国剧，玩韩国游戏，吃韩国料理，成为国人时尚。以文化进击为契机，韩国的发型、旅游、电器、时装、汽车紧跟其后，风靡中国。"韩流"成了一种形象，一种识别符号，一种信誉和承诺。更主要的是韩剧充盈民族精神，民族品格，彰显儒家精神和东方美德，着力营造一种善良、宽厚、文明、和谐的文化氛围，对我国观众有一种激励（如《大长今》《医道》）、一种舒展（如《黄手帕》）、一种文明孕育作用，对社会、家庭矛盾也有一种舒缓、化解、抚慰的功能（现实题材韩剧很少渲染暴力，权术，不讲道德伦理，十分净化）。

一、文化立国与灵活应对统一

　　韩国旨在建立一种国家文化战略，战略中明确指出：发展文化产业必须拓展国际市场，认为21世纪是文化建立新时代的世纪。韩国文化观光部部长南宫镇说：19世纪是军事征服世界的世纪，20世纪是经济发展的世纪，21世纪是以文化建立新时代的世纪。韩国外交通商部在提交给国会的一份报告指出，韩国在中国文化市场至少要占十分之一份额，韩国政府对中国"入世"和2008年奥运会给韩国文化产业影响进行预测，到2005年中国文化产业消费市场规模达到一百八十九亿美元，2010年增长到三百九十四亿美元，占中国市场百分之十，2005年韩国文化产业对中国出口达到十九亿美元，2015年将达到六十七亿美元。到目前为止，无论在本土和海外，韩国已把文化发挥得淋漓尽致。短短几年，韩国文化经济崛起，核心动力是文化精神、文化产业、数字游戏。在这个战略目标下，政府对一切文化产业发展均采取十分有力的扶持和鼓励政策。

二、本土化与国际化勾连

韩国影视立足本民族精神，但充盈中国传统、儒家精神和东方美德，食道、医道、商道，诗、书、画，乃至忠孝节义温良恭俭让，都与平民百姓的修身处世、家庭伦理、现代文明勾连圆通起来，不忌讳拿来别国文化，不掩饰中国传统文化的强势影响，活脱脱出之的是韩国精神、韩国品格，凸现一种大度、宽容的总揽式国际化视野，十分难得。源于中国的食道、医道、养生之道、礼仪之道，在《大长今》《医道》中大行其道，"出口转内销"，却为现代中国人津津其道，身体力行，一时蔚为大观，很耐人寻味。《十八岁新娘》中，一位十八岁的新娘，为了赢得家族掌门人的地位，面对一大帮家族长辈的一连串拷问，竟以流利娴熟地背诵诸葛亮的《前出师表》和懂得看一个人首先要看他的眼睛（"存乎人者，晨良于眸子"——孟子）的名言而成功，十分深刻而有趣，我七岁的外孙女，看了此剧，竟要买《前出师表》和《孟子》来背诵。

《蓝色生死恋》《冬季恋歌》导演尹锡湖介绍韩剧制作时说，韩国电视剧是在流水线上完成的艺术作品，是有它自己的独特的规律的。吸收好莱坞电影生产模式，以东方文化为内核包装，以艺术质量且有娱乐性的电视哲学是韩剧成功的铁三角构架。

三、炼铸品牌与延伸产业链融通

品牌是销售者向购买者长期提供的一组特定的特点、利益和服务。当今世界，国家与国家的竞争，文化产业与文化产业之间的竞争，已变成品牌与品牌间的竞争。把文化产业、文化市场、大众传媒贯通起来铸造品牌，韩剧深得此中三昧。韩剧中的剧本，演员，演员的装饰造型，拍摄地，乃至剧中的食、医、言、行、服装、汽车无一不变作了品牌，彼此推波助澜，风起云涌，就形成了一种"韩流"。裴勇俊在日本的价值已达二十九亿美元。中国移动找金喜善拍广告价格已达十六亿韩元（一千万人民币），张艺谋找金喜善拍手机广告，价格达六亿韩元（四百二十万人民币）。韩式割双眼皮价格为一万元人民币，隆乳为四万多元人民币，这都给韩国经济带来不菲的收入。编制——演员培训——整容——广告——旅游——文化符号——服装饮食——电子汽车，整个产业链十分贯通坚挺且又急剧裂变，实现利益最大化，在中国已打下深厚基础。有人惊呼，韩剧还能持续多久，看完韩国，再看什么？有人迷惘，伊朗、印度对中国文化市场，已虎视眈眈，会取韩国而代之？我以为，"韩流"非即兴之作，不会在短期内退潮。湖南卫视借着"超级女声"的成功，于9月1日在全国独家播出《大长今》，势必带来第二轮韩剧收视狂潮。

四、平常故事、生活悬念、唯美追求捆绑

现实题材的韩剧在内容上：中国传统+日常生活+血缘伦理。形式上：唯美追求+细腻刻画+仿真场景+网络符号+俊男美女。叙事方式上：回避了传统意义上的戏剧冲突，而着力挖掘生活本身复杂的情趣的生活悬念，外形美上落足功夫，倾注笔力，大肆挥洒地挖掘内在美。

韩剧中，对友情、亲情、爱情都弥足珍贵，讲求东方式的忍耐、宽容、不走极端，遵循一种坚定的文明尺度。《黄手帕》中，男女主人公已离婚，当听闻男主人公得了癌症之后，女主人公由傲慢、盛气、固执递进到贤淑、温情、自责，灵魂得到净化，一直陪伴到男主人公绝尘而去。这对陷入物欲而不能自拔的、逃避崇高的人是很好的借鉴。

韩剧编剧，一般不知道剧情如何发展，拍多少集，也不知道人物的最后命运，拍摄在观众反馈意见的基础上完成，观众反应被视为电视剧是否继续拍摄的唯一依据，一旦观众觉得故事索然无味，剧本就应声而止。《女人天下》最初计划拍五十集，因收视率高达百分之五十五点三，平均收视也有百分之三十四，最终拍了一百五十集，在韩国连续播了十七个月。这跟中国的编剧和制作方式有很大的不同。韩国电视台在自己的网站都设有"热播电视剧论坛"，观众有充分的发言权，编剧根据意见，随时调整剧情，可以让一个人复活，也可以让一些人随时死去，凭大多数人意愿，还可以加入现实社会中某些"热点事件"。这种编剧法，应验了心理学上的一种术语，叫做一只脚先踏进去，而忍不住两只脚都踏进去，看看门里是什么？也应验了传播学上的"随动"法则，即剧本注重社会需求，随着社会心理语境的变动而变动，转移而转移。这种编剧观念，是韩剧成功的阿基米德支点。

对于学习领悟"韩剧经验"，我以为有三种心态需要调整。

甲："威胁论"。认为韩剧威胁了国货。在上海电视节上，有人炮轰，有人惊呼"我们应该警觉，韩剧来了，我们应该奋起直追"。别国的文化、经验，应该变作我们的动力，完善自我造血功能，发展自己，"奋起直追"才是主要的，"自我保护法"不是一种好的策略。

乙："贬低论"。某电视台总编室一位发言人说，韩剧的收视一般，不是靠电视台的收视率。事实上韩剧先是靠市场，靠网上火起来——然后在国内电视台火起来——继而打进国际市场，说它"收视一般"为不实之词。

丙：居高临下的大国心态。一些影视人说：韩剧故事一般，韩国没有美女，他们的美女是靠整容整出来的。如此非议，似乎不得要领。韩剧故事与我们比起来，很不一般。

"韩流"进击之际，邻省湖南，于电视领域掀起一股"湘潮"，他们打了四张牌：（1）拍电视剧《还珠格格》；（2）抢占高地，举办金鹰电视节；（3）"超级女声"，收视已威胁央视，四川音乐学院、星海音乐学院借此名声大震；（4）即将播出独家引进的韩剧《大长今》。很有章法，很有成效，从此，中国电视一台独大，一统天下的局面将被打破，从而走向战国时代。他们在品牌铸造上，也值得我们关注。我们应该服气。

在挺进文化产业的大道上，对"韩流""湘潮"，我以为都应该老老实实地借鉴、学习，居高临下，自恋自傲，并不是一种好的心态和积极的心态。

白先勇文化范式

美国《时代周刊》曾经评述上世纪两位中国的大使，在世界上成功地推销中国，宣传中国。

一位是用雄辩动人的辞藻，阐析美国是西方文明优秀素质的不朽标杆，中国则为不朽的东方文明的象征的宋美龄。

另一位是用自己的声音和优雅的艺术形象，首次将京剧推广到欧洲、美国，并使其成为一门重大的得到西方确认与迷恋的中国国粹的梅兰芳。

笔者给《时代周刊》报料，这"第三位大使"待字闺中，呼之欲出，那就是笼盖当世、蜚声中外的文学巨匠白先勇。白先勇以青春版昆曲《牡丹亭》——中国版的罗密欧与朱丽叶，走进大学，红遍中国，进而挺进世界。他说："要让全世界的人，都能看到中国最美的东西。"

白先勇有感于联合国教科文组织"非物质文化遗产"排行第一的昆曲的窳败，"衰惫不堪，欲振无力"，焦急忧心，将九岁起就在心中葆存的文化胎记——昆曲，历经二十多年的酝酿思考，荆棘行过，在新的"涅槃"中折腾、再生、嬗变，使之得到清晖浩博，恣肆汪洋般的发展。

自2005年起，"白旋风""牡丹热"，在海峡两岸暨港、澳飙升蹿红。京沪杭、香港、台北几十所高等学府常演不衰，场场爆满。数以十万计的新生代大学生观众群横空出世。铺天盖地的专访、对话、研讨。

驱车百里，扶老携幼，街谈巷议，经久不息的谢幕掌声，蔚为大观，宛若中国文化的一次盛大庆典。据美国主流传媒报导："盛世出大戏"，2006年9月，青春版《牡丹亭》在南北加州四所加州大学校园连演四次共十二场，场场爆满，许多美国戏剧行家表示："这是1930年梅兰芳来美演出后，中国传统戏曲在美国最大规模及最轰动的演出。"

青春版《牡丹亭》又像一个涌动无限生机和活力的张力场，势所必至的激发新的文化裂变，碰溅出前所未有的现代文化火花，增添新的文化情趣，淌出一条绿树婆娑的清凉大道，于中国新文化发展，具有里程碑意义，其奥意大矣哉。姑名之曰："白先勇文化范式"，白氏的八个符号，支撑着这一范式的理念、实践和和骄人业绩。

以民族使命感点穴。"情眷沃土，志存九天。"传播传统美学，启迪大众心智，承传民族精神，正是"白先勇文化范式"的本意和出发点。白氏铿锵告白：昆曲"代表民族心声精神"，要让"全世界的人，看到中国美好的东西"。评述者说：青春版《牡丹亭》勾勒了世界各地华人在心中潜伏已久的民族文化乡愁，一个世纪以来破碎的、薄弱的文化认同得以重新组合，发出异彩。白先勇慷慨解囊，往来两岸，奔走呼号，"昆曲义工"，群贤毕至，正是受制于这种"使命感"的昭示。

以"集体记忆"建构。法国社会学家莫里斯·哈布瓦丝开创"集体记忆"学说。把一个民族联结在一起的最深层次的纽带就是那些"集体记忆"的传统。一个民族对自己"集体记忆"的忠实保存，是民族文明的重要表征。保存历史的真面目，保卫传统的记忆，增强文化的认同感和凝聚力，无疑是二十一世纪文化复兴和文化建设的核心内涵。救危图存，保存昆曲，保存与之相伴的记忆和精神，源自白氏的这种文化自觉和文化理想。白先勇说：他"五年前做心导管手术，大难不死，突然醒悟，上天留我必有用意，也许是有未竟的志业等着我吧"。"未竟志业"云云，就是要让昆曲振兴，唤起"集体记忆"，使中国文化复兴的火种，绵绵不绝，燃烧下去，延续下去，发展下去。

"古典为本，现代为用。""创意是新的组合"，这一美国广告大师詹姆斯·韦伯·杨的经典名言，在青春版《牡丹亭》的演员培训、剧本改编、舞美设置、演出传播中，得到淋漓尽致的挥洒搏击。"青春至情"的立意，青春俊美演员的选拔，青春观众的培育，青春活力的戏曲，使僵硬的历史遗存，演化为现代生活体加以重塑。手法、气韵、艺趣等相随现代社会心理的变化而律动。不分古今中外，穿越梦境现实，漫游人间地狱，让人们如醉如痴地在咀嚼那或已经失去、或正在品味、或来不及做的青春梦，呈现出新的艺术和谐和艺术张力。

　　"复兴不是守旧。"剧本改编上，只删不增，以"惊梦"、"幽媾"（阴阳媾和）、"如杭"（新婚燕尔）为担纲，以梦中情——人鬼情——人间情为"戏胆"，青春热情，人性蠢动，纵情放射，把传统戏目，转换为一种文化，激活为一种美学。舞台理念上，写意、抒情、象征，混合并用，注重过场戏，希图在重场戏与过场戏之间形成新的张力，传递大信息量的、多样丰富的"视觉空间"。

　　色调"要娇、要淡、要清"。色调审美上，白先勇强调"要娇、要淡、要清"，凸现浅蓝、浅绿、浅粉的掺灰色调，这和张艺谋热衷的"大红灯笼"的强烈大红色调，南北恰成异趣。无独有偶。李安也曾力主南方色调要"含蓄"，要削弱北方红、黄、紫的"强烈"。白先勇和李安深得此中真谛。"娇"、"淡"、"清"，浅蓝、浅绿、浅粉，青春、轻盈，生命活力。

　　文化事件与文化人捆绑。白先勇认为，一个文化事件能够产生影响，一定是因为大量文化人的投入，才能成事。笔者悟到这不仅表现在舞台设计表演层面，传播推介层面，还包含受众层面。在青春版《牡丹亭》中，诗意体验，听觉享受，视觉影像，漂亮女生，大众传播，乃至串边古典与现代典雅与青春梦境与现实的"灯光"，伞舞、扇舞、水袖舞，把扇子功、毽子功，互转水袖的绞缠，水墨面屏风，苏绣，笛声，幕间音乐、舞蹈音乐，演出前的推介对话，演出中的演讲研讨，演出后的跟踪报道，由文学而舞台，而艺术，而培训，而科技、传播、商业、出版，形成多层次、多地域、多行当，主产品与衍生产品的产业链接和文化事件。这一文化事件，一头勾连流行文化元素大众娱乐需求，一头贯通戏曲、美术、音乐、书法、设计，古典研究，现代传播顶而尖的文化人，一头培育新生代大学生的观赏娱乐兴趣，汇合成一股新鲜活脱、情夺神飞的文化混合力，同化力，演化为一股尊重传统、交流文化、理解生活、分享美学的高层次享受。火上浇油，治丝益梦，《牡丹亭》不意味一出戏的出类拔萃，而是意味着一种品牌系列和文化事件的明确定位。今年9月《牡丹亭》在美国加州演出，加州大学校长杨祖佑成了《牡丹亭》的"超级推销员"，他和浙江大学校长等"游说"南京大学、四川大学、中国科技大学落实"演出事宜"。

　　主事者、组织者、制片人、经纪人多元合一的"知识主管"。在青春版

《牡丹亭》中，白先勇不是编剧，不是导演，也不是严格意义上的制片人、经纪人，但改编、培训、演出、传播、技术、服务，无不渗透、延伸、融汇着白氏的审美理念和文化理想。白先勇无处不在。伦敦商学院信息管理教授迈克尔·厄尔与伊恩·斯科特曾提出"知识主管"（CKO）概念，认为"知识主管"必须是一个富有创造精神和主动性的人，在一定程度上是个预言家，能够看到潮流和大局，也能够将其转变为行动，他还应该是一个技术专家和环境专家，懂得知识的获得，信息储存、探索、共享，也能够激励集体开发知识，共享知识，为承担风险做好准备。白先勇要让《牡丹亭》走进大学，走遍中国，走向世界；他认为21世纪中国文化民族复兴，正其时也；他自掏腰包，并把他的至高文学成就、深厚美学修养的无形资产无偿奉献给昆曲。也正是白先勇这个精锐绝伦、难以企及的"知识主管"，透视过一种广阔宏大、勾连古今的思维"脉冲"，演示一种毫不凝滞、圆通融合的灵动气韵，构建一种学界驳杂、多元组合的文化范式，落熟《牡丹亭》的高峰凸现，成就昆曲的复兴繁盛，呈现中华文化的美妙绝伦。继宋美龄、梅兰芳之后，作为第三个推销中国、宣传中国的大使，白先勇当之无愧。

浚游涤尘　文脉通达

——评《刘铸伯文集》《刘铸伯传》

上世纪80年代，有学者质疑：深圳文化到底有没有"老爸"？对它的文化有无，历来啧有烦言。那么，是在奉行一种"弑父文化"，把"老爸"杀掉了？是出生时家境贫穷，被"老爸"遗弃了？还是后辈不争气、不长进，找不到"老爸"了？

刘中国积二十多年极为艰难困苦的劳作，为深圳文化找到了几个"老爸"，且是相当显赫、颜值素质俱佳的"老爸"。

"大鹏所城"，是一个；孙中山三洲田庚子首义，是一个；李朗圣山，是一个；"白石龙大营救"，算是一个。刘铸伯的著作《社会主义平议》（1919年香港出版），隐藏得很深，这一回，给善于挖掘"文墓"的刘中国掬饬出来了，也算是这些年来，深圳近代思想史、文化史、学术史研究领域的一个发现吧。

从茅洲河挖淤泥说起

"文革"期间，平头百姓想购买广九线车票，很难。即便凭"革委会"证明侥幸购到票，一旦被检票员发现没有随身携带"边防证"，他们必须在东莞天堂围火车站下车。天堂围下一站是平湖火车站，已经是"边防区"。平湖以南，则是戒备更加森严的边防重地深圳镇，当时号称"南天门"。

1973年，我走出粤北花坪干校的"牛棚"，专案组都作"鸟兽散"，我还傻傻地在那儿等着"结论"，同室难友启发我：审查你的人都溜回广州了，你个被审查的还待在这干吗？我遂回到广州，也算是自己"解放"自己，有了出门排队买菜的"自由"。

历史的荒唐翻过一页不久，我又奉命与一大帮"解放"不久的"牛鬼蛇神"结伴，到宝安县茅洲河挖淤泥。这条河发源于羊台山北麓，流经石岩、公明、光明华侨农场、松岗和沙井等地，然后在沙井民主村流入珠江口伶仃洋。当时，与陈残云、周钢鸣、秦牧、秦咢生、李门诸前辈"同吃同住同劳动"，听他们私下里压低嗓子讲谈香港的高楼大厦、灯红酒绿以及各种美食。阴天不出工，爬到山顶上远眺香港，远眺伶仃洋。有次周钢鸣讲：太平洋战争爆发不久，香港沦陷了，1942年春天，自己和茅盾、邹韬奋、杨刚等被组织上营救到了宝安县白石龙，后来撤退到桂林，先是由游击队护送翻越广九铁路，在平湖一个叫木古的村子里住了一宿……周钢鸣说这话时我走了神儿：因为那时我六七岁了，背着一根"猪肠子"一样的袋子（装着金银细软，那时候土匪不绑架小孩子），跟着爸爸妈妈正在湘桂黔铁路线上逃难"躲日本"。逃难是1938年从武昌徐家棚火车站开始的，一直逃到今天隶属于贵州省黔南布依族苗族自治州的独山县。

"文革"结束后，1979年宝安撤县设市，很多人把"深圳"读成"深川"。其实此地无崇山峻岭、长河大川。"圳"也者，小河沟是也，一条条流进太平洋。但是，这几十年里眼见到那么多人，在小河沟里湿了脚、落了水、翻了船，死鱼一般白花花地陆陆续续漂上来，令人浩叹！他们当初哪一个不是豪气干云，唾沫横飞？被"双规"后或许会念叨起他奶奶昔年教唱的民谣："小老鼠，上灯台。偷油吃，下不来。喵喵喵，抱猫来，叽哩咕噜滚下来。"

深圳市成立后，时任副书记的黄施民老前辈有意调我过去"帮闲"。囿于种种原因，我未能应允，但一直关注深圳的各项改革与文化建设。特区成立初期杂音不断，我为《特区文学》创刊号写的一篇文章发表于1982年7月7日《南方日报》上，不外是为深圳的改革者呐喊助威。后来听说，这篇文章还在深圳市委常委会上被人朗读过。深圳当时历经超极限的心理弹压，急需哪怕片言只语的精神支持和客观评判，由此可见一斑。

"一夜城"拔地而起初期，我常常坐着"灰狗"大巴到特区，看香港电视，领略现代文明，也大包小包的购买嘉顿饼干、玻璃丝袜、太空楼，有许许多多的兴发感怀。近些年与深圳学人梳理深圳城市发展史，亦有诸多拍案而起的惊艳与慨叹，我和于爱成、夏和顺、刘中国联手编撰《深圳九章——开放史记改革通鉴》（花城出版社，2008年）出版后，深圳有关部门为此举办了"深圳经与中国梦：《深圳九章》首发暨学术研讨会"，邀请京、津、沪、穗与港澳专家学者以及省、市宣传文化部门领导与会。大家认为：

——"这是一部关于深圳历史文化、关于改革开放三十年的全景式、权威性的优秀读本。"（王京生）

——"《深圳九章》通过审视深圳历史发展，站在深圳市未来创新发展的思路上，以全球化为背景，以深圳文化为主脉，以当代性和现代化为动因，以求得历史、现实与未来的文化连接为最终目的，从历史、政治、经济、文化、生活等各个层面，全方位地解读深圳发展的轨迹和文明状态，对深圳的形象、品格和精神进行阐述和概括，极具深度和广度阐述了深圳文化和文化深圳。"（黄尚立）

——"用'九章'这种形式也是黄树森的治学精神新的结晶、新的体现。这本书编写的方法确实是一种创造，他给我们提供了一种阅读一个城市，乃至一个省份一种新的形式。它把严谨的学术性和生动活泼的形式紧密地结合起来，使得著作有很强的可读性。用独特的编辑方式，使文本具有极生动的、极丰富的表现形式。"（刘斯奋）

——"《深圳九章》是思想的阐述，具备思想性，但是它又不是全面地进行思想阐述，它又不是做严谨的学术研究，实际上它并不是完全以思想深刻和学术境界独特为见长，但是它有强烈的思想冲击力，我觉得这就是'九章'最根本的特征，它是以思想来抒发情感的，它是伟大时代的思想抒情。它把思想要素转化为一种抒情的要素，我们就在阅读中获得一种淋漓尽致的快感和兴奋，让我们心潮澎湃，精神振奋，领略到这种思想和历史的震撼力、冲击力。"（贺绍俊）

……

鉴于《深圳九章——开放史记改革通鉴》篇幅有限，许多重要的文献史料，以及深层次的专题研究、卖力气的史传书写，只有俟于来日、俟于来者了，这其中就包括刘中国与青年记者余俊杰最近完成的《刘铸伯传》《刘铸伯文集》。近些年，我提出深圳打造联合国"文学之城"的建议，为书写者圆梦，期望特区内外、体制内外的写作者，"贻我彤管"，而非戈矛、绞索、板斧以及祖传十八代照样削铁如泥的杀猪刀。

"红荔山庄"与"无政府共产主义"实验基地

深圳历史演进过程中形成了许多"兴奋点"，无不被刘中国近二十年间出版的一系列著述——捕捉、具体呈现：为了洪武二十七年开筑的大鹏千户所（在大鹏半岛），他写出了史论专著《大鹏所城：深港六百年》，几年后深圳有了一个全国重点文物保护单位；为了孙中山策划的三洲田庚子首义（今属盐田区），他完成了《打响世纪第一枪》；为了纪念巴色会来深圳传教一百六十周年，他推出了五卷本的"李朗圣山丛书"；为了纪念抗战胜利七十周年，他与青年记者余俊杰等联手推出了多卷本的"白石龙大营救书系"（前五卷已经出版）。此外，刘中国还在深圳市档案馆的支持下整理出版了十二卷本的《深圳档案文献演绎》，这套书上迄明清两朝，下至改革开放初期。早在2000年，深圳市领导为他担纲完成的《明清两朝深圳档案文献演绎》作序，认为该书"系统全面地描摹了明清时期深港地区的历史和文化驱动力，从而为深圳的昨天与今天架起了一座横亘不断的桥梁，为深港地区的历史发展和文化交融提供了崭新的坐标，这对于日益加强的深港合作，对于深港地区携手共创辉煌，提供了无可辩驳的史实依据"。

2015年底，我应邀出席"白石龙大营救书系"座谈会，深圳市史志办主任黄玲女士和深圳市博物馆原馆长杨耀林先生等，对刘中国的治学精神与他出版的一系列著述予以高度评价；我则认为"白石龙大营救书系"的出版，是深圳的一个重要"文化事件"。八百名中国文化精英云集一地，任何时候都是一个"大事件"！更何况被营救的文化精英，中华人民共和国成立后大部分人又重新步入深圳。但是，这些被刘中国表述为"被抢救的圣火"，曾经陆陆续续熄灭，"文革"期间更是全军覆没，灰飞烟灭。坐了二十五年牢的胡风当年在白石龙扔烟头差点烧了游击队的草寮，《胡风回忆录》还记录他在白石龙一毫子买了两只生蚝的细节。胡风反革命集团案二千一百人被牵连，九十二人被捕，六十二人隔离审查，聂绀弩有诗云："无端狂笑无端哭，三十万言三十年。"

　　这一回，两位作者在《刘铸伯传》的"引子"与第六章里，轻描淡写地点出"红荔山庄"这个地名。这就让我啧啧称奇！"红荔山庄"这个地方，偏偏又是中国无政府主义宗师刘师复1912年发起创建的一处"中国无政府共产主义"实验基地，据文定《师复先生传》记载："先生又以为都市太繁扰，想约同志到乡村居住，半耕半读，曾在新安的赤湾觅得一地，从香港航行约两小时可到，面临零丁洋，右傍宋帝陵，有田七十亩，荔枝五百株"——这就是"红荔山庄"的由来。对于刘师复等人提倡的"中国无政府共产主义"理论，刘铸伯在《社会主义平议》一书中一一予以驳斥。事实上，刘师复约集同志在"红荔山庄"建立无政府共产主义试验地的一番努力，结果也是以失败告终。

　　刘师复创建的"中国无政府共产主义"实验基地"红荔山庄"早被人漠忘，刘铸伯、谭汝俭抨击无政府主义的代表作《社会主义平议》绝版将近百年。但是，历史的发展过程从来都有意想不到的巧合与吊诡，譬如，中国改革开放的"开山炮"，偏偏是从密邻"红荔山庄"的蛇口响起的。而在1981年11月20日，刘铸伯长孙刘镇国（香港油麻地小轮公司总裁）、曾孙刘定中（香港油麻地小轮公司总经理）旗下的飞翔船，从九龙大角嘴码头首航蛇口。从此，停航三十多年的"香港——蛇口"航线得以恢复。

　　历史的发展过程中这种意想不到的"巧合"与"吊诡"，还在继续发生：无政府共产主义试验基地"红荔山庄"，今属中国·广东自由贸易试验区深圳前海蛇口片区管辖。刘中国告诉我，去年深圳市前海管理局与龙岗区政府签署"深化区域合作框架协议"，其中包括将龙岗区平湖金融与现代服务业基地、平湖西部工业园区，打造为"前海后陆（平湖）拓展区"。这么一来，就像他说的，如今刘铸伯故里平湖，又与"红荔山庄"旧址所在地中国·广东自由贸易试验区深圳前海蛇口片区搭上了一层关系。

　　德国哲学家莱布尼茨在《人类理智新论》一书中写道："现在怀着未来的胚胎，压着过去的负担。"钱锺书先生《读〈拉奥孔〉》一文引述这个经典名句时发挥道："抽象地说，时间的每一片刻无不背上负重而腹中怀孕。在具体人生经验里，各个片刻有不同的价值和意义；负担或轻或重，或则求卸却而不能，或则欲放下而不忍，胚胎有的尚未成熟，有的即可产生，有的恰如期望，有的大出意料。""用胡塞尔现象学的术语来说，'内心的时间意识'的每一刻都是'留存'过去和'延伸'未来的辩证状态。"一个典型的例子就是：刘师复"中国无政府共产主义"基地"红荔山庄"，不仅与北伐前夜的蒋介石发生了关系，并且与中国改革开放的"试管"、对外开放的"窗口"重叠在一起，而今刘铸伯故里又成了"前海后陆（平湖）拓展区"，这就不免令人拍案叫绝。深圳文史学者、企业家不妨仔细考证筹划一番，早日恢复"红荔山庄"旧貌，这比再捃饬几个"人造景点"更具有人文意义。

一位中国近代思想史上的"失踪者"

人类思想史上的"失踪者"不计其数，即便那些当日挖空心思构建宏大思想体系的大师巨擘，到后来也无不为时间"解构"，留下残简断篇、片语只言，这就像铜雀台坍塌后瓦当还可以磨成砚台。刘铸伯也是一位中国近代思想史上的"失踪者"，迄今出版的任何一部中国近代思想史、文化史专著，我们找不到他的名字。但是，刘中国、余俊杰在撰写《刘铸伯传》之余，整理的这部《刘铸伯文集》得以出版，使得刘铸伯在中国近代思想史、文化史上的地位从此无法撼动。

我很佩服两位作者"上穷碧落下黄泉"挖掘原始文献的劲头儿，最感兴趣的是，刘铸伯的《社会主义平议》失传将近百年，这次也给他们捃饬出来，仔细整理编入《刘铸伯文集》。无论对于研究民国初年无政府主义思潮的学者来说，还是对于研究科学社会主义在中国早期传播历史的学者来说，这部著作都不失其珍贵的文献学价值。

刘铸伯的《社会主义平议》得以重见天日，这也是深圳文化史、思想史、学术史研究领域的一项重大发现。

在《刘铸伯传》一书中，两位作者对刘铸伯的《社会主义平议》进行了详细解读，其中写道：

> "恺撒的归恺撒，上帝的归上帝"——《圣经》中有处记载耶稣曾提到恺撒，耶稣说出这条原则，是要回答犹太人应否缴纳"人头税"给罗马政府这个问题。"恺撒"一词，指的是政府或国

家。既然刘铸伯、谭汝俭所著《社会主义平议》一书，在考察欧洲无政府主义起源时，上溯到"希腊古代之哲学家，如柏拉图，及亚里士多德，已倡'共产'之说，而基督教亦含有此种意义……"那么，我们是否可以说：20世纪初的以"师复主义"为代表的无政府主义，同样包孕着科学社会主义的萌芽，科学社会主义里，也一样孕育着无政府主义的萌蘖（可以"文革"为例），或者正如钱锺书先生《一节历史掌故、一个宗教寓言、一篇小说》所言："即使在满纸荒唐言的神怪故事里，真实事物感也是很需要的成分；'虚幻的花园里有真实的癞蛤蟆'（imaginary gardens with real toads in them），虚幻的癞蛤蟆处在真实的花园里，相反相成，才添趣味。绝对唯心论也得假设客体的'非我'，使主体的'我'遭遇抗拒（Anstoss）而激发创造力，也得承认客观'必然性'，使主动性'自由'具有意义和价值。这是同样的道理。"

这段文字看似几句"闲笔"，实则是一番快当之论。括号里的"可以'文革'为例"六个字，传导了一个绵远的信息——刘铸伯批判以"师复主义"为代表的"无政府共产主义"时已经指出："彼见为社会之不良，经济之不均，无日不挟其偏陂之学说，以相为鼓煽，势必为子者归而革其父，为弟者归而革其兄，为妇者归而革其夫，为卑幼者归而革其尊长，为学生者归而革其校长，为庸役者归而革其厂主，为火伴者归而革其肆主，以力求其社会之良与经济之均，顾吾恐社会未良，经济未均，而斯民已无噍类矣"。为此，提出了消弭无政府主义在中国传播的种种办法。

《圣经》有言："先知在自己家乡从来不受欢迎。"而且，先知的声音从来都是低微的，时常被时代暴风雨的喧嚣声遮蔽、压倒。经历过"反右""文革""清污"等大大小小的政治运动的我辈，直到耄耋之年才读到《社会主义平议》这部"奇书"，十分痛切地感到：刘铸伯描绘的"为子者革其父，为弟者革其兄，为妇者革其夫，为卑幼者革其尊长，为学生者革其校长，为庸役者革其厂主，为火伴者革其肆主"状况，何尝不是对"文革"时期社会乱象的一种预言？刘铸伯预言了"十年动乱"这一乱象，开出了几剂"药方"，却无法予以阻止。这不是预言家的过错。我们经历了罄竹难书的"十年浩劫"，却没有对中国历史上创痛巨深的"文化浩劫"进行彻底的反思；尽管1981年中共十一届六中全会通过的《关于建国以来党的若干历史问题的决议》否定了"文革"，但是近些年为"文革"招魂者还大有人在。这是一个民族的悲哀。

香港"南风窗"与宝安"后花园"

我作序的《容闳传》（刘中国、黄晓东合著）出版于2003年，新书首发式与研讨会召开当天，珠海市宣布将容闳博士昔年捐建的"甄贤社学"辟为"容闳纪念馆""中国留学生博物馆"。到会者中西嘉宾（包括容闳后人、留美幼童后裔）500余人，我与中山大学黄天骥、易新农、叶春生教授以及刘中国的同窗好友辛磊、陈美华夫妇等欣然与会。

《容闳传》出版后反响极大。次年，珠海召开了"留美幼童后裔座谈会"，珠海市与美国的哈特福特市结为"姊妹城市"，耶鲁大学竖起了容闳的雕塑。有次开会，刘中国奉呈深圳老领导李灏学长一册《容闳传》。不久，李灏约谈，说是读后思考了许多问题，既然容闳的出现与珠海毗邻澳门不无关系，那么深圳毗邻香港，是否也出现过容闳那样有影响的本土人物？

刘中国当天晚上给我电话，很是激动。三五年后，他出版了《深圳：李朗存真书院》《深圳：布吉凌家》《凌道扬传》《没有勋章的凯旋——外科医生凌宏琛传》等史传作品，算是交上一份"答卷"吧！人们这时才恍然大悟：1857年巴色会传入深圳后，曾经在布吉的李朗建立一所大学，该校毕业生的后人凌道扬后来发起创建香港中文大学，他的堂兄弟凌宪扬则是上海沪江大学末任校长，等等。

李朗存真书院（又称"李朗神科大学"）是中西文化交流与传播之重镇。《深圳：李朗存真书院》出版不久，书院遗址就被推平了，建了一所传染病医院。这是一件颇可玩味的事情。

刘铸伯之所以成为刘铸伯，同样受"南风窗"香港的影响。1916年12月31日，刘铸伯主持平湖纪劬劳学校、念妇贤医院开幕典礼，省港大佬数百人参加盛典，其中就有广东省省长朱庆澜。两位作者找到了百年前旧报纸上刊登的《平湖医院学校开幕纪事》，该文录有朱庆澜的演讲词："我国民族最富有进取心，亦最富有爱国心。世人诋之以守旧，目之以散沙，此未免一孔之见，盖在专制时代，内地人民一切行动，皆当受政治之支配，故耳目有所锢蔽，能力亦无由发展，惟交通处所与外人相接近者，则类能吸取世界文明以发扬其特性……"

快哉斯言朱省长！这位行伍出身的民初要人，砍砍杀杀接地气，而且快人快语，几句就说透了中华民族"守旧论""散沙论"祸根之所在，认为形成这种"病灶"的根本原因在于"专制"。试想想：明代钦令"片板不许入海"，沿海地区"闹倭寇"，一直闹到朱明王朝崩了盘；清初下达"迁海令"，沿海地区"山贼海寇"啸聚揭竿者不胜枚举；1949年后尤其是"文革"期间封锁深港边界，逃港者铤而走险、络绎不绝；而在改革开放三十多年间，终于出现了"万邦来朝"从事政治、经济、文化交流的盛况！

朱庆澜当日指出："惟交通处所与外人相接近者，则类能吸取世界文明以发扬其特性，于团体则务为结合，相与谋公共之治安，与国家则务为协助以为之后盾，不特其所营之各工商事业，足与世界相颉颃已也，盖于世界竞争之理，人类生存之故，知之较真，故行之尤力。"刘铸伯实乃19世纪末、20世纪初冲破锢蔽、觅求新知的深圳本土代表人物之一。诚如朱庆澜所言："刘君铸伯，经商于香港数十年，洞悉中外情形，于我国文明力图进步，为当时开风气，为人类造幸福，生平于振兴商业外，如兴学校、设医院、救灾济贫等事，罔不惨淡经营，踊跃从事，其进取之勇敢，固令人惊叹，而爱国之热忱，尤人所难及……"

去年7月，孙女子萱归国过暑假，给我放了一曲无名歌手演唱的《闯码头》："我们一起闯码头/马上和你要分手/催人的汽笛淹没了哀愁/止不住的眼泪流……"今天重听一遍，感到"码头"二字，衍生出一系列纷繁的意象。以本书披露的刘铸伯及其中央书院同窗、中西生意伙伴的经历来看，无一不在"闯码头"。闯下了"码头"，也就是有了自己的地盘、事业，但你不可能占地为王，拒绝别人来"闯码头"。于是，20世纪初期，香港"劳动家"与"资本家"发生了一次次冲突，最突出的两例是"海员大罢工"、"省港大罢工"。"海员大罢工"的领袖是宝安南头人陈炳根，"省港大罢工"领袖人物之一的陈郁，同样是宝安南头人。而在"海员大罢工"期间，刘铸伯、周寿臣等曾以宝安同乡的名义出面"调停"。与刘铸伯一样，他的晚辈同乡陈炳根、陈郁也是在香港这个"大码头"接受了新思想、新观念。

"耳目有所锢蔽"时代的信息发散地，也许就是一口井壁上长满青苔的老井，南宋叶梦得在《避暑录话》所谓"凡有井水处，皆能歌柳词"者是也。更多的信息传播源则在学堂、市井、车站与码头。刘铸伯等在香港"大码头"上接受西洋教育，他和何东、周寿臣、何泽生（何福）等中央书院早期毕业生在文化取向方面偏于"守旧"，香港礼贤会王爱棠牧师、杨少泉医生以及麦梅生等基督教人士则偏重于"革新"，双方1921年至1922年就香港婢女制度废存问题展开大讨论，极力主张废除婢制的王爱棠牧师，甚至公开撰文抨击刘铸伯"在上则傀儡国家之议员，在下则傀儡侨港之黎庶（小民）"。此事一直闹到英国众议院，最后由国务大臣丘吉尔出面才摆平。

这里拈出书中如上数例，想借此说明：互联网时代在尊重并相信自身文化实力的基础上，要包容和借鉴外来文化先进的部分。毕竟，"顺我者昌，逆我者亡"的"独角戏"早已收场，孙中山"世界潮流，浩浩荡荡；顺之则昌，逆之则亡"这几句话，倒是颇值玩哂。

至今记得上世纪60年代初，陶铸提出"香港是宝安的城市，宝安是香港的后花园"（原话是："香港和宝安是城乡关系，香港是宝安的城市，宝安是香港的郊区。在深圳要建立游览区，让香港人到深圳游览。"），要充分利用好香港建设宝安县。1961年深圳戏院建成，成为全国第一家有空调、音响等先进设备的戏院。全国著名的京剧、越剧、豫剧团都来过深圳戏院演出，包括谢贤（谢霆锋之父）在内的许多港澳同胞前来观看。李富林后来写回忆录时透露，当时周恩来对宝安、深圳非常重视，曾经说："深圳是国家的窗口"，使他们受到很大鼓舞。但在"文革"期间，陶铸、赵紫阳等广东领导人为此被戴上了"卖国贼"的帽子。现如今"卖国贼"与"爱国贼"们又在网络上大开"口水战"，去年竟有人厉声吆喝："别让李嘉诚跑了！"。

"站好队"与"站错边"

深圳经济特区成立不久，林雨纯到广州找我说：《深圳特区报》拟试刊，想请个名家题写报名，张洪斌的意思是最好请秦咢生先生题写，你给想想办法吧。我陪他到文德路75号广东作家协会对面马路一条小巷找到秦咢生家，秦先生听罢，欣然命笔，接连写了几幅，都不甚满意，有幅字还写错了，揉成一团扔在地上。《深圳特区报》"报头"的润笔费，是林雨纯带去的一小盒进口巧克力。

尔等小事，本不值一提。但是现如今讲谈"历史真相"的，就像太监谈性生活如何美好般样，又像有学者调侃的如横店里杀的鬼子都是戏剧性的。果不其然，这段所谓"难忘的记忆"、"峥嵘的往事"，后来被人敷衍成了一段莫名其妙的文字："筹备试刊时，刚好遇上广东省著名书法家秦咢生来深圳，市领导就请他为特区报题报头。"相比之下，老友曾锦棠的回忆文字更接近事实，他说："我和张洪斌还就《深圳特区报》的报头请谁书写的问题，商量过几次。几经考虑，最后决定请广东的著名书法家秦咢生先生书写。他写了爨宝子体及行书这两种字体，每种字体都各书写了两份，《深圳特区报》试刊第一期是采用爨宝子体，但有部分读者反映，这种字体有许多人看不习惯。于是，从《深圳特区报》试刊第二期开始，报头便改为秦老书写的行书，一直沿用至今。"曾锦棠当时是市委新闻秘书，时任新华社内参记者的张洪斌也是我的老朋友，林雨纯当时则是特区报财贸组记者，如今都"失联"好多年了，正庄周所谓"相呴以湿，相濡以沫，不如相忘于江湖。与其誉尧而非桀也，不如两忘而化其道"。

重提陈年旧事，还有感于人们回忆往事时思维的混乱与记忆的缺失。其实，推动中央作出改革开放大政方针的是"逃港潮"，是亿万百姓饿扁的肚皮。我们要回归"人民群众是历史的创造者"这个常识。再比如，不少人根据平湖父老"刘铸伯是东莞何氏遗腹子"的口头传说，敷衍出一篇篇"励志体"好文章，本书两位作者则根据《先考铸伯刘公府君行述》与香港历史档案馆的文献史料，订正了这一讹误。史传文字的写作，需要探赜索隐，钩深致远，容不得丝毫的道听途说、人云亦云。这是常识，也是底线。

综观这两部著作，有许多令人大开眼界之处。毫无疑问，《社会主义平议》的发现与整理出版，奠定了刘铸伯在中国近代思想史、文化史上的地位。但是，两位作者丝毫没有回避，刘铸伯作为屈臣氏大药房总买办，在大力推销拳头产品"戒烟精粉"（李鸿章、刘坤一、沈葆桢等封疆大吏纷纷应邀题匾褒扬，甚或捐养廉银购买该药品馈赠瘾君子）的同时，还与何东、何福（澳门赌王何鸿燊的祖父）、何甘棠、梁仁甫、吴理卿、陈启明等买办出身的慈善家从事过鸦片专卖。他们都是中央书院的早期毕业生，后来均成为香港的特许鸦片经营商，而且"在鸦片经营方面拥有丰富知识"。这就深刻揭示了"买办"人格的二重性：一方面他们博涉西籍、闳中肆外，成为中西方文化交往的津梁式人物；另一方面作为买办商人，他们在生意场上追求利益的最大化、合法化。"买办"身上的这种双重人格，滋生出一种"原罪感"与自我救赎的努力，他们在囤积起了大量金钱的同时，一无例外的热衷于公益事业，抚恤孤寡，赈济贫民与灾民，这就不难理解他们为何有了"慈善家"的头衔。这种"人格二重性"在中国现代文化人身上也有突出表现，甚至是精彩的"表演"。他们在"反胡风"、"反右"时期，不是有过精彩"表演"吗？最后，"文革"爆发，一网打尽。此处按下不表。

刘铸伯作为20世纪初叶的香港华人领袖人物，时常被卷入故国与"番邦"、香港与内地、新潮与传统、"劳动家"与"资本家"冲突的夹缝之中。他敢于以议员身份叫板香港政府，要求取消香港华人"检疫"苛例；敢于约集华商公局同人，宴请下野后莅临香港的孙中山；他在讨论婢制废存大会上说："自有定例局以来，华人议员，因政府立例，而在公众之地开大叙会者，此实为创举也，盖在三十年前，中国人对于公众事业，尚少注意，今则与前不同，盖今日程度已大增进，良堪贺喜矣。但自此次以后，如英国行何种则例，我两华人议员不力争，诸君尚敢骂我溺职否？"他主动出面调停包括香港"海员大罢工"在内的一系列劳资纠纷，等等，所有这些都存在一个"站好队"、"站错边"的问题。这在书中均有详略不一的解读，容我不再一一评点。

"天下大事，必作于细"

近二十余年来，我对区域文化研究发生了极浓厚的兴趣，主编出版了《中国九章》书系，深感任何一个区域都具有各自特色鲜明的人文传统，蕴藏着深厚的人文资源，始终拥有大致清晰的人文疆界。通过《深圳九章——开放史记改革通鉴》的编撰，我们试图从区域的角度，研究社会历史文化生活现象，不仅把各个区域人文系统当作整体的产物来进行研究，而且还要探索其内在结构、各种对象及其特有的社会文化现象的空间轮廓，系统内部的"运动曲线"和外部联系，区域文化系统在社会发展进程中扬弃、利用、改造的人文资源和社会条件，以及在新的历史条件下保护利用、发展创新人文资源所应该采取的措施，力图描绘出一幅面向现代化、面向全球化、面向未来的深圳人文地图。

恩格斯在《自然辩证法·导言》中盛赞欧洲文艺复兴"是一次人类从来没有经历过的最伟大的、进步的变革，是一个需要巨人而且产生了巨人——在思维能力、热情和性格方面，在多才多艺和学识渊博方面的巨人的时代"。鸦片战争失败后，先进的封疆大吏与知识分子发起"自强"运动（洋务运动）、戊戌变法，应对列强的侵凌。所谓"自强"、"变法"运动，何尝不是发"民族复兴"之先声？也就是在这样一个漫长的"过渡时代"里，刘铸伯得以脱颖而出，"为当时开风气，为人类造幸福"，成为一位清末民初卓越人物，一个被时贤称道的"伟大的爱国者"。上个世纪末，老是听人议论深圳是"文化沙漠"，没有大师巨擘。事实证明，深圳有自己丰腴的"文化水土"，从来不是一块莫名其妙的所谓"文化飞地"，并且近代以来也涌现出了包括刘铸伯在内的大批杰出人物，问题是如何保护本土文化资源，擦亮本土历史人物品牌。

就平湖一地而论，不妨借助凤凰山国家矿山公园建设与这两本著作的出版，进一步梳理文脉，盘活文化资源，拓展区域文化系统内部"运动"和外部"运动"的双曲线，在保护好纪劬劳学校、念妇贤医院，修葺青奇坑刘铸伯家族墓地、享堂的同时，创建"刘铸伯纪念馆"。还可以在此基础上拍摄历史纪录片、电影、电视连续剧，全方位、多角度向世人展示平湖乡贤刘铸伯的形象，增强平湖区域文化的亲和力、感召力和凝聚力，创造人文关怀的福祉。

本书作者说，1996年有个去平湖工作的机会，因为交通不便而放弃了。他那次在凤凰山青奇坑捡了块陶片。我的同窗密友、中山大学金钦俊教授，今春在自己的这位弟子家小住，修订文集《记忆树上的杂花》，审阅《刘铸伯传》《刘铸伯文集》这两部书稿，见到了这块放在书架上的粗陶片，建议设计封面时放在两书的封底。我看也好。一本传记的撰写，一部文集的编订，何尝不是将散落各地的碎陶片，复原为圆润如初的陶器？这番"复原"工作大不易，刘中国前后下了多年工夫，也得到了他的师友、文友的支持，尤其是昔年"龙城文学社"发起人何小培、黄惠波、赖房千、魏琦、温波、陈少鹏诸君的支持。我与刘斯奋、陈俊年、章以武、韦丘等是"龙城文学社"顾问，"龙城文学社"后来变成了"文联"，我很欣慰地看到，"文学社"创社成员迄今仍然笔耕不辍，互相砥砺，"愿是月光下的歌者，不愿做殿堂里的诗人"，常葆初心，脚踏实地，拒绝合唱，时有作品问世。这是很可贵的。

这两部书稿很厚实，我读得十分沉重，拉拉杂杂写了这么多。还是回到当年"茅洲河挖淤泥"这个话题吧！四十年来，深圳创作者一铲铲挖出河底的淤泥，一锤锤捣碎骇人的暗礁，让一条条河流肆意地流淌，让江河湖海上飘满南来北往的帆影，这是颇令人欣慰的。

《道德经》说："天下难事，必作于易；天下大事，必作于细"；西洋人也讲过"上帝存在于细节之中"这样的话。姑且录此数句，与本书作者以及久违的"龙城文学社"诸君共勉！

是为序。

随　笔

槟榔考

槟榔本为大气之物，守如山林，动如风火。

槟榔，挥斥风云，行远疫之义举；暗通风月，享香闺之韵事；搅动细秀，缀锦岭南风俗，掉下千年之盛。是岭南一个骄傲标志。

昔汉武帝御笔代言，三个皇上应声附和；承苏东坡汤显祖状写广告，众多才子群起响应；粤东粤西珠三角腹地皆视之为吉兆喜庆圣物。《潮州竹枝词》说"得致槟榔一千口，胜他邻女有乌羊。"广州童谣："年卅晚，吃槟榔。"千年以来，不知为了什么？槟榔滋生着颠沛流离、此起彼伏的伤怀，代谢着终归浮云、不过刍草的悲凉。

槟榔，一种高耸挺拔的常绿乔木，覆盖如伞，性喜高温；浅红色花苞中，透出一点桃红，成熟果实外裹一层橙红；咀嚼槟榔时，颈部发热，大汗淋漓，面颊酡红，有种众里寻它一见钟情的浓炽。其鲜异。其色泽，如许一辙的透亮莹澈；其气韵，扰攘纷繁的肆意酣畅。前有南唐李后主"烂嚼红茸，笑向檀郎唾"之深闺煽情，间有苏东坡"可疗饥怀香自吐，能消瘴疠暖如熏"[1]之淳纯远至，后有汤显祖"但得槟榔一千口，与君相对卧红笙"之秀逸清婉，心擎飘摇偷猎愉悦的诸般况味，令人不胜驰想。

遥想槟榔当年，原属岭南粗粝和尘土，既入林舍陋院，又进朱门豪宅，成为皇宫明珠和宠物，明万历《雷州府志·土产》上说"槟榔，多产琼州、徐闻。"明宝德六年（1431年）潮剧《刘希必金钩记》第五十八出，即有"潮州地区过年吃槟榔"习俗的记载[2]。潮剧这五百八十年历史，不仅上溯戏曲史，比之1790年四大徽班进京为乾隆祝贺八十大寿而形成的京剧，早了数百年；而

---

① 《咏槟榔》，《苏轼诗集合注》卷五十。
② 《潮剧史》，吴国钦、林淳钧著，花城出版社2015年版。

且下逮槟榔，把它作为岭南习俗新的佐证。槟榔经历朝历代的岭南漂浮，一时啸聚，挥师北伐，致有汉代明代两度"攻陷京师"，清代的"攻陷长沙"的风云叱咤，号称雄丽。

2016年6月21日，我前往徐闻参加"岭南行·临川梦——汤显祖学术广东高端论坛"。提壶的遇到卖酒般的巧。6月19日，我约了个车在珠江新城闲逛。这年头，因网约车与出租车利益的多空纠缠，改革的千呼万唤，司机们望之沉郁，牢骚满腹。

上得车去，因为听出了司机的湖南口音，而拉近了距离。

司机侃道："人之初，性本善，司机这行不好干"。

我问何解？

司机说："网约车，入行有新规，门槛是（排气量）2.0的车，要十七八万，连车轴大小也有规定。"

我说：所谓门槛，过得了是门，过不了才是槛，还在论证吧。

司机随口咏道："东风不与周郎便，一见门槛眼发直"。

我看他口中不断咀嚼，嚼光一粒，吐得出去，成一红茸弹点，于是又嚼，我问他嚼的是什么？他说"商女不知亡国恨，一进车门就发困。这是槟榔，解乏，兴奋，不打瞌睡，嚼它百千遍，仿若如初恋。我们湖南都吃疯了，到处都在种；广东人大鸡不吃细米，原来的广货，现在不兴了。"那包装精美，印着"叼嘴巴——偶像派食用槟榔"字样，只见他大汗淋漓，气息强悍，兴奋得像是肾上腺爆表。

六月卅日，到达徐闻，住在杏磊湾酒店，杏磊湾古名沓磊湾，往东不远的白沙湾即海康，宋代起，即是雷州半岛通往海南岛的十八海里官渡。上世纪六十年代末，我从广州出差海南，常在此等候轮渡过海，琼州海峡或烟雨苍茫，或海气明朗，一众人等，鱼贯胪列，于饥肠辘辘，烦躁疲乏中，要向"红太阳"表忠，三呼万岁后，方可坐落进食，是为一景。那时节，烂嚼槟榔之风甚烈，饭后口嚼一粒吐将出去，满地的红茸弹点。也为一景。

汤显祖是个嗜槟榔的主。因目睹官场腐败，他愤而上《论辅臣科目疏》弹劾大学士申时行，抨击朝政，触怒皇帝，屡遭压制和摧锄，而被贬岭南，放徐闻当典吏，那是个"不入流"的九品以下闲职，人说此职不属公安系列，又相等于派出所所长，不确，待考。

他对槟榔翘盼痴迷，泃然可惊，在《槟榔园》中写道：

莹莹烟海深，日照无枝林。

含胎细花出，繁霜消夏沉。

千林荫高暑，羽扇秋箫森。

上有垂房子，离离隐飞禽。

露乳青园滋，霜氲红熟禁。

堕地雨浆裂，登梯遥远阴。

落瓜莹肤理，着齿寒侵寻。

风味自所了，微醺何不任。

徘徊赠珍惜，消此瘴疠心。

追怀无尽，情肠百结。在色彩之青与红，物态之房与禽，情状之露乳与霜氲，功能之消此瘴疠中，极力摇曳，以馨其艳，以显其情，让我们闻到了香气，听到了浆裂，感到了凉热，品尝了味道。王国维有言，"景语即情语"。艳遇不仅在男女，也在人与自然。

汤显祖与徐闻槟榔园主，龙塘镇邓家龄家，情深谊长，视为同年知己。离开南京前，汤显祖从邓家龄处，或文化探求，或社会通晓，或人生洞见，岭南"古怪"，尽在其中，汤显祖的"天下人古怪，不像岭南人"，这类科诨透视岭南对他的复杂影响至深。离开徐闻时，汤显祖又有《寄徐闻邓母》"海蚌一瓯知味美，可怜无复报恩珠"句，感激邓家在他月落星沉、井干路绝、人生失意时的春光寄托，感恩邓家在他从阴暗晦闷转向空明澄净时的援手。

槟榔之缘，槟榔之恩，当涌泉相报。汤显祖岭南之行的秾丽恩情，在罗浮赏梅，新安访道，苍梧礼敬，深莞探孝，徐闻办学，澳门看夷船贾湖，肇庆会利玛窦，通感的天地之恩，恩师之恩，知己相知之恩，危难救急之恩，指点迷津之恩，大都是他"消此瘴疠心"要"珍惜"的"恩珠"。

即至当代，感恩不仅是一种生活方式，精神慰藉，更是一种理想追求，一种核心的竞争力。在忧愁与欢乐，孤独与群欢，爱情与失恋，生死与存亡中，无处不在，无孔不入，成为失望失衡失序时的善恶之辩，正邪之择。经济学家亚当·斯密认为，情感（如感激之情）令社会变得更美好，更仁慈，更安全。耶鲁大学校长彼得·沙洛维在2014年毕业典礼的演讲中，更把感恩视为孩子最重要的核心竞争力。

"请槟榔"，在粤西粤东，都是一种习俗，有庄严的仪式感。"岭南槟榔重，盈门过礼时"（汤显祖《海上杂咏二十首》），婚礼时，新郎新娘捧着槟榔盒，依次敬奉，先请双亲，再敬长辈，长辈吃槟榔，须给"槟榔钱压，以示对新人婚嫁之祝福"。那槟榔盒，据几位雷州文化人描述，系由银制，盒内一侧摆金簪一只，可作新娘头饰，又可在洞房之乐、遭遇"马上风"时，无事方为有事方刺其二穴急救之用。另一侧摆槟榔一枚。民俗民气，淳雅可爱。

槟榔之物，既为下里巴，也为高大上。民间流行，文人附雅，帝王痴迷。《史记》载，汉武帝兵征南粤，以槟榔解军中瘴疠，功成后，在西安广种南木，槟榔入列，谓之荔宫。槟榔成功"攻陷京师"，成为昂贵奢侈品，有人誉比今之古巴雪茄、波尔多红酒，应非虚言。《红楼梦》贾琏用的槟榔袋，配以伊斯兰玉盒，非等闲物；故宫博物院内的乾隆槟榔饰物，以波斯人手工，和田玉器配伍，价值不菲；现存第一历史档案馆的嘉庆御批"朕常服用槟榔，汝可随时具进"，"惟槟榔一项，朕常服用，每次随贡呈进，勿误"，更其价值无度，皇家胎息也。

20世纪50年代，我在中山大学念书，听容庚教授的甲骨文课，先生说：甲骨文不难学，认识三千个甲骨文，就成专家了。一下子，轻松了许多。后来先生又说：书法不过是老虎嘴上的一根毛，你得先是一头老虎，才能显示出这根毛的价值。一下子，又紧张起来：原来，此三千非彼三千，差异大矣哉。拿破仑说，生蚝是对付敌人和女人的最佳武器；明末四公子冒辟疆在《影梅庵忆语》中，讲述他送给秦淮名妓董小宛莞香中的极品女人香。生蚝傍上拿破仑，莞香撩上冒董恋，食之足谓人生之旷达神武，玩之辉映男女之缠绵情怀。槟榔这根虎毛，经四个皇帝"烂嚼红茸"，四大才子千口咀嚼，歌咏百年，也算是精魂耿耿，胜过它物无数了。

槟榔一物，如同莞香，跟广东那份牵系，文脉久远，江山有代，是两棵不老的摇钱树。历朝历代，都有槟榔税，明万历四年，槟榔青每笼四千枚，收税银四分，槟榔咸每笼万枚，收税银三分①。盖槟榔不仅为休闲品曲谈情说爱的佐食佳品，而且是健胃抗病毒，亢进交叉神经，抗疲劳的兴奋除弊良药。清代一次大瘟疫，湖南湘潭死人无数，唯得道高僧背尸掩埋，竟无感染，众人多有不解，高僧遂出示槟榔：口嚼此物可远疫而不虞。槟榔之"攻陷长沙"源出于此。

　　槟榔的荷尔蒙旺盛，在岭南，伟大的谈情说爱是由槟榔开始的，荷尔蒙又称第六感官，是男女的化学对话和接触，彼此嗅到无法抑制而向往接触。明清时海南四大才子之一的王佐对此有深切体悟："入体散无声，满面春熙熙，点唇脂失色，登颊酒无姿"，味觉视觉触觉，通体一辙，天然契合。南唐李后主《一斛珠·晚妆初过》更有"烂嚼红茸，笑向檀郎吐"，把嚼烂槟榔，笑着吐向情郎，骀荡恣意，娇憨无比，真传神之笔，王清洲国画《烂嚼红茸的男欢女爱》，台湾"槟榔西施"的酣畅娇态，均由此而出。

---

　　① 　明万历《雷州府志·土产》。

高凉行

　　高凉，即今之高州。古为"广东下四府"（高、雷、廉、琼）之首。王象之在《舆地纪胜》中说：高凉因"群山森然，盛夏如秋"而得名。

　　今年9月3日，广东省人民政府参事室往高州调研，9时从广州出发、中午时分在阳江十八子小憩并午餐。那儿的猪肉肠卷汤，十分鲜美，堪称一绝。勾起五十年代在东莞吃乳鼠，60年代在普宁吃糯米红枣灌猪大肠的惬然回忆。1958年中山大学师生下放东莞虎门公社劳动。我因与"三同"（同吃、同住、同劳动）的农民关系尚好，有天早晨，他下田挖到了一窝刚出生、尚未睁开的乳鼠，送了三只给我，让我和着烧酒，一股脑吞下去。2003年，在陕西电视台，京粤沪陕四地文化专家谈"非典"与文化的专题节目中，我谈到这件事，陕西师范大学学生十分好奇，纷纷提问，质疑"非典"是因广东人贪吃野生动物引起的。其实，这是一种误解，陈序经在《广东与中国》一文中说："古代燕赵慷慨悲歌之上，喜吃狗肉之风，至今尚遗留在广东，战国载'周人谓鼠未腊者朴'。那么周人不但吃鼠，而且有腊鼠。"（《东方杂志》第三十六卷第二号）广东在旧文化的保留上，倒是十分坚守的。下午3时，抵达高州根子镇。

　　古树，是高州的经典范儿。在高州浩浩渺渺荔枝林中，根子镇柏桥村的贡园，始建于隋唐年间，以年代久远、品种齐全，保存良好闻名。叫人叹为观止的是，园内有五百年至一千三百年树龄的古荔枝树三十九棵。棵棵有名有姓，有型有款；亭亭如盖，盈盈盛开；壮硕身躯，一脸虬髯。虽耄耋老龄，即未见丝毫衰减，反之青春焕发，返老还童。

　　那树根，如巨大穹窿，根的四壁呈周圆型皱褶，琉璃状树垢，其色黝黑，其形横七竖八，枝干盘曲环绕。有的枝干在树根四周，争先恐后地蓬勃疯长，有的则于树根底部，另立中心，新的主干亭亭玉立拔地而起。看根部，婉娃淡泊，旖旎多姿，野趣横生，叫人魂销魄夺。看枝干的流光溢彩，枝繁叶茂，让人充盈活力。闻之为如凉风拂拂，沁人心脾。听之，如敲冰戛玉，清脆悦耳。

人看树，不过百年，树看人，已逾千载，什么人间的艰险罹难，自然的风雨雷电，没见过。然人，变异无常兴废频仍，而树，世代固守，屹立不倒。树的倾诉，无疑是最真诚的。

这百年老树千年树上长的荔枝，其价值都不应在82年拉斐、八十年陈年普洱、法国经典甜品马卡龙之下。如保鲜难题解决了，其价值就更大了。

高州城中，还有中国唯一一棵可结果实的缅茄树，传递了一齣惊天地泣鬼神的人间悲剧故事，是尚待开发的文化富矿。胡耀邦当年视察高州，唯一留传下来的话，就是要好好保存这仅有的缅茄。武广高铁通车后，广东人摩肩接踵地奔赴武汉大学观赏樱花，尔后，在武汉流行"广东傻佬花千元来看樱花"的戏谑。殊不知，这次在高州，风闻中国最大最古老的樱花树，即将在起伏山峦中横空出世。

这超千年的资源存量和人文存量，这生命势能生命质量生命张力的集中展示，人的、树的、社会的、经济的，汇聚出一个高州的"千年意"。"千年意"语出杜甫。杜甫有诗云："欲存老盖千年意，如觅霜根数寸栽"（《凭韦少府班觅松树子栽》）。当年"安史之乱"后，杜甫逃到成都，除了盖草房，就是种花种树。"数寸"苗子，种植、浇水、除虫、呵护，生长非常缓慢，要长成大树，需要很多很多的光阴。一俟中原稳定，杜甫的避祸任期届满，还是要回到中原去的，"欲存"句，他是为子孙后辈着想的。

千年播种，收获千年习惯，培育千年性格，汇聚千年命运。这"千年意"的基因，系"数寸"环境积累，习俗沉淀，血脉绵延，语言支撑而生成的，是娘胎里的东西。带来的是"欲存"的万世福荫，正是高凉文化的安身立命所在。这跟"文化无需积淀"的不靠谱，"文化可以打造"的不着调，"文化借船不如造船"立竿见影的短视，投机取巧的无为，恰成异趣。这次在高州，我们看到，树木和树人"双百"战略，强势推进。在每年"3.12"植树节之外，每年的一月到六月中的每个月最后一个星期六为植树日，今年义务植树六十万人次，占了高州人口的三分之一，植树三百万株，完成森林碳汇工程建设任务三点三万亩，并对五十年以上古树排查登记护养。

冼太夫人，高州的万古标帜。如果说，高州的一草一木一山一水，写满了绿色和美丽的话，那么，摆脱了蜷影彳亍的孤独和彷徨无主的冷清，那就是冼太的灵、冼太的魂。《隋书》有《谯国夫人传》、《北史》有《谯国夫人冼氏传》，历一千五百年，冼太，无处不在。全世界有二千五百座冼太庙，高州占了八分之一，村村有庙，处处祭拜，计三百一十五座。星罗棋布的冼太奉祀庙宇布局，以多样性和流动的节奏，透视出神奇和诱惑，展现民心的纯朴和虔诚。

我们去看了高凉岭冼太庙，那里山势险要，从停车场爬上冼太庙，要经过虽绿树成荫但曲折险陡的石梯。我吓尿了，毕竟"年华老去心情减"的冷淡，也是有的。回想去年，去游刘备三顾茅庐的地方，爬那么高的地方，也有吓尿了的感觉。诸葛亮《前出师表》里，有"三顾臣于草庐之中，咨臣以当世之事"句，抒发刘备对人才的倍加体恤、敬畏尊重。在那祠宇深邃，殿堂肃穆中，我有了"诸葛亮遍野，而刘备独无"的感慨，千辛万苦，甚至给了红包上门的，都被糟蹋了，爬那么高的石梯去三顾干什么？武侯祠香火挺旺，而刘备安在哉？

迟疑了片刻，我还是爬了上去，没有喘气，也没有停顿，心里默数了一下，一上一下共五百五十阶梯。庙中有苏轼题诗碑文，1936年世界书局版《苏东坡全集》中收录了这首诗。其中，"三世更险易，一心无磷缁"（磷缁，瑕疵意）句，系苏轼对冼太一生评价的人生绝致。它和冼太的"我事三代主，唯用一好心"的千古绝唱，[①]在高州是频率最高的流行词，许多场合，都能听到。于民，"以信义结于本乡"；于吏，对恃强凌弱，暴虐犯法者，虽是首领、亲族，也"无所舍纵"，绝不姑息[②]；于治理，"乐樵苏而不罹锋镝"；于风尚，则旨在"汲引文华，士相以为诗歌，蛮中化之，蕉荔之圩，弦诵日闻"。[③]苏轼的"无磷缁"，非溢美之词；冼太的"好心"，实乃真诚诉说。

---

① 《隋书·谯国夫人传》。
② 《北史》卷九十一，见《二十五史》第3211页。
③ 《太平寰宇记·岭南道十一》。

　　这"一心""好心"因子，一点一滴地流淌在民间，镶嵌在百姓心里，为高凉绝大多数的人传承认同，而且在制度、风俗、行动层面体现出来。高凉岭冼太庙，是由村民自治管理，朝拜者只需付香油钱，村民便负责将祭品及巨大香烛搬上山，拜祭者手握长香中段，站立于前，村民排列其后，虔诚诵吟。有一种由农耕时代保存下来的庄严而自然的仪式感，令人惊叹地延续着，不矫情，不繁缛，不环顾左右。这种自治管理，婉拒投资者的插足，谢绝现代庙宇的虚假夸饰和装腔作势，远离杂念的喧嚣和过度开发，回归到生命的诚恳和真实。洋溢着一股精神固守和人心呢喃。下山的时候，顿觉此行不虚，简约，也是一种难以企及的美。堪多幽情可思。

　　高州有冼庙三百一十五座，散落于各城各村，有的在热闹的市区，有的在僻静的村庄，大的千多平方米，小的只有几十平方米。"祭冼"，千年以来，是高凉的民俗节日，民俗活动，丰富多彩，成为一种民间的文化遗产。自治管理云云，即由老百姓自己来保护。成为这片土地上真正的生活形态、生活结构和情感纽带、精神传承。

　　如果高凉岭冼太庙，像听《雨打芭蕉》般的婉约，那高州冼太庙无疑是《赛龙夺锦》般的浑宏了。高州冼太庙，三路四进，庙内的碑刻、对联、牌匾林林总总，蔚为大观。我在陈兰彬的二百三十六字长联碑前驻足。陈兰彬是清朝首任驻美公使，清朝进士。1872年他和容闳任出洋肄业局正副监督；1875年二人分任驻美正副公使；容闳筹创江南机器局，陈任局总办。陈兰彬那长联笔底波澜，气势非凡，可谓银钩铁勒，彻髓洞筋。长联的末句为："统数世书勋而笔无停史"、"普四照恩泽而日可齐光"。写尽冼太一生的尽瘁竭诚，薪尽火传。这庙内，有三面硕大的功德捐赠碑长廊，有品位，不平庸。位无大小，职无巨细，赠无多寡，只要捐赠，均留有芳名。有如千军万马，有雷霆万钧之力；有如长河高悬，有霎时倾泻之势。美国有许多战争阵亡士兵名碑，如夏威夷，为祭奠旅游特有项目，后辈们或木梯或人梯爬上去寻找祖辈的大名。听的是口采，淘的是心窝，玩的是传承。赠碑长廊，气场足够的大，加上牌匾牌刻的推波助澜，差不多变成人心的海啸。

　　骑楼，作为岭南筑印，广府民居，闻名于世。高州中山路骑楼古街，长千米，阔四万平方米，保存北衙南商格局。楼上住人，楼下经商。门前日不晒雨不淋，有片广阔地，可作闲庭信步；门内，商品琳琅，作为店铺。那倚柱、窗套、女儿墙、檐口、山花、柱头，一律的灰塑或石膏线，浓重体现岭南建筑之独有特色。一位省领导最近在高州视察时说，要保存好这条古老的骑楼街，要在高州未来新城，再建一条新的骑楼街。让现代脚步行走在千年古道上；让千年古道焕发于现代观照上。深谋远虑，诚哉斯言。

高凉地，是从容的。它有着一个积淀了的"千年意"结。草木枯荣，雷霆雨落，时代变迁，人生浮沉，以至神秘的静态，暴烈的动态，残酷的病态，消磨不了记忆而常变常新；遗忘不了的历史而屹立不倒。印第安人说：别走太快，等一等灵魂，要让急功近利、暴躁激进宁静下来。

高凉地，是恬淡的。它让人"修心御欲"，"蛮中化之"，一生"好心"，以文化之化，化解人们心中情感，从而得到理性、得到美的感受和人文关怀，使意志消沉、无所作为的寂寞振奋起来。

高凉地，是进取的。少了点"迅猛发展"，扼制城市历史与现实断裂的可能；多了点"后发优势"，避免了"城市化"与"城市病"这孪生兄弟的自相残杀的可能。

高凉地，冼太与生态的双剑出鞘。想起了美国诗人阿瑟·查普曼一首写美国西部开发的诗：

　　　　那里的握手比较有力，
　　　　那里的微笑比较持久，
　　　　那就是西部开始的地方。

石狗吟

　　12月9日至13日，广东省人民政府参事室一行，到湛江、雷州、徐闻、吴川调研。汽车在高速公路、"排骨"省道、乡间小路交替行使，时而一马平川，如箭离弦，时而坑坑洼洼，上下颠簸。好在几个好友同行，由公母狗交配时的坚挺、棒打不散、杠抬不离、水泼更欢，讲到雷州石狗的天下之绝；由汤显祖贵生书院旁的廉政教育基地牌匾让汤显祖背上了勒晕了的思想品德教育重负，讲到能量无所谓正负，把正能量当做主流舆论，而对负面的批评，则看作是非主流异见，那是很糟糕的事；从厕所提示语"前进一小步，文明一大步"的文明教化，讲到"尿不尽是你短，尿不准是你软"的男性潜意识激励。不觉寂寞，很有喜感。

　　车过阳江，想到20世纪60年代搞"四清"，全省文艺界人士，集结海陵岛，与农民同吃同住同劳动，文化官员们都隐其名，欧阳山改叫杨风歧，周钢鸣叫周达，杜埃叫杜田。我那时是个二十一级干事，跟了杜埃，上面还发了一支左轮给我，配备十多粒子弹，说是台湾那边要反攻大陆，阶级斗争复杂尖锐，配枪是兼有保卫任务。那玩意让俺兴奋了两天，其后便成为了负担，总觉得背在腰上很沉重，又难有展示枪法的机会。

　　这边厢，领导们化了名；那边厢，出于好奇，农民也不是好忽悠的。每天清晨，各"三同"户，都有尿桶，在晒谷坪上，一字摆开；那时节没有视频监视，全凭农民们七嘴八舌，从尿的成色、厚度、气味，判断出欧阳老的官最大，周钢鸣、杜埃次之，梅重清、李门更次之，其他的人，或清汤寡水，或成色不足，等而下之，不足为据。我的"三同"户告诉我，他们嫁女之前，选用一桶草木细灰，引诱男方，屙一笃尿，看他射的深浅、远近、大小，凭借尿的穿透力、辐射力，就可测试出他的身体素质、性能力和生殖能力，精确度八九不离十的狠、准、稳。难怪，工作队清查他们的工分，他们都应答自如，比如前年春节初一，有没有出勤劳动，有没有趁墟购物，在路上碰见了谁，他们都可以给你编造一个滴水不漏的故事应答，你忽悠了他，他逆袭，忽悠了你。一年中，我们就在这彼此忽悠中度过。

雷州半岛，三面环海，为"岭表极南地"。苏东坡的弟弟苏辙，贬谪雷州两年，对那里的险恶落后，极尽渲染："陆水奔驰，雾雨湿蒸，血属星散，皮骨仅存，身锢陋邦，地穷南服，夷言莫辨，海气常昏。出有践蛇茹蛊之忧，处有阳淫阴伏之病。"到了陆地死角，气候潮湿，言语不通，毒虫横行，致使他骨瘦如柴，忍无可忍，难以为继。（苏辙《雷州谢表》）两年的锻炼，苏辙在苦难中挖了一口深井，竟有了"海夷旋觉似齐鲁"、"此身所至即所安"的总结，南蛮之地竟和齐鲁大地的孔孟之乡，并驾齐驱，没啥子两样。

明代大戏剧家、堪比莎士比亚的汤显祖初到徐闻，也是夜不能寐，深感"其他人轻生，不知礼义"。民间传说，汤显祖被安置住进典史署，发现书院内有一口梦泉，汤显祖饮此泉后，顿觉梦魇缠绵，才思泉涌，因景生情，因梦成剧，即记下梦中情节，打了《牡丹亭》的腹稿。此为事实之说，抑或附会之言，待考。但田汉为徐闻汤显祖贵生书院题诗中称"庾岭归来笔有神"，没了雷州的岭南之行，就没了《牡丹亭》的传世，实乃命意结穴之笔。汤显祖认为雷州人"性悍好斗，轻生敢斗"，所以筹办"贵生书院"，提出了惜生、尊生、贵生的"三生理念"，要理解生命存在的价值意义，要珍惜、尊重、呵护，这是对人生、人性、人爱在内的自由生命欲望的肯定，以人的生存为基础，以人的基本生存权利满足为目标，孕育着一股强大的人文主义暖流。清代大戏剧家、写《长生殿》的洪升，评说《牡丹亭》"肯綮在生死之际"，端的精辟。《牡丹亭》写了梦中情、人鬼情、人间情，柳梦梅杜丽娘成亲后，同去临安，杜对柳说："柳郎，今日才知有人间之乐也。"这"人生之乐"，正是得益于"自生而之死，自死而之生"的岭南气场。得益于对"轻生"的负面人生思考和历练。"沧海何曾断地脉"，大海阻隔不了文化传递，蛮夷与中原的文化，互惠是双向的，你影响了我，我成全了你。

雷州人陈昌齐，是见于经传的人，但在广东知之者甚少，是个陌生人。他主张推本经义，斥去浮华，"必使文与道合，不致歧而二之"；他殷殷奖誉提携后进，认为人生有四戒：戒骄傲，戒轻薄，戒愤怒，戒强酒（《戒雷阳书院诸生书》）；他不趋炎附势，和珅欲揽其为门下，他婉而拒之；纪晓岚是他的上司，他明知纪晓岚与和珅有矛盾，却不利用矛盾各个击破，乘势而上，而且处之淡然；他是《永乐大典》的纂修者之一，被梁启超在《近代学风之地理分布》中断言为"粤中第一学者，推嘉庆间之海康陈观楼昌齐"。

雷州石狗之谜，是此行最大的亮点，兴奋雀跃，惊叹不已。无论数量的考量，质量的讲究，也无论年代之久远，艺术的精湛，这个石狗王国，堪称巅峰状态，堪称世间绝品。已引起黔湘鄂闽少数民族地区，桂琼雷等地乃至越南的环北部湾地区以及环太平洋地区学界业界广泛关注。

雷州石狗，不光好看，充满吸引力，让人激赏。在雷州平岛的土地上，或村落民居，或断墙残壁，或庙宇祠堂，或墓地田野，或桥头小巷，如繁星满天，如珠落玉盘，散落着千姿百态、栩栩如生的石狗，数以万计，仅雷州博物馆陈列的，已达千座。

据文物研究，雷州现有近二千五百个村庄，村村有石狗，少者四至六尊，多者三四十尊。有的被高度风化，有的完好存遗，最大的石狗连座，高二点五米，重近千斤；小的仅高十厘米，重一斤。许多石狗都附有生殖器，或方形，或圆形，或菱形。

雷州的石狗信仰之虔诚热烈，举世惊奇。其命意结穴之笔有三。一是多，满山遍野，呈数万之巨，越千年之兴。二是以狗为尊，也辅以少量人狗合体、狗兽合体。三是多呈单体，一律以石雕刻之。不像日本东京浅草区的待乳山、京都的伊驹山、横滨弘明寺里的欢喜佛，多数为合成男女一对，且作相互抱持陶醉状，有泥型的、木雕的，也不似印度南部小城贝拉黎斯，曾因雕刻生殖器官闻名于世，是世界富于"拜根精神"的代表地区，但城中一律以作翘天之势的大小石柱林立，总不及雷州石狗审美的瘦不露骨丰不垂腴形态的千般奇诡，万种妖娆，气质的犷辛况味、逸兴湍风。窃以为，雷州石狗在世界生殖崇拜文化中是独一无二的，在世界生殖崇拜的景点中，是异质奇诡的。但何以没有成为世界级的景点？何以没有深度的文化研究开发？何以没有衍生延长它的产业链？我们只要在石狗圣地中言论上拓宽一二米，思考上增长一二分，魄上加大一二倍，胜过在有些领域的努力二三年。

雷州半岛，自古以来是中国最南端"到海只十里，过山应万座"（寇准）的"死角"，人烟稀薄，瘴气浓重，南蛮鸟语。寇准到了那里，是"色空梦幻，深谙谛法，危坐终日，寂无他营"（《寇忠愍心旌忠碑》）般的无聊寂寞；苏辙到了那里，"皮骨仅存，身锢陋邦，地穷南服，夷言莫辨"（《雷州谢表》），希望皇帝开恩，早点放他回去；苏轼发配海南，路过雷州，也有"生不契棺，死不扶枢""垂老投荒，无复生还之望"的绝望感慨（苏轼在雷州写给朋友王古的信）。

在这个险情环境中，雷州人以石狗作为守护、招财、祈福、生殖的"神灵"现象，顶礼而求幸运，膜拜而去辟秽，其原始精神是严肃的，富于期望的，自然也是非常合理的。

雷州以石狗为主要内核的民事风俗，林林总总，囊橐丰满。

每逢每月之初一、十五或者年节，雷州乡民都要给石狗披红戴彩，众多石狗像面前，香烛香梗香灰汇积重叠，遗骸遍布。有的把石狗放置于高高的石柱上，有的给石狗建了庙宇，庙上贴上"保我子孙"的横批，贴上"物阜民安日，风顺雨顺年"，"作一方之保障，估四序以平安"的对联。

石狗有灵性，见到姑娘就摇尾巴，乡民忌其"色""淫"，常在结婚队伍经过石狗时，给石狗身上抹上石灰粉，遮挡狗的视线，让它看不到新娘。雷州英利镇有尊镇守妈祖庙的石狗，脚踏渔网缆绳，头部卧一青蛙，嘴巴上都抹了一嘴的石灰。究其实，渔网绳缆，融入了对海洋的征服；青蛙多子，寓意赐福送子，多子多福；而嘴上石灰则为遮盖狗之"淫"而设。抹上石灰，并无损石狗尊严。多义性的共同供奉在庙宇中十分普遍，正如澳门"大三巴"旁的女娲庙，供奉神话中的女神也供奉造人的女神，以及红灯区保护妓女的神一般。在雷州，石狗无人不敬无人不尊，就跟印度加尔各答街头的牛只满布，而无人敢敬驱赶一般。

雷州石狗这种生殖崇拜的心理，和印度教一样，所崇奉神祇的核心内容，就是一个"生产之神"。狗的交配生殖力量坚挺，所谓"棒打不散，杠抬不离，水泼更欢"，即我在20世纪60年代至70年代，去阳江"四清"后被贬韶关花坪干校，于百无聊赖、寂寞清凄中亲眼所见的一番情景。人类借着神道来强调生育生产的重要，冀望在神的护佑下获得更多的生育生产。这是人类最切实最富生命力的实践和体验，也是人类为逃避封建礼教指摘而自行创造出来的理由。正如苏轼诗所说的"沧海何尝断地脉，白袍端合破无荒"。文化的传播承传，大海不能阻挡，大山也不能相隔。文化为手中的空气，抓之不觉而开之即散，文化只是在交流、传播、影响，哪有文化的侵略、文化的安全。这种生殖崇拜风，有很深的文化渊源流变。印度文化，很早就传入了中国。而中国文化又是日本文化之所自。生殖崇拜是图腾文化的心理表征，不通过男女交媾，只要妇女直接与图腾物相感应，就能怀孕生儿育女，这就是所谓的"图腾感生"。在雷州历史上影响最大的唐代雷祖陈文玉，他的出生，就与狗有关。《雷祖视志》记载了这个奇诡的感生神话。意大利罗马有名雕塑，不少是雄健的裸露男性，少女们在祈愿时，将所崇拜部位握持祷祝，使一些雕刻被弄得乌黑贼亮，当局为了保护艺术不受污损，索性给石像穿上裤子。北京正阳门、广州旧有城门都安置圆而粗的钉头，常常受到抚摸，而闪闪发光。广州习俗，摸完了，拜完了，还得将一束红线绳绑在门钉之上，求拜妇女回去之后，就可以有梦熊之兆了。凡此种种与印度的"长石崇拜"，日本的"青面金刚神"之类园石一样，其出发点都是一样的，只不过是对那种先天习俗的保存，中国许多人羞于启齿，止于开发，带着一种神秘的含蓄而已。

鹤山地

五月的鬼雨，下个不停。去鹤山的事，有些犹豫。主人安排好了，只好成行。五月廿二日，趁着雨歇当儿，上了高速，虽没有了瓢泼大雨，但一小时车程，魑魅魍魉都在浓重雾气中游荡。

"鹤山"，名出县城一座小山，该山形体如鹤，故而得名。康熙二十二年（1683）唐化鹏等三人三次呈请建县，清朝办事效率不高，"击鼓传花"到了雍正九年（1731），始获皇帝核准，赐名：鹤山。幸在康熙时的呈请公文，雍正时还照办不误，尽管拖了四十八年，但比不了了之的好。

历史上的鹤山，一会儿属肇庆府，一会儿属广州府，一忽儿归佛山，一忽儿归江门。政权更迭，人事变迁，但鹤山地还是应了"鹤鸣九皋，声闻于天"的箴言，凝练了许许多多雄奇壮阔的天资。这也是我十多天时段，二次探访的缘由之一。

鹤山古劳一千八百亩尚处于半原始状态的"桑基鱼塘"，是珠江三角洲最靓丽的原生态水网，也是珠三角一个高傲的绝版。唯其绝版，弥足珍贵。

水网纵横交错，鱼塘星罗棋布，面积阔大而幽远。石极桥、渡口、水闸、码头、网墩，贯穿分割；水网、果海、蔗林、瓜棚、豆架、榕树、岸柳，点缀其中。可以品鸟的啁啾，听鱼的唼喋，可以看水鸭的蛰伏，观白鹭展翅。

这个水，既非江南水乡那样的水，也非威尼斯水城那样的水，它是网状的，以桑甚分割成镜面；它是不规则的，没有楼房小村庄散落在水中，石板桥和小艇，连接广阔的水域，塘塘相通，基基相连。威尼斯、江南哪里看到这样的水。没有威尼斯的单调划一，也比江南的千姿百态。它的原始农耕味，它的简朴的田园味，它是"诗意地栖居"（德·荷尔德林语）的绝妙去处。这是上天赋予岭南一个硕果仅存的奇崛的生态圈。韩愈被贬岭南，屈大均说"自韩昌黎入粤，粤之人士与之游，而因以知名于世者……至今粤人以为荣"，有意思的是，韩愈本人言辞中是瞧不起岭南的，岭南人只记得他的好处，并将之无限发扬光大，以至有了韩江，韩山。苏东坡对此非常羡慕，自认所作《潮州韩文公碑》将不朽，大约看到了粤人对韩文公的持久崇拜，幸运的是岭南人也这样对待他："自从坡公谪岭南，天下谁敢轻惠州。"坡公的声名与岭南人的持久崇拜是相当益彰的。岭南的从善如攀，尊礼异质，以"桑基鱼塘"比攀江南水乡，东方威尼斯，也折射这种文化心理。

我们在渡口边下船。渡口只有十数级石阶，被一群古榕树笼罩着，虬枝密茂，葱茏为盖。树下摆着许多木制小桌，摆卖萝卜干、榄豉、干鱼仔、大蕉、东古酱油等，下了几天暴雨，村民们都没有来设摊。撑船老妇顺手拿了一梭大蕉上船，给大家吃。这种能坐七八人的小艇，我在上世纪60年代坐过，飘浮在宽阔浩淼的水面上，水很清，很绿，没有城市的水异味。嫩绿水草，浮动水蛇，丛生草丛，玉立的白鹭，房屋临水而建，都有一个小码头，一一闪过，重现出当年的映像。那时节"桑基鱼塘"作为经济作物，而非粮食生产，被视为异类，名之"资本主义尾巴"，"要一割了之"。那也是个饥馑年代，下鱼塘摸鱼虾充饥，留下"虾壳最难忘最难忘"的苦中作乐的粤调。船往前行，一团团翠绿荷叶在水面摇曳，一簇簇荷花，花蕾，争先恐后跃出水面。我们吃着大蕉，用手机互拍作乐。

我向船娘：这里有没有"香云纱"。

从人不知所云。

我又用广东话说：就係"黑膠绸"。

同行中的企业家仍"蒙喳喳"，不明所说何物。

我说：旧时电影中"大天二"、黑老大，穿的那种裤子，齐腰有白布一大截，缠绕后反转卷入，再别一支蒲枪，大众才恍然大悟。

60年代在省委上班，有一晚被通知回去起草文件，匆忙中也穿着这种裤子去了办公室，同僚说省委机关，怎能穿这种裤子，挨了好一顿批。

香云纱是"桑基鱼塘"的经典范儿。前几年我在佛山一次论坛上大声疾呼，要重振此业。这些年，在广州街头，真有很多服装店出售，花色品种，琳琅满目，价格也不菲，动辄几百上千元。如今，在古劳那儿，鱼塘俱在，桑基已消亡，改姓埋名了，在一些记载文字中，改作了果基。

　　"荣记丝绸"作为岭南文化的一个密码，成为首届世博会中国的唯一展品，并受到英王的御旨褒奖。也成为上海世博会申请举办的唯一历史见证。我在想："桑基鱼塘"在珠三角领域版图上，彻底的被抹去，干干净净的被遗忘，我们的历史记忆，还剩下什么？我们的家国情怀，还留下几许？

　　感谢古劳人，赓续历史，比较完好的保留这一千八百亩"桑基鱼塘"的根性原质，承接传统，留下了珠三角历史文化的经典标帜。它的历史已经构成了可借以解读历史规律的珠三角"当代史"。

　　1933年《东方杂志》（三十六卷节二号）刊登陈序经的《广东与中国》一文，陈序经的结论是：广东是新文化的发源地，但在旧文化的保留上，倒是十分坚守的。这话儿，令人咀嚼，颇值探究。这三十年，在岭南文化的思考和研究上，我们乐道于经济GDP，而忽略文化GDP；陶醉于经济魅力，而藐视文化魅力；沉浸于盛世喜悦，而忽略文化的自省自责；对文化的发源地，兴致盎然而对旧文化的坚守保留上，感悟缺失。

　　鹤山古劳"桑基鱼塘"的颜值壮观，鲜卑古村落的原始古朴，梁赞的"功夫圣经"。加之高州的古荔丛林，雷州的万尊石狗，东莞的"莞香树"，在岭南文化对旧文化的保留，旧遗产的坚守上，都堪绝品。陈序经八十年前的预言，实为至理。陈序经，系我们上世纪50年代入读中山大学时的副校长，著名经济学家，他在西南职大任法商学院院长时国民党当局要求担任一定行政职务的教授都要入党，陈脱言而出说："扯淡，我就不入"。

　　2003年，陕西电视台为做一个京沪粤陕四地专家谈"非典后时代文化"，到广州采访我，我介绍到天河新区，他们不感兴趣，而直奔荔湾区的西关大屋、酸枝趟栊和烧鹅档，说这才像广州，到了会展中心，也只匆匆拍了两个镜头，感叹广州建筑之辉煌和经济之富有。然，他们的视角，始终盯在那"旧文化"的保留和坚守上。想起罗素所说：比之权力和金钱，文化的影响力要久远得多；想起英国民谚：宁要一个莎士比亚，而可舍去一个印度。

　　美国《纽约客》专栏作家欧逸文在《野心时代》描述这样一个中国："中国每两星期的建筑面积，相当于一个罗马。"

　　这是就经济而言的，就文化的长远和积淀来看，不能一个劲地飞跃，一路丢下历史，文物环境、灵魂，当回过身再去重新捡起这些东西时，代价就太大了。文化不能看谁快，更要看谁慢，看谁保留的东西多。

鹤山霄乡，古称坚城乡，有七百多年历史。

四个自然村一千五百居民，竟有一百多座明清和民国时期民居，民居中的屏风、瓷器、嫁奁、婚床、雕花众多文物，大都保存完好。九座祠堂，错落有致，十条石板古巷，横贯其间。西江从村的北边浩瀚流过，广珠轻轨擦身村旁，呼啸而走。它一路没有丢下什么，表面上慢了，其实是快了，优质的快。

这些民居，许多由于岁月封尘，人去楼空，虽杂草丛生，但宅门依旧，虽残破萧瑟，但幽深久远。古村落的范儿在，古典颜值在，风光气度在，一般潜在崛起的气场。古井里的水，依然清澈，那方井圆井的孪生井，依然生趣，那青石板蜿蜒小道，翘起的檐，依然发思古之幽情。这里的人，以源姓居多，不屑袭调，古朴典雅，且以对封联凸显，是鹤山众多宗祠、众多姓氏中的一大文化亮点。如"颖川世泽，妫水家声"，显示陈姓历史，他们的始祖原姓"妫"。"文宗莲说，武继柳营"，昭示周姓承接是写《爱莲说》的周敦颐的"莲说"。鲜卑古村落的祠，则不光打上姓氏烙印，还嵌以氏族之源远典故，如"洛水源流远，崖山世泽长"，"发源由北魏，晋爵纪西平"。

源姓冷僻，鲜为人知。万水千山，携手相牵。我少年时在鄂湘桂黔一带漂泊，记忆中的"甘和茶"和"阴丹士林布"，都是名振遐迩，母亲对阴丹士林布十分喜爱，"甘和茶"也是常用的"广货"。原来它们都始肇于霄乡源氏。源吉林父子用三十种中草药熬成药汁，置入青茶叶中，慢慢吸收，晒干味甘、药性温和，感冒发烧，喝而痊愈，于光绪三十二年（1906）在香港上市，百年屹立不倒，行销粤港澳和东西亚；近代"染料大王"源龙章，将"阴丹士林"这种耐洗耐晒的德国"舶来品"染料引进中国，制成"阴丹士林布"，深受用户欢迎，成为中国服装一个时代符号，影响遍及大江南北。

日本有部书叫《源氏物语》（物语即故事），此"源"与鲜卑古落村之"源"，是否同出一"源"，是否也"洛水源流远"？很耐人咀嚼。

鹤山还有一个大名鼎鼎"咏春拳王"梁赞。梁赞故里坐落古劳"桑基鱼塘"上。梁赞的"咏春"名家辈出，代有传人，前有叶问，后有李小龙。武术与电影合暨的《唐山大兄》，饮誉世界，"真正功夫在中国"，达到全球共识。美国海军陆战队，法国SEK，意大利的NOPS等许多警察部队、特种部队，都以"咏春拳"作为必修训练课程。世代繁衍，"咏春"成为武术一大流派。

据传，佛山咏春，主张"里帘必争"，硬压直取，拳抢中线，而鹤山咏春，则倡偏身技法，以弱制强，尤重对拆，系梁赞为身材矮小古劳人设计的。梁赞有言"力力力中能借力，机机机心内生机"，堂奥极深，达于化境。啧啧再三，当是咏春的灵魂所在和精神归依。强压与弱取，直取与偏身，中线与附线，皆在借力与心机的浓淡、重轻、骄妄、狂敛、急缓、限忍的气韵掌握与心力平衡。心守若山林，力动若风火，大器之极。

鹤山古劳山水寨村，是一代影后胡蝶的故里。胡蝶在上海出生，九岁回到广州，就读广州培道学校。十六岁重返上海，在中国电影百年历史中，胡蝶主演百部电影，成为中国电影拓荒期和成长期的弄潮儿和见证人。20世纪30年代，胡蝶曾与梅兰芳出访欧洲，受到隆重礼遇，回国后写《欧洲札记》成为畅销书。1930年，胡蝶担纲主演中国第一部有声电影《歌女红牡丹》，最使胡蝶声名崛起的是她主演的《火烧红莲寺》中的侠女红姑，表演的清雅不俗，性情的大方开朗，身影的潇洒飘逸，让她一夜间红遍大江南北。

其时胡蝶事业名日中天，获得"电影皇后"称号，那1933年"电影皇后证书"也显得气贯长虹，"名标螭首，身占鳌头，倏如上界之仙，合受人间之颂；声华熠尔，舆诵翕然，足让殊艺冠群，有水利渠成之妙。灵心绝世，是花开见佛之才"。

盛名下的胡蝶，遇到了两桩民国历史的大事件和大麻烦，困扰了一生，纠结了一生。一桩是伴随抗战而来的胡蝶和张学良"跳舞事件"，一桩是被利诱逼返胡蝶与戴笠的"梦魇三年"。

日本通讯社，把中国人的抗日怒火转换为对张学良的不抵抗的怨恨，到处散布张学良与胡蝶在"九·一八"之夜欢歌共舞谣言，一起舆论四起，广西大学校长马君武还在上海《时事新报》上发表"赵四风流朱五狂，翩翩胡蝶最当行"的著名打油诗以为佐证。胡蝶成了"红颜祸水"代名词，一夜之间，不翼而飞，尽管胡蝶在报上辟谣，人们也半信半疑，直到晚年，胡蝶还百口莫辩，无力地呼吁"该结束这段莫须有的公案"了。至于与戴笠难于启齿的三年，更是她一生不堪回首的悲情往事。所幸的是，1995年，为纪念世界电影诞生百年、中国电影诞生九十年，中国电影界评出中华影星一百二十六名，胡蝶赫然在列；在中国电影资料馆里，她的巨幅肖像，并立其中。

文化的心理结构包含了民族性格，价值标准，情感形态和思维方式。诗意有无，韵致存否，内蕴深浅，常聚于此，倘若洗尽铅华，落尽粉黛，将非其重新还原于一个真实的人，胡蝶的启示是丰富的，心灵是充盈的。她自16岁从中华电影学校两千招考者脱颖而出，对辉煌与磨难、幸福与挫折有深切体会，深厚领悟，在日寇、军霸、庸商、舆论中沉潜把玩。一生光环相伴，又一生忧患相生。

及至晚年，胡蝶客居并终老加拿大温哥华，她把温哥华地形比作一个摊开的右手，手的方向伸向太平洋彼岸的故乡。与戴笠往事，胡蝶对家园故国萌生一种难能可贵的敬畏之心和羞愧之心，只能泣不成声的背诵于右任的诗"葬我于高山之上兮，望我大陆；大陆不可见兮，只有痛哭！葬我于高山之上兮，望我故乡，故乡不见兮，永不能忘！"聊作自慰，聊表深情。

如果说，对岭南的两大影星，梅兰芳评阮玲玉是"中国的玛·璧克馥"，只是囿于电影这一圈事而言的话，那么，张恨水对胡蝶的评价：

> 蝶为人落落大方，一洗女儿之态，性格深沉，机警爽利，十之五六若宝钗，十之二三若袭人，十之一二若晴雯。

一个伴和着宝钗、袭人、晴雯三种特质的中国女性，就不仅是单一"电影皇后"可以解读清楚，而是值得中国女性研究者的全面阐释探究。

莞香情：近朱者赤近莞者香

（一）

香是个神秘、奇崛的领域。广阔无垠，绵绵无尽，生生不息，其势滔滔而莫之能御，无处不在而古今皆然。

有人问影星梦露：晚上睡觉穿什么衣服。梦露答：两滴香奈儿五号，引发一种诡谲的假想。

艳后克里奥伯特拉说：女人的味道就是她的武器，找到它，你就可以征服全世界。抒写了一种绝妙的兵器。

一位哲学家说：活着可以被理解被感觉着。感觉是什么？感觉就是一种味道。探求了一种哲理的阐析。

美国一项最近研究显示，女性身上如果涂了有个性特征的香水，男性会觉得你比实际年龄年轻了九岁。莱斯大学心理学家丹尼斯·陈1999年进行了一项试验，证实看了恐怖电影后人的汗水更加强烈，有恐惧气味，更难证闻。许多科学家表示，人类嗅觉是目前了解最浅而实际上最复杂的感觉之一。显露了一种科学的迷惑。以至于埃及法老讲的：不愿走近她，女人就是一种香气；电影《闻香识女人》里说的每个女人都有一种味道，则展现了一种奇妙的社会心理。

香是一种嗅觉文化，当我们闻香时，通过纯净的香气，无形中可以起到净化心灵的作用。英国名作家吉卜林曾说："人的嗅觉比视觉听觉更能挑动人们细腻的心。"

（二）

2004-2006年，我在东莞跑了十八个镇，跟近一百五十个基层干部、企业家、文化人进行交谈采访，希望通过对东莞历史人文的艰难爬梳，从看似包罗万象的东莞历史文化中，寻求表现东莞历史文化精神的关键词和承载物，其中一个成果就是"莞香"。我和张承良写就了《也说当代东莞"神话"的莞香文化基因》《新城市建设：着服未来全球竞争力的文化整合》等三篇论文。收录在我2006年主编之《东莞九章——现代化中的东莞现象与东莞想象》中，该书2008年由花城出版社出版。2008年7月，东莞市人民政府、广东省新闻出版局、广东省出版集团联合召开"思想解放·科学发展·文化软实力的东莞启示——《东莞九章》新书发布会暨东莞文化高端论坛"。四五年间，竟然与"莞香"结下不解之缘。

在《东莞九章》序言中有如下一段话：

"在解读奇迹和延续奇迹，必须在历史链条和现时代的交叉中寻找答案，在东莞精彩纷呈的历史面前，更为强力冲击我们神经的，则是探寻东莞未来更为精彩可能路径的冲动。"

"因此之故，解读和阐析振兴繁荣、云兴霞蔚的'东莞神话'背后的根性原质，实在太必要了。"

"一个蓄势待发的东莞新人文正在显山露水。"

（三）

这个"蓄势待发的东莞新人文"，终于由待字闺中变作隆重婚娶。2009年六至十月，"古代香市·现代香都"锦绣图，终于在东莞寮步满怀龙腾虎跃风起云涌的情思中，横空出击。凫趋雀跃，快活如之。

2009年3月13日，何绍田、刘松泰、我三人会面。何绍田描画早已了然于心的宏图构想，我们则提交了一份规划建议，何绍田铿锵而言："不干就不干，干就干大的，上对得起祖宗先贤，下对得起子孙后代"，令我欢快莫名。

2009年7月，曾明了反映莞香奇情奇趣奇俗长篇小说《百年莞香》出版，寮步镇购买了小说的影视改编权。

2009年7月10日，寮步镇召开"古代香市，现代香都"莞香文化项目新闻发布会。《广东卫视》当晚向世界播发了新闻。

2009年8月6日，南方日报并版篇幅，以《莞香：东莞的精神香火》为题，解码寮步香市。

发布会三个月之后的2009年10月10日，借着寮步香市充电讲堂开坛仪式，以《文化软实力提升来推动经济发展的战略》为题，由著名经济学家郎咸平、何绍田、东莞电视台主持人赵雨昕，我也忝列其中，作"侃侃4人聊"。这三个月里，寮步出台了"3+20"系列政策，配套了"20个1000万"，建设现代绿色新香市，其中，出台了发展文化旅游业的实施意见和五个鼓励政策"4个1000万"推动文化和旅游产业发展。有关项目迅速推进之中。

10月7日我不慎闪了腰，当初怀疑能否参加这次盛会。寮步之行，令我生发出寮步人魄力雄健、内功了得的特别感喟。腰疾竟也霍然而愈。

重塑香市文化，适逢其时。这三个月里，刘松泰奔走于茂名、阳江、广州、浙江、江苏、北京、山西胜境、印度领略感悟，埋头于浙江大学钩沉探颐，以他的怀乡之思、使命之负、文化之悟，写就了这本《香市溯源》大著。全书分寮步集镇的形成，香市传奇，揭开莞香的神秘面纱，香市的形成，莞香的药用，香文化，香道，香市人文，香市复兴九章。

"莞香"，作为东莞历史中的一个核心概念和密码，不仅存在于浩瀚的历史文献典籍，深藏于寮步的民俗民风民气的血脉之中，也融化于象刘松泰这类本土文化人的精、气、神中。《香市溯源》中，隆重而理性地宣示了它的命意结穴之笔："莞香，是中国唯一一个以地方名命名的香树。"这个"中国的唯一"，深远悠长、博大精深、遍及四海；是一本大书，一本沐浴千年历史风云激情涌动的大书，一本孕育众多命运风帆的大书。屈大均在其《广东新语·莞香》中，无意间突出"莞香"名世的玄妙：非由天恩厚泽，实乃人力争取所为。"莞香"的历史兴衰，名传遐迩，是开启东莞人精神一把金灿灿的钥匙。

（四）

让相激相荡的千年历史，在现实和未来的大道上流淌、行进。

寮步香市文化的历史源流时间很长。对唐朝以前形成的寮步香市码头雏形，刘松泰作了大胆合理的想象："寮步地处寒溪河中下游的岸边，最初先民们为了水上出行方便，用石头砌成了码头，岸边修建了一排排整齐的小草房，一式的小窗面向寒溪河，傍晚时分，临窗远眺，河中白帆点点，渔火闪烁，渔舟晚唱。""寮步在贞观之治以后，初步形成集镇。"继而，根据典籍史载，作者认为，到了明朝，寮步的贸易就达到了鼎盛，"寮步圩已形成商业店铺二百多间，专门摆买的街道四通八达。历史延续至今能叫及出名字的专业街有：牙香街、杉街、打铁街、卖糖街、竹篾街、食肆旅店"等等。元明以后，"莞香"已成内廷贡品。

本书将历史与现实勾连，将史实与史论打通。

在发出"流传千年的寮步香市，断裂的香文化，谁来拯救，消失的香市，谁来开拓和复兴"一大天问之后，继而提示了两种关系：历史与文化、现实与未来，将这两条任督脉线打通，给寮步镇政府"复兴古代香市，打造现代香都"的大计以史实史识的有力支撑。呈现了八重愿景：种植万亩莞香林；建筑十里香堤；复兴古香市、牙香街；建设香市城市公园；拍摄香市题材电视剧；出版《香市传奇》民间传说；办香市文化旅游节。

"莞香"所隐喻的文化理念和内涵，概而言之，就是适应、出新、高洁、坚韧、传播，生态与人文，环境与经济，圆通意合，互生共荣。

莞香理念应是东莞历史文化连续性，激励文化开拓性之题中应有之义。寮步所为，正应体味莞香文化之真谛。

（五）

把悠远深长的莞香文化，于体味考据中，丰富出之。

作者以他的学识、素质、亲身体验，以牙香街的"人声鼎沸、香气绕"

对香船起行的"鸣响火炮、向海遥祭",对香商雇土人"寻香采香",对莞香的诗意美,对"开香门"的奇崛美,对沉香的形、质、色、味、蕴,对"香中之王"奇楠香的珍异美。对《红楼梦》、《史记》、《圣经》中关于香文化抒写和论述,一一娓娓道来,香历史、香文化、香情趣、香医学,作全景式的扫描。每一个故事,每一个链节,都充盈文化和趣味,都联结媒介和市场。可读、可感、可圈、可点。

在《莞香的药用》一章,对莞香药用价值养身价值或从药理,或以故事作生动的表述。

香文化与养生文化有着密切的关系。香品的气味分子通过呼吸道黏膜吸收后,能促进人体免疫球蛋白的产生,提高人体的抵抗力,气味分子能刺激人体嗅觉细胞,通过大脑皮层兴奋与抵制活动,调节全身新陈代谢,平衡植物神经功能,达到生理和心理功能的稳定。根据香料化学家多年的研究表明:香料的分子运动促成了香氛的扩散,香料对于人类的七情六欲都有催化强化作用,从而有助于提高人员的生活品味和生活质量。香料有美容、医疗的功效,令青春长存,延缓衰老。

"香"作为一种具有形而上气质的神秘之物,不仅有益于个人身心健康,而且有助于社会和谐。一个香文化浓厚的社区、城市,给人的第一感觉是高雅、文明,是身心愉快,有很强的亲和力。在浓厚的香文化氛围熏陶下,人们享受到高品质的美好生活。因此,香文化及香美学,这是一种超越国界、心灵共通的语言,也是我们身边最容易理解的文化。

更重要的是,随着人们的物质与精神生活水平的提高,近年来已有越来越多的人喜欢品香、用香,并对香的品质有了更高的要求;同时也有更多爱香、懂香的人开始致力于传统香文化的继承与弘扬。"人不可一日无香",正是当今人们生活的真实写照。

展望未来,随着社会、经济及文化的进一步繁荣发展,中国香文化以及由香文化衍生而创新出来的文化产业也必将焕发蓬勃生机,在这个物质水平和消费能力稳步提高的时代,展露其美妙夺人的千年神韵。

（六）

把旷达真挚的本土热情，置于平均质朴的状写之中。

把散乱的、片段的、支离的生活感受，典籍所载和艺术观察，加以整合、剪裁和凝聚，用生机、活力、变革、民俗、历史的珠子串起来，展示了复杂多元、斑斓夺目的香市大观园和锦缎图。行云流水，不事雕琢，本色出之。林林总总的镜头，都充满青春活力。

自然的年轮和历史的轨道，在作者笔下都是乡土的、家园的。作者是寮步人，流水玲琮，清风絮语，啾啾鸟唱，逡巡蚂蚁，都足以勾起他的文化记忆和情思，足以唤起这竟耀世界的寮步骄傲。作者的文风，如同他的摄影，是朴质的、自然的、蘸着感情的、眷恋家园的。书中的香故事、香人文、香习俗、香俚语、闻香、斗香，有严谨的推理认证，有洒脱的故事叙写，也有的是可以作为围炉夜话的闲聊剳记。"万贯家财，不如沉香在手"；"今生得闻奇楠香，三世修得善因果"；"只要闻过奇楠香，这一辈子没白活"；"焚到牙香自气春"；"无香何以为聚"；"腐朽若尽，香从树出"等等。读来让我们眼界大开，兴趣盎然。

作者决不囿于本土，取用中西史迹杂糅，以香为人类共同语言的视野，举凡日本第一名香"兰香待"的故事，法国香水的故事，清朝皇帝欠寮步商人香钱的故事，《三国演义》曹操将关羽首级用沉香雕成身躯一同下葬的故事，孙权用沉香木盒盛装张飞首级交还刘备的故事，"开香门"的故事，尹鼎来的故事，一经点染，就灵动生猛起来。

香的产业化有前例可依。巴黎是举世知名的"香水之都"，据历史记载，酷爱服装和化妆品的法国人对香水表现的热情异乎寻常。路易十四嗜香水成癖，成了"爱香水的皇帝"。他甚至号召他的臣民每天换涂不同的香水。路易十五时期，蓬巴杜夫人和杜马莉夫人对香水的喜好不亚于对服装的兴致，宫内上上下下纷纷效仿，于是每个人的饰物和服饰，乃至整个宫廷都香气四溢，被称为"香水之都"。巴黎香水业的发展，使法国南都在18世纪成为种植花卉的重要产业基地并延续至今。随着香水业的发展及香水日益增长的特殊性，对基本香料的需求日益增加，由此带动了世界各地用来制造香水的花草、水果、树木的种植。

（七）

寮步位于东莞几何图形之中央位置，寮步打造"古代香市、现代香都"莞香文化项目，不仅在历史文化资源方面具有得天独厚的优势，而且在现实的产业拓展方面有着巨大的效益回报以及难以估量的良性可持续发展空间。

（八）

有感于香市文化的无比魅力，有感于寮步政策和寮步人的坚守创新，有感于刘松泰的大著，谨以以上刍荛之言，以飨读者诸公。近朱者赤，近莞香香。有始之谊，有终之美。善哉。

《广东九章》及其伙伴的日日夜夜

　　《广东九章——经典大家为广东说了什么》（可简称《广东九章》）始于2005年3月，时任广东人民出版社总编辑金炳亮的一个选题构想：编撰一本在全球视野下对广东文化历史审视与现实观照的图书。我和本书副主编刘卫国（中山大学现当代文学博士）、周松芳（中山大学古典文学博士）、于爱成（中山大学民俗学博士）与金总、副社长黄彦辉以及责编陈娟、钟菱多次聚会磋商，砥砺碰撞，然后结构统诸，名之为《广东九章——经典大家为广东说了什么》，《广东九章》于是年12月，终告竣事，正式出版。其后，又开枝散叶，衍生延长，张承臣、梁凤莲、龚彦华、夏和顺、列中国、刘海波先后出版了《东莞九章》《深圳九章》《广州九章》《上海九章》《广西九章》和即将出版的《佛山九章》《珠海九章》等。

"知面"与"刺点"

　　《广东九章》的编辑理念是学术与大众勾连、历史与新闻贯通、编辑与时尚互动，从历朝历代的典籍文献、著述文章中筛选过滤，选择展示中外古今粤籍和非粤籍经典大家对广东的经典之论。初稿出来后，感觉这样的归类罗列编法，大同小异，没啥个性。它应当是一个研究性读本，也是一个大众性读本，须把任督两脉打通，须把这套书当成一套组合拳，左勾拳是阅读兴奋点，右勾拳是思想闪光点，少了闪光点、刺激点，仅在"知面"上做文章，走不精，走不俏，走不远。

　　罗兰·巴特（法国符号学大师，结构主义思想家）在《明宝》作品中，以"Studium"和"Punctum"来解构任何一幅"好照片"。"Studium"（知面）是照片中大家熟知的东西，如一幅球场照片，他的知面，是水塘、沙坑、球道、果岭等属于球场的元素，从而解读出这是一个什么形态的球洞，而"Punctum"（刺点）则是作者一种与"Studium"相对的，让人惊心动魄的东西，它违背了"Studium"的常规与常情。好照片的两者兼而有得。

选择标准的评判体系竞争是世界上最激烈的竞争。我们找到了热情赞赏，找到了追根溯源，找到了钩沉探颐等"知面"的东西，但《广东九章》的"刺点"在那里？一味的赞美，确切的好评，都只在"知面"上打滚，"知面为体，刺点为用"才能走出编辑困顿和怪圈，法国《费加罗报》报头上印着一句话："若批评无自由，则赞美无意义。"我们在经典之论的"知面"，加进了"非议之论"乃至"批判之论"。《广东九章》第一章《潜伏的争议结》中，写了孙中山、苏曼殊、鲁迅、胡适、林语堂、钟敬文、梁启超、陈文博对广东的意见纷纭，看法各异；第九章收录何博传教授关于长三角与珠三角之比较新论。序言中开宗明义写下了"广东，似乎总在争议中前行，也总在争议中先行"的导语。其实，多元复杂的广东，也就在这样的争议中，以其坚忍、智慧、开放、求实默默地建设，成为晚清至当代"三个现代化"的原发地和登陆点。

这个第一章，原来是第九章，几经考虑，才让它爬了头，被调整为第一。

编辑与时尚联动，历史与新闻贯通，这一理念，是在实践悟出的，《广东九章》的编撰，一直处于动感之中，一天也没停顿，这里边包涵对史料新的填充、新的阐析，新的发现；刻板的、静止的、僵硬的编辑法，是编者孜孜以求突破的、超越的。比如：

刺点之一：本书后记中"广东作为先行者中，'小富则安'论，'低调行事'论，至于'生孩子难取名字易，论（外界批评广东只会生孩子，而不会取名字），是否也潜伏着新'懒人享福'（鲁迅语），新保守主义'忧患'（胡适语）？岭南文化有否值得反省、自审的一面。"这一提炼，并非空穴来风，先贤所论与编者二十多年对岭南文化的思索和实践，碰出了火花，它更为广东2008年第二次思想解放运动，提供了历史和现实的某种支撑和暗合，埋下了伏笔，实乃应时顺势之所为。

刺点之二：在《广东九章》章五中，编者附选了明代大戏剧家汤显祖《牡丹亭》第二出。此事说来蹊跷，纯属偶然。在《广东九章》即将出版之时，南方报业传媒集团董事长杨兴锋请著名作家、青春版《牡丹亭》总策划白先勇吃饭，饭后座谈。黄天骥、饶芃子、陈志红、钟晓毅、林岗、费勇在场，我也忝列其中。那时候，我作为白先勇青春版《牡丹亭》的一名广东义工，一面张罗演出、宣传，一面在写《白先勇文化模式》的文章（收入2006年1月由白先勇主编，花城出版社出版的《圆梦——白先勇与青春版〈牡丹亭〉》一书中）。饭局中，我的师兄、中山大学古典文学教授黄天骥，说者无意：《牡丹亭》中的柳梦梅是广州人。在我却听者有心，在《牡丹亭》"第二出"中，果有柳梦梅"原系唐朝柳州司马柳宗元之后，留家岭南，父亲朝散之职，母亲县君之封"，郭橐驼"也跟俺广州种树"等语。于是，将有关内容附录收入书中。并作了"演绎柳梦梅和杜丽娘的广州爱情经典神话"的解读提示。后来青春版《牡丹亭》在中山大学演出，南方都市报著名记者李怀宇为了报道演出一事，请我和谭庭浩吃饭，那饭足吃了两个多小时，我讲了上面的故事，李怀宇甚感兴趣，他的报道就用了《广州故里，才子回家》的标题。

黄天骥后来在《文学评论》发表关于《牡丹亭》的论文，专门就岭南文化对柳杜爱情的浸润和影响，作了论述。经典——传播——新闻——学术的贯通、联动、延长，这个"刺点"把《牡丹亭》与岭南文化与《广东九章》以及青春版《牡丹亭》在广东演出传播作了连线，一石击起，涟漪不断，广州电视台做了一个关于《牡丹亭》的专辑，由我、中山大学郭冰茹博士，名编谭庭浩共同主持，与在加州大学的白先勇隔洋对话，我提到此事，白先生在太平洋的那一头朗声大笑，十分欣慰。

刺点之三：第一次创意"思想解放"这个名词，是广东人梁启超。《广东九章》的第二章"奇崛的生态圈"，开篇是梁启超的《世界史上广东之位置》。鲜为人知的是，梁启超是中国历史上第一次创造"思想解放"这一名词的。这是广东的荣耀。这篇文章大气磅礴，对于解放思想极具启发作用。我们知道，在中国历来的"夏／夷"这样的政治视野中，广东乃是边缘、蛮荒。而梁启超在全球视野、世界地图上看广东，认为广东是中西海路通商的关键点，"为世界交通之第一等孔道"。这样，广东"非徒重于世界，抑且重于国中矣"。这篇文章的视野,正是汪洋书记一再号召的要有"世界眼光"。我们应该带着这样的眼光,认清广东之位置,谋划广东之未来。

引发广东文化界一个新的赓续不已的话题

《广东九章》出版后,受到广东省领导的热情鼓励。汪洋书记给我写了信:

树森同志:

来函及"九章"(注:指《广东九章》和《东莞九章》)两册收悉,谨表谢意。"九章"对于我这个新来广东任职的人,了解广东历史文化、风土人情,极有帮助。

你对广东文化建设和文化产业发展提出的建议,很有启发意义。广东的未来取决于广东的软实力。省委、省政府将继续大力推进文化建设,重视岭南文化的承传和创新,为广东争当实践科学发展观的排头兵,提供有力的精神支撑。

顺祝幸福安康!

中共广东省委　汪洋

2008年3月5日

改革时代的大赋体。

贺绍俊(沈阳师范学院终身教授):《九章》是改革时代的大赋体,整个《九章》系列,有宏大的气势,有自我的气韵,有大我的精神内涵就要有大我的载体,有强烈思想冲刺力。汉赋有一种独特的风格,整个精神是积极进取,乐观向上的,以大为美成为社会的审美时尚,才会出现汉大赋文体,这跟改革开放的文化气势有很大的相似,主编是文体的核心,这本书是鼓舞人心的大赋,激励人在思考中前行的大赋。

城市的精神名片。

杨黎光(深圳特区报副总编辑):我们在记录历史的同时,记录历史者也被历史记录者。《九章》是一个城市的精神名片。

文献编撰是中国文明非常重要的方式。

谢有顺（中山大学教授）：《九章》的实践，至少是一种复活的方式，一种遴选一种编撰，而不是通过个人价值表达完成的传记，这本身就是一种价值，它的各种价值激荡和价值对话，在一个地方的意义。

跨时代的两代人做这本书，反映了改革接力和精神接力，有象征性意义。

任剑涛（中国人民大学教授）：这部书的价值在通过记录改革记录开放，反省中国改革开放三十年，再寻找未来三十年到六十年的改革怎么定位。这是两代人的合作，反映精神接力和改革接力。另外，这部书一贯延续着对读者的尊重，比较合乎现代人的阅读习惯。

非常独特的城市记忆，不仅有宏大的国家理想承载，也有底层真正的生命冲动。

郭巍青（中山大学行政管理学院教授）：深圳的活力在于处于理想主义上升期，早期观念的激荡，反之价值观念的撞击和冲突，把我们带到一个更新的境界，这个城的张力，不仅是宏大的国家理想，还包含底层真正的生命冲动。

整个"九章"系列是一种模式化和个性化相配合的一种方式。这是广东文化产业的重要的内容，广东图书品牌亟待加强。

单世联（上海交通大学教授）：这套书建构了一种历史，这种历史跟编者的眼光，历史认识和读者阅读相联系，是非常成功的编撰方式，它在呼唤一种改革，探索一套模式，文化产业的模式。广东出版业很大，图书品牌亟待加强，这是广东文化产业很重要的内容。

严肃主题与后现代拼贴方式的结合。

林岗（中山大学中文系教授）：后现代拼贴并不是都成功的，但"九章"系列是特别成功的范例，我特别欣赏编者能把历史眼光放得很远，如果再深入一点，把罗湖桥两岸，中国主权与深、港关系联系起来，应该可以激发出更深刻的思路来。

体现了一种民间立场和新史学观。

胡经之（深圳大学教授）：这是我看到关于深圳最权威的本子，当中提出的价值观和历史观我也赞成，包括对打工妹社会底层的关注，对逃港事件的分析，体现了一种民间立场和新史学观，可称之三十年中国读本，或者称之为改革开放中国读本，它的现实意义和历史价值是不可小视的。

拉出了一个难以穷尽的文化产业链

头脑资本是为何变作货币资本的？文艺批评，作为一个评判体系，具不具有可操作性？"九章"系列的编辑和实践，得到了回答，且是较为完满的回答。可称之为经典案例的回答。

在《东莞九章》中，在包罗万象的东莞历史文化中，我们寻求找到了表现东莞历史文化精神的关键和承载物，其中一个就是"莞香"。在序言中有"一个蓄势待发的东莞新人文正在显山露水"之说。"莞香"为其中一个，另外两个是袁崇焕精神和中国近代史开篇之地的虎门。

2008年7月，东莞市人民政府、广东省新闻出版局、广东省出版集团召开"思想解放·科学发展·文化软实力的东莞启示——《东莞九章》新书发布暨高端论坛"。

2009年8月13日，"九章"团队与寮步镇书记何绍田、副镇长刘松泰会面，提交了一个策划规划，与寮步镇的宏图大计不谋而合。

2009年7月10日，寮步镇召开了《古代香市、现代香都》莞香文化项目新闻发布会，广东卫视向全球播发了新闻，寮步镇出台了一系列配套政策扶植八大项目工程。

2009年10月10日，寮步举办讲座《文化软实力提升来推动经济发展的战略》，由郎咸平、何绍田和我主讲。

2010年，东莞市人民政府决定把"莞香花"列为东莞城市标识。断了一百六十年的"莞香"树在东莞咸鱼翻身，已扩种了九千亩，"莞香"电视剧今年开拍。未来价值将是个天文数字。

2011年2月14日，我们参加虎门镇会议，与虎门镇党委吴湛辉书记等座谈"中国近代史主题公园策划方案"一事。

2011年5月18-21日，由我、张承良（现当代文学博士）、夏和顺（外国文学硕士）、于爱成等"九章"团队成员撰写的《中国近代史主题公园策划方案》获来自北京、上海、武汉、广州、石家庄的十七位专家评审并原则通过。

要造月以带亮繁星

2005年至今六年间，《广东九章》印了三版，其伙伴纷纷出台，计：

《广州九章》——岭南经·中国梦·世界观。

《深圳九章》——开放史纪·改革通鉴。

《东莞九章》——现代文化中的东莞现象与东莞想象。

《上海九章》——2011年6月上海文艺出版社出版。

《广西九章》——2009年广西人民出版社出版。

2011年6月9日，广州

锃亮的头发，永远爽逸的微笑。那个酷呵

——悼尊师吴宏聪教授

尊师吴宏聪"驾鹤西去"，走了，他走得很自在、很安详、很微笑。这些年来，同门挚友一个个地走了，张木桂走了、程文超、辛磊那么年青也走了，每次，都几乎被击倒。在张木桂、程文超的追思会上，我的悼词，乱了方寸，前言不达后语，还几乎如京剧《伐子都》那"硬抢背"般倒了。这一次，我要减了哭泣，咽了悲哀。我自1955年入中山大学，投身他的门下，毕业后的五十多年，记忆中每每关键时刻，宏聪师必有一封书信到来；每次在康乐园碰面，他必有鼓励和叮嘱。

在东山合群中路旧屋中，我汗流浃背地搜索了一整天，欣喜地找到1995年2月22日，宏聪师给我写的一封长信。在信中，除却对1994年底成立的广东省文艺批评家协会成立"作为'颁奖'嘉宾，在大庭广众中亮相，不胜荣幸"，对广东省作家协会理论月刊《当代文坛报》的"崭新追求""令人钦佩"之外；还对《当代文坛报》刊载他的照片，"把我包装上市，值不了几个钱，让我感到惶恐不安，我知道这是你们对我的厚爱，但你不知道，新潮的文章，我写不出，我只能一二一，操正步，赋体五言八韵，典终奏雅"地诉说心声。

长信中的"命意点穴"处，在"扶持后学，培育新人"上。宏聪师所倡导的大学，既非"大楼"，也不仅是"大师"和师生共同体，而是师生与社会的三脚支撑结构。这是吴宏聪教授百年学术人生的沧桑之眼，浓郁之情，师道之识，十分珍贵，浸润影响我的一生。他在信中浓墨重彩、旁征博引，教诲并鼓励我坚持不懈的"扶持后学、培育新人"，这不仅是一个具体历史性存在，而是一个承传中山大学和岭南文化赓续不已、悠远深长的学术精神和谱系。

他说："《当代文坛报》扶持后学、培育新人，你为中山大学和广州批

评界做了一件大好事，功德无量，历史会记上这一笔的。30年代沈从文先生主编天津大公报文艺副刊，不单整版整版的发了李健吾与巴金曹禺论战的大块文章，而且培育了一批新人，包括时下大名鼎鼎的萧乾和曹禺等人，何其芳的《画梦录》和曹禺的《雷雨》，不就是因得了大公报的文艺奖而名噪一时吗？其轰动'效应'似乎超过了现在的茅盾文学奖，我相信再过五年，十年，《当代文坛报》笔下将涌现许多白袍白甲的勇将驰骋文坛，谁说'有意栽花花不发'"。《当代文坛报》以"瞌睡时给个枕头""正要过渡而船来""让夏天感到秋凉"的编辑和批评理念，以"全息摄影""不惜血本""重拳出击"的扎堆平台推出新人，就是承传了宏聪师孜孜以求一以贯之的教育和学术理念。

尊师目光如矩，预言极之准确。1986年第12期和1987年第1期，我在主持的理论刊物《当代文坛报》发表了中山大学文学硕士唐正柱和八四级学生谭庭浩《第五代的困窘，第六代的潜机》《第五代与第一代第六代》数万字论文，对当时的"理论热"进行了冷静反省和深沉思考，并预测第六代理论家的潜机和使命，锋芒逼人，文风犀利。不人云亦云，不盲目附和，能言他人所未言。到了90年代，刊物对几代新人及研究生如程文超、金岱、郭小东、陈志红、钟晓毅、李凤亮、施爱东、于爱成、陶己等的论坛言说、新锐成果，不惜血本，大版刊发，并对年青批评家扎堆捆绑式予以推介。

每次进中大，宏聪师言必称"扶持后学"，对刊物做法倍加鼓励。喜悦之性情外露，便是神采，便是激情、气生道成，每次和他短暂的交往，便可能触摸到他那炽热的胸怀和坚定的信仰。教师育人，提携后学，实乃大学立命所在，精神凝聚。

宏聪师深得岭南文化"经世致用"的真髓，在90年代，即提出要建立独立的"批评学"的理论主张，这是他留给我们的另一笔精神遗产。他在给我的信及发表于1994年12月3日南方日报《走出文学批评的误区》一文中提出，传统的文学，在"文学理论和文学创作两大分支里，文学批评常常被看作是两者的中介，实际上文学批评早已被认为是一门独立的学科"。在文中，还提到媚俗批评、捧场批评、贵族化批评以及一切都贴上后现代标签批评的"批评四大弊"，深藏了他不仅揣摩着学术批评与权力金钱间的可能联姻；忧患着只在房子里读亚里士多德、而不坐公共汽车的脱离实际；而且点拨着西方与传统远隔银河相望而须鹊桥勾连的融合。理论与实践，传统与西方，文学与大众的关系不解决好，只能治丝益棼，扰乱分寸。

五十六年来，一生不变的那个微笑，一生永远的头发锃亮，一如既往地西装革履俊逸帅气的那个酷；扶持后学，培育新人，经世致用，让我不敢一日断缀的那个偈；我的老师，那个出身西南联大，在中山大学默默耕耘几十年的吴宏聪教授，留给中山大学、留给岭南文化的，犹如康德所说的"世上有两种东西值得永远敬畏，一是天上的日月星辰，一是心中深藏的高贵坚定的信仰"。宏聪师没有走，他高贵坚定的教育和学术信仰，在，且永存。

辩　说

作为文化现象的金庸与金庸研究中的文化批评

——2003年在浙江嘉兴金庸小说国际研讨会上的演讲

毫无疑问，金庸现在已经成为一种"文化现象"，吸引着更多的关注目光。金庸研究已经超越狭隘的文学研究，而成为文化批评的一个最佳对象。

文化批评的新动向

一种动向，文化批评的新动向，已经在金庸研究中显现出来。这一批评的资源，来自于目前西方风靡一时的文化批评理论。文化批评很快取代原来的赏析式研究，成为金庸研究中的强势话语。

应该说，用文化批评的眼光研究作为文化现象的金庸，可以说是适得其所。比如，金庸的商业写作背景正好可以用大众文化的眼光去观察，金庸小说的男女爱情可以从女性主义文化的角度去分析，金庸小说中的民族国家观念可以在后殖民文化的框架中去解读。文化批评无疑拓宽了金庸研究的视野，提升了金庸研究的水准。

但是，这些文化批评往往给人一种"套"的感觉。批评家的目的似乎不在阐释金庸小说，而在证明文化批评理论的正确性。批评家不是用理论去解读作品，而是用作品去解读理论。批评家总是先讲一通理论，再从金庸小说中寻找一些例证。往往是理论一大篇，例证一两个，然后证明完毕，鸣金收兵。这种文化批评是否能加深对金庸作品的理解，这里且不去说它。笔者要指出的是，这种文化批评存在着批评家尚不自觉的诸多误区。视野有限，就接触到的一些例子，信手罗列于此。

后殖民文化批评的误区

金庸自己说过："我初期所写的小说，汉人皇朝的正统观念很强。到了后期，中华民族一视同仁的观念成为基调，那是我的历史观比较有了些进步之故。"严家炎先生高度评价金庸小说"挣脱传统的狭隘民族观念"的做法，他指出："在武侠小说中承认并写出中国少数民族及其领袖的地位和作用，用平等开放的态度处理各民族间的关系，金庸是第一人。"严家炎先生赞许这是金庸小说富有现代性的生动体现。

但后殖民文化批评传入以后，这种观点受到了挑战。有论者试图揭示金庸突破汉族中心主义的"真相"。论者指出："简言之，既然鞑子皇帝比汉人更懂得勤政爱民，有什么理由要把他推翻？此便与60年代、70年代初（正值《鹿鼎记》写作时期）香港经济起飞、教育日趋普及，再加上经过天星小轮加价暴动、67年'反英抗暴'等一连串骚乱后港英（尤其71年麦理浩上任以后）大力推行社会福利，使香港迈入了现代时期，从而培养出香港人对港英的归属感等诸般情况，有着隐约的呼应的关系。"

这显然是在"以笔杀人"。论者的隐含逻辑是："金庸在小说中说：既然鞑子皇帝比汉人更懂得勤政爱民，有什么理由要把他推翻？实际上就是说，既然港英当局比中国政府更懂得勤政爱民，有什么理由香港要回归中国？"可惜论者并不能借此打倒金庸，因为在香港回归的历史进程中，金庸先生的政治态度以及他发挥的作用、做出的贡献是有目共睹的。

该文论者还指出，港英政府为了维护其殖民统治，百年长期致力于清除汉族民族主义、培养英国文化认同的工作。金庸小说对汉族民族主义的"突破"其实只是殖民教化的合乎逻辑的结果。论者还提醒我们，应该将金庸的这一思想与他在67年暴动中支持港英政府，与左派论战的情形联系起来看。

我觉得作者完全陷入了误区。论者武断地认为，金庸对汉族民族主义"突破"只是殖民教化的合乎逻辑的结果。我们知道，我们的党和国家领导人也曾批评过汉族中心主义，提倡各民族平等相待。不知这是否也是殖民教化的合乎逻辑的结果。

论者还提到香港"六七暴动"。其实我们都知道，香港"六七暴动"是在内地"文化大革命"影响下的极左行为，我们不能因为这一暴动反对港英政府，就极力拔高其革命意义。事实上，这一行动在当时就受到周恩来总理的严厉批评。金庸在"六七暴动"中与左派论战，支持港英政府，即使人们不承认金庸的远见卓识，这一事件也决非金庸的历史污点。

论者所使用的是后殖民文化批评话语，致力于揭示金庸民族国家观念"现代性"的"殖民性"背景。我觉得后殖民的视野限制了论者，使论者陷入了误区而不能自拔。

西方确实有西方中心，对东方充满偏见与歧视。这一点，后殖民文化已经正确地指出来。但是，东方人是否也有中心观念，对西方充满偏见与歧视呢？我看也不能否定。我反对人类之间的偏见与歧视，但我觉得被歧视的一方应该好好反思一下自己为什么被歧视，是不是因为自己在某些方面确实落后。如果是这个原因，我觉得这不能说是歧视。

笔者认为，文化不仅有多样性之分，还有先进与落后之别。落后的文化也是多样文化中之一种，但我们是否应为保护文化的多样性而容忍它的落后性呢？比如，是否为了保护文化的多样性而继续让我们国家的女人缠小脚呢？殖民并不可怕，可怕的是用落后文化殖民先进文化。

人类已经进入太空时代，前不久中国的宇航员也已经飞天。在太空时代，我觉得与其谈西方、东方之分，不如谈先进、落后之别。笔者并非维护西方中心，而是在维护先进文化。在太空时代，谁代表着先进生产力，谁代表着先进文化，谁代表着全世界最广大人民的利益，就应该以谁为中心，对落后的文化进行批判，这样才能促进人类的共同进步。

女性主义文化批评的盲点

在文化批评中，女性主义以其犀利的锋芒独树一帜，笔者也认为，歧视女性实不应该，男权观念应该批判。这里不去讨论女性主义批评的理论问题，我们首先假设女性主义观念的绝对正确，而看一看这些观点的证明过程。但我们很快发现，用来证明女性主义观点的材料很多是经过有意选择的，这就形成了女性主义批评的盲点。

　　比如，有论者认为，金庸武侠小说中的女性观念折射出男权中心的陈腐气息。论者的证据是：在金庸小说中，经常出现一男而多女的情况，而女子的多情陪衬正是为男性读者所感兴趣的。

　　不错，金庸小说中确实有"一男多女"的情况，但我们同时也应该看到，在金庸小说中，还有"一女多男"的情况。比如，在金庸的第一部小说《书剑恩仇录》中，霍青桐、香香公主都喜欢陈家洛，这是"一男多女"，但霍青桐也有至少两个追求者。而香香公主，陈家洛和乾隆都喜欢她。这又是"一女多男"。同样，在《碧血剑》中，有两个女孩子喜欢男主角袁承志，但又有两个半人喜欢女主角温青青。一个是袁承志，一个是温青青的堂兄，还有一个就是误把温青青当做男生的何铁手。《射雕英雄传》中，华筝和黄蓉都喜欢男主角郭靖，但郭靖和欧阳克都喜欢女主角黄蓉。《神雕侠侣》中，确实有很多女孩子喜欢杨过，但杨过和尹志平都喜欢小龙女，武氏兄弟和耶律齐都喜欢郭芙。《倚天屠龙记》中，好几个女孩子喜欢张无忌，但宋青书和张无忌都喜欢周芷若。这种"一女多男"的例子也是金庸小说中的一个明显现象，即以最为女性主义者所诟病的《鹿鼎记》来说，韦小宝娶了七位夫人，这是"一男多女"。但小说中也有"一女多男"的情况，比如，阿珂有郑克爽和韦小宝两位追求者，方怡先后被刘一舟和韦小宝追求过，苏荃还先后嫁过洪安通和韦小宝。

　　而女性主义批评家，为了说明自己的观点，往往只注意对自己观点有利的"一男多女"情况，而对"一女多男"情况故意视而不见，这样的批评究竟有多少说服力呢？

　　"一男多女"，"一女多男"，这都是恋爱过程中经常出现的情况。金庸描写这种情况，并不能说就是以谁为中心。我觉得要批评金庸小说中的男权观念，单靠"一男多女"模式是说明不了问题的，必须有其他更有力的证据，以证明金庸是歧视女性的。笔者在金庸小说中找了一下，很可惜没有找到，笔者倒是找到了一条有力的反证。这就是《射雕英雄传》中黄蓉的话，当一灯大师说出"兄弟如手足，夫妻如衣服。区区一个女子，又当得甚么大事"时，黄蓉反驳道："呸，呸，伯伯，你瞧不起女子，这几句话简直胡说八道。"金庸接着写道："在渔樵耕读四人，一灯大师既是君，又是师，对他说出来的话，别说口中决不会辩驳半句，连心中也是奉若神明，这时听得黄蓉信口恣肆，都不禁又惊又怒。"这段对比描写，无疑透露了金庸对黄蓉的赞赏。黄蓉的这句话，无能如何总不能说是歧视女性吧。

金庸在小说中描写了一些女子，她们无怨无悔，千依百顺，爱着自己的男人。有女性主义批评家就说，这投合了男性对女性的期待性想象。姑且不论这一观点是否武断，我不知道这些批评家有没有注意到，金庸小说中，还有一些男人，为了他们所爱的女人，他们甚至不惜牺牲自己的生命。这又是投合谁对谁的期待性想象呢？笔者倒是期待，女性主义批评家在挖掘金庸小说的男权中心观念时，视野不要太狭窄，不要只根据一面之词下判断。

大众文化批评的迷津

大众文化批评源自法兰克福学派对资本主义文化工业的批判。由于金庸小说是香港社会文化工业的产物，金庸小说的跨文类改编显示了文化工业巨大的生产力，金庸小说也就成为大众文化批评的一个最好范本。

但是，在运用文化批评研究金庸上，也有论者陷入了迷津。比如，有批评家指出："50、60年代香港的文学写作与大陆完全不是一回事，武侠小说的写作不过是报纸销售的手段。对于作为金庸事业起点的《明报》来说，新派武侠小说的吸引力更是至关重要。毫无疑义，投合市民趣味是当时金庸小说创作的第一目标。如果有人认为这样说是贬低了金庸，那是对于香港文化的无知。"

我们不否认金庸创作武侠小说有其商业目的。但是，金庸历时十年修改其作品，现在又进行第二次修改，这又是出于什么商业目的？从商业上讲，与其花费十年修改作品，不如再造一些新篇更为划算。当然，也许有人认为金庸对作品的修改是想打出商业品牌，有着更大的商业目的。笔者认为，如果商业目的能够引起作家们对作品质量精益求精的追求，那么，这种商业目的不仅没有什么不好，相反值得尊重。

批评家还提到金庸对市民趣味的迎合。在不少批评家看来，投合市民趣味，那是作家的堕落。这些批评家维护文化尊严的用心值得敬重，但是，究竟什么是市民趣味呢？如果说市民趣味就是要求故事情节的生动曲折、人物形象的栩栩如生，那么，加以迎合似乎也没有什么不好。

交响乐中的男高音

在金庸研究中，文化批评现在盛极一时。这些批评给人的印象，就好像一场交响音乐会，批评家拿出各种乐器，一齐上阵，一时间鼓乐齐鸣，煞是热闹。

在这些论文中，批评家为了验证文化批评理论，不得不引述金庸作品的段落作为例子，而这些文章中最好看的地方，基本上都是被引用的金庸小说段落，而不是批评家的大段理论阐释。

这就好比，在嘈杂的音响之中金庸的声音盖住了所有音乐的合奏。

本文并不是全盘否定文化批评，只是觉得现在的文化批评还没有充足的说服力，它们所谓的洞见其实很多只是偏见。

文化批评以什么为对象

据笔者的观察，现在的文化批评主要是用某种西方的文化理论去套作品，而不是对作品自身的文化现象和文化内涵进行批评。

也许有人说，这不是文化批评。这种说法其实倒是预设了西方中心：文化批评应以西方的模式为准，为什么文化批评就不能扩大自己的内涵呢？

金庸小说具有丰富的文化现象和深刻的文化意蕴。但是，对这些文化现象和文化内涵，笔者觉得，现在的研究还很不够。不少研究还停留在虚泛的赞美，而没有进入深入的解读。

据《南方周末》2003年10月16日载：10月8日，金庸参加华山论剑活动。当华山上的道士们得知金庸要来之后，联名写信表示抗议，不欢迎金庸来华山，理由是金庸在小说中对道教不友好。真的是这样吗？笔者认为，研究者应该有自己的回答。

又如金庸与佛家文化的关系。陈世骧教授曾经指出《天龙八部》"笼罩着佛法的无边大超脱"。现在的研究基本上还停留在这个水平上，很少有人进一步挖掘。同样，关于金庸与儒家文化的关系，最有见地的还是何平的《侠义英雄的荣与衰》，十几年过去了，笔者尚未见到青出于蓝的文章。

文化批评是否可以调整一下自己的焦点，先把金庸小说中的这些文化现象和内涵搞清楚呢？

经济"蛊惑"文化

里程碑的含义

"社会主义市场经济体制！"这个新词好像并没有引起人们多大的震惊，不是说它所引来的滔滔商海没有激荡人们的实利之心，而是说作为一种历史进程，它似乎并没有造成一种特别的关注。也许这是因为本属水到渠成，无须大惊小怪；要么就是因为眼下人们讲究实在，手中的饭碗兜里的钱袋还操心不过来，哪有闲心费在"历史的进程"这一类不着边际的事儿上呢；抑或是因为这毕竟不是"造反有理""横扫一切""史无前例"的革命，热血滚不到这上头来。

然而，当我们看到虽然并没有打倒什么，横扫什么，但是九百六十万平方公里正在变成为一个巨大的、日渐完整的市场时，我们实在不能没有一点"史无前例"感。

近代中国被枪炮打醒了瞌睡，又呵欠连天，手脚乱舞地在似醒似睡的梦魇中挣扎了百多年，好不容易把来自东洋的西洋的噩梦都赶跑了，独立了，便也想赶紧工业化，赶紧站起来，好与别人比肩；然而又折腾了四十多年，才忽然明白，原来工业化离不开市场经济，没有市场，真正健康的、完整的工业化根本无从谈起。所谓工业文明与农业文明的区划，仅仅是从生产力的角度来看待的，如果从生产关系的角度看待呢，农业文明实质上是一种血缘文明，而工业文明实质上是一种市场文明，这一点我们却始终没有承认。事实上，不管用什么方式，中华民族想要跟上人类历史的步伐，想要现代化，想要实现工业文明，就必须义无反顾地闯入市场文明。而长期以来，我们在生产关系上实际上是没有完全摆脱血缘文明的阴影的，血缘文明以一种变幻了的、原型化了的手，拖住了我们迈向现代化的脚后跟。

今天，我们终于确定，我们将建设一个社会主义市场文明！——这是一种文明形态的转换，一场文明形态的建设性的革命。在我们民族上下五千年的历史长河中，这难道不是一个真正的"史无前例"吗？

当然，接下来会有许多问题，例如文化问题。我们是不是要再花上一个几十年，才再来明白，社会主义市场经济体制原来还需要一个与之相配合的新的人文精神，一个新的形态的文化，没有这种新形态的文化和新的人文精神，社会主义市场文明原来也是建立不起来的呢？

重新寻找位置

市场这玩意儿一旦启动起来，就以它自己的逻辑运行，就以它那铁的价值规律衡量一切。文化，只要不是为着纯粹的自我享用，而是作为一种社会劳动，一种社会产品的话，那它就立刻变成了商品。一本书和一斤肉，一具电影拷贝和一台彩电一样，毫无例外地都必须接受人们的需求的抉择。事实上，编（辑）、印（刷）、发（行）、作（者）、拍（摄者）、播（者）正在引入市场机制，出版业的主编决定制正在迅速向发行决定制或编辑发行一体决定制转移；影视业的导演中心制正在迅速向制片中心制或导演制片中心制倾斜；文艺业取流行文艺的市场效应，取纯文艺社会内涵的第三种文艺，已初具端倪。

当今中国，报刊、影视、文学、出版靠广告苟活或畅活于世，已不是什么秘密；广东的流行音乐，几经"罢唱""枪毙"的折腾，几经"浅薄""浮泛"的揶揄，在"西北风"劲吹之后，如今已登堂入殿了；广东的报刊以其外包装、市场意识、新文化形态，在全国发行量最大的十家报刊中，斩获其半；《商界》《外来妹》《公关小姐》等，以其包含的当代历史走向和时代精神获得了市场，获得了大众。

这是一种什么样儿的变化呀！

一直，文化都是为政治服务的，文化的功能仅仅是喉舌。这当然是必要的，而且也起过巨大的作用，纵观历史，文化的进步总是一个个由上往下流播的过程。

而在经济建设时期，特别是向着现代化迈进的经济建设时期，人们的千变万化的各种需求，包括文化需求，只有市场这位先生才能准确地把握。

因此文化不能再仅仅作为喉舌了，文化必须首先从人，从每一个人的需求那里出发，文化必须为需求，常常为很现实的、甚至是低品位的需求服务。这既是一个伟大的进步，同时也会是一个巨大的痛苦。

不管怎么说，文化得重新寻找位置。这是它的历史命运。它得明白，它面临着一个崭新的时代，它一向依赖于政治而生存，它的形态不可避免的是一种政治文化形态。封建时代如此，社会主义革命时代，在不久前，也还是用一种政治取代另一种政治，新政治的文化仍然是政治文化。而今不同了，从现在以至未来，文化将更多地依赖于市场，依赖于经济。以经济为中心的时代，文化也只能是经济的，文化形态亦将同样不可避免地成为一种经济文化形态。是的，它面临一个崭新的时代——经济文化时代。

文化产品的"真空态"

这种面临首先带来的是迷惘。

走遍广州街头，所有的书亭里，所有的地摊上，找不到一本分量重一点的，就连广东自己出的，思想性艺术性较强的一些杂志，如《花城》《随笔》《作品》《广州文艺》等也绝见不到踪影，至于全国性的，或别的城市出的那些公认的好杂志就更不在话下了。如果到东园路个体书商批发市场去走一遭，则更看得清楚，一色的实用公安言情武林。这和内地城市的书亭地摊相比较就很见差别了，内地的书亭地摊上，不仅见得到《收获》《小说月刊》，甚至能见得到《新华文摘》《读书》之类。

头几年人们就在议论"广东文化沙漠化"的事儿了。热热闹闹的，有承认的，有不承认的，有说这是恶魔般的商品经济大潮冲刷的结果，有说这就是广东地域文化的特点，俗和轻，当然也有人严正指出，你要搞市场化吗，这就是商业文化。

且先承认"沙漠化"这个词吧。你会发现一个有趣的现象——"沙漠化"眼下正在北上。你等着瞧吧，要不了多久，全国各个城市的书亭地摊也会像广东头几年就出现了的状况一样，再也见不到一份分量重一点，面孔板一点的杂志了。你没见，北京也好，上海也好，各大杂志、报纸，都在争办娱乐版，或者办附属娱乐类的。可见，广东只不过是这场"沙漠化"的排头兵而已。

其实，并不是什么"沙漠化"，而是"真空态"。

当市场经济首先在广东这一类的沿海地区迅速发育起来的时候，传统的政治文化很快被从这个地区人们的心理空间排挤了出去，这里的人们把关注的重心放到现实的市场竞争，切实的生存搏斗上来了。总之，政治文化隐退了。与市场经济相配合的经济文化当然也在出现。然而首先出现的，是那种能获得最大经济效益的，能满足最大多数人的最低需求层次的文化，而那种有价值的，有代表意义的，真正的，精英的经济文化气候还只能是在十年怀胎中。因此，古老、浑厚、纯熟、典型的政治文化与新生的、稚嫩的、俗气的、皮相的经济文化之间出现了一种令人困惑的失衡，真正的政治文化与真正的经济文化之间出现了一种痛苦的"真空态"，这种"真空态"虽然是从广东等沿海地区开始，但当市场经济大潮冲刷至整个神州大地时，它也必然要向全国蔓延而去。

文化精神的真空态

文化产品真空态不过是文化精神真空态的一种表征。

不知你听说过没有，与"经商潮"、"出国潮"一起涌来的，还有"出家潮"。这三股潮水连带涌来，不会是一种巧合吧？固然，信仰的多元化本身并非坏事，这乃是一种开放的象征，但内中许多盲目乱信的现象不能不算是也说明了某种问题。

至于"八八八，发发发"之类，眼下正从广东流向全国，不久前在杭州还闹了个大惨案：在一个含有"八"的好日子里，某公园热闹非凡，大摆宴席，谁知其中一家宾主竟尽数食物中毒。

与此相关的，是道德准则问题。假冒伪劣产品之猖獗泛滥，几乎已成为建设社会主义市场经济体制的一大克星，虽有宏伟的"质量万里行"等一系列活动，仍不能根本解决问题，尤其是假药劣药者到了人皆曰杀的地步。

其实，这只不过是社会向市场经济转轨过程中面临的道德问题中的很小一部分，更重大更严峻的问题还多得很，更普通然而更深刻的问题则更待探究。每一个面临市场的人都面临一种对道德和利益关系问题的重新审视。

渴望创造

正是真空，才越发希冀新的充实；正是紊乱，才越发企盼新的整合；正是困惑，才越发想要看到未来之路的闪光。

有朋友说，眼下中国人需要的不是文化，不是精神，而是物质，中国人太穷了，忙赚钱还忙不过来，哪有闲心想那些。然而用什么样的文化态度，从什么样的精神角度去面临自己对物质生活的追求呢？一方面拼命赚钱，一方面鄙弃赚钱，视赚钱为惹铜臭，满脑子"无商不奸"之类，抱着这样一种文化心态，能得到完好的物质生活满足吗？就好像将性看作罪恶和肮脏的人们不可能得到真正的性爱一样。人是个怪物，干什么都得询问意义，他无论怎样得说服自己。

也有朋友认为经济的发达可以解决一切问题，有了钱，文明就来了，精神也懂得讲究了。

当然更多的人知道，没有法制和民主，经济无从发达，社会主义市场经济体制没有保障，没有希望。

然而法制和民主的后面是人心，法的内在准绳是社会伦理，伦理的后面是道德准则，道德准则的后面是价值尺度，价值尺度的后面是信仰支柱！

西方市场文明的发源地是意大利，然而从意大利发源出来的不仅仅是市场，还有一个著名的人文主义精神，没有这个著名的人文主义精神，能够想象西方市场文明的实现吗？

今天当中华民族步入社会主义市场文明的时代，我们将建设一种什么样的新的人文精神？将建设怎样一种能与我们的市场经济体制相契合的完整而健康的文化形态呢？我们将需要怎样一种富有新人文精神，属于新文化形态的文化产品呢？

"经济文化时代"如是说

于是，"经济文化时代"如是回答：

"我"来了，"我"已经来了，不过你们也许还不能清楚地感知"我"，即使以后，即使"我"已经完全融化到你们的生活里了。"我"不像过去那个"罢黜百家，独尊儒术"的儒家一样，独自一个人雄踞天下；"我"也不像"文化大革命"时代的"个人崇拜"一样，以"最高指示"诏示天下，一呼亿应；"我"很可能什么都不是，但是也很可能什么都是"我"；一切人的一切需求其实就是我；"我"宽容一切，宽容就是"我"，"我"沟通一切，沟通就是"我"，我的面目多向多层多元，丰富而复杂……

"我"不会告别"我"的"兄长"政治文化。不过，"我"也确实有与我"兄长"很不相同的基本结构。

说句开玩笑的话吧，政治文化的突出特征是"官本位"。这似乎是个挺难听的词儿，其实不然，这不过是个象征性的词儿，"官本位"其实就是机构本位、组织本位、制度本位、政治本位、政策本位、权力本位等等，"官本位"毫无疑问要带来一种绝对的趋向："趋权"，也就是唯权是举，唯上是举。然而任何完整的文化都是一种制衡的文化，政治文化，既有"官本位"的一面，就必然有与之相平衡的一面，这另外的一面就是"民本位"。"官本位"和"民本位"实在是对立的统一体，而作为"官本位"的根本趋向："趋权"，也必须有一个与之相反对相平衡的趋向，这就是："批判"。浏览一下整个政治文化史，一切取得现实的胜利的都是"趋权"，一切获得未来的，超越的胜利的都是"批判"。不管什么样的批判，正面的，金刚怒目式的，还是消极的，出世的，而全部政治文化的真正价值之所在，又正是指向未来，指向超越的"批判"，点一点所有伟大的哲学、历史、文学、艺术作品吧，概莫能外。

"我"，这个未来的时代，自然也有"我"自己的基本结构。

"我"的突出特征是："人本位"。这似乎是个新鲜的，好听的词儿，其实并不尽然，我绝非十全十美，我让你们首先扑鼻闻到的是低级和庸俗的气息。

　　"人本位"首先意味着的是满足人的一切需求。人的文化需求中处于最低层次的是本能性的文化需求，即弗洛伊德所谓"死"和"性"，这就是时下文化市场上武林、侦破（"死"）、言情、色情（"性"）泛滥的原因。你当然知道，满足人们最低层次的需求是最有经济效益的，你也当然知道，最大多数人，由于文化素养的限制，或由于寻找轻松、刺激等等原因，首先想要满足的也正是他们的最低层次的需求，最低加最多，就是最最的经济效益！所以，我首先送给你们的，只能是"生"和"死"，只能是毫无特色的大路货。"我"的必然的基本趋向，首先只能是"媚俗"。

　　然而别急，"我"并不就等于"媚俗"。"我"自有制衡方法，你等着瞧好了。随着"我"的发育成熟，"我"会生长出与"媚俗"相对应的另一极来。这一极就是"个性"，"个性"不把金钱放眼里，它特立独行，指向未来，指向超越，指向创造，它是先锋的文化，是"我"的真正价值之所在，正如"批判"是政治文化的真正价值之所在一样。

新的综合

　　的确，经济文化不会像儒家文化那样独霸天下，然而儒家文化不再"独霸"之后，它却是一份实在宝贵的遗产，它是我们民族伟大的精神财富，它的许多精华一旦进入了市场文明的新格局，就会裂变出不可思议的能量。国际上"新儒学运动"热乎多年，持续不下，绝非偶然。日本以及亚洲其他新近发达起来的国家和地区的成功，不能说与儒商的伟力无关……

　　道家、佛教也是一样，它们一旦被集纳进经济文化的怀抱，一旦被新文明的视角所观照，对于人类精神世界的影响，会在我们未来的生存中发生重要的作用。已经有了许多迹象：精神分析与禅的亲近，老庄与欧洲大陆存在主义的关系、与美国发源的人本主义心理学的关系……还会有什么奇异的融合呢？好戏一定在后头。

　　西方人惊呼的"太平洋时代"的到来，恐怕正是市场文明与古老的东方文明相撞击而掀起的一次巨浪吧，这也许是人类近现代文明运动最辉煌的高潮呢！

的确，我们的经济文化不会照搬西方，但是西方在工业文明市场文明的轨道上着实已比我们捷足先登好几百年，尽管他们是用资本主义方式来实现市场文明，而我们将用社会主义方式来实现市场文明，其间会有重大的差别。然而毕竟是同处人类文明链条中一个不可或缺的阶段，共性的，基本规律性的东西是不可避免地存着。人家几百年积累下来的丰富的经验教训，我们没有理由不虚心地、全面地，尽可能详尽地去学习，去掌握，去借鉴。西方成熟的经济文化精神，几百年始终贯串下来的，宽容、多元、科学、人道主义、民主与法制相统一、自由与责任相统一等等，我们没有理由不师承、不汲取、不拿来。在市场文明这一方面，我们必须老老实实承认，我们是学生。当然，如果我们不是去抹杀，去打倒别人，而只是勇于超过的话，青出于蓝而胜于蓝是完全可能的，英国超过意大利，美国超过英国，未来呢？太平洋时代呢？

"我"也在这里起步

千里之行始于足下。足下在哪儿呢？

20世纪末叶中国经济改革的大潮，首先在南部海疆拍岸鼓浪，随之而来，经济文化的清新空气也裹挟在改革的浪花潮汐里，浸润着人们的生活。

北方，一直在反思、寻根，同"左"的东西较量，用深沉的思索去清除在我们民族身上的过于沉重的传统文化的梦魇；

东部大工业城市目前正在集中心力探究文人下海的得失以及文化结构重组的现实可能性；

而这里，南部中国这里，广东这里，已经开始了建设，一种新文化的建设。

所有的问题在这里都仍然存在，如传统文化包袱的沉重，文化结构重组的操作上的困扰，等等，等等。然而，由于经济改革的先行，文化早早就受到了冲击，在一阵晕头转向之中，这里的人们已开始敏感到一种新文化的生命力的躁动。

岭南文化的讨论。

珠江大文化圈的讨论。

众说纷纭，热闹非凡，涉及的好像只是一种地域文化问题，其实乃是一种新文化形态的生发之处的问题。

请听：

"……'珠江大文化圈'，是中华内陆和外来文化的结合部和临界点，与内陆文化元素密集，有序稳定比照，更具有兼容性、可塑性，更易产生新的文化相变。它在近代漫长的历史川流中涌现了改革派革命党的领袖康、梁、孙中山，后面贴着中华传统文化的底核，前面沐浴西方文化急涛骇浪的拍激冲汇，更易激起新思想文化的裂变；它在近二十年，珠江三角洲一'角'的香港跃入亚洲'四小龙'行列，商品经济大潮弥漫在珠江三角洲广袤原野，人的价值、行为、性格产生了新的变异，碰溅前所未有的现代文化火花，增添新异文化神趣和气韵……"（《当代文坛报》1989年第1期《编后偶记》）

到了今天，当"社会主义市场经济体制"已在整个中华大地成为一种确定不移的总目标，一种整体的、实际的坚决行动时，我们发现，这个新的文化形态，就是有别于传统政治文化形态的经济文化形态，它属于我们民族所面临着的一个崭新的文明——市场文明，它属于我们民族所面临着的一个未来的时代——经济文化时代。

属于市场文明的一种新的人文精神已在广东涌动！饱含着这种新人文精神的经济文化气氛已在这里开始聚集！广东会成为新文明的真正摇篮吗？

不管怎么说，一种新文化正在发祥，它是世纪初那场新文化运动的继承者，然而世纪初新文化运动的主题是批判，今天这个新文化的主题却是建设。

（发表于《羊城晚报》1993年4月1日、2日）

世俗"暴劫"精英

一

俗文化眼下正以排山倒海之势席卷中国，雅文化被挤迫得几乎已到穷途末路之境。不久前中央乐团向全国呼吁赞助出国演出经费一事便可作为一个象征，而一部电视剧本几十万，一部小说上百万的报道或传言之类，则可作为种种实证。

于是乎，实力的俗文化遭到了清议。

固然，清议本身于俗文化的蓬勃并无大碍，然而清议所显现出来的那种失衡的心态，混乱的观念，以及切实的危机感，细析一番，却并非没有意思，更不是没有必要。

针对俗文化的清议似乎来自两个方向，一个方向代表着过去，另一个方向代表着未来。

"过去"的脸上是一副不忍卒看的样子：低级、庸俗；没有文化底蕴（或者根本就不算文化，只是沙漠而已）；不关心社会国家，远离主旋律，云云云云。

"未来"的脸上是一种忧心忡忡的表情：浅薄、无聊；消灭了创造力，感觉和情绪都被工业化；新文化专制，传媒强迫接受；如此下去，人类文化将面临更为深重的灭顶之灾，云云云云。

显然，两个方向的意见都有道理，尤其像笔者这样将两个方向的意见泾渭分明地摆出来，就更显得理由充足。但如果两个方向自己不分你我，共谋合力地混在一起来进行指责，形成一种简单的雅俗对立时，问题就严重了，一种对时代的混乱认识便凸现出来。

二

关键得于千头万绪中理出一个头绪，这个头绪恐怕首先还在于：

当代俗文化所来何方？

在市场经济体制中，文化作为商品，按价值规律运营，目的在于营利，手段在于从众，金钱的伟力于是取代权力的伟力，使适合于它的文化获得了一种空前的传播效益。

市场社会前的社会，文化的传播根本上是依统治者的意愿实行的，可以命名为"权力传播"。秦始皇用武力统一中国，于是汉文化成为一统；罗马帝国用武力扫平欧洲，于是欧陆文化成为一块。文化之依赖物质的力量可见一斑。

但文化所依赖的物质也随文明的进程而有所不同，当拿破仑想用武力来统一欧洲市场，强行传播市场文明时，他惨败了。他的目的是进步的，想用新兴的市场文明彻底取代中世纪文明，但他的手段却不符合新文明成长规律，市场的力量根本不在武力，而在金钱。

市场社会的文化所依赖的也不能再是权力，它天生只能是遵循芸芸受众的意愿，受众高兴从口袋里掏出钱来买你的文化，你的文化便得以传播，否则便不得传播，所以市场社会的文化传播方式实在可命名为"金钱传播"。

"权力传播"与"金钱传播"孰优孰劣呢？

"权力传播"既然依照统治者的意愿行事，那么这种文化所关怀的必然是整体，例如整个国家，整个社会，整个阶级，整个集团的利益、情绪等，因为统治者代表着整体，统治者的意愿就是整体的意愿。在这种文化中，个体是极其渺小的，渺小到几乎不存在。

而"金钱传播"既然遵循芸芸受众的意愿行事，那么这种文化所关怀的必然只是个体，个体的欲望，需求取代统治者成为新的主宰，所谓"受众便是上帝"是也。一个个的个体依自己的好恶掏钱享受文化，虽然常常也会形成一种相当统一的趋势，但毕竟指归在个体。

所以，美国社会学家戴维·里斯曼说，人类社会可分为三个阶段：传统支配、思想支配、他人支配。传统支配是古老的自然社会形态；思想支配就是统治者支配，却关怀整体的时代；他人支配则是需求者支配、顾客支配、受众支配，即关怀个体的时代。

"关怀整体"或曰思想支配的文化，与"关怀个体"或曰他人支配的文化，孰优孰劣呢？

孰优孰劣怕是难以评说，但"金钱传播"之于"权力传播"，"关怀个体"之于"关怀整体"是否是一种发展，抑或至少是一种丰富呢？

回答是肯定的。

实际上，"权力传播"和"关怀整体"是政治文化形态的基本特点，"金钱传播"和"关怀个体"是经济文化形态的基本特点；政治文化形态是属于还没有脱尽血缘性质的传统文明的，经济文化形态则是属于新兴的市场文明的。

而中国正在建设社会主义市场经济体制，正在走向市场文明。

尽管市场文明并不打倒、排斥传统文明，经济文化形态也并不打倒、排斥政治文化形态，但这毕竟是这个时代我们国家最根本的变化、最根本的进步。

俗文化的蓬勃正是这种变化和进步的一种表征了！

所以，"过去"那副不忍卒看的面孔，乃是站在了传统文明的角度，用习惯了的政治文化的坐标系来衡量新型的经济文化的缘故，其结果自然是格格不入。

格格不入倒是无妨，蔑视抨击怕就没有必要。正如老年人尽可以看不惯年轻人的种种举措，但蔑视、责备，甚至打板子那就不应该了。

三

当然，问题是复杂的。中国的走向市场文明是在西方的市场文明搞了几百年后才来开始的。这有好处，可以直接学习人家已摸索出来的成功经验；也有坏处，学时总免不了狼吞虎咽，因此，好的东西固然吃了，坏的东西也便一并夹带着下了肚。尤其是西方发展到后工业社会出现的种种毛病，我们一下子竟然也有了，老的问题还没解决，新的麻烦又堆上了。

我们的历史好像折叠了，市场文明与传统文明矛盾的一截，与成熟的市场文明内部矛盾的一截折叠在了一起，老伤新创，我们似乎一下子都得解决，搅得我们好生难受，这也许是我们这种希图后来居上者们必然要吃的苦头吧。

比如文化，相对于传统的政治文化来说，属于经济文化的俗文化的出现，无论如何是一种发展，一种丰富，但这种发展和丰富，还需要克服来自传统的外部与内部的种种障碍，才能真正健康、完善地实现。

这种障碍体现在诸多方面，略举一二，可见一斑。

其一，另眼瞧俗。就是前面说过的"不忍卒看"的脸孔，总觉得俗文化不是正经货色，不入流，不上档，不关心国家社稷，不关心人民疾苦，只关心拳头枕头，只关心享受消遣。有个人主义之嫌，无集体主义之益，因此，虽不便明令禁止，也万不能提倡纵容。

其二，自惭行俗。既然不是台面上的东西，自己便也不敢正眼瞧自己。固然有胆大的文人大张着旗号下了俗海，然更多的还是悄悄地进行，犹抱琵琶半遮面，或改名换姓，或代人捉笔，所谓第二职业是也。第一职业挣面子，第二职业挣票子。中国知识分子向来轻利，小人言利，君子重义嘛，本来并不想与俗沾边，却实在现如今票子问题严峻得可以，据近来流行排行，知识分子连"臭老九"的地位都已高攀不上，说是滑到了第十四五位，再不来票子这一手，如何了得。然，票子就是票子，面子就是面子。俗的东西只为票子，所以万不可挂上自己的面子。为此一来，只为票子的俗文化，怎样能不是胡编乱造，胡搅蛮缠的文化垃圾呢？其实，俗文化只是家常饭菜，与垃圾绝不可同日而语！

其三，恶俗泛滥。所谓恶俗，乃是某些很要不得的传统观念在现今的俗文化中发酵所致。例如俗文化中的性，常常不是以一种健康的、开放的、新文明的态度出现，而是那种街谈巷议般的，揭人隐私似的，猥亵的，低级趣味的，一面是谈说着过嘴瘾，一面又假作正经地骂几句，总之，把性当做不可告人的东西而偏要揭开，于是显得特别肮脏、龌龊。黄色小说大多都是这套路数，流害甚广。

其四，旧俗不去。俗文化既要媚俗从众，思想水平和艺术形式便不可能处于时代的先锋位置。思想和形式的改革首先总是少数先锋的事，然后才逐渐影响大众，从这一角度说，作为先锋的对立面，大众总是扮演着传统的角色，因此迎合大众的俗文化也多半是传统的，保守的，甚至成为传播旧俗的巨大堡垒。

总之，今天的俗文化处于一种特别奇怪的境地，一方面，从总体上说，它来自市场经济的发育，它的底蕴是一种新的文明；另一方面，它的具体内容却充满了传统文明、传统文化的气氛。这样，作为一种新文化形态的产物，它的发展和完善的障碍，就不仅来自外部，如那种正统腔调的贬斥，更来自内部，自身具体内容对整体自己的反对。俗文化所面临的矛盾是深刻而复杂的。

这种矛盾已经够麻烦的了，可是雪上加霜，另一类矛盾也在日益尖锐地涌现。

正如在传统的政治文化形态中，不仅有依循、趋奉权力的一面，也有背逆、批判、试图改造固有权力的一面，正是这两面的平衡和相互作用，才构成了历史上灿烂的政治文化时代，结出了极其丰富的政治文化之果——那无数的文化经典。那么，新兴的经济文化也是一样，也必须有一种平衡，除了顺从、取媚、娱乐受众的一面，也应有个性的、先锋的、严肃的一面，这才有可能形成完整的经济文化形态。

无奈，眼下我们社会经济结构的不尽合理，知识分子的贫困窘迫，使新兴的经济文化形成严重失衡的局面，俗文化独霸天下，属于经济文化的先锋的，严肃的文化难以生存，以至于人们普遍觉得，经济文化与俗文化间是一个完全的等号。

再加上俗文化从西方后工业社会一股脑搬来整套传播方式以及种种弊病，致使它在自己的经济文化系统中与其平衡面先锋文化构成了另一重矛盾，又由于先锋文化的缺失，俗文化的暴涨，它的缺点和危害性便特别显著地暴露了出来，这方面也至少可列出四点：

其一，只关怀本能。俗文化突破了只关怀整体的藩篱，洞开了关怀个体的天地，这是一个伟大的历史贡献。但是，俗文化所关怀的个体，主要只是个体的本能层面，所谓拳头加枕头，正是弗洛伊德指出的人的两种基本本能：

"死"（攻击性）与"性"。但作为个体，还有灵魂的，精神的，形而上的层面呀，例如市场竞争所带来的精神病发病率的陡增，就证明着对灵魂的关怀实在也很迫切。

其二，文化惰性。即没有创造，缺乏未来。为着从众，内容上迎合传统观念，障碍思想的进步，形式上陈陈相同，一味重复，美国一位唱片发行商说，流行音乐就是重复，重复才能赚钱。

其三，感觉工业化。俗文化以工业的手段生产艺术，人的无限丰富的感觉于是被一律化，标准化，谈情乃至做爱，行为乃至命运，嬉笑乃至怒骂，统统像螺钉配螺帽一样，可以全国或国际通用。

其四，新文化专制。俗文化摆脱了政治文化那种注意力只围绕着政治中心打转的局面，转而竭力服务于大众，这当然是一重要的发展。但随着一整套新的传播方式的出现，受众在或明或暗的强大的传播攻势面前，很可能迷失自己的需要，反被传媒牵着鼻子走。俗文化的生产者，特别是那种垄断性的生产者，很有可能通过掌握传媒而控制人们的文化需求乃至文化方式。有人说，过去是不识字的人受识字人的骗，现在是识字人受印刷品的骗。传媒的欺骗现象的确越来越普遍起来。

可见，俗文化之受到来自"未来"的带着忧心忡忡的表情的批评，实在不无道理。我们的文化必须不仅关怀本能，更要关怀心灵；不仅媚俗，更要独具创意；不仅从众，更要富有个性；不仅占有现在，更要拥有未来！这就必须要有一个真正先锋性的、严肃的、精英的，但又非政治文化色彩的文化族类来与俗文化对立，只有这样一种成功的对立平衡，经济文化形态才有可能发育成为一种健康、完整、丰富的市场时代的文化。

俗文化与"未来"的矛盾同样也是尖锐、紧迫的。

四

历史因突进而折叠了，矛盾多重而复杂。这是我们时代的现实。面对这一纷繁杂沓的现实，眼下最要紧的是，我们必须有一个清醒的坚定的认识。

认识一：我们时代的主要矛盾是什么？是新兴的经济文化对传统的政治

文化的丰富和发展。这一点是总纲，至关重要。从这一点着眼，作为经济文化之一翼的当代俗文化，强有力地趟开了关怀大众、关怀个体，并借市场之力以传播新路，其贡献是巨大的，作为一整体的文化现象，俗文化应该得到理解、肯定和大力支持，那些将俗文化首先蓬勃发展的地区，如广东等沿海城乡视作文化沙漠、文化殖民地等等的看法是错误的。当然，俗文化自身也必须克服来自外部的，尤其是来自内部的种种障碍，才能真正健康和完善起来。

认识二：经济文化对于政治文化来说，仅仅只是发展和丰富，而绝非否定和抹杀，这其间的矛盾是一与多的矛盾，而非你死我活的矛盾。因此，经济文化，尤其是其间的俗文化在发展自己时，不应该淹没掉政治文化，同理，年长的政治文化对年幼的经济文化也应持友善的宽容态度。

认识三：必须高度重视属于经济文化形态的，先锋的、严肃的、精英的文化的生存和发展问题，全社会都必须有这样一种强烈意识。没有这样一种先锋文化，我们时代的文化将没有灵魂，没有创造，没有个性，没有人性深度，没有未来，将是残缺病态的，甚至是破坏性毁灭性的！

总而言之，如果我们能理性地，妥善地建设一个比较完整的，层次丰富的当代文化结构，其间不仅有传统的政治文化，也有新兴的经济文化，在经济文化中，亦不仅有俗文化的发达，更有先锋文化的成长，则折叠的历史带给我们的矛盾和痛苦将能最大程度的减轻。果如此，文化幸甚，时代幸甚，国家幸甚！

（发表于《羊城晚报》1993年4月1日—3日）

中国三大文化态势思绪

——《叩问·岭南》大型理论书链总序

一

叩问岭南，就是叩问中国当下新文化。

使用电脑，他们的不朽名著都是"电脑小说"所望尘莫及的。

关于"计算机画"。可能有的画家会惊呼："天哪！假若允许这些玩意跻身画坛甚至参加评奖，我辈将如何活下去呢！达·芬奇、郑板桥的在天之灵会有何感叹呢？"

这种担心是可以理解的。确实，如果仅就"线条和色彩"而言，计算机几乎是"完美无缺"的，甚至比最优秀的画家还技高一筹。然而，计算机绘画充其量也只能达到"形"美，却难以达到"神"美，因为它无法"用心灵去感受世界"。计算机与画家的根本区别，就在于后者具有创作的灵感，而前者只是人的灵感的再现。从这个意义上来说，计算机不过是个"被动的艺术家"而已。因此，画家们大可不必自卑自贱。面对着计算机"用最美的线条和色彩去描绘世界"，达·芬奇、郑板桥等艺术大师的在天之灵，一定会奋臂疾呼："弟子们，用整个心灵去感受世界吧！"

关于被人讥为"给希腊雕塑涂口红"的黑白影片"彩色化"问题。记得西方有一位历史学家说过这样的话："任何历史都是现代史。"这话的意思绝不是说，要把历史一笔抹杀，而是说，任何时代的人，都是用"现代"的眼光去看待历史、理解历史的。从这个意义上说，用现代的色彩再现历史的画卷，不仅是技术的进步，而且也是时代的需要。当然，话说回来，在历史上产生的任何事物，都有其独立的艺术价值和历史价值，假如"彩色化"导致所有的黑白拷贝都"化"为乌有，那又另当别论了。

至于电脑对音乐家、摄影家权益的侵犯之类，那不是电脑本身之过，而是人的行为使然。这种问题的解决，除了立法，别无选择。

中国现代化的进军，是在岭南这一海滩登陆。

社会主义市场经济、现代工业文明、信息与知识经济时代大潮弥漫在岭南之南珠江金三角的广袤原野。岭南如醍醐灌顶的骤变，激动了海内外一切关注中国命运的人们。岭南十五年的风雨历程，为中国和世界提供了一部形象而具体、切实而生动、深刻而复杂的中国经济文化形态的"当代史"。

一幅岭南文化新景观，已经拉开序幕，正在上演威武雄壮的戏剧。

叩问岭南，就是叩问中国当下新文化。

"提到过去，每个时代都承认它是事实；提到当前，每个时代都否认它的事实。"十多年来，有"东方无战事，南方无文学"之嘲讽，有"南方文化殖民地化"之攻讦，有广东"只有一个半作家"、"只有秃子头上的一根毛"（指一篇报告文学获奖）、"岭南文化意识还没有觉醒"之议论，还有鬼火也比霓虹灯更富有诗意之怪谈。此言如作警醒诚可传之子孙戒之，若论现状，恐怕是轻薄与陈见齐飞，狭隘共偏执一色了。一副对自己惭形秽，偏不肯了解研究，只想迎合高攀求宠邀幸的心态。罗素所言的历史悲哀，我们不应再重复了。

二

新时期十五年，中国文坛一派"复苏景观"、"再生景观"，如清晖浩博，汪洋恣肆。时下，又面临着一场大变革，"分化"、"重建"、"呼唤"的行情日涨，成为新的热门、"爆棚"话题：

一个"精神失望"的年代正在到来。无可奈何地徒唤"精神缺席"、"精神冷感"、"精神虚脱"、"精神阳痿"、"精神乍糊"；

一种要求适应时代发展和需要，承担起历史赋予的使命的新文化"朝阳文化"，经历萌芽、初苞，逐步进入繁荣；热切期待构建和拥抱现代都市文明，倡导一种"奋进人生"、"拼搏人生"；

从精神、使命、规范、责任中实行"大逃亡"；

从国家命运、时代趋势、作家责任出发，对精神规则、道德规范实行"大梳理"、"大建构"；

对任何精神规范和终极导引的拒绝，对任何使命和责任的丢弃、鄙薄，从社会良知和义务中隐去或逸出，纯粹的个人感觉天地，超现实超时空，把文艺绝对地作为"个体的心灵世界的呈现"，对读者施行"非礼"、"强暴"；

对重建精神规则，重燃精神圣火，营造新的人文氛围，张扬新历史使命的渴望，对"世纪之交"的文艺走向，超越传统和西方的文学"第三种声音"、"第三种选择"、"新人文精神"、"经济文化时代"，以及"精神深圳、精神废都"，"精神绿化，精神沙漠"的思辨和探索；

还有对艺术价值、崇高、英雄、优美的冷漠、鄙视、挖苦和反讽，以及对生存秩序的自嘲，虔诚朝圣于宗教大观，孜孜探胜于蛮荒小景，津津乐道于个人隐好，顶礼膜拜于欢场粉丛，等等。

三

社会主义计划经济向社会主义市场经济的转型；

农业滞后文明向工业现代文明的演进；

劳力与资源经济时代向信息与知识经济时代的过渡；

使中国文化的分化、重构和繁荣成为不可逆转的时代趋势和历史必然。

四

在人类文化历史长河中，这些"行情"、"热点"似乎都是"熟悉的陌生人"，只不过是打上中国现阶段的某些国情、民情、文情和时代的烙印罢了。

比如，80年代末，中国文学出现对于荒蛮、原始、神秘、宗教的热切关注，不过是20世纪西方文学远离现代都市文明到异国他乡寻找寄托、刺激和眷恋种种选择的一种折射和反照。

比如，这些年，在新兴通俗流行作品给纯文学以强劲的冲击和近乎索命的挑战之后，才掉头重新检视"旧的鸳鸯蝴蝶派"的是非功过；重新评估"旧的鸳鸯蝴蝶派"与40年代海派新文化的"合流"事实；重新看待鲁迅在30年代不仅批评过"海派小丑"，还戏谑过高高在上的"京派大师"，一面批判"鸳鸯蝴蝶派"，一面把张恨水的《金粉世家》作为礼品送给他母亲的事实。

又比如，日本的纯文学通俗文学各各具有相当的亲和力，早就在走一条纯文学取通俗文学的市场眼光和读者需要，通俗文学取纯文学的某些社会内涵和品位档次雅俗共融的"第三种道路"，而不是拼命离间它们，把"纯"的抛出地球，把"俗"的打入垃圾。

再比如，美国新近最畅销言情小说《廊桥遗梦》，无论就其道德含量、文学品位、审美指向，都比我们一些众人皆"醉"我独醒，只为下一代写作的"先锋"姿态，要和蔼得多，亲切得多，有责任感得多；那些正在个人"隐私王国"里摸爬，在"欢场粉丛"中滚打的"新言情"小说更不可同日而语。如果说，张恨水在中国20世纪50、60年代文坛离"林莽梢杀，落红无数"已相去不远，那么，他还写过中国第一部抗日小说《大江东去》，他的代表作在他的时代还有"当代红楼梦"的美誉，那么，20世纪90年代那无异"文字上的手淫"式的"新鸳鸯蝴蝶派"，真不知该作如何评估，才算得体。

五

笔者视野狭窄，就接触到的，在上述"行情"和"热点"中，似乎牵扯到以下理论问题，信手罗列于此。

就地理形态和生态空间而言。有"海洋和河流使人接近，反之，山岳使人分离"之说（黑格尔语），而这种封闭因素对文化艺术在内的精神文明起着种种制约作用，极不利发展商品经济。也有另一说，即西方的农业文明，也即内陆文化，分两线向北、向西传播，而走中欧一线的特别发达，可称之为西方的"黄土文化"，否定了黑格尔之说。

就地缘政治经济而言。近一百年来，中国经济文化首先趋于现代化的地区，正是中国东部和南部那些与西方文明频繁交通往来的滨海地区（香港、广州、上海）；凡交通、商品经济不发达地区，也就缺少现代文明和现代社会意识，这几乎是一个历史规律。但也有人说，美拉尼西亚居民是最古老的航海民族，而当大地理发现时，他们的发展程度也最低。还有人说，连美国"新三K党"领袖都承认在"雅利安人还没有脱离野蛮时代而中国已经建立高度文明"，不承认中国传统文化累叠融淀，封闭稳定，会对经济发展造成什么影响。

就社会结构而言。一种意见认为：长城是一个限制文明空间的政治军事环，应算是一个封闭的象征，那又如何解释罗马帝国君主也希望有一长串城墙，来抵御日耳曼族的入侵？另一种意见认为，岳者，垣也，也就是墙，中国古代城市如北京只是中央集权和专制主义堡垒，不是商业和手工业的经济中心，而与纽约、东京、巴黎、伦敦、香港等商厦林立，交通发达的现代金融城市，形成鲜明对照。广州，则是民主主义的发源地，商品经济发达，因而市民阶层在现今十多年成为传统社会向商品社会跃进的动力，经济的发展必然带来文化的开放和繁荣。

就文化的生存条件和价值而言。一说各类文化都有自己生存条件和价值，故而"文化无优劣论"，或说"文化发展程度无差别论"，还有所谓商品经济越发达越没有文化的"南方无文化论""海洋文化正沙漠化论""南方不可能产生精英文化论"等一长溜。

就文化与环境而言。有"环境越困难，刺激文明生长的积极力量就越强烈"之说，有汤因比的"文明产生于一种既不甚好，也不甚坏的环境，太好则提不出挑战，也引不起应战；过坏，则挑战过于强烈，使人类无法应战，或完全被环境压垮"之说。

就文化与经济而言。一是认为经济繁荣，则文化衰败；二是日本和亚洲"四小龙"都被看做是"弘扬"传统文化的典范，原因是他们"发了"，认为对传统文化的"利弊"要看得复杂一些，不可以一时可用否定优劣；还有一种意见认为中国文化是反经济、反生产的，因而中国的问题，根源于文化的多，根源于政治的少，而世界总趋势是，好的经济就是好的政治（梁厚甫语）。

就南北文化的气质而言。从历史看，有王国维的北方诗歌得之于感情，南方诗歌得之于想象之说，强调北方文化心理结构与南方自然景观激起的融汇结合。有鲁迅的内陆文化"颇乏天惠，故重实际而黜玄想"之说。还有所谓：北凝重、朴质、沉稳，南灵动、飘逸、透明；北权本位，南钱本位；北抑商，南尊商；北崇尚过去，南向往未来；北眷恋黄土，忧患意识较强，南放眼海洋，乐观精神较多；北重思考，不时流于空泛，南重实利，间感厚度不够；北对外来文化，虽易于惊异并沉溺其中，但得益匪浅，南虽觉不甚新奇，取漠然态度，似获益无多；以及南出不了《红高粱》，北出不了《商界》等，不一而足。

六

南北、东西，本土、异域，一面存在文化差异和冲突，一面又在交流中融会贯通着，自古皆然，用不着大惊小怪。顺便摘引一些有趣的事。二次大战期间美国官兵在英国集结，英国人与美国人发生了摩擦。美国人总觉得英国人太爱表现自己，什么话都要先说出来，夸夸其谈，自我吹嘘。英国人觉得美国人高傲、"牙擦"。

日本人与美国人谈生意时，日本人看美国人的信，会因为一开头就把条件摆出来，感到不舒服，以为美国人以势压人；美国人看日本人的信，则觉越看越糊涂，通篇客气话，不得要领。照日本的习惯，最重要的事应在最后谈，而美国人的习惯正相反。因此之故，美国人看日本人的信，为了自己心情舒畅，最好从末尾读起。

1988年，某报有篇谈中国人与美国人之比较的文章，说：中国人在街上争吵不休；中国人爱夸祖国，美国人爱夸自己；中国的报上成就多，是乐观主义者，美国报上灾难多，是悲观主义者等等。

日本几家大企业规定行政管理人员要读中国的三部古典书《孙子兵法》《三国演义》《西游记》，主张生意之道，理论上要知己知彼，百战不殆，实践上要经验总结，以及商战需要海阔天空式的幻想和创造。在日本各地出售睡眠辅助式具的眼罩、耳塞、催眠画时都要赶制与中国人孟浩然的《春晓》（"春眠不觉晓，处处闻啼鸟。夜来风雨声，花落知多少"）有关的包装，挂上孟浩然的画像，日本的教授还从医学角度，论证"春眠一刻值千金"。科学地发挥诗歌觇人情、征人心的功效。即使东方文化本身，中日也存在差异。

这些理论阐析和趣事闲笔，将有助于拓展我们的视野，有助于我们的研究、分析、比较向纵深递进开掘。但在实际的历史和理论的历史之间是存在着相当大的距离的。

七

当代理论学术的发展正在拆除各种世代横亘的隔阻往来交流的城垣，跳出传统的批评标尺价值取向、审美习惯的藩篱，不受封闭僵化气氛、社会心理、学界臧否的左右，去测度、包举、权衡某一种文化形态和文艺。深刻、深层美感、亲切感、创造性、文化意味、哲学思考、文学史意义都可以作为一种标尺，符合多种标尺，可称佳作。席慕蓉的诗很叫座，很有灵感，但不一定深刻；波特莱尔的《恶之花》很深刻，但美感不强烈。

文艺批评标准不是抽象而是具体和发展的，在不同的历史和文艺阶段都有不同的历史内涵，也有着其历史局限。但每个时代每个国度都存有一种不可或缺、着力张扬、推动历史和社会发展的主流文化。如美国影片中色彩十分强烈的"美国精神""美国英雄"，香港影视中的"香港英雄"。

当代中国，由于多种的经济成分，相异的利益关系，不同的人生追求，使得社会价值目标的选择多元化。但其评判标准，则应是有利于维护国家、集体与个人正当利益，实现和兼顾体现社会公正、人际关系和谐和个人自由天地的广阔施展，促进生产力发展以及遵循与其相适应的新精神规则、道德规范。符合，则是善的、道德的、美的、公正的；反之，则是恶的、非道德的、丑的、不公正的。

未庄的尺子量城里的一切，一部作品也上不了席面。

八

血压计不准，十二亿人都可能患高血压。

从实际的历史考察，处于社会、经济、时代转型时期的中国今代文化（即改革开放十五年的新时期）存在三种态势：

以生态空间、地缘经济计。

一是以广东、上海为龙头的东南沿海小片的前工业社会；

一是以内陆为依托的大片的后农业社会；

一是西北西南残存的游牧社会。

新生的工业文明被强大的农业文明包围着，但充满活力、合乎潮流的现代工业文明刺激着、变革着、取代着僵化、滞后的农耕文化，由沿海向腹地推移辐射开去，形成反包围。

以文化形态计。

取法二十世纪西方文艺远离现代都市文明到穷乡僻壤，异域殊方寻求原始、蛮荒、粗犷、宗教式的"回归传统"。

逃避中国深厚的人文精神和丰富的文化传统，膜拜"孤独"，消解"崇高"，嘲弄"使命"，清算"优美"，主体自定性与主体盲目性的悖论，逆激情泛滥与思想孱弱的反差式的"学步西方"。

在双向反省批判的碰撞下，探索文化的互渗融合，无论对传统和西方，都旨在能激活出新的超越，形成一种新张力和引力的"第三种声音"或"第三种选择"。

以文化气质和思潮计。

我国文坛历经"反思""批判"和走向"审美""娱乐"两大阶段之后，出现强烈的否定之否定的渴求，渴求沉思和总结、探索和发展文艺对于推动社会和历史前进的新精神规则和精神支持及人文品格。代表性的论点之一，如著名小说家刘斯奋表述的"朝阳文化、巨人精神和盛世传统"。

无可讳言，社会对文化的需求是多层次多方面的，各种文化形态可以而且应当在变革中并存共进，各各找到自己的位置和新的生长点，由读者筛选，听历史评判，任时代淘汰。尽管，各种理论"时尚"，像时装袭击女性，像"原始股"热使人疯狂一样，但新文明的晨钟注定要取代旧文明的暮鼓！

九

假如以上中国文化的三种态势可以作为一种度量衡或参照系的话，那么，转型期的岭南大文化或珠江大文化圈，应是一种显示中国市场经济雏形，呈现信息与知识经济时代先声，初露工业文明征兆的新文化；是一种既超越传统西方，符合"没有专化"而又"易于完成""突然的飞跃"的文化进化"潜质法则"，倾注着现代意识、世界意识、经济意识复杂交织的"第三种选择"的文化；也是一种呼唤进取、昂扬、包容，与时共进，与世俱新的文化。

十

哈佛大学出版社在介绍美国教授傅高义《先行一步——改革中的广东》一书时，称广东为"社会主义第一小龙"。这出自傅的结论："如果说广东的改革在中国先行一步，那么对于社会主义世界其他国家而言，也许就是先行两步了。"这与阿诺德·汤因比的"在今天，远东社会的最突出的代表无疑是日本人和广东人"，似有某些相近之处。两个外国人的断语，未必字字如金，却也道出了中国历史文化传统和西方历史文化传统的某些异质性，道出了中国内陆文化和中国海洋文化两大板块的某种差异和比照。对此，无需像清朝一位大学士连欧洲存在西班牙葡萄牙也不承认，认为那是外国人说的。这类议论，在费正清的《中国与美国》、梁厚甫的《谈中国传统文化的消极面》，亦多有旁及和论述。

文化的定义据说有二百六十种，比较权威的如《苏联大百科全书》、德国《迈尔百科辞典》、《大英百科辞典》、《法国大百科全书》。为了便于说明，笔者取迈尔的提法，即"人类社会在征服自然和自我发展中所创造的物质和精神财富"，即一种"大文化"的概念。

笔者曾在一家刊物供职，曾主持就开放改革以来出现的"经济发展了，文化会不会萎缩"的"岭南之谜"和"珠江大文化现象"进行过长达八年的讨论，提出"珠江大文化圈"一说。自忖这不光是一个历史问题，而且是个现实问题，不仅国人关心，又为外人注目；不单是个复杂的学术理论问题，且为今代文化或文艺实际发展之急需。

个中因由，那是因为岭南经济文化正面临着大腾飞的客观事实与严峻的历史选择。

科技大迁徙的挑战。日本科学家汤浅指出：近现代科学中心，大迁徙的平均周期为八十年，其顺序次第为：意——英——法——德——美（1920年至今）。而未来科学中心，出现周期更短的涨落，将在美日环太平洋展开激烈争夺，岭南资讯发达，市场发育较好，又作为开放最早的环太平洋地区，这种科学大迁徙更具挑战性和可遇不可求的历史机遇。

移民大迁移的冲击。岭南正经历历史上第四次大移民潮，如同当年輅鞈人和马来人南迁一样，外来人于逆境中的拼搏，于生存中的奋起，南北差异中激发的能量，极大优化了人的组合和人的素质。这种大迁移，带来了强劲的劳力、科技流向："十万才子聚广东"，"东南西北中，发财到广东"，"百万民工下珠江"。

人文大环境的祥和。你侃你的，我做我的。你发你的牢骚，我抓我的实惠。你靠嘴皮子图解脱，我拿拼搏赌明天。你眷恋原始，我喜欢新潮。你穷于理，我求于变通。岭南呈现一种崭新的文化心态和文化精神，风行一种不事空谈、奋力创造、积极实惠的人生哲学。

经济大递进的涌流。岭南首府广州是千年不衰的国际通商港口城市，中华人民共和国成立以后，广州成为南北经济交往的大枢纽，又是内外经济交流的大舞台，1957年以来，全国的百分之二十以上的商品在"广交会"成交出口。广州经济实力列十大城市的第三位，人均国内生产总值位列全国十大都市的第二位，居民年均收入位列全国十大城市的第一位。

"广州具有特殊的区位优势：地处穗、港、澳小'金三角'，北接华南经济圈，南通海外市场。"

"地处粤、港、台中'金三角'，内联中国大陆，外跨国际市场。"

"地处中、日、美大'金三角'，又是亚太经济高增长的热点地区。"

1997年香港回归祖国日益逼近，"一国"对岭南是一个机遇，"两制"对岭南也是一个机遇，极有利岭南经济圈与环太平洋地区和国际经济的对接和交流，香港则是实现这一对接和交流的纽带。祖国内地的文化资源和母体一旦与香港现代文化业生产方式结合互补就可以产生难以估料、不可遏止的文化能量。

文化经济大亲和的激发。在岭南，头脑资本正在创造、融和着货币资本，知识生产力科技生产力正在成为经济发展的关键因素，这里边，借用秦朔《大脑风暴》一书归纳，它包含着"企业文化演进，经济结构的知识转型，大众消费中文化含量的增加，市场营销的文化策略，不同人文资源之间的互动结合，经济社会新的道德观、事业观、价值观等方面的内容"。换句话说，即人们的生活方式、经济行为、城乡关系、人际交流。价值体系发生骤变之后，经济和文化大亲和之后，所激发的新文化相变、思考和建构。

十一

笔者1989年1月在为《珠江大文化圈》的讨论写的一则"手记"有言：

窃以为，"珠江大文化圈"，是中华内陆和外来文化的结合部和临界点，与内陆文化元素密集、有序、稳定比照，更具有兼容性，可塑性，更易产生新的文化相变。它在近代漫长的历史川流中涌现了改良派革命党的领袖康、梁、孙中山，后面贴近中华传统文化的底核，前面沐浴西方文化急涛骇浪的拍激冲汇，更易激起新思想文化的裂变；它在近二十年，珠江三角洲一"角"的香港跃入亚洲"四小龙"行列，商品经济大潮弥漫在珠江三角洲广袤原野，人的价值、行为、性格产生了新的变异，碰溅前所未有的现代文化火花，增添新的文化神趣和气韵。深圳新民俗文化的张扬；广州现代都市文化的兴起；香港影视文化之流波所及、广东影视文化之渐新，南风北渐，对内陆文化的辐射挑战；中国第一部写商人长篇小说《商界》的面世；广州语言文化习俗由于北方移民和港台影响融汇南风北俗所带来的若干新质，这都预示着珠江大文化的形态的复苏、成熟和发展，倘若不是以西方文化模式为标测度，不是以腹地文化定于一尊，你只能老老实实地探索，实证，不能弃绝它；骂，于事无补，像《老井》一样，骂完了还是没水喝。

珠江大文化圈，不必沉溺昔日的荣华，也不必哀叹今日的偏见；不必庸俗地歌功颂德，也不必雅致地妄自菲薄。

十二

回首八年来的风雨历程，出现了许许多多饶有兴味且令人咀嚼的文化现象。

周昌义的预测。1987年当笔者所主持的刊物发起文学上的"岭南之谜"讨论时，北京著名作家周昌义预测：文学上的"岭南之谜"，将无一例外地在若干年后，引发出一个文学上的"北京之谜"或别的什么"谜"，如今，事实应验了周君的预见。

《商界》的奇遇。1988年广州作家欧伟雄、钱石昌创作了第一部正面又出色反映中国商品经济的长篇小说《商界》（北京《当代》杂志连载），广东《当代文坛报》、北京《当弋》、上海《文学报》和《广州日报》文艺部联合召开讨论会。这第一部，终未引起腹地文坛的注目，倒是在台、港闹得沸沸扬扬，香港一家出版机构于1991年出版此书，并作了精当的出版提示："中国的国情、民情、商情在这小说中淋漓尽致地凸现出来，如此充满活力的商界，即使混乱不成熟，仍令人看到中国的未来。"在此书连载七年以后，在香港出书三年之后，方得到一家国家级出版社的青睐，并拿了个什么奖，虽是"补牢"之举，毕竟好事一桩。

流行音乐的南征北战。广东号称"流行音乐大本营"，广东的流行音乐始于改革开放之初。尽管音像传媒工业和市场机制来培育"茶座歌手"、"音乐茶座"的做法，已获得全国的认同，在十二年之后，广东歌手又在中央电视台春节晚会上露脸，为六亿人送去了充满都市气息的清新南风。如今，中央电视台播放的MTV中，广东制作的最多。但著名音乐人陈洁明对笔者说，他们对于"南风北渐"兴致业已淡然，下一个目标，将是蓄足力量，挥师南下，占据亚洲歌坛高地。

《新三字经》魔方。《新三字经》文本（不含其他）的印数已达四千万之巨，称得上是广东乃至中国文化教育导向和文化出版消费的"最新版本"，"潮流版本"，乃头脑资本演化为货币资本又滚动式激发现代文明火花的得意之作。它的成功，得益于行政机制与市场机制、社会效益与经济效益、导向思维与营销策略、资讯速递与多媒体运用的完美结合，融会贯通，乃中国文化出版的一大辉煌景观和中国青少年教育的一大罕见奇迹。

《世界诗库》的苦难历程。花城出版社新近出版的由飞白主编的《世界诗库》，历时四年，负债运营，七百名作家参与，收录一百多个国家、三十多种语言、二十一万行诗作，计十卷八百万字（内含一百万字评介文字）。该书一反历来诗歌史"重希腊轻罗马"的惯例，重写了世界诗歌史；以百分之六十的新译作，填补中国诗歌翻译史的研究和鉴赏空白。以德国诗歌为例，动摇了歌德、海涅、席勒等诗人地位，介绍了成就更为显著且鲜为人知的诗人。飞白说这一"笨"工程几乎令他双目失明。这在世界上是前所未有的。这无异向世界诗坛、国际文化交流发射了一枚文化远程导弹。

理论一大景观。刘斯奋的《朝阳文化、巨人精神与盛世传统——关于社会主义新文化建设的几点思考》，便是在这"精神失望"的年代，高燃历史时代精神圣火，呼唤一种摒弃"背负着传统因袭重担，咀嚼着千年不复的悲欢"，与时共进、与世俱新的"体现从农业文明向工业文明飞跃的时代需求的朝阳文化"；张扬一种与"侏儒精神""痞子精神""阿Q精神""虚夸精神"直接对应的"根植于中国的社会现实，与人民大众的情绪和意愿息息相关"的"敢于正视矛盾，直面人生，并通过不屈不挠的努力，去实现崇高的理想的"、"具有无比丰富生动的内涵和纷繁奇丽的色彩"的"巨人精神"；继承一种"就整体和主流而言"、"以雄浑、博大、开拓、进取为特征的盛世传统"。

这篇文章，既是社会主义新文化建设的一种思考，也是对岭南新文化十数年来理论探讨和创作实践的一种总结；既对中国流行的文艺思潮和论说作了观照和分析比较，又对现时和未来中国新文化的走向和趋势，陈述一己之见；既对西方文艺思潮廓清和阐析，又对中国文化传统继承补偏和救弊。作为岭南理论一大景观，它的价值和启示作用不可估量。

戏剧的三度辉煌。在岭南谈文化，非"新潮"即"流行"，非世俗即"快餐"，这是一面，而它的另一面，则是振聋发聩的。以戏剧为例，你说它"新潮"、"流行"，但"最高雅"的芭蕾舞交响乐，十分走俏，成为观众的娱乐热点猎物，广州乐团和外国乐团每年有近八十场的可观演出记录。你说它"保守"、"传统"，但它颇具胆识地成立了"最先锋"的中国第一个职业现代舞团，日子还挺红火。你说观众的审美心理变了，市场把戏曲推上了绝境，但粤剧、潮剧历演不衰，粤剧每年演出在二百场以上，票房不断上涨，一度辉煌，二度辉煌，向三度辉煌挺进，即便是稀有剧种海陆丰的白字戏正字戏、湛江的雷剧，也咸鱼翻身，作"生猛活鲜"状。你说它的观众多是追星一族，吹口哨，狂热，但在被誉为城市"软雕塑"的一年一度的新年音乐会上，个个西装革履，温文尔雅，文明有致，在全国遑不多见。就此种种，于市场需要，于观众心理，于继承发扬优秀文化传统，于借鉴西方优秀文化，于剧团的改革，于舆论的导向都生发了一种奇异的"暗合"现象。如何解释，有一大堆文章可做。

十三

笔者不才，榨几滴零星思绪，搅一杯过往旧事，切一块希望未来，一来"立此存照"，为后来人提供一点参照，二来为这套书链的始末因由作一个注脚。

《叩问岭南》大型书链的编辑，了笔者八年来的一桩心愿。为了将岭南当代新文化的纪实、扫描、研究推向更宏观、更深刻的领域，这套书链的信息筛选、抽样分析、典型论述，按照世界惯例，应含非单向指向性（即"非狭义规定性"），统计学支持值（即一定的规模或"广泛性"）和目标清晰度（即达到有利于全方位追踪岭南文化新景观，多层面地观照岭南人文新文化精神规则，达到介绍、估量并发展的目的）。它定位于迈尔"大文化"的批判上，跳出单纯的文艺批评的局限，透过大文化的视野，在大一统文化与多元文化，本土文化与移民文化，儒家文化与海盗文化，经济文明与文化文明，南方文化与北方文化，东方文化与西方文化等的比照上，在多样学科，多种艺术种类的交又和联系上，用活泼的话语展开自己的理论陈述。从远景考虑，又是如贝多芬说的"没有一条规则可不为获得更高更美的效果而打破"，其体例和表述方式将不仅是理论研究式，或纪实扫描式，还可以包含别的。

十四

《叩问岭南》大型书链，其深层底蕴、命意点穴处：
□吸吮了市场经济元阳所爆发的新文化相变
□密集着现代文明因子所派生的新文化建构
□鼎足于三大文化态势所展示的新文化思考
它们体例斑驳纷呈，不定于一尊：
○对岭南新生文化的理论探究·纪实·扫描·实证分析
○对中国当下文化的南北对话·交叉·比较·互补互渗
○对世界今世文化的东西交流·汇集·嫁接·补偏救弊

十五

《叩问岭南》，摒弃理论上的"空对空"，概念上的"过把瘾"，追求务实性的"地对空"，论说上的"啖啖到肉"：市场启蒙文化；文化开发市场；经济文化互动；文化发展的艰难历程；纪实与理论梳理阐释互补。

十六

《叩问岭南》第一批作者，有岭南评坛两员"儒将"，六员"火枪手"，四员在校研究生，是梯形结构组成。两员"儒将"。程文超，中山大学中文系副教授，留美文学博士，著有《意义的诱惑》，于东西交汇的稔熟南北差异的实感中寻找坐标，以理论的恢宏超前饮誉。金岱，华南师大中文系副教授，放着江西省厅级干部不做而南来做学问，著有长篇小说《侏儒》《晕眩》及短篇小说集《雨与雪》，于理论与创作沟通，思想与审美沟通，提出过"经济文化时代""意义的先锋""精神绿化论""精神深圳·精神废都"等著名主张，以灵动深刻见长。

六员"火枪手"。杨苗燕（广东文艺批评家协会副秘书长，硕士，编辑）；钟晓毅（广东文艺批评家协会副秘书长，省社会科学院文学所助理研究员）；杨宏海（深圳特区文化研究中心主任）；谭庭浩（文学硕士，《南方周末》编辑）；许华（文学硕士，中共广东省委宣传部文艺处干部）；陈晓武（文学硕士，中共广州市委宣传部干部）。一向勇开风气、博观约取、求真求是舒展，各各寻找自己的理论切入点和支撑点。钟（著有《走进这一方风景》）于台港与岭南的"边缘文化"中游弋探胜。杨于大文化实践中梳理理论，辅以活泼有致的理论陈述。谭于城市文明景观中钻探并贯以思维的灵动超前。杨（宏海）以开创性姿态，与兢兢业业的作风，开发特区文化的魅人风景线，乃特区文化的"第一资料库"。许于对思潮的敏锐观察与扎实的学风，寻求理论的突破口。陈在岭南文学中垦荒，考察。

于爱成，中山大学中文系即将毕业的研究生，硕果颇丰，计有《经济快车牵引下的岭南文化》、《论"朝阳文化"》（长篇论文），用三个月时间，日夜兼程，往来于中大与市区图书馆，为书链写作了《中国流行音乐王牌军团》（三十六万字）。于与他的三个师妹，中山大学中文系研究生吴爱萍、周伶、李虹宇正在攻克本书链的另外三个系统工程。

十七

《叩问岭南》计划出三十本，1995年推出四本：

△别等我在老地方

——转型期文化景观（杨苗燕）

△穿过林子便是海

——漫步"边缘"文化（钟晓毅）

△站在城头看风景

——当代都市文化的散点透视（谭庭浩）

△永远的喧嚣与斑斓

——广东文学启示录（陈晓武）

△岭南文化与潮人精神

——网络世纪的文学前瞻（江锐歆）

△中国流行音乐王牌军团

△中国特区文化大势纵横

△中国影视内里乾坤

△中国广告"百团大战"等

著名音乐人陈洁明、施凌儿为《叩问岭南》特别友情创作《异想天开》主题插曲，预期这首歌曲即将风靡中国沿海和腹地。

十八

中国版式设计"鬼才"、《南方周末》美编张向春为《叩问岭南》设计封面，如球类比赛，发了一个高难度的"刁球"，如诗歌创作，押了一个"险韵"，依笔者所见，是为专利。谨表谢忱。

是为序。

时尚"非礼"高尚

——《流行蛊》系列丛书总序

谁拥抱时尚，谁就是品位不高、品格低下，但又涂抹时尚的蹩脚口红水粉，装扮着崇高、高雅、深沉，搅拌出一种乞讨而又反叛、不想同流合污而又浓情依恋的复合心态。

时尚，其势滔滔而莫之能御，无处不在而古今皆然。

这是一个令人战栗的字眼，一个使人狂热的字眼，一个讨人嫌弃的字眼，一个让人困扰的字眼；也是一个丰富涌流生生不息、上达王宫后室下达市井无赖、入得艺术殿堂下得世俗地摊、跨时空跨地域的字眼。

这仿若一块白布染上了一摊红墨水，陶醉中的热恋者说它艳若桃花，快感中的新婚者说它喜得元红，而惊恐万状处于火灾危难中的逃亡者，则说流了好多好多的血。

这一切，都取决于对时尚的观念认同、价值取向、审美视角和心理倾向。

但人生存于时尚、发展于时尚、幻想于时尚、拼搏于时尚，确是不可逾越的生活规律。

主持人问：当今世界最具影响力的男人是谁？女人是谁？

应对者从克林顿到邓丽君——历数之。

主持人说：不对。

一个花季少女红着脸抢答道：伟哥和伊妹儿。

还没出国哪——还没下海哪——还没炒股哪——还没成腕哪——还没离婚哪——还没考车牌哪——还没MBA哪——还没伊妹儿哪——还没写本传记哪——还没在郊外给自个弄块便宜墓地哪？

有啥别有病——没啥别没钱——下啥别下岗——上啥别上当！

时尚自语，道出时尚姿容。感慨、提醒、调侃、无奈、激励兼而有之。

时尚是什么？笔者不才，试作以下戏说和诠释，它是：

> 消费机制与受众心理的一次联手密谋
> 崇拜成功与赶超新奇的一阕精神交媾
> 生命热能与个性勃发的一场节日探戈
> 提升品位和完善人生的一桩文化狡计

当代文化语境中的流行词关键词、生活行为、时尚图景、消费品位、影视媒体、资讯网络、品牌效应、大众文化、通俗文化、快餐文化、平民文化，也即人类共享着交流着传播着、频率最高流通最广或街谈巷议或奔走相告或津津乐道的人、事、物、史，都可囊括其中。它跟与之对应的精英文化严肃文化一样，或速朽或越世，自有其定数和规律。

尴尴尬尬，起起伏伏，曲曲弯弯，纷纷纭纭，造访时尚的境况和遭遇，求索时尚的奥秘和价值，是饶有兴味的，也是发人深省的。

谁亵渎时尚，如同谁冒犯了神灵，把时尚尊为九五、偶像、天王，趋之若鹜。这时尚的拥趸一族，有鲜明标志。宏观观之，据说是：（1）电脑操作一流；（2）渴望交流，表现欲强烈；（3）说话很"损"，但智商很高；（4）有自己的流行语言；（5）崇拜成功、征服、创造力和自信力；（6）消费上注重概念、格调、品牌和个性；（7）在放松与放纵，耍乐、兴趣与责任、使命间彷徨困惑；（8）亦步亦趋，羊群效应；（9）拒绝饮早茶，不会写情信。

英语中较为接近的词是bewitch。bewitch有两种解释，一是work magic on（对……施妖术，蛊惑），一是charm或delight very much（使销魂，使着迷，使极为快乐）；而witch是指女巫或迷人的女子。

与"谷""鼓""股"等同音，流行蛊也是流行谷、流行鼓和流行股。

"蜜"，就能酷死一街人的即是。或是情感夜泊于无病呻吟，多愁善感，"伤心是一种说不出的病"，"我被青春撞了一下腰"，或是情感表演于浪漫虚幻的"多梦时节"，或认为高雅艺术不过是一群文化骗子缝制的皇帝新衣，是一律的"狗日的"。

谁沾染时尚，如同谁得了艾滋，把时尚视为大逆、怪诞、荒唐，挞伐斧斫。时尚狂飙，流行勃兴，给文坛注入了三个不可移易的铁律，即尊重受众、讲求竞争、推崇平等。这种严峻情势，势必使文化创造者与传播者的界限渐次模糊和断裂，精英的文化特权面临挑战和狙击，文化发动者、创造者与追随者的角色位置有被置换甚至颠倒的可能，有的人便把自己推到一个无奈、气馁、尴尬的境况，一副像皇上宠幸了一个不识抬举的嫔妃般居高临下，不可一世，一副"骂你没商量"的气焰，如骂文学极"通俗""没劲"即是。"通俗"成了罪过，一律以"心灵癌症"棍棒横扫之。某些精英导演编剧一边喜滋滋地饮着流行电视剧的营养乳汁，一边泪涟涟地叫屈自己被时尚"污染"。

谁拥抱时尚，谁就是品位不高、品格低下，但又涂抹时尚的蹩脚口红水粉，装扮着崇高、高雅、深沉，搅拌出一种乞讨而又反叛、不想同流合污而又浓情依恋的复合心态。这种复合心态有三种形态。

一是劲往一处使地攻击"媚俗"。"俗"有群众喜闻乐见的"俗"，受众低级趣味的"俗"；有推动社会进步的"俗"，也有阻滞时代前进的"俗"；有沉沦阴暗的"俗"，也有激励高昂的"俗"。漠视"俗"的客观评判标准，总是站在高处，俯视该受教诲的"发傻"的受众们：别"被人卖了还替人数钱"，我拯救你们来了。对敝国电视剧"五亿收视率"的"俗"不探究不自省，而对"泰坦尼克号"奥斯卡流着好长好长的口水。只要留心公众的存在，就免不了媚俗，昆德拉的话，我想是有道理的。

二是貌似高尚地推崇"媚雅"。私隐的、蛮荒的、教条的、卑劣的、阴暗的"雅"，一律"媚"之可也。不厌其烦地重复《百年孤独》那一个什么下午的开头（据说有一两百篇小说的开头在模仿），对国际电影某些潮流效仿跟风亦步亦趋，"媚"之唯恐不及，而对某些轻巧活泼尚属健康百姓喜爱的"俗"，不过"媚"了一下，就大吐酸水大翻白眼。重复的"雅"，效仿的"雅"，带着"病毒"的"雅"，也比你创造的"俗"、健康的"俗"，来得高贵、高尚、高洁。

三是犹抱琵琶半推半就式的彷徨和伪饰。追求而不得，盼等而落空，恼火而无奈，心理落差很大，一时间还找不到合适的自我确认。想拥抱时怕拒绝，拥抱之后又一边提着裤子一边大骂贱货，以及道德姿态中的"滑稽"，一知半解的"痴狂"，投机裹挟的"高雅"，都是当今某种借重时尚红得发紫的大文人的经典之作和看家本领。

时尚是一种文化

它是现实生活的弄潮儿，每天都生产着许许多多新奇的、鲜活的创造；它是东方传统和西方思潮的异质杂交尤物；它的飞短流长、说三道四、市场搅拌、心理宣泄，在白天和黑夜的空气中，在切磋和砥砺的竞合中，在生产和流通的拼搏激战中，交配繁殖，优化和诞生新的物种。

这都给哲学、新闻传播学、历史学、人类学、心理学、社会学等提供广阔生动的灵性和灵感，提供取之不尽用之不竭的现实研究文本。

这都给最具稳定性的语言学、民俗学等带来生机无限的研究空间，给精英控制的语言特权，以狙击，以反叛。

仅就流行歌曲而论，"别走""别离开我"的痴痴纠缠，"当初""曾经"的自我慰藉，"为什么这样对待我"的哀怨自怜，"如果""也许"的逃避现实，是不是揭示某种市场需求，折射某种社会心理呢？

时尚也是一种文化轮回和文化推进，周而复始，生生不息，在变革中淘汰稚嫩脆弱带着"病毒"稍瞬即逝的文化因子，在积淀中孕育壮健成熟稳固凝重的文化因子。

《飘》（《乱世佳人》）写美国南北战争中一个求爱求生存的故事，传入中国已有半个世纪，郝思嘉内心那种人类共有共享的"家园情结""乡土情结"，早为我辈铭刻于心，它的流行程度决不逊于当今的流行歌曲和新派武侠小说。前几年，"《乱世佳人》热"再度兴起，显示其极为旺盛的生命力。

鲁宾逊·克鲁索早在18世纪初由丹尼尔·笛福创造，夏洛克·福尔摩斯和波洛也在20世纪为柯南道尔和阿加沙·克里丝蒂创造，还有007詹姆斯·邦德以及来自氪星球的"超人"，以特别的叙事策略，造就了特别的受众效应，长久而不衰，此落而彼起，构成大众文化／时尚文化一幅璀璨的图景和记忆。

仅从20世纪20年代到40年代，作为中国鸳鸯蝴蝶派小说主要文类的旧派武侠小说，便约有一百七十多位作者六百八十多部作品。当西方政要以阅读侦探小说和科幻小说调剂心态时，从民国初到抗战时期，向恺然（平江不肖生）的《江湖奇侠传》，尤其是其中《火烧红莲寺》的故事，以及李寿民（还珠楼主）的《蜀山剑侠传》畅销中国大江南北，几乎家喻户晓。50年代鸳派被视为毒草，销声匿迹，80年代重新受到关注，在新派武侠小说走红的今天，新鸳鸯蝴蝶派重出江湖亦未可知。

更值得深思的是，许多大学问家都是时尚文化的追随者和鼓吹者，300年前的明代文艺评论家金圣叹就力排时俗，把《水浒传》与《庄子》《史记》相媲美；胡适是还珠楼主的忠实读者；华罗庚更在1984年的《光明日报》撰文，称"武侠小说是成年人的童话"。

时尚是一种历史

如果把二十年前穿蓝色中山装，提着鱼丝网网着的茶瓶，早上排队打鸡血针，晚上唱"打虎上山"和"表叔数不清"，与今天的穿着松糕鞋，敲敲键盘找虚拟电脑美女，早上去麦当劳找"史努比"和芭比娃娃，晚上去看小鱼儿和盖茨，作一纵的联想和比较；如果把托尔斯泰《战争与和平》中的两个主人公贵族安德烈和比埃尔这两个当时法国最流行的姓，与当今百家姓时尚版"钱赵孙李，周吴郑王"姓氏排列，以含金量度之，作一横的连接和遐想；如果把美女的标准，从30年代的柳眉杏眼，50年代的俊俏朴实，70年代的盘亮条顺（脸盘漂亮、身材顺溜），80年代纯情性感"小可爱"，到90年代的"靓""酷"，不仅要漂亮，还要看神采和装扮，作一纵的概括和联想，不是可以获得许许多多的历史记忆和历史比较，从而深化我们对现实的理解和研究么？至于格林童话、安徒生童话、基督山传奇、鸳鸯派小说的现实化、故事化、通俗化与当今言情武侠科幻小说间的一脉相承的某种玄机，那就更不待言了。

时尚是一种经济

成为全球娱乐的美国电影，是把玩时尚最成功的典范。好莱坞的八项主义：英雄主义、理想主义、浪漫主义、人道主义、唯美主义、神秘主义、乐观主义、拿来主义；七项法规：影片品质、观众定位、品牌观念、经营销售、宣传发行、融资途径、信息统计；这"七七八八"定律，我看就是文学家、经济学家的智囊、企业家的计算和受众者的时尚（消费兴趣和内在心理需求）所铸造的铁三角的构架和统合。这会给我们许多有益的启示。

离开时尚，离开潮流，离开事业已证实成功的理念和规则，离开对这一切的探究而奢谈中国文化走向市场，走向产业，走向世界，我看是很艰难的。

时尚，在近二十年来汹涌疯长、不断隆升，有着深刻的"文革"记忆、历史记忆和文化记忆，有着驳杂的社会心理、个人心理和时代心理，打上了与日俱变与世俱新的文化流变、个性建构、都市消费的深深印记。

概而述之：

一、"文革"的创伤，怀旧的压抑，精神出现空场，创伤而需慰藉自我，幻想而需净化自我，以寻求新的心理补偿。

二、虚拟式的个人重塑，漂泊无根的心灵游荡，需要寻找心灵的替代和庇护，寻找自身的位置。

三、城市挤迫、激烈竞争、寂寞失落而寻觅摆脱伤感、孤立、无奈、无助的良方妙药，江湖世界、娱乐世界、休闲世界是承接个体游荡意识的最佳载体。

四、个人权欲、物欲、情欲、性欲被抑制被禁锢被搁置，时过境迁，青春不再，咀嚼已经失去的和没有来得及做的梦。"过好每一天"的精神驱动而求舒缓纾解、心理兑现。

五、在权、钱、名、利诱惑压迫下，对自身身价、自身价值和自我实现的反省检视、重新置换和确认。

六、文化上从"宏大叙事"、"宏伟理想"、英雄主义、意识形态、黄钟大吕向世俗、温婉、实惠、个人关注、自我天地的转移，探求一种新的许诺、新的借助力、新的生长点和新的满足感。

七、随波逐流、消闲娱乐，宣泄内心迷惑的"羊群效应"心理。

八、对传统窠臼的戏弄和僭越，对想象自由和欢愉自由的嫁接。将纸上的无尽狂欢化作对现实的批判的"狂欢节理论"心理。

等等。

求索时尚，使我们置身时尚而解构时尚，进击时尚而把握时尚，利用时尚而优化时尚，对提升时尚的历史文化含量、提高人们的文化品格和文明涵养、肯定是有益的。

生物学有"群落"一说。遍居于多种层面多种空间的动物植物，我们呼唤和期望：高雅文化与通俗文化共生，大众文化与小众文化并长，阳春白雪和下里巴人合唱，大巴与小巴同存，鲍参翅肚与臭豆腐咸泡菜相伴，你你我我，来来往往，各各明白自己的位置和对方的角色，各各从对方汲取营养乳汁。诚如是，则文化群落大业可兴，文化生态大业可旺也。

广东破茧·中国破局

认识周建平，乃"老奶奶的被窝，盖有年矣"。1994年岁末，我们在东山口小观园酒家聚首，为这部书稿，坐了几个小时。周建平，敏锐实在，才华洋溢，对现实问题，激情澎湃，说起话来，有口若悬河的快感。他背着一个大黑皮包，里面塞满各种资料，给我印象强烈，隐约感觉，此生有一股多角色多色块的"内在冲动力"，兴许会有个高山流水，豁然洞开的新天地。十二年后，再读这部久违了的书稿，咂咂这些年的种种往事，舔舔其中的甜酸苦辣，欢悦无已，读之者再，并欣然应约，写了以下文字。

双剑出鞘

近两年，周建平"双剑出鞘"，环肥燕瘦，各具胜场。

一"剑"，是他在2005年出版的《新时期中国文艺管理体制的研究》。那是一桩跨学科的探求和研究，涉及文艺学、法学、政策学、社会学、文化经济学、管理学等学科领域，纵的方面，对中国古代典籍中的文化管理，梳理归纳，横的方面，对欧美各国、如美国的"社会调节型"、法国的"多元交叉型"、瑞士的"分权自治型"、英国的"三级构架型"以及苏联"中央集权型"等文化管理模式，比较研究。难能可贵的是，他对近十个国家，十多个省（区）和五十多个城市的文艺管理和文化产业作专题调查之后，阅读近千万字的资料，从学理、实践、政策三个层面，就中国文艺管理体制进行整合和状写，对构建新世纪中国文艺管理体制，进行探索和阐释。并应邀到北京大学讲授《文艺管理与文艺政策》《转型期中国演艺业发展中政府角色定位》课程，反响十分热烈。我坦言：这部著作所涉猎的命题，在这个领域具有"食头箸"、前瞻性的学术研究价值，稍加补充拓展，总有一天会成为高校研究抢手的一个热点，看哪家慧眼独到，捷足先登罢了？吾且拭目。

另一"剑"，就是这本《另一视角：1994广东》。这是一项跨文化的对话和抒写。作者以1994年为断面，以拍摄《南方的河》电视专题片为契机，围绕岭南新经济文化"破茧"与中国新文化的"破局"，对新疆、山东、陕西、上海、北京、广东数以百计的精英、众生，作精致探访，真诚对话，挥洒展示。宏论众议齐飞，街谈怪说一色（如北京一所学校竟把粤语教学列入外语教学科目即是）。洋洋洒洒，众声喧哗，有同有异。它如同一个开放的森林，被访者按照自己的兴趣和本事，或激情，或理性，或幽然，或偏颇，在这片森林中，优哉游哉地寻找自己喜欢的果树，或在树林里腾过来，跃过去。

时易世移，沧海桑田，十二年荆棘行过，此书就我而言，是一种迟到的欣慰，读着颇有一种故友重逢、联床夜话、直抒肝胆的感觉，引发我的击节叹赏，或欲攘臂辩难之兴。它又像曲径通幽的酒香，纵然苍凉，但难掩其醇。当年，我对建平"潮菜每年以三百公里速度向北推移"的戏说，如今已成燎原；"圣诞节气氛将取代春节"，前些年已作应验；垃圾岛上盲人老汉的外币汇兑全球金融信息发布，如今已被互联网颠覆；"生猛""靓""买单"，由隐学而显学，进入了国家辞典。而对广东新文化贡献良多的程文超、张木桂、闫宪奇、沈冠祺，都已作古，这也足以让我的心灵颤抖。

就文化而言，中国现代化的进军是在岭南这一海滩登陆，如野火爆燃，一下子在全国烘烧起来，近三十年了，绵绵不断延续着它的辉煌。这就像斜塔在比萨，无可争议。浏览一下本书的满纸云霞，已然告别了的生活，依然使我们能够从中获得更持久的享受和更深刻的思考。

1994这一年

1994年，是广东历史乃至全国历史上云谲波诡、凫趋雀跃，乱花迷眼，转折剧变的年份。封闭的、僵化的、狭隘的传统重力和开放的、时尚的、新生的反重力、托重力反复较量、较劲。政治上，由政治文明向经济文明转型。经济上，由计划经济向市场经济过渡。文化上，精英文化受到大众文化的洗礼和煎熬。在《春天的故事》唱响后两年，这种转型、过渡、洗礼进入到实际生活和日常生活的各个方面。在中国当代的历史舞台上，格局波澜壮阔，多元并立；事件纷繁流动，曲折回旋；人物活泼不羁，众声喧哗。凡是当代潮流时尚的重要元素——贫与富，中与西，南与北，雅与俗，新与旧，旧传统与后现代，都在这里展示。大众文化与小众文化并长，阳春白雪和下里巴人合唱，大巴小巴同存，满汉全席与"麦当劳"相伴，谋生存、寻富裕、玩时尚、求自由都在这里缠绕、碰撞和对峙。广东就是这种新经济文化时代的排头兵和先行者。周建平笔下的1994年广东正是这种文化现象的一个缩影和见证。其具体表证有三：

1. 历史折叠·乱花迷眼。我们折腾了几十年，才忽然明白，原来工业化离不开市场经济，没有市场，真正健康的工业化就无从谈起。我们对工业文明和农业文明的区别，仅仅从生产力的角度来理解，殊不知，农业文明实质上是一种血缘文明，而工业文明，实质上是一种市场文明，想要现代化，想要实现工业文明，就必须义无反顾地闯入市场文明。长期以来，血缘文明成了一种反重力，托重力，拖住了我们向现代化的脚后跟，消弭和制约市场文明的发展。1994年正是农业文明和工业文明的一种历史折叠，思潮上便出现了乱花迷眼，纷繁流动的状态。"新的东西往往不太具有永恒性，只有'共时性'而没有'历时性'"；"过于突出当代性，必然缺乏文化底蕴"；"鬼火也比霓虹灯更富有诗意"，即是这个时段"乱花迷眼"代表性的说法。

2. 真空状态·重找位置。市场经济，原来还有一个与之相匹配的新的人文精神，一种新的形态文化，没有这种新形态的文化和新人文精神，市场文明也是建立不起来的。以经济为中心的时代，文化也只能是经济的，文化形态也同样不可避免地是一种经济文化形态。1994年浑厚的政治文化和新生的经济文化出现了一种令人困扰的失衡，一种令人痛苦的"真空态"，于是，就有了"广东文化正沙漠化""广东文化正殖民化"的说法，倘若，经济文化带来了广东的"沙漠化"可以成立的话，周建平这本书所展示广东新文化正在大举北上，全国都在"沙化"，广东只不过充当了"沙化"的排头兵、先行者而已。

3. 大众"入侵"·时尚"非礼"。这种新形态文化，新的人文精神其精髓就是人本位、社会性。现代化过程，其实就是一个人本位、大众化的过程。只要留心公众的存在，就免不了媚俗，昆德拉所言，我想是有道理的。在西方，巴赫就被认作是下里巴人。当代文化语境中的流行词关键词，生活习俗，时尚图景，消费品位，影视媒体，资讯网络，品牌效应，游戏消闲，也即人类共享着、交流着、传播着，频率流通最高最广或街后巷议或奔走相告或津津乐道的人、事、物，都可囊括在大众性之中。大众性的关键在于大众精神，平民姿态和自由意念。广东最早历经一种新形态文化的生命力的躁动，大众性也就成了1994年广东新文化的一种标志性现象。所谓文化中的"中国问题"，其实也就是一个"广东观念"的问题。因为大众的"入侵"，时尚的"非礼"，有些精英仿若皇上幸了一个不识抬举的嫔妃般的居高临下，不可一世，大众、通俗、娱乐都成了罪过，自然会有"一览众山无"的感慨；有些精英，一边喜滋滋地渴望流行通俗时尚的营养乳汁，一边泪涟涟地叫屈自己被大众时尚"玷污"、"调戏"；还有些精英，仿若刚刚出道的见习医生，不把病人的病说得"病危通知"般的严重，就不足表示他的成熟和权威一般，因之对新生态的文化感到困惑、失语、曲解、错位。其实并非只有崇高才是文化真义，日常的、滑稽的、充满游戏精神的文化，同样有它存在的价值。经典的价值在于它是多义的、有无穷的阐释空间。文化生命力也在于它是多元的。大众性、人本位，它的压迫、它的"非礼"，给精英文化带来无限发展空间，何况许多大众的也就是经典的。

周建平就是在以上语境下来对1994文化大扫描，大思考，其命意结穴之处在："从观念的转换上去把握广东，阐述广东，这也是对国人最有启迪意义所在"。把"中国问题"与"广东观念"融会贯通起来。

三个亮点

鄙意以为，本书有三个亮点。

其一，历史现场与书本历史。

历史是要靠史料支撑的。历史不是可以任意打扮的。本书所表述的历史现场，是作者深入了解过，深切地体察地，深情地怀念过的，他对历史现场的抒写、认知是艰难的，甚至是冒险的。这种召回过去的方式，一方面是通过自己实践的文化构架赋予过去以生命的发生；另一方面这种记忆话语在某种程度上，无视专业历史研究提供的认知程序。而且，这种召回过去是与作者个人经历相连，是对书的历史一种有力的补充，具有挽救史料的重要价值。历史哲学家威尔海姆·狄尔提曾说：理解的先决条件是要经过生活，只有通过它，生活体验才能变为生活经验，才能让理解从狭隘、客观的生活过去，导向一个全部、日常的生活领域。

此外，本书展示和召回的历史现场，借鉴了法国年鉴学派的学说，而认为这个历史现场，不仅仅是精英们的，而是全体人参与由"全体人"完成的。铜川的油价，泰山的广告，延安的"广州发廊"，乌鲁木齐"大姐大"歌舞厅女老板张路，吐鲁番卖菜的薛霞，天地上的女大学生王小玉，乃至陕西省委专门挑2888车牌接送作者的李处长，都参与了、充实了、鲜活了这一"历史现场"，让这个"历史现场"变得可亲可信，可思可感，可圈可点。文化和文明，不是大脑中设计出来的，而是在千百万人的自由努力中产生出来的，就像一株树，需要有人浇水，需要有人植护。

其二，"广东破茧"与"中国破局"。

如果说"国家"代表了一种抽象的、统一的、核心的文化理念，那么具体生活在"地方"上的人群，便体现了实际的文化和生活的习俗的千差万别，不拘一格。"区域""地方"一直被认作是一个客观的、很适用的分析单位。"广东破茧"，是由于广东精神世界发生翻天覆地的变化，其行为规范也随着社会生活各方面和各种制度、各种机制的引进借鉴，而悄然变更，正像厉以宁说的：广东这些年发展变化最大的，就是人的精神观念。"广东破茧"不仅是一个地域概念，更重要的是一个时间概念，它不是一种封闭的狭隘的地方化，而是一种中国现代化中的地方化，一种与全球化贯连的地方化。于光远说的与西安音像店说的，异曲而同工。于说：北京是政治中心，上海是经济文化中心，广东是世界风云出现的中心。西安音像店老板说：这里没有"西北风"，如今刮的是"岭南风"，如今是广货时代。严良堃、徐沛东说：北京人对广东有点看不起，又不能看不起，生动反映北京人都对偏隅一方的岭南剧变的微妙心理。

"广东破茧"，改变了中国人的思维和行为，使中国在面对过去时，往往用现行的思维和行为方式去观察和评判。广东经济文化所凸显的巨大张力，所产生的延续力，对中国认知制度、文化格局的转型，发生了重要的反重力、托重力的作用。杨东平一语中的说：粤文化大举北伐，从经济北伐到文化北伐，构成了一种宏大的文化现象，全方位地改变中国文化的原有格局。

从"广东破茧"到"中国破局"绘出了中国现代化发展的一个鲜明的、真实的历史轨迹。广东赢得历史的敬重，全凭它在中国历史变革中的勇敢、坚韧和变通："有无之间可以易位，大江世事可以变通"；"顶硬上"；"食头箸"；"敢为先"。

其三，互尝互补与微妙对峙。

众声喧哗，有同有异，脑力震荡，观点荟萃，乃时代所赐。铁矿，它的含铁量，酸碱比例和熔化点也有差异，冶炼时不能用同一标准的热量，加入助燃的化学材料也不同。自然科学尚且如此，何况文化。周建平撰写书本的学风是大度的、潇洒的；取欣赏、宽容、理解和磋商态度，让各种文化各种说法并排站立，相伴而行。

对沙叶新的"广东既不是文化沙漠，也很难作为文化摇篮"看法，表示异议。

对郑也夫的"炒更"、"走穴"观点，微妙对峙。

认为即使对"国营"一词，南北解释，观念也不同。

与新疆服装商关于"粤商"特征的对话，很到位，而对刘心武对什么都"有超然的理解"，则由衷赞赏。

凡此种种，作者都有一种器宇去容纳，一种真诚去倾听。但也不因权威而冷却了意义，把历史揉成了一个不方不圆满是褶皱的包子，对历史保持了一种持续性清醒和纪念。这些深刻的历史记忆、文化记忆，有着驳杂的社会心理、个人心理和现代心理，打上了与日俱变与世俱新的文化流变、个人建耕、都市消费的深深印记，十分珍贵。

梁漱溟在《〈论语〉是一种生活》中指出，哲学其实就是一种生活，是一种生活方式，而人的生活方式就是一种理论的实践活动，"思想之飞"是一种极致的体验。"思想之飞"飙升了"极致体验"，"极致体验"实证了"思想之飞"，这用在建平这本书上的阅读上，我想是很贴切的。

是为序。

广东观念·中国问题

"中国现代化的进军，是在岭南这一海滩登陆。"

"叩问岭南，就是叩问中国当下新文化。"

这是1995年我为大型理论书链《叩问岭南》①写的长序中两个结论性的看法。时易世移，十二年荆棘行过，这个看法，从来没有改变，而且更趋明晰和深刻。

现代化与现代性

"现代化"与"现代性"密不可分，相伴始终。"现代性"是"现代化"的理论与价值观念的阿基米德支点。"现代化"是实施"现代性"的过程、行为和目的。

"现代性"是中国当下学界的一个热点议题。有从时间观念上界定，有从政治哲学上解释，也有从宗教、哲学上阐析，我赞同"'现代性'本质上是一个社会学概念，是对'现代'社会的一种归纳和概括，是与'现代化'这一社会进程紧密联系在一起的，'现代性'是支撑'现代化'事业的'时代精神'或价值观念"的论述。②

这种"时代精神"或价值观念，囊括了科学主义观念（即工具理论、客

---

① 《叩问岭南》丛书，黄树森主编。包括谭庭浩《站在城头看风景》，钟晓毅《穿过林子就是海》，杨苗燕《别等我在老地方》（以上三种获1996年广东省鲁迅文艺奖），陈晓武《永远的喧嚣与斑斓》，江锐歆《岭南文化与潮人精神》，1995年、2002年由花城出版社出版。

② 《论现代性的谱系与人道主义的位置》，刘卫国著。

观观察、价值中立、求实精神、实用主义等）、人道主义观念（即自由、平等、博爱、人权、民主、正义、道德等观念）、市场经济观念（即利润最大化、消费、市场、注重实利、扩大再生产）和民族主义观念四种观念。"正是这四个轮子，共同驱动了'现代化'的社会进程。"[1]而"人道主义滋养了其他三种现代化观念，或者说为其他三种现代化观念提供了理论支持"。[2]

"广东观念"与现代性普世原则

长期以来，由于人道主义的权利意识、契约意识、自由民主意识、个人主义意识的退场，由于市场经济意识沉沦和压抑，加上科学主义的缺失，科学技术得不到发展（我们有了原子弹，但没有解决穿裤子的问题）和"中国没有现代意义上的国家和民族概念"（杜亚泉语），现代化四个轮子的集体滑瓦、卡壳、爆胎，中国现代化这部汽车，自然龙钟老态，步履蹒跚，再一蹉跎，真至不救。

中国现代化真正意义上的起步与进军，发端于20世纪70年代末和80年代初，登陆地点：岭南。其标志是：（一）勃发人道主义，人本主义观念；（二）复苏市场经济观念；（三）唤起科学主义观念。中国现代化的岭南登陆，是历史定数、别无选择。这个登陆，是以"广东观念"为支持，为依托。而"广东观念"，也正是与上述"现代性"普世准则一脉相承，融会贯通，加上天时地利，成就了广东的繁荣与辉煌。

"广东观念"的原因

"广东观念"形成，有着独特的地理环境和历史条件。简言之，一曰海洋意识，二曰经商伦理，三曰平民色彩。

海洋意识。在古代社会，岭南北隔五岭，被喻为南蛮之地，与中原勾通

---

① 《论现代性的谱系与人道主义的位置》，刘卫国著。
② 《论现代性的谱系与人道主义的位置》，刘卫国著。

甚少，地理位置上处于一种相对封闭的状态。这是通常的一种看法。但这种封闭只是相对于中原文化，内陆文化而言。从另一个视角看，这种封闭也逼迫岭南扎根于本土文化的自身发展，接受中原传统文化因袭的负担也较少。更重要的是，"面海的文化，早熟（费正清）"，海洋给了岭南人更加开放的条件，"漂洋过海"，这种中西经济文化碰撞嫁接带来的开放性与兼容性资质，使之成为中国沿海地区一个独一无二的"另类"和"异数"。没有大海，没有广东人的漂洋过海，广东的一切会截然不同。史载，唐代广东华侨在海外已达二十万人之巨。在欧风美雨侵袭下，岭南人比国内其他地区的更直接感受着社会矛盾的尖锐，社会动荡的异常激烈，与社会、民族危机的迫在眉睫，岭南人的思想文化观念发生着前所未有的蜕变。这反映在一种突破思想教条的禁锢的要求和由务虚到务实的思想转变。在全国封闭的情势下，广东则处于半开放状态，而面向海洋的开放。

经商伦理。在探讨"广东观念"的时候，我们无法回避早已存在观念的根性原质。由于广东半开放的地理和自然面海条件，广东的商品农业发展较早，商品农业的发达，又推动了广东城乡手工业和农业加工业的发展，带动了广东商品经济的繁荣。本来广东在历史上就是长期对外贸易的通商口岸，又由于清政府开放海禁之后，广州的商业更加趋向繁荣，全国的对外贸易都要经过广州。英国商人威廉·希克在1768年（乾隆三十三年）到过广州之后说："珠江上船舶运行忙碌的情景，就像伦敦桥下的泰晤士河。"[①]正因为如此，在广东的文化观念中，较早地摒弃了中原文化"耻言利"的意识，强调功利和务实，表现在重利而不图虚名，求实而不务空华，夸富而不计尊卑。广东近代维新思想家何启、胡礼垣就提出"商务不兴，则不能与敌国并立"，"经商求之有道，将欲利己以利人也"（《新政论议》）以及"商政""商战""实业救国"等，这些观念后来为孙中山所发挥、承继。强调求之有道，"德商伦理"，成为"广东观点"的一个亮点。广东的崇商强调厚德，强调利己也利人。

平民色彩。海风与西方气息吹进岭南，蓬勃发展的商业经济，近代广东

---

①　《明清陶瓷和世界文化的交流》，朱培初著。

文化具有强烈的大众性和平民化色彩。平民化与商业化的结合，暗合"现代性"必备的两种观念：人道主义、人文主义和市场经济，也成为未来现代化进程的必经阶段和必备武器。如果说在大众化概念下的社会经济状况，主要影响着人们的日常物质生活，那么，大众文化概念下的文化观念，决定着人们在那个时代的文化价值标准和对文化产品的取舍标准，平民性和商业性正是影响人们生存状况最深层因素。

"广东观念"马赛克

戴高乐有句名言："在亚历山大的行动里，我们能够发现亚里士多德。同样，在拿破仑的行动里可以发现卢梭和狄德罗。"在每一种成功和辉煌背后，都在于一种观念支撑；在思维方式、思想深度、职业探索、人生理想背后，观念都有自己独特的贡献。

从1949年到1978年，"广东观念"承传并发展着。

1956年，吴有恒在香港《大公报》发表了《价值规律在社会主义经济条件下的作用问题——对斯大林〈苏联社会主义经济问题〉关于价值规律的意见之商榷》一文，这在中国，系首次对斯氏的"价值规律"论、也是对当时的计划经济发出挑战的檄文。此文给作者带来了一生的祸害。

吴氏论断机趣，犀利：

"如果说，我们可以否认价值法则对生产有调节作用，那么，也还应当看看农民是否也会否认。为什么农民有时不按国家计划扩大生产？那是因为价格太低了。为什么农民嫌价格太低呢？农民根据什么标准说它太低了呢？可见农民自己的脑子里有个价值法则，他看到价格和价值不符，便要来批判。他宁可服从他那个价值法则而不服从我们的计划。例如，广东曾有一个时期，花生价格比豆饼价格还低，农民便说：'怎么搞的，我一担花生卖给你，你把油榨出来了，把渣子卖给我，还要讨我更多的钱？'农民不肯种花生了，农民这样想时，不正是根据价值法则吗？不正是根据价值法则来决定他的生产规模吗？"[1]

---

① 见《吴有恒文选》第二卷，花城出版社1993年版。

　　还有一个卓炯，是中国"商品经济"理论的泰斗之一，有"北孙（冶方）南卓"之说，据此，卓氏被批判了二十多年。在当时的历史境况下，吴氏挑战斯大林，卓氏张扬"商品经济"，惊世骇俗，不啻石破天惊。但恰恰是他们承传并发展"广东观念"中内核十分坚硬的市场经济观念和人道主义、人本主义观念。对此，我们不能自断其流，自堵其源。偌大个中国经济界，对吴氏伟论，视而不见，置之被遗忘之角落，不也哀哉。

　　由于中国长期凝滞，由于中国国情惰性，"文革"以后，已是林莽梢杀、落红无数，旧的观念不愿退位，新的观念也无法萌生，1978年前后，在广东，在岭南，作为中国现代化的登陆地，首先扳开的是观念的"启动源"，背逆潮流的力排众议，存亡之秋的主动承担，勇言人未语，敢为天下先；唯其"敢为先"，才可能打消或云开日出，或慷慨成仁的重重顾虑，冲决风险与困难的罗网，使被雪藏的观念根性原质重新浮出水面。"敢为先"，乃"广东观念"成事的基点，广东发展成功的基石。1978年前后，广东演绎一场余味悠远的观念盛典，在更迭的季节里，摇曳多彩，璀璨夺目。

　　其表征有三。

　　（一）信息刺激，于突围中启蒙。罗马并不是一天能建成的。一种文明，一种观念，一种习俗，不是大脑设计出来的，而是从千百万人长期自由努力而生产出来的，演为历史沉淀和文化印记。历史文化记忆的开启，缘于不间断的信息刺激，使之内化为复兴不竭的精神动力。吴南生首先甩了一铺漂亮的同花顺：①广东报刊于1977年10月最早批判"三突出论""根本任务论""反映真人真事论"；②1978年，广东在全国最早为《三家巷》《艺海拾贝》等被诬作危及作者平反，保护由上海潜逃到广东的国画大师刘海粟；③极具胆识和智慧地召开广东文学创作座谈会，在全国最早恢复文艺团体组织及活动，刚刚复出的"四条汉子"周扬、夏衍、林默涵、张光年专程来参加，说了在北京及其他地方都还不敢说的话，在座谈会上，主席台就座的文化官员通通下台，让位于刚复出的文艺家；④极大热情地支持我为《南方日报》撰写的特约评论员文章《砸烂"文艺黑线"论，为实现四个现代化而创作》，刊登于《南方日报》1978年12月29日头版，极大地推动和促进全国文艺界的思想解放运动；⑤请了一批文化精英到珠岛宾馆看香港武侠电影《苏乞儿》，闻所未闻，群情极之振奋。这种四面出击，接踵联动的信息刺激，震动全国①，致《人民日报》惊诧于广东文化的"思想活跃，组织活跃，创作活跃"，发表专版报道和评论。

（二）复苏记忆，于解构中践行。岭南这个地方，自古以来，就是"东西唱和"华洋界，"南北勾连"的集散带，因此之故，前有对"南风窗""港台风""逃港潮"的批判，后有对"发财"、"致富"、香港电视、流行歌曲、武侠小说的钳制，还有"深圳只剩下一面国旗"的亵渎，也有"广东文化正沙漠化""广东文化正殖民化""美军登陆广州"（指当时青年人流行穿迷彩服）的攻讦。习仲勋说："如果广东是一个独立的国家，可能几年就上去了，但是在现在的体制下，就不容易上去。"任仲夷的"排污不排外"论、"日出而作日落而息"论，谢非、林若"打开窗子"论（不能因为苍蝇蚊子会飞进来而不打开窗子），或廓清界限，或关注人性，或激励开放，时刻保持对闭关锁国、窒息思维、扼杀人性历史文化的痛感，保持一种持久的清醒和记忆，解构而践行。

（三）整合思维，于发展中建构。过去的经济是一种农业经济，是一种血缘文明，现在的经济，要转型工业经济，是一种市场文明。过去的文化形态，是一种政治文化形态，现在搞市场经济，文化形态亦同样不可避免地成为一种经济文化形态。过去的传播，是一种自上而下的权力传播；现在的传播，是一种市场（金钱）传播。在这种历史的折叠下，旧的虚置的某些标尺，渐渐失去效应，需要重新评估。"广东文化繁荣，乃奇特之论"；"新的东西不太具有永恒性，只有'共时性'而没有'历时性'"；"广东固有文化正受到香港殖民文化的逼进，已无独立地位"；"广东观众对《渴望》《编辑部的故事》不感兴趣，而对《婉君》饶有兴味，因为前者来自北京，后者来自香港"；"鬼火也比霓虹灯更富有诗意"；"精神废都比精神深圳好"，都是当时代表性的看法。在广东，吴有恒的"恭喜发财"论，袁庚的"要免除人民的恐惧"论，刘斯奋的"阴阳文化"论，程文超的"欲望本体"论，金岱的"意

---

① 见《手记·叩问——经济文化时代猜想之子丑寅卯》，黄树森著，花城出版社2000年版。《文化与文学》，黄伟宗著，花城出版社1995年版。

义先锋"论，蒋述卓的"城市诗意"论，我的"经济文化"论等等应运奋起，碰撞、切磋、讨论从80年初到90年代中持续了十多年。

"广东观念"的生成，不止于政治精英，文化精英、草根一族的经典智慧，得到清晖浩博，恣肆汪洋般发展，各种观念在各自的"涅槃"中的苏醒，再生和嬗变，洋洋大观而活泼不羁，凫趋雀跃而纷繁流动。

贫富观。"家里越穷，吵架越多"；"富了才能稳"；"有贪（欲念）才有发"；"别人只认钱，我只好去赚钱"；"有钱剩，人就定"。

经济观。要"做大，别人坐凌志，我要坐奔驰"；"搞市场经济就像吸毒，戒不了，只有往前走"；"时间就是金钱，效率就是生命"；"如果不像顺德那样搞，全国就会变成前苏联。"

发展观。"靓女先嫁，不要等到更年期"；"路通财通"；"人旺财旺"；"我们闭关自守，总以为自己的体制最纯，好像马克思只坐在我们的坑头上"；"早行早着，迟行睡唔着。"

民主观。"罗斯福总统四十多年前提出要使人民有免除恐惧的自由，今天仍适用。"（袁庚语）

"基督山伯爵复仇人的办法还不够厉害，最厉害的办法，是给他很大的权力而不监督他，让他自己烂掉"。（袁庚语）"在几条大杠杠下，你们（中央）把我们忘掉算了"，"你们（中央）不拿文件束缚我们，就谢天谢地了"（某广东省人大代表语）。

求实观。"面子是别人给的，要经常翻新美容"；"生孩子难，取名字易"；"一千不如八百观"；"升官破财"；"风雅就是要附庸"；"《春天的故事》要年年讲"。

这些观念，年代久远，出处难以查到，但广泛流行于珠江三角洲一带，大部分可见于文人典籍，如李士非的《招商集团》，徐南铁的《大道苍茫》，叶曙明的《其实你不懂广东人》，对它们的诠释和演绎，则可见于中国第一部反映私营企业的电影《雅马哈鱼档》，中国第一部写市场经济的报告文学《深圳的斯芬克斯之谜》。

"广东观念"——中国问题的广东观察

如果将这些观念马赛克，稍加整合概括，"广东观念"的四大马赛克，即"敢为先"效应；德商伦理；"顶硬上"品格；"捞过界"思维。他与"现代性"四个轮子是融为一体的，是与中国现代化的发展是相伴始终的，它存在于血脉认同的繁衍和传统承传中，又注入了鲜活生猛现代文明因子，"乡土味民间性与国际化是互相照明的"（李欧梵语），它是开启文化真相的唯一钥匙。广东真正的财富，是这种文化真相要义的开发和把握，是这种"广东观念"的总结和提升，没有"广东观念"就没有广东的发展，广东作为中国的排头兵和先行者，首先是中国观念的排头兵和先行者。《雅马哈鱼档》1984年在北京大学预演时，全体大学生起立高呼"广东的今天，就是我们的明天。"俄罗斯、越南等国开放初期动员，放映的也是这部片子。观念力是政策力、行动力、执政力的魂魄和支撑点。撒切尔夫人批评我们："今天中国出口的是电视机，而不是思想观念。"我们乐道于经济GDP，而忽略观念GDP，文化的GDP；我们陶醉于经济魅力，而轻蔑于观念魅力；我们沉浸于盛世狂欢，而忽悠于文化反思，这都是岭南观念文化的弊端，与"生孩子难，取名字易"，重务实而舍务虚，异趣而同旨，不是一个好的策略。

一九八一年关于朦胧诗的一场激战

——序《平沙集》

林英男送来他的诗集《平沙集》让我写序，我欣然应允了。三十年前那段无法超越的印记不可能抹去。神马并非都是浮云。

没有一滴雨会说自己造成了洪灾。但每个洪灾内边却都是一滴滴雨汇集而成的。

我在这个时间段也面临转型，走在从心灵封闭到心灵牧放的历史隧道里。我在20世纪60年代至70年代上半叶，相当文字为"受命行事，鸣鞭示警"之作，"虽是受命之作，有着江湖庸医吞错自配假药的苦衷，也有'大任于斯'的年少春风得意和为'左记'云翳所遮的悲凉"。我在编审职称评审中的这段话，开始摒弃罪孽年代的窒息和崇拜，开始释放悄然萌动的惊异和好奇，开始沐浴潜滋暗长的开放和挣脱，因之与林英男们年轻一辈有了沟通可能。

1981年1月号广东省作家协会《作品》文学杂志，决定发表黄雨批评朦胧诗的文章《新诗向何处探索》。

1980年12月，作为理论编辑的我，约了中山大学中文系在读的大学生，到文德路省作家协会，座谈朦胧诗。就新诗的革新与探索，开了一个会。记得有辛磊，林英男等应邀。辛磊即前些年写长篇小说岭南三部曲之《大清商埠》《大国商魂》的作者之一，第三部《大江红船》尚未写完，辛磊英年早逝，俊才痛失。近期，在和刘中国的闲聊中，林英男是频率很高的一位。这让我重新梳理过往的记忆、审理以往的作为。林英男在那个座谈会上的发言，观点清晰、不同寻常，带有年轻人的理论锐气和敏捷眼光。于是敲定他撰写一篇与黄雨商榷的文章，我问他在七天内，能否完成。林说：没问题。于是，我把黄雨文章的条样交给了林。于是，就有了发表在1981年2月号《作品》上林英男的《吃惊之余——就新诗的探索方向与黄雨同志商榷》长文。

林英男文章，影响极之深广。那时候的《作品》是个很牛的刊物，发行量达七十九万份。即至1982年，《北京师范大学学报》（社会科学版）第6期上，发表了该校著名教授黄药眠的万字长文《关于朦胧诗及其他》，为黄雨辩护并对林的文章进行了全面的反击和批评。

这多少有些吊诡，也令人错愕。一位著名教授，放下身段，对一个未毕业的大学生如此的青睐。一场对新诗的理解歧见，有人力顶有人吐糟，这很自然，却然引发一场南北呼应的激战。张爱玲说"出名要早"，如今衍生开来，说"裙子要短，出名要早"。俊才精英就一定能够艳遇"出名要早"的强大身影么？林英男1982年毕业，遭遇接踵而至，羊城晚报社副总编辑杨家文亲自出面，要林分配到羊晚工作，不成；省文化厅把他列入人才第三梯队，加以培养，也不成；中山大学校方把他打入另册，评语很差，那年代档案如同一个生死簿，要你下地狱就升不了天堂。那时候的《羊城晚报》《南方日报》在中国舆论界很牛，是开放改革舆论的引领者先行者，林英男错失良机，历经了一场命运之战。

这场论战中黄雨提出了究竟哪一种称得上是"新一代的诗"，"新诗如何创新，追求什么；朝什么目标探索"的问题。他从一些新人的片言只语，摘下的关键词是"土埌""人民""不能靠梦活着""时代""改造外界世界"等，他用一个"革命的、现实主义的道路"回答了他所提出的两个问题，而他眼中的朦胧的诗是，"脱离现实，思想苍白，语言离奇，玄之又玄，是个人主义的自我膨胀"，是"梦想自由者的绝望的情绪"。

与黄雨传统的、守旧的思维视野殊异，林英男认为：

"十年五动乱创造出奇特的一代。"

"'五四'证明：醒狮睡了，睡狮又醒了。像'五四'前夜，历史又一次脱节了。亚洲大陆断裂了，在中苏边界；五大洲漂移了，在太平洋相撞。在历史的脱节点，他们'愤怒'；在断裂层喷射的岩浆中，他们'垮掉'；在大陆漂移的震荡中，他们'迷惘'，但他们是站着，站着愤怒，站着垮掉，站着迷惘——站着思考。"

黄药眠的文章，对林英男"青年诗人经常用的手法，是朦胧的意象"；

要有"零星的形象构图"；"富有运动感的急速跳跃"；诗应该有"交叉对立的色彩"；要有"标点改进和'语法'的'主观化'"；写诗要"哲理和直觉的单独表现或熔合"；做诗"要用象征隐喻的手法和奇特的语言结构"七点提纲，逐条进行了分析和反驳。这属于艺术上的探讨，倒也无妨。但黄药眠谈到朦胧诗理论的思想根源时，却有点煞有介事，似是而非，呈现荒唐，做派傲慢。他列举了四条：

1. 看不清客观事物原貌，以及事物与事物间的联系。

2. 把社会里的人都看成是各人自我的活动，变成自我展示的个人主义者了。

3. 没有一个完整的思想体系，没有力量把纷纭复杂事物加以类化。

4. 对祖国的语言修养很差，又不肯虚心地向人民群众学习。今日中国是否具有文化开放性和自我批判度，是否具有现代化思维模范以及是否具有创新能力，是我们必须回想的，不需要拉上老外背书。

这真是文化固化而不撼动的生动写照。

对于时代的看法，黄药眠一面惊异林英男的"博学"，一面提出了他的定谳评语：

"我们讲的是诗，为什么突然要扯到自然界这样的巨变呢；我们应该怎样来对付它呢？""作者幻想出天崩地裂的恐怖的形象，好像地球都快要破灭的大灾难来临了，然后把大灾难作为前提，提出要写现代诗的结论。"

此论真有点不食人间烟火，不知今生何世？还有点晚清朝廷缉拿乱党的劲头。其实，林英男在与黄雨商榷文章中鲜明发出"他脚下的地却从现实世界的大陆分离出去"、到底"是年龄的距离，还是时代的距离"的天问。

1980年，正是在"文革""天崩地裂的恐怖形象"展现之后，正是"大饥荒""大逃港""大灾难"，中国现代化这部汽车龙钟老态，步履蹒跚，一再踉跄，乃至不救之后；也正是邓小平听闻"养五只鸭子就是资本主义"的惊愕，万里看到幼儿在锅中取暖惨相的痛哭，彭德怀看到工人无裤可穿的怒斥之后，这就是中国环境的危为累卵、非开放不可的历史现场和时代形象。林英男的"时代距离"论所表述的一代年轻人的忧患，困惑，正是这场论战的命意点穴之笔。

文学史，不应该只是作家作品的编年史，更应是文艺思潮的发生、发展、替代、转变的历史。文艺思潮，也绝非风格流变的演绎，更应是现代性理念的碰撞，交锋。这场朦胧诗论战的焦点，也正是在"现代性"两个轮子：市场化与人文化。如果这个世界上还有什么共享的文明的话，那也就是这个具普遍世界意义的现代性了。现代性的共享性多样性并存，正是林英男们所孜孜以求的愿景。社会越封闭愚昧，其社会认同，越强制和盲从；社会越开明开放，其社会认同，越自愿和合理。历史的灾难太深重了，它也生成了一种进步，以往的一切都要用实践和理性去重新审理，包括朦胧诗和文艺思潮。中国文化是否具有多元开放性和自我批判度，是否具有现代性思维模式，是否具有自创能力，是我们不可能避开的问题，别老拉上老外背书。

学生时代的创造性，往往被刻意追求一致的工具化社会化过程给扼杀了，如果再加上意识形态，那无疑是对学生才能、性格、命运的摧毁。

六十岁一个甲子，正是知识分子，用自己的磨难、思考和行为，追问和践行生命的终极意义，焕发思想与精神之花那流动而常青的生机，在知识沉淀和经验积累完成之后，奉献社会完善修身的第二个黄金周期。

林英男三十二年前一时苍茫，掩蔽着另一时的辉煌，另一种成功，彰显着另一种精彩：他毕十年之功研究古诗词，写就了这本《平沙集》，和待出的《谢灵运评传》，以及待字闺中的金融投资。

《平沙集》系作者80年代论战之后，三十年间内心感受抒发，志向踌躇呈现，静思超然沉积的一个集成板块，上口耐嚼一色，文采思考齐飞，堪称独树一帜之作。"恶木难成君子翳，鸣条岂是太平林"（《越吟》），"十年转石空留响，两掌搏沙独笑吾"（《自题》），那种突围后的快感，挫折后的坦然，那种凄美；"萧寥晚雨扰禅那，俯仰沈沈问壁呵"，"襟抱一轮沧海月，迷茫即佛是燃灯"，那种生活磨难后的平静，淬厉后的静思，那种禅悟；"六十年愁懼率野，八千里路戴孤星"，"一寸漏灰同此劫，百年海客异乡风"，"屡折民肱无九转，壶翁朝暮作狙公"，那种对家国身世的缅怀，个人际遇的感慨，辗转异乡的吟咏，对仗工整、用典丰富、精当，读来朗朗上口，那种韵律美古典美，都是我所喜欢的。它的诗味浓郁，历史厚重，格律严谨，都是可传之久远的。

是为序。

吴启泰现象

1981年，吴启泰第一部长篇小说《耶稣的光环》连载并出版；是年拍了第一部电视连续剧《金鼎》；1986年，拍了第一部电影《远古猎歌》。

2012年，他出版了我们今天讨论的长篇小说《涛声依旧》。

三十年荆棘行过，吴启泰共出版中长篇十九部，且近乎一半是先连载后出版的；拍摄十八部电影和电视连续剧。大凡连载后出版或小说影视"双栖作家"，都是敬畏市场敬畏读者的。

上世纪90年代，我曾感觉吴启泰作品好看，有品格，在市场经济与精神产品、在艺术独立与人文世俗关怀间的平衡、默契中找到一条仄身而过的第三条道路。那个年代有些精英有着一付像皇上宠幸一个不识抬举的嫔妃般的居高临下，不可一世；有的一边喜滋滋地喝着流行时尚的营养乳汁，一边又泪涟涟的叫屈自己已被流行"奸污"。时尚"非礼"高尚，世俗"暴劫"精英，有此探索，端的难得。创作实力派，当然吴启泰。

及至2008、2009年，在深圳一个文学座传会上，我曾坦言：吴启泰现象，系文学的一个精彩个案，颇值研究，即便放在整个中国文学影视版图上，吴启泰也是一个无需忐忑的符号。

看了一部长篇小说系写近三十年"青春记忆"的。《涛声依旧》以青春记忆中的几对爱情混合双打，把他们的生存状态、人生精彩、情感经历，囊封于步步惊心、密云叠起的奇崛故事里，反刍回味今生今世的挫败与荣光，深情感悟历史行进的困扰和忧患。这是中国开放改革三十年一份灵魂档案，是未来改革深化的一份前沿思考，是《深圳的斯芬克思之谜》第一个状写中国市场经济的横空出世之后，对市场经济形象叙写的承接和赓续。

（一）

《涛声依旧》开宗明义说：是写这里这个年轻城市的青春记忆。

这部小说投影当代中国的三个记忆。

人以什么理由来记忆，一个是以爱恨情仇的理由来记忆，在认知上辨析人类苦难存在和根源，那就是直接毁灭生存、人性的历史，比如大饥荒，"文革"等。

李剑南身处"大饥荒"时代的"大逃港"，放跑了被称作有"重大犯罪行为"逃港者欧琳，而被株连，丢了军籍，亡命深圳。梅樱因为当司令员的父亲在"文革"中受到诬陷，收获了命运的反复无常，"忠诚"蒙受亵渎而带来的人生感悟。欧琳因逃港不成，被通缉、获救、奋起，而牵引出一串串悲恸，忏情故事。没有"大饥荒"的生存威胁，没有"文革"的历史变态。这个故事记忆就成了无源之水，无根之本。

男女间的"那点破事儿"系几组混合双打的爱情组合，以梅樱为圆心的，与李剑南、江伟、胡志军，还有那个周校长四对，贯串整个故事始终，有发小的，有一个大院的，有一个团体的，其他的李、叶小帆、欧琳；江、林静雅；胡、梅、倩倩等几组，呈多空纠缠，衍生出好多条"爱情无间道"。李剑南的邪、雄，江伟的精、柔；胡志军的庸、平。一个醇酒，一个清茶，一个可解渴的白开水，愁酒闷茶无聊水。这是品格层面的。梅樱与胡志军血型为O型B型，同属稀有血型，只要怀孕，非流产即死胎，婴儿无法存活，大人也有生命危险。这是生理层面的。加上性格层面的：李剑南"装孬不吃亏"的锋芒，江伟狡黠而深沉的自负，以及胡志军为梅樱所不齿的"权以势为基，势以权为表"的趋炎附势心口不对的庸俗。社会变革、人性扭曲、性格迥异，往日的爱恶情仇，锅碗瓢盆，磕磕碰碰，演绎一地鸡毛鸭血，导致相互龃龉、相互撕裂、不断崩解，互相证伪之中。

拥有爱情，就不要去碰暧昧。但暧昧的拥有，为爱情提供水土丰满的牧场和浪漫想象的张力。没暧昧的爱情、乏味；没爱情的暧昧，痛苦。暧昧像比基尼，展现诱惑，掩盖重点又是个门槛，过得了是门，过不了是槛。

《涛声依旧》，李剑南与叶小帆的"上床没干活"，是精彩戏胆，也是梅樱"心结"的点穴之笔。这爱和性的无间道，情和理的灰色地带，红颜和蓝颜的橙色走廊，鬼魅妖娆，扑朔迷离，成了小说一个核心密码。叶小帆偷换了"上床"的概念，泛化、模糊、屏蔽"上床"实质。梅樱只认"上床即性交"死理，误信即便是最好朋友的诚实。她忠诚，心里只住着一个人，别人放不进去；她善良，"水要回到泉里"，回到自己的初心、清白、干净。青春里最重要最灿烂的那事儿，此情未央，此情难忘，叶小帆的若放即擒，遮遮掩掩，以隐私利器，敏感杀手，让梅樱挫于暧昧，败于暧昧，在三个相好者中，梅樱由是中蛊一发不可收拾，赶走一个，吓跑一个，只剩下的一个暧昧，遗憾后悔，反躬自省，苦苦等待。

梅樱靓丽得体，聪明过人，发内心之关爱，寻平淡的生活，不依靠父辈权势，凭个人才干历练；不放弃义气友情，挽同辈于狂澜即倒。虽覆能复，不失其度。于生死一线，她救了李剑南；待情敌叶小帆如姐妹骨肉；不齿于胡志军，又和他和谐分手。在爱情搏击、商场厮杀、朋友情谊，不管在海岛成为男人攻占的301高地，还是当了外科医生及至做了一个国营大公司的老总，她奉行的"万善之首必曰信"，如鼎彝古器，陈设右座，旁行斜出，忠诚永在；贵时不浓，贱时不淡，预时不限，取时不忍，美貌依然、忠诚依然、温柔依然。说崇高点，是牺牲，说通俗点，是习惯，是生活方式。

善良和诚信，是一种健全人格的核心表征；恶俗和欺骗，是一种既折磨自己又扰乱别人破坏社会的顽疾。而今，如网上诤言，我们处在一个"骗子太多，傻子不够用"，"只有骗子，才是真的"，"最无德的时代"，梅樱这个形象，作为一个"善"的精神力量，一个"信"的精神平安，淬过了青年伤感光阴练得的，沉淀之后变得更加清爽明白，具有真正的现实意义和深刻的普通意义，这在全球化的进程中，是一个进步的、谋求自身发展的精神阿基米德支点，十分珍贵。

（二）

全球化也好，城市化也好，本质上是一种思维模式，是国民性更新、道德化高扬的问题。城市化，不是土地城市化，政绩的城市化，或给树打针输液、拔苗助长的城市化，而是人的城市化。多元开放性和自我批判度，是我们文化真正具有现代化思维模式的两个杠杆，而在这个问题的共识，在当今是多么的匮乏阙如。

如果说《深圳的斯芬克思之谜》《大逃港》写了市场经济的动因、缘起、背景；那么《涛声依旧》在市场经济步入深水区后，涉及人权秩序、产权秩序和公权秩序更为深层领域。

小说通过主人公李剑南的创业以及电脑高端公司的创建，与万松涛、江伟、林静雅之间的股权之争，发展之辩，用人之异，利益之论，仲裁之别，利益盘根错节，潜规则心照不宣，法理山峦起伏，鲸吞蚕食，移花接木，蚂蚁搬家，陈仓暗渡，构筑了一场步步惊心诡异多变的商场逐鹿和形象展示。

小说为这个记忆，投放了"四重投影"：

一、人权得不到保障，要财产干什么？

二、人性溃败，社会必须为此付出极高成本。

三、人与人的关系，如果像商品，在求大于供的情势下，权力迅速升值，尤须制约和监督。

四、权力成为看不见的财富，市场便没有什么公正。

在人物纠葛与矛盾冲突中，小说人物命运发展，都很耐人寻味。司令员的秘书，因对首长污蔑不揭发而立了功，后来只当了个校长；营级干部的耿大山，当了小区管委主任，而自得其乐，领养了五个孩子；梅樱如果"拼爹"，起码做个市委书记了，而她只凭自身努力在经营一家国营大公司；耿大山的下级胡志军，借着梅家背景和庙堂里的江湖规则，混上了个五品，后来降了二级；而海岛来的最大官员徐团长，身陷囹圄，作了阶下囚。

推动社会发展的"历史愿望""历史诉求"，在诸多社会力量各自表达利益追求的碰撞冲突中，年轻城市的岁月风霜，除了侵蚀人之外，也滋养人的丰美富饶。小说对社会历史的记忆进行了理性积极的正能量思考，李剑历选择了公正，梅樱选择了正义，江伟在利益与友情中选择了友情；流淌出一份无事声张的厚重，一份自在放下的理性。

"道之以德、齐之以礼，有耻且格"，孔子的这种民有羞耻敬畏之心，而且能够改过向善，自我革新，能够抛却前嫌，理性批判，这种价值认同、生命意义和文化冲突，正是呈现现代中国的想象和现代人应有的精神主体。如果社会在任何层面，要实现对人的价值肯定，只是权力和金钱，只剩官帽子、钱袋子这个办法，那就必然造成整个民族万劫不复非人之境。在政治经济上理顺并改革产权秩序、公权秩序和人权秩序，已然成为确然成功和败毁的秋心之点。不仅要把哈耶克请回来，把托克维尔请回来，还要在文化上把孔子、鲁迅胡适都请回来。民意都过河了，权力就不要还在那里摸石头。

（三）

小说中的所有人物都是从他乡来到深圳，获得新的身份，改变自己的生活和命运，同时也参与创造这个城市的历史。这个城市容纳了对世界对生活的大胆想象，混杂、突兀、多彩，它的底色是一个白色，它的中和、缓解，展示的都市生活与都市意识，呈现一股多彩亮色，小说写了都市的精彩，也写出都市的无奈，一别西风又一年，三十年了，作者对于漂泊、孤独进行了另一视角的考量或颠覆。

阶级的本质特征是否等于典型?

——关于小说《金沙洲》的争鸣

  黄冠芳认为:《金沙洲》"比较细致地塑造了几种不同类型的人物典型。"(见1961年4月13日《羊城晚报》:《生活的波涛永远向前》,下简称"黄文")华南师院中文系文艺评论组则认为:"《金沙洲》的人物是不典型的,正面人物不典型,反面人物也不典型。"(见1961年4月13日《羊城晚报》:《略谈"金沙洲"》,下简称"华文")

  结论尽管全然相反,但批评者探求结论的观点方法却是相同的。典型问题是文艺创作中的根本问题,决定着一部作品的成败优劣,万万马虎不得。按照"黄文"或"华文"对典型的理解和批评的观点方法,能否认为如上的结论是正确的呢?不能够。

  试以刘柏为例。"黄文"说他是"优秀的农民干部典型"。理由有四:①他有"坚强的党性,是党的政策的忠实执行者"。②"不怕困难,不悲观失望,对合作化充满了必胜的信心。"③"从不计较个人得失。"④"依靠贫下中农,坚持党性立场和群众路线的工作方法。""华文"却认为从刘柏身上"看不到奋发的共产主义精神,大胆泼辣的工作作风",因而不典型。凭着这种逻辑推理的办法,"华文"在具体分析当中指出:郑部长、刘柏、周耀信……"与他们所处的时代、他们所代表的阶级不相称",不能成为典型;黎子安"丧失群众威信","不具有典型意义";梁甜"思想没解放","摆脱不了封建意识的束缚","在入社问题上看不到她具有远大的理想",不能成为"社会主义革命时代农村妇女干部的典型";从郭细九的"行为和思想活动中,看不出上中农的阶级烙印。因此,也不能成为新上中农的代表"。"黄文"用了同样的办法,列举了郭有辉、黎子安等人成为典型的理由和根据,并责怪《金沙洲》的作者过分渲染梁甜和郭月婵"优柔寡断的弱点和封建思想的束缚"。觉得"经过了一系列政治运动的1956年，这种落后的因素还如此严重地影响着她们，致使人物成长很慢，性格未能充分展开，这是不够典型的"。

令人迷惑：上述两文所引证的那些共同的社会本质、阶级特征或品质就等于艺术典型？抑或代表性即典型？难道农村干部典型就是"共产主义精神""群众路线的工作方法""坚强的党性""群众威信""思想解放""远大理想"等概念的形象化的图解么？如果文学艺术中典型的意义，仅在于此，那跟社会科学反映社会本质的方法何异？文艺又还有什么存在的价值？

当然，艺术典型不能不表现一定的社会本质，反映一定时代的特征，问题在于通过什么来表现？把艺术典型仅仅看做是与一定的社会本质相一致的东西是错误的。艺术典型的创造离不开个性化，离不开形成这种个性的特定的典型环境，摒弃典型的个性化这一重要特征，只看到文学艺术跟社会科学的共同性，抹杀它们之间的区别，那还有什么典型可言？假如某种共同的社会本质、阶级特征或品质就等于艺术典型的话，那恩格斯所说的"每个人是典型"就成为不可理解的了，文艺作品又还会有什么生命和社会教育作用？在评论作品当中，单单抓住人物的社会本质，用社会本质的公式作为框框来分析人物，合则留，歌之为"异常感人的光辉形象"。（"黄文"）不合则弃，断定它"不典型"、"失败"。（"华文"）这难道是正确的么？生活是复杂的、丰富的、生动的，某种共同的社会本质、阶级特征或品质在各种不同的人物身上，就会有不同的表现，同一阶级、同一阶层，也会有不同的个性，简单地套用社会学的概念，是不可能正确分析文艺作品中五彩斑斓的复杂现象的。

"华文"根据恩格斯分析哈克纳斯的《城市姑娘》的原理，由此论证郑部长等人"与他们所处的时代、他们所代表的阶级不相称"，因而不典型。看来"华文"对恩格斯的话是有些误解了。恩格斯在给哈克纳斯的信中说："你所描写的性格，在你所给予的范围之内，是充分典型的了，但是关于环绕他们、驱使他们的行动的环境，那就不能说是典型的了。"恩格斯指出：在伦敦东头工人"最不积极反抗的，是最消极服从命运的，而且是最消沉不过的"这个范围内，哈克纳斯所描写的"工人阶级显示的是消极的群众，不能够帮助自己，甚至不企图帮助自己"（以上本段引文均见《马、恩、列、斯论文艺》：恩格斯《给哈克纳斯的信》）是真实的，充分典型的。而在战斗的无产阶级已经奋斗了五十年光景的当时，"这样的描写就不能说是正确的了"。从这个意义来说，哈克纳斯所描写的工人，就不能算充分典型的。而"华文"由此导出《城市姑娘》的人物不典型的结论，并从这点立论来评价《金沙洲》的人物，怎么说明得了呢？典型现象是复杂的，在分析它的时代，靠划阶级的办法或简单地跟时代特征对照一下，看看它"相称"与否，而丢掉了特定的环境和纷纭万端的社会关系是不行的。其实，"华文"在进行具体人物分析的时候，就违背了原来定下的原理，如对党总支书记黎子安的分析就是一例。是否只要黎子安有了很高的群众威信，他就可以"与他所处的时代"、"所代表的阶级""相称"了？因而也就具有典型意义了呢？显然，问题没有这样简单，这种结论，正是批评者机械套用政治概念的结果，不能认为是正确的。像这些对"典型"的混乱理解，在两篇文章的其他地方也还有，如"华文"认为代表性即典型，这不是"典型是某种统计的平均数"的一种变相说法么！

照这些对典型的理解，推论下去，势必会得出"一个阶级在一个历史时期只有一个典型"，"一种社会力量在一个时期只有一个典型"的结论，分门别类，各得其所。像给人们作鉴定一样，哪几条就是优秀的农民干部的形象，哪几条就是党总支书记所应该具备的，如此而已。批评者这种对典型的片面理解，这种简单的贴标签式的批评方法，不管其主观想法如何，在客观上，难道不是正鼓励了公式化、千篇一律的描写人物和塑造形象么？

作品所表现的和作品应该怎样表现是两回事，不能混为一谈。既成的作品，是不以人们主观意志为转移的客观存在，不从实际作品出发，不从实际生活出发，不分析生活，不分析人物及其所赖以存在的客观环境和人物与客观环境的关系，就难免不拿着自己头脑中预先规定好的框子，用自己的生活经验、生活知识来代替作者的艺术构思，给作品中的人物套上这样或那样的框子，要人物按自己的意图活动，套上了，就说对，套不上，就说歪曲，这怎么能够真实地、准确地评价人物的社会本质和精神面貌？因此，就免不了会认为社会主义革命时代农村妇女干部就不能有一点儿封建意识的束缚；经过一系列政治运动以后，就不能存在所谓落后因素了……并以此来指责作品。

　　通过对《金沙洲》这部作品的典型问题进行认真的、翔实的分析，对于正确地评价这部作品，对提高文艺理论批评水平，对克服理论批评中简单化的倾向，都是有好处的。

不要把复杂的生活简单化

　　华南师院中文系文艺评论组在《没有时代和阶级的代表性可以成为艺术典型吗？》（见1961年6月8日《羊城晚报》，下简称"华文"）一文中，申述：他们所写的《略谈〈金沙洲〉》（见1961年4月13日《羊城晚报》，下简称"略谈"）一文，是从《金沙洲》能否反映我们时代的本质主流这一重大问题出发，比较严格地指出《金沙洲》"没有抓住现实的本质和主流，反映不出我们时代的精神面貌……"

　　根据上述的前提，我们进一步探讨人物的典型性问题，并得出《金沙洲》的主要人物不典型的判断。且先看看这个"前提"是什么？按照"略谈"的论述，这个"前提"的主要根据有两点：①"毛主席在《农业合作化问题》的报告中说，'我们必须相信（一）广大农民是愿意在党的领导下逐步地走上社会主义道路的；（二）党是能够领导农民走上社会主义道路的。这两点是事物的本质和主流'"。而《金沙洲》的作者"没有看到现实的本质和主流，他的眼睛被逆流迷惑了"。而且，"毛主席所论断的'党是能够领导农民走上社会主义道路的'这一本质事实，没有得到应有的体现"。②"毛主席在《中国农村社会主义高潮》一书的序言中说：'农民是那样热情而又很有秩序地加入这个运动。他们的生产积极性空前高涨。最广大的群众第一次清楚地看见了自己的将来。'而在《金沙洲》中却看不到这样的情况"。

　　毫无疑义，毛主席对农业合作化的英明论断是完全正确的，文艺工作者应该通过对它的本质的深刻描写来反映这一伟大的历史事件。

　　但是，"略谈"将反映社会本质的一般规律代替了个别的特殊规律，即艺术是通过典型形象反映社会本质的特殊形式这一规律。用一般的规律，拿到极其复杂的文学现象上去硬套，这是不可能知道作品所反映的现实是不是本质，是不是主流的。

不错，一般规律是从无数的个别事物、个别现象中抽出它们的共同本质特征加以概括出来的。文学应该也必须反映这个规律，否则，便会歪曲现实。但在生活中，并不存在这种抽象，一般只存在于个别事物、个别现象之中，即某一个别事物是某一一般的表现形式。它们是不可分割的统一体。

这无数的个别事物、个别现象是千差万别的。生活不简单，艺术形象当然不简单。刚健中可能充满着婀娜，自信有时恰恰是自卑的表现，不老实，有时是以老实的面孔出现的，悲时可以笑，乐时可能哭。一般规律和个别的现象并不是经常相一致的。这一个个别可以代表其他，却不是代替其他可以和千万人相像，却不是相同。

"广大农民是愿意在党领导下逐步地走上社会主义道路的。""党是能够领导农民走上社会主义道路的。"这是一般规律，是指全国总的趋势而言的。但是，此一地区彼一地区由于具备的社会历史条件的不同、党的领导的强弱、群众觉悟的高低、工作方法的差异，自然就会产生千差万别的个别情况。这些情况中，有的直接地反映一般规律，有的则间接地、经过无数的矛盾和复杂的斗争，才能跟一般规律相一致。试想想，"在党的领导下"、"逐步地"、"走上"，这期间，该有多少复杂的情况，用多少千奇百样的方式，又通过多少形形色色的教育，才朝着这共同的方向走的。毛主席不是说过："严重的问题是教育农民"么？农民既是劳动者又是私有者，农村中各个阶级的成员，在农业合作化运动中，由于他们的经济地位、政治地位、文化情况的不同，就有不同的心理状态和不同的精神面貌，同一阶级出身的也由于经历不同、遭遇不同、物质和精神上的社会影响不同，而表现了不同的性格特征。"文学艺术所要表现的是生活的本身，虽然它也要发现生活中的规律，但它的直接任务不是把生活抽象化；它要直接地表现生活中的现象，而现象一般地说总是比规律更丰富的。"（周扬：《建设社会主义文学的任务》）文学艺术是要通过也只有通过活生生的具体的感情的形象，才能反映社会的阶级的本质特征。而这种本质特征在每个具体人身上，则是通过个别表现出来的，这当中就产生了复杂的、千差万别的情况。如果忽视了这点，要求每个具体的、个别的事物都必须完全符合总的生活规律，以一般代替个别，以抽象代替具体是不行的，也是不可能达到的。

因此，对文学作品中，描绘的具体事物，就应该进行具体的艺术分析，拿着一条原则，不加分析的对复杂多样的具体事物加以量度，就必然堕入简单化和绝对化。因而，上述"前提"是错误的。

现在我们再回过头来看看"华文"依据这一"前提"对典型问题所作的判断。

奇怪得很！根据"《金沙洲》没有抓住我们时代的本质和主流"这一"前提"，离开了典型的个性化特征，怎么能得出"不典型的判断"？难道典型不是共性和个性不可分割的，辩证的统一体么？脱离了个性，只是从"时代的本质和主流"出发，怎么看得出它在"人物"身上有没有"表现"呢？个性是共性具体的感性的表现形式，离开了它，"时代的本质和主流"如何"表现"呢？

诚然，"华文"也声明：我们的文章也认为"典型人物既是时代的阶级的代表，也是活生生的个性"。他们接着说：

"我们不是从概念、定义出发，而是从《金沙洲》的人物实际出发。典型人物既然要具有时代的阶级的代表性，而《金沙洲》的主要人物恰好缺乏这一根本特性，所以我们指出它的主要人物不典型。"

文章中对"概念"的"认为"是一回事，而在具体论述中是否实际运用了，则又是另一回事。应该说，"略谈"在运用的时候，是违背了典型的概念的。其实，就是对典型的概念的论述上，他们往往也是自相矛盾的，前面说了："典型人物既是时代的阶级的代表，也是活生生的个性。"后面接着又否定了这一说法，而认为典型人物既然要有时代的阶级的代表性，而《金沙洲》的主要人物"缺乏"这个，所以就"不典型"。这不是在是否有"时代的阶级的代表性"和是否"典型"之间加上了等号么？有"时代的阶级的代表性"，就是典型，反之，就不典型。那"活生生的个性"该置于何地呢？

"华文"说他们不是从概念，定义出发，而是"从《金沙洲》的人物实际出发"。我们来看看他们的实际分析吧。

在"略谈"的作者看来，郑部长既然是县委的领导干部，应该是一个具有"魄力"，能够"对于当时的形势高瞻远瞩"的人物；党总支书记黎子安既然是一个"丧失群众威信"的干部，"也难设想他具有典型意义"；作为党支部书记的刘柏，本来应该具有"奋发的共产主义精神，大胆泼辣的工作作风"的人物，而作者却把他写成一个"上怕领导下怕群众，不硬不软，老老实实的农村干部"。

人，是社会的人，同时又处在极其复杂的阶级矛盾社会中的。生活中有千千万万的共产党员，文艺中也有千千万万的共产党员。他们有作为共产党员本质特征的一面。但他们所经历的生活道路不同，入党时间有长短，受到革命斗争锻炼的程度有异，工作能力有强弱以及其他复杂的原因，那是千差万别的。比如说：朱老忠是一种党员，严志和又是一种党员；梁生宝是一种党支书，李月辉又是一种党总支书。

"略谈"在谈到典型人物的时候，同样犯了他们分析整部作品的成败时所犯的毛病，即用一般代替个别。在具体研究这些人物的时候，用研究生活的抽象规律来代替对复杂的现象的艺术分析。"略谈"对人物定下的一些社会本质的概念，不是从这些人物的具体性格出发加以分析和概括，而是用自己头脑中预定好的框框，把一般农村主要干部的抽象概念附会上去。

照这样的典型理解推论下去，势必会得出"一个阶级在一个历史时期只有一个典型"的结论。农业合作化时期农村党总支书记应该有"奋发的共产主义精神，大胆泼辣的工作作风"以及其他"农村社会主义革命时代"的"主要正面人物"应该"具备"的"精神"（"华文"），就可以成为典型了。《创业史》里的支部书记梁生宝和《山乡巨变》里的支部书记李月辉和《金沙洲》里的支部书记刘柏典型不典型呢？拿着上面的框框一套，长短合适，宽窄无隙，便行了。像黎子安一类人，符合有"群众威信"这一条，也就具有典型意义了。诸如此类的例子在对郑部长、梁甜等人物的论述中都存在着。这种摒弃典型的个性化特征的研究，不是"把典型仅仅看做是与一定社会本质相一致的东西"么？按文论文，怎么能说是"硬说"呢？

总而言之，"华文"认为：黎子安、刘柏等人物不典型或者不够典型，是因为：

"从具体作品看来，他们是我国农村社会主义革命高潮时期的先进分子，是作品所描绘的特定斗争营垒中的领导者、组织者，但是，他们……没有很好地体现出社会主义、无产阶级的力量。因此我们指出他们的精神境界不高，缺乏远大理想。从我们这些意见怎能推论出：农村干部的典型就是'共产主义精神'等概念的图解的结论呢？"

"华文"并根据这点反问我："社会主义革命时代农村党的主要干部可以没有共产主义精神、没有党性和理想么？""没有时代和阶级的代表性可以成为艺术典型吗？"

我说：完全要有！个性离开了阶级的本质特征便没有了生命，也没有典型可言了，因为典型是共性和个性的辩证统一体。可是谁否认了这点呢？我在《阶级的本质特征是否等于典型》一文中说："艺术典型不能不表现一定的社会本质，反映一定的时代特征……把艺术典型仅仅看做是与一定社会本质相一致的东西是错误的，典型离不开个性化……只看到文学艺术跟社会科学的共同性、抹杀它们之间的区别，那还有什么典型可言？"这是"华文"把典型仅仅看做是阶级本质特征的又一例证。作为"农村社会主义革命高潮时期的先进分子"和"作者所描绘的特定斗争营垒中的领导者、组织者"，黎子安、刘柏等人完全应该"体现出社会主义、无产阶级的力量"、"思想境界高"和有"远大理想"，但，单单从这些阶级本质特征去分析他们典型不典型，就会堕入"概念"的框子，而不能认为是从"实际出发"。我对"略谈"一文关于"农村干部的典型就是'共产主义精神'等概念的图解的结论"的推论，也是从此出发。而不是根据上述引文的"意见""推论出的"。

"华文"还质问我说：如果要谈个性，那么个性也不能离开时代的阶级的共性，光有个性可以成为典型吗？我以为这不是"如果要谈"的问题，而是"必须要谈"的问题。"个性不能离开时代的阶级的共性"，这话是对的。后一句话："光有个性可以成为典型吗？"跟"华文"的题目一样不能认为是妥当的。共性存在于也只能存在于个性中，个性则是共性的具体的表现形式，他们是互相渗透，而不是互相游离，也不是数学的总和，把它们看成相加的两大块。"不应该把'阶级的特征'从外面粘贴到一个人的脸上去……阶级特征不是疣子，这是一种非常内部的神经——脑髓的，生物学的东西。"（高尔基）在创造典型的过程中，个性化和概括是同时进行的，并不存在一种纯粹的，不表现共性的个性。

恩格斯对《城市姑娘》典型问题所作的分析，该如何理解在这一问题上也反映了"略谈"对典型理解上的混乱观点。

1960年出版的马克思、恩格斯《论艺术》中，将恩格斯给哈克纳斯的信中的这段话："你所描写的属格，在您所描写的范围之内，是充分地典型的，但是关于环绕他们、促使他们行动的环境，那就不能够这样说了。"（人民文学出版社，第9页）作了一些小小的改动，即把原版本的（指《论艺术》以前的一些版本）"那就不能够说是典型的"一句改为"那就不能够这样说了"。这一改动，意思较原来更贴切，当然其基本意思还是一样的。即使按照原来的版本，也得不出像"华文"那样理解的结论。恩格斯的这段话，清楚地说明了典型性格和典型环境不可分割的统一关系；说明了典型形象的相对意义，他说哈克纳斯《城市姑娘》在"伦敦东头"这一典型环境里，是"充分地典型的"，而从战斗的无产阶级已经战斗了五十年光景这个更大范围的典型环境来说，"就不能够这样说了。"即不能认为是"充分地典型的"了。恩格斯也是从这个更大范围来要求，认为"这样的描写不能说是正确的了。"这里的"正确"并不是"典型"的同义语。恩格斯对《城市姑娘》的典型意义（尽管还不是"充分"的）给予了一定的评价，他指出《城市姑娘》的主人公之一的格朗特是"一个杰作"。因为哈克纳斯"在格朗特身上描绘了在政治激进派和所谓'工人之友'假面具下掩藏着冷酷无情的资产阶级市侩和野心家的典型"。恩格斯对哈克纳斯这部小说及它的续作《作业者》"都很珍视"，"因为它们具有着真实性和女作家对无产阶级的同情"。恩格斯力求使《城市姑娘》和《失业者》能为德国工人阅读……（马克思、恩格斯《论艺术》第381页卷末注释）。"华文"在这个问题上把典型性和典型意义的高度混合起来了。好像只有典型意义高的才能算是典型，否则就不是。这样就把典型性问题绝对化了，而没看到典型的相对性性格，其典型意义当然有高低之分，后者所形成的典型性格其意义就高得多。典型环境是具体的，因而也是复杂的、多样的，而不是抽象的、单一的，它和社会的历史的脉搏跳动是紧密联系着的。不能因为有了"无产阶级参加了五十年光景战争"时代所形成的典型环境，而说《城市姑娘》所反映的"伦敦东头"的环境就不典型了。因而只有在前一种情况里产生的典型才是起初的，而后一种情况所产生的就不算真实了。这个问题要从具体的社会历史背景及作品所反映的实际出发，而不能把它和思想意义的高低等同起来。有的典型意义很高，有的不那么高，有的典型概括了整个时代，有的只对某一社会集团的某一方面进行了典型概括，这其中原因很多，所反映的社会效果也各各不同。不能同日而语，一视同仁。

"华文"在最后为他们硬套式的批评方法辩解时说：

"我们根据文艺批评的一定准则，根据一定高度的美学观点去衡量《金沙洲》，指出作品的不足之处，就被认为是'自己头脑预定的框子'。'林文'还提出应该把'作品所表现的和作品应该怎样表现的'分开来。如果看不到它们之间的密切联系……这样一来，文艺批评的任务就难以设想，文艺理论这一门科学也只好叫做主观主义的文艺框框了。"有两个问题需要搞清楚：（一）"根据"是一回事，"指出"又是一回事，从上面的剖析来看，"华文""根据"的东西都是对的，但在"指出"的时候却用主观愿望代替了客观实际。并不是有了"文艺批评的一定准则"和"一定高度的美学观点"就万事大吉的。（二）"作品所表现的"是客观实际，"作品应该怎样表现"是主观愿望，在从客观实际出发对作品作了深刻的、细致的具体分析以后，可以对作品的不足提出改进意见，帮助作家提高。但在没有对作品的客观实际作出分析以前以自己的主观愿望代替客观实际，以自己的意识来决定客观存在的东西，就会掉进"主观主义"的圈子，"略谈"一文所表现的，不正是这个问题？

对这些文艺理论批评中的重要问题加以深刻的认识，并用之于实际，是很重要的。这能说是在"概念"上"兜圈子"？很难设想，对这些问题认识片面，怎么能够对《金沙洲》作出准确、公允的评价。

论　说

《题材纵横谈》（专著节录）

我们可以给题材的内在规律作一结论，即：它有着客观的多样性，又带有主观性，是主客观的和谐共居；它融贯于艺术构思始终，又要适应欣赏者广泛普遍的需要。

前言

一

举凡文艺工作，领导、创作、评论、欣赏、编辑，无一不和题材结下不解之缘。

不时会遇到"题材太尖锐""题材不合时宜"的诘难。不时会碰到题材的"雷同""撞车"的苦衷。

有时要研究"题材平衡""题材比例"的技巧。有时出于鼓励，又需要有题材的"安慰赛"和"特别奖"。

这边有"题材决定论"的干扰，那边有"题材无差别论"的纷争。还有所谓"重大题材""重要题材""尖端题材""非尖端题材""大题材""小题材""一般题材"等许许多多叫人头晕目眩的问题。

某些属于"歌颂"性题材的作品，无论怎样施行"瞒""骗"，也无论怎样的"假、大、空"，照例放行，绝少非议，而某些属于"揭露"性题材的作品，无论怎样振聋发聩，激励启迪，亦是指责多多，关卡林立。

题材维系着创作的繁荣和评论的活跃，也维系着文艺民主的发扬和作家权利的保障。

二

纵观三十多年的中国当代文艺，每当题材的"广泛""多样"兴起之后，"重大题材""尖端题材"便要来收拾局面。每当题材落膘掉肉，在劫难逃之日，便是政治运动、阶级斗争风狂雨骤之时。到了"史无前例"的那十年，文网恢恢，疏而不漏，作家逃避文祸犹恐不及，遑论题材广泛、多样。因题材罹难者有之，陷囹圄者有之，杀身者有之。个中凄凉，凡与文艺沾过边的人，或许都有幸体验过。

三

题材问题的纠纷起于何时，不甚了了。但从林林总总、复杂而有趣的现象来看，不是当今才有，而是古已有之；不独中国存在，外国也概莫能外。

中国古典戏曲家，常常借用历史上的帝王将相、才子佳人的"韵人韵事，谱之宫商，聊抒其垒块"（见钱谦益《眉山秀·序》），这大概多系指历史题材吧。清代文艺评论家李笠翁有"传奇十部九相思"之说，这大抵说的是"爱情题材"。

古代还有人提出，文艺要"传时事"（见《远山堂曲话》），翻译过来，也不外我们今天说的"当代题材"和"现实题材"吧。

明代还发生过因为传奇中点了某些奸佞官僚的大名，他们便用送厚礼的办法贿赂作者，请求作者把自己的名字从剧本中勾掉的故事。这就牵涉到某些"暴露性"题材的功能和作用了。

四

安徒生的某些童话，曾取材于西班牙的小说和传说。茅盾的某些童话曾取材于《一千零一夜》。拿破仑侵入俄罗斯的时候，列夫·托尔斯泰还没有出世，但在《战争与和平》中，托翁以他波澜壮阔的笔势，描绘了波罗金诺之战，这其中，也当有个题材的直接与间接，内在与外在的关系问题。

五

有人认为："题材的本身，它还是不具备价值意义的"①。在1979年举办的香港文学周上，也有人认为，题材是"原料"，是"表面的"，具"客观性"。美国女作家玛丽·麦卡锡指责当今美国某些文学作品"毫不隐讳地描写性欲并不是小说家的好题材"。另一位小说家兼评论家约翰·加德纳也在近著《论道德小说》中对这类题材倾向提出了严正的批评。日本作家川端康成写老公公和年轻的儿媳的"梦幻般的爱情"（《山之音》），写年青的儿子和亡父的情人通奸（《千只鹤》），写老男子玩弄服安眠药而昏睡的妓女（《昏睡中的美女》）。看来，题材是带主观性，还是客观性，抑或主客观的统一？题材本身有没有意义？也都还是中外关注，需要探讨的一个理论和实践问题。

六

爱国诗人陆游，当他"看到一幅画马，碰见几朵鲜花，听了一声雁唳，喝几杯酒，写几行草书，都会惹起报国仇，雪国耻的心事，血泪沸腾起来"（钱钟书：《宋诗选注》），写出饱和着爱国情绪的光辉诗篇。"小题材"，日常生活题材，"家务事，儿女情"，能否反映重大社会生活意义？也是一个不容忽视的问题。

七

19世纪的契诃夫，曾写信给他的妻子说："目前我在写一个短篇小说，叫做《主教》，这个题材在我脑子里已经盘桓有十五年光景了。"②高尔基同时代的作家尼古拉·加陵，曾向高尔基讲述过一个看林人的故事，高尔基听了印象十分深刻，鼓励他写出来，加陵说："这不是我的题材，这是契诃夫的，写

---

① 《关于题材的时代感——兼评短篇小说〈闯关记〉》，见《雨花》1978年第10期。
② 《契诃夫论文学》第322页。

这个需要他那种抒情诗的幽默"，这不仅道出了选择提炼题材的甘苦，还触及到题材与生活，题材与构思，题材与风格等一系列的问题。

八

20世纪70年代，日本掀起了一股以中国历史为题材的历史小说热潮，写日本和尚弘法大师，写中国高僧鉴真，写奈良朝诗僧阿倍仲麻吕同中国诗人李白、杜甫的友谊，写"丝绸之路"，如司马辽太郎的《空海的形象》，井上靖的《天平之甍》《敦煌》，依田义贤的《望乡诗》等。这其中，又牵扯到如拉法格所提出的"题材可以从外国输入"的问题[①]。

九

1949年以来，我国文坛关于题材问题的几次大争论，每次文艺高潮到来，关于题材的议论、探讨文字之多，更是浩如烟海，笔难尽述了。

从这些驳杂纷纭的文艺现象，从这些散繁如云的理论头绪中，题材岂止是个"问题"，简直是个专门的学问，在文艺理论中建立一门"题材学"，也不为过，题材于创作的兴旺和繁荣，于理论的发展和创新，关系至大。

十

粉碎"四人帮"，特别是党的十一届三中全会以来，题材之多，盛况空前，诚是春风骀荡，扑面而来，令人击节欢歌。也只有在今天，才具备了真正从理论到实践上解决题材问题的土壤和条件。

---

① 《拉法格文学论文选》第11—12页。

十一

笔者不避陋俗，在这里，记下我零星的感受，点滴的回忆，和片断的思索，或纵或横，或详或略，横七竖八，扯到哪算哪。

套用萧纲《诫当阳公大心书》中的一句话，"文章且须放荡"，叫做"题材且须放荡"，这就算是本书上篇的"题旨"吧。

一花一世界·一叶一如来
——题材的内在规律之一

巴尔扎克曾经说："我企图写出整个社会历史。我常常用这样的一句话说明我的计划：'一代就是四五千突出的人物扮演一出戏。这出戏就是我的著作。'"[①]

巴尔扎克毕生写了九十多部小说，仅《人间喜剧》，他就拟定了庞大的题材计划，包括有《哲学研究》《分析研究》和《风俗研究》三大部分，光是《风俗研究》就包括了法国社会的各个方面，如私人生活，外省生活，巴黎生活，政治生活，军事生活，乡间生活。其中，各方面的生活又包含了许多的人物和故事。据统计，在《人间喜剧》中，出现的人物竟达二千四百多个。尽管如此，巴尔扎克也仍然未能完成他的计划。事实上，世界上任何国家任何时代的任何一个作家，都绝不可能把它所处的社会生活的一切方面，全部描写表现出来。

俗话说，"一花一世界""一叶一如来"。生活的长河是无穷无尽的，生活的领域是广阔无垠的，生活的形式是变化万端的。这种客观生活的无限性和多样性，必然给创作提供丰富多彩、永不枯竭的题材内容。举凡一个国家的兴衰，一个民族的斗争，一个家庭的变化，一个人物的悲欢，大至太空生活，细至内心感情，远至女娲补天和共工与颛顼争帝以前，近至航天宇宙、未来世界以降，山川草木，鸟兽虫鱼，社会生活，各个方面，都可以作为题材入文。

---

① 《致〈星期报〉编辑意保利持·卡斯狄叫·先生书》，《文艺理论译丛》1957年第2期，第35页。

所以中国文艺理论家钟嵘在《诗品·序》说了诗可以"照烛三才，辉丽万有"那样很有见地的话。所以，菲尔丁讲："人性这样一个广阔的题目，却是无论如何写不尽的。"①

题材之所以具有无限性和多样性，还因为作家由于思想、感情、性格以及世界观等方面的原因，对客观生活的认识，不尽相同，而是千差万别的；即使是同一作家本身，对生活的认识，由于这样或那样的局限，也不可能一次完成。所以福楼拜认为："连最细致的事物里也会有一点未被认识过的东西。"②作家反映生活，是通过具体的感情，形象，通过典型性格的创造，而且，这种反映和认识，既可以依赖于直接的实践，也可借助于间接的知识，还可以根据生活的面貌进行想象和虚构。

生活的宽广无垠，想象的纵横驰骋，也就为文艺创作提供无限丰富、取之不尽的题材，使题材具有现实生活的森罗万象和纷纭繁杂。

题材的无限、多样，正体现了文艺反映生活的规律。被称作"永恒"的爱情题材，从《诗经》到现在，在不同时代不同作家的笔下，虽有精品，也不乏滥作，但就题材而言那真是仪态万千、多姿多色的。可以说，一部文学史，首先是一部题材的多样史、发展史。文艺题材，既有写星球大战〔（美）乔治·卢卡斯：《星球大战》〕，写拿破仑侵入俄罗斯那悲壮丰富的历史长卷〔（俄）列夫·托尔斯泰：《战争与和平》〕，也有写小雄猫因为厌倦了舒适生活，逃出去与野猫为伍，追求自由的幸福生活的区区小事〔（法）左拉：《猫的天堂》〕；既有反映中国可歌可泣、广阔壮丽的革命历史斗争（杨沫：《青春之歌》），也有写七十多岁的老人因怀念亡妻而痴狂、死亡的故事〔（美）德莱塞：《失去的菲宓》〕；既有写贾宝玉和林黛玉那样的爱情婚姻悲剧（曹雪芹：《红楼梦》），也有像丹麦童话家安徒生那样，从套鞋写到夜莺，从皇帝、大臣写到奶妈、守塔人。

在题材问题上，规定能写什么，不能写什么，是违反文艺反映生活的特点的，违反人类认识生活的规律的。一个国家，一个民族，在某一特定的历

---

① 《关于现实主义创作的理论》，《文艺理论译丛》1958年第1期，第208页。
② 莫泊桑：《"小说"》，《文艺理论译丛》1958年第3期，第175页。

史时期，根据自身的政治，经济和国民生计，有着它的斗争和建设的任务，有着它的总的时代主题。有责任感的、进步的、革命的作家，应该选择和表现能够反映强烈时代主题的题材。但是，这个总的时代主题，并不就是所有文艺创作的主题，更不可机械套用到文艺的题材上，甚至与题材等同起来。诸如那种"回忆革命史，歌颂大跃进"、"大写十三年"之类的题材口号，是不可能包括题材无限宽广的生活内容，也不可能满足人民群众从文艺获得教育、认识、知识和娱乐的广泛多样的需要和要求的；它只会有形或无形地变成对题材防范掣肘的清规戒律，束缚作家对题材遴选抉择的想象翅膀，限制文艺创作的旺盛繁荣。

题材的广泛、多样性，是一个时代文艺创作繁荣的标志之一；题材的狭窄、单一，则往往是思想窒息、文化萧条、创作衰败的显著表现。作家的名家辈出，各骋骥骤，作品的千汇万状，百花纷呈，往往是伴随题材的丰富多彩、琳琅满目而生。唐代，是我国诗歌发展的鼎盛时代，仅见于《全唐诗》一书，就有二千三百多个诗人所作的近五万首诗，其中如李白、杜甫、白居易都是享有世界声誉的伟大诗人。唐代社会各个方面的现实生活，都在诗人的笔下涌出，以各种风格和形式，得到广泛而充分的反映，对中华民族和世界文化都作了卓越的贡献。欧洲文艺复兴时期，以它深刻的思想内容，高度的艺术概括，包罗万象的题材和人物，反映了这一历史时期社会生活的真实面貌，对欧洲文学和人类文化的发展起了巨大的历史推动作用，出现了像莎士比亚、塞万提斯、拉伯雷等一批伟大的作家。

我国社会主义文艺三十多年来，1956年，1959—1962年，特别是粉碎"四人帮"后的1976—1981年，出现了三次文艺创作高潮，是题材大放异彩的时代。尤其是，1976—1981年，由于为人民服务、为社会主义服务和"百花齐放，百家争鸣"方针的重申，文艺民主春风的拂煦，对文艺领导中"横加干涉"现象的揭露和批评，题材领域不断扩大、广泛、充实。如政治、军事、经济、文化各个领域，个人、家庭、社会各个方面，干部、群众各个阶层，爱情婚姻，法庭斗争，刑事侦查，维护法制，平反冤狱，整顿企业，选举干部，揭露特权，批判官僚主义和无政府主义，经济改革，"五讲四美"，中越边境自卫反击战，中美和中日友好，台湾人民渴望祖国统一等等，都得到重视和反映。短篇小说，开其先河，话剧小品，成批涌现；中篇小说，杂文随笔，异军突起。建国以来，从来没有像今天这样的题材广泛多样，像这样的笔触纵横，伸向社会生活、历史生活的各个方面，加上优秀传统剧目的重新开放，历史小说故事的崛起，《重开的鲜花》的再放异彩，中华人民共和国成立后前十七年中为数众多的文艺作品的重新出版、上演和放映，堪称是中国新文艺复苏、繁荣、发展的崭新时期。

而在林彪、"四人帮"肆虐横行的十年间，施行封建法西斯文化专制主义，大搞"焚书坑儒""罢黜百家"的"全面专政"，题材不是地下斗争，便是抓阶级敌人，寥若晨星，屈指可数，一片衰败、萧条。

多样的题材，又往往是一个作家成熟的标志之一。题材的多样，往往意味着作家生活的丰富性、广阔性和认识生活的深刻性。鲁迅先生一生中留下了七百多篇杂文，题材极其多样、广泛，一切不良的社会观象，一切封建反动腐朽的文学现象和落后倒退的言行，都在鲁迅的抨击、扫荡之列。无论政治、哲学、历史、文化、教育、科学等各个领域的社会生活，都在鲁迅笔下有所反映和表现，成为中国新文化的伟大主将和不朽巨人。巴尔扎克自称为"文学界的拿破仑"，他曾宣称，拿破仑用剑做不到的事，他要用笔做到。他是有这个生活资本和生活库存的。一部《人间喜剧》提供了法国"社会"，特别是"上流社会"的"卓越的现实主义历史"①，就足以使他不朽了。

题材的多样、广泛，不仅需要创作的具体实践，而且需要正确的理论总结。题材，可称得是文艺理论中一个专门的学科。举凡艺术构思的全过程，主题的开掘和确立，人物性格的塑造，风格的发挥，体裁形式的选择，无一不与题材有关。在文学发展的历史长河中，常常会发生某一时期某一题材大量行时，成批涌现的现象，如唐代传奇小说中的爱情婚姻题材，又如1961年在剧本创作中的卧薪尝胆题材，可谓浩淼，一律指责为公式、雷同，"题材撞车"，于文艺创作的发展无补，对此应作比较、分析、研究。在我国当代文学发展高潮期的1961年，茅盾就曾对他搜集到的以越王勾践"卧薪尝胆"为题材的五十多种剧本（据茅盾统计，从1961年秋冬至1962年春，这类题材的剧本，当以百

---

① 《马克思恩格斯选集》第三卷，第462页。

计），进行过繁重的然而是"饶有兴趣"的专门分析和研究，归结这类剧本的四大优点，以及九种不同的开场方式，三种不同的结局方式，认为这"许多同一题材的剧本在艺术构思上的确呈现了百花齐放的盛况"。他还指出，历史剧的题材之广泛，"是惊人的"，它"几乎包括了我国每一历史时期的重大事件"，这些作品在取舍史实，塑造人物以及协调历史真实和艺术真实的关系方面，积累了丰富的经验。"总结这些经验，是一件大工程"[①]，需要作专门的研究。茅盾解剖的只是历史剧中几只麻雀，至于中国古典戏曲的历史剧题材，以至四百多种地方戏传统剧目的历史题材，有大量的工作要做，更不用说其他文艺种类以及中国当代文学中的题材的比较和研究了。这种比较和研究对于题材的开发和扩大，其重要意义那是自不待言的。

多样性，是题材的血肉和灵魂，是题材最重要的内在本质之一。

《铁冠图》《永昌演义》和《李自成》的比较
——题材的内在规律之二

和《李自成》比较，《铁冠图》《永昌演义》和《李自成》，都是以明末李自成起义为题材的文艺作品。

京剧《铁冠图》，对农民起义领袖李自成，是憎恨的，咒骂的。陕北李鼎铭先生的儿子李健俭，在30年代，写过一本小说，叫做《永昌演义》，作者对李自成的个人品质是喜爱的，歌颂的，但对李自成领导下的整个农民革命活动，却是贬低的，排斥的。而姚雪垠的长篇巨著《李自成》，则计划以五卷、三百万字的篇幅，再现以李自成为代表的明末农民战争的曲折复杂的历史进程，以及明清两个朝代的更迭。从已出版的三卷，我们可以看到，作者热情歌颂和赞美了李自成为代表的农民革命活动，深刻揭露和鞭挞崇祯皇帝为代表的封建地主反动势力。

同是一个李自成，在三个作者的笔下，有着三种不同的角度，三个不同的李自成形象，提炼出三种不同的主题。这其中，不仅有是非之别，而且有高

---

① 《茅盾文艺评论集》上册。

低之异，深浅之分。个中原因，盖因"做手不同"耳。

题材，是客观现实生活在作家头脑里的反映，生活的多样性决定了题材的多样性，这是第一性的，在上一篇，笔者已作了简要的阐述。但是，这仅是问题的一个方面，从文艺的理论和实践来看，题材不仅具有客观性，而且带有主观性。高尔基关于题材问题曾作过精辟的论述，提出题材要受两个条件的"制约"。他说："文学作品题材的形成，要受两个条件的制约：一个是受作家生活实践的制约，另一个是受作家的阶级立场和世界观的制约。"茅盾对此也发表过很有见地的主张：

> "没有一个作家是纯客观地在观察生活。纷纭复杂的现实，在作家头脑中所产生的各种各样的反应，——他所接受的，或者排斥的，喜欢的或者憎恨的，唤起他想象或引导他作推论的，那是受他的身世、教养、生活方式等等所形成的思想意识的操纵。作家按照他自己的世界观去解释现实，分析现实，并且从现实中拣出他认为是主要的、能够说明他的思想的东西，经过综合、改造、发展的程序而最后成为创作的题材。"[①]

但是，在使用题材这一概念时，有一种看法，认为题材就只是"描写现象和客观实际生活"，或"可以作为写作材料的社会生活，社会现象的某些方面"[②]。另一种看法则认为"题材的本身，它还是不具备价值意义的。"[③]还有一种意见认为："'题材'是原料，是表面的，具客观性，而'主题'是经过提炼的，是内在的，带主观性"[④]。

我们通常认为，素材只是原始的、零碎的、琐屑的，或并未包含什么意义的生活细节和生活现象，是纯客观的东西。而题材则并不是一个凝固的、僵

---

① 见《关于艺术的技巧》，《茅盾评论文集》上册，第61页。
② 转引自1961年第3期《文艺报》专论：《题材问题》。
③ 见《关于题材的时代感问题——兼评短篇小说<闯关记>》，《雨花》1978年第10期。
④ 见香港《明报周刊》1978年8月。

死的客观实体，它是生活现象、生活素材，经过选择、比较、加工、改造、发展，组织成为作品的一个内容因素，它更具有情节性。所以，题材并不就是木工手里的材料，它是筛选、过滤过的可用材料，它并不就是酿酒者手中的米、麦，而是经过发酵、酝酿的佳酿，做手不同，酒味不一，而酝酿愈久，则其味愈醇。

这种筛选、比较、加工，就无不包含着作家的爱憎好恶，情趣风格，无不包括着作家对生活的熟悉、认识，理解和评价程度，受着作家思想、感情和世界观的制约。因而，题材本身，就蕴藏着意义和价值，是带有主观性的。

"四人帮"时期编辑的《辞海》文艺条目中认为："作者选择什么题材，如何处理题材，取决于他的创作意图和他所要表现的主题"。强调从个人的主观意图出发来选择和决定题材，无视题材的客观性；这就从根本上颠倒了题材和生活的关系，在理论上是说不通的，显然是片面的、错误的。而在实际上，必然导致用某一时代精神、政治术语、政治概念，作为划定和取舍题材的范围和标准，束缚题材的多样化，造成公式化、概念化作品的泛滥，甚至为反动的政治需要所利用。

然而，那种否认题材的意义和价值，摒弃题材带有主观性这一特征的观点，也同样是不可取的，片面的和有害的。所谓"题材无禁区"，就是这种观点指导下所衍生的一种提法。离开作家的生活和特长，规定能写什么题材，不能写什么题材，允许表现什么，不允许表现什么，那叫做粗暴干涉。但是，任何一个社会，任何一种文艺，都不可能没有自己对题材的取舍标准和界限。写同性恋，写一个法国姑娘和猴子谈恋爱，写一个牧羊人与羊发生性关系，这在西方国家是颇为流行的题材，而在另一些国家则要受到抨击和抵制。这里面有着政治、思想、道德、习惯、风俗多方面的因素，都不会是纯客观的，绝对的"无禁区"。更不用说我们社会主义的文艺了。

从文学发展史来看，同一题材，由于对生活选材角度、概括程度和评价标准的不同，因而对题材意义的开掘，艺术成就的高低也就各异，这是屡见不鲜，俯首可拾的。

同一个曹操。在郭沫若的《蔡文姬》中，被渲染为广罗人才，力修文治，是一个叱咤风云的英雄形象。无独有偶。清代曹寅的传奇《续琵琶》，也是以蔡文姬为线索，写了曹操的整个政治生涯，如歃血结盟，起兵讨董，迎驾许都，铜雀大宴等，基本上走的是《三国演义》的路子，曹操也是作为一个有谋略、有胆识、有魄力的英雄形象来刻画的，而有损于曹操形象的，诸如割须弃袍，受左慈戏弄等狼狈周章的处境，则一一删节。据考证，这可说是中国戏曲史上目前知道的第一个把曹操作为正面英雄的剧目[①]。而在京剧《捉放曹》《火烧博望坡》中，曹操就被刻画成心窄多疑，手段凶残，是一个"宁教我负天下人，休教天下人负我"的屠夫奸贼，是一个割须弃袍，落荒而逃的奸臣形象。自北宋以来，把曹操当做奸雄的剧目，更是不可胜数的了。

同是写妓女与书生恋爱。《杜十娘怒沉百宝箱》，写了杜十娘敢于怒责李甲和孙富，并把稀世之宝连同自己的身躯一起付之江水。《卖油郎独占花魁》，却写华瑶琴经过重重挫折，最后决心抛弃衣冠子弟，而真心诚意地委身于一个卖油郎。《一件意外事》[（俄）迦尔洵]则写了一个妓女同穷大学生（洋书生）相爱，通过妓女的言谈风度，思想感情，揭露了沙俄时代的逼良为娼的黑暗现实。

同是写人力车夫。胡适的诗《人力车夫》，描写一个乘客看到车夫的"年纪太小"而"心中惨凄"地坐上他的车的情景，流露了一种出于人道的同情和怜悯。沈尹默的诗《人力车夫》却揭示了"人力车上，个个穿棉衣，个个袖手坐，还觉风吹来，身上冷不过"和人力"车夫单衣已破，他却汗珠儿颗颗往下堕"这样一种贫富悬殊和社会对立的现实，表达了较为真挚的同情。而鲁迅的《一件小事》，则表现了作为小资产阶级知识分子的"我"，在劳动人民（人力车夫）的高尚道德品质的烘托和对比下，渐渐感到一种"威压，甚而至于要榨出皮袍下面藏着的'小'来"的心境，寄托着作者要把人力车夫作为"自新"的榜样的深厚诚挚的感情。此外，如郁达夫写人力车夫的小说《薄奠》，其题材的开掘，主题的深度以及艺术力量，较之老舍的同类题材的《骆驼祥子》，就逊色多了。

同是写拿破仑，写奥斯特里茨战役，在托尔斯泰的《战争与和平》中，奥斯特里茨战役中所显露的拿破仑形象是骄纵、暴戾、残忍，并不怎样的光

---

　　① 　顾平旦等：《戏曲中曹操的正面形象》，《戏曲艺术论丛》1979年第一辑。

彩。而在法国影片《拿破仑在奥斯特里茨战役中》，拿破仑却是另一种完全不同的形象了。同一题材，俄国人和法国人作了不同的处理，他们都根据自己的主观对历史人物作了某种挪动和改变。

这种题材的比较，就小说、戏剧、诗歌等不同的文学体裁，固然会存在一定的差异，但作家思想艺术的高低深浅，却不能不说是主要的原因。

我们常常说，文学艺术的独创性，是作家艺术家成功的"秘诀"。而这种独创性，重要的一点，就是要在题材的选择和开掘上，打上作家自己独特的"信章印记"。歌德说过："独创性的一个最好标志就在于选择题材之后，能把它加以充分的发挥，从而使大家压根儿想不到会在这个题材里发现那么多的东西。"也就是说，作者所选择的题材，有没有独到的发现和理解，作者对题材开拓和概括，有没有"生动的、特殊的自己个人的所有的音调"（屠格涅夫），能发挥到何种程度。《红楼梦》在众多的司空见惯的同类题材中独树一帜，使人们折服赞叹；阿Q那独有的容貌形象和言谈举止，历久不衰，为那么多人探研和争议。其原因，在于他们题材的新颖奇特，主题的深刻独特，给人们以满足，激发，愉悦，思索，在这些题材里发现了那么多意想不到的东西。如法炮制的公式化概念化形象，机械的模仿，改头换面的抄袭，重复雷同而没有任何新意和发现的题材，引不起人们兴趣，而顿生素然无味和排斥抵触的情感和心理，那是没有什么效果和生命力的。题材的选择角度和深化程度，乃是决定作品的独创性大小，以及艺术感染深浅的一个重要条件。

概括来说，题材是客观生活在作家头脑里的反映，既有客观性，又带有主观性，是主客观的结合的产物。

从"相识的朋友"到"知心的朋友"
——题材的内在规律之三

题材的孕育和产生，是一个艰苦的转化过程，也是一个复杂的创造过程。它和整个艺术构思是相互渗透、贯穿始终的。并不是有了一些生活现象和生活素材，或者有了一个理性的认识和思想，就能够直接完成构思和获得文艺的题材的。

挪威剧作家易卜生在总结自己的创作经验时，形象地谈到这个过程形成的艰难。易卜生说，他的剧本一般写三遍，每遍与每遍大不相同；

第一遍，"我仿佛感到，我对我的人物性格的熟悉程度，如同火车站上相识的朋友：我们遇到了，说说这，说说那。"

第二遍，"我写得更清楚了，我熟悉人物性格，就像我们在疗养院的地方相识了好几个礼拜，知道他们的性格的基本特点，以及他们一些细致的特点，然而我还是可能在某些主要的地方看错了。"

写最后一遍的时候，"我终于用尽了知识，我熟悉他们，像是有过长期的密切交往——他们是我的知心朋友，万万不会叫我失望；我现在怎样看待他们，将来也永远怎样看待他们。"[①]

一部作品要能够引动读者的兴趣，启动人们的心扉，首先作家本人对这题材要有强烈的兴趣，真切的感受，使作家的思想认识能力、生活经验和艺术修养熔于一炉，在对生活的感受、思索和概括中孕育，形成为作品。未经提炼的生活、情感，和未经生活经验和感受印证过的思想，都是比较肤浅、模糊的，这种思想和生活的融合为一，是一个由不明晰到逐步明晰，由此及彼，由表象到本质的过程。易卜生对他的从在火车站和疗养院里"相识的朋友"到无所不谈的"知心的朋友"，加工"他们的性格的基本特点，以及他们一些细致的特点"，发展作家和人物，生活的"长期的密切交往"，舍弃某些"看错了"的地方，正是在对生活素材、事件的逐步熟悉、消化中提炼自己对生活的独到见解，并在自己原有的认识中，通过生活的引证，加深对生活的理解，提炼和深化题材，达到思想和生活新的融汇的过程。

在艺术构思中，作家的思想和生活，作品题材的选择，形象的塑造，主题的确立，技巧的运用，都是相互依存，彼此渗透，融合为一的。题材是伴随对生活现象和素材的比较、剪裁、取舍、组合而形成；题材的深化，主题的提炼，又转化为帮助作家塑造人物形象和安排情节。题材和构思并行不悖、不可分割。老舍《骆驼祥子》题材的获得，源起于朋友讲述的一个故事：有个三轮

---

① 董衡巽译自TOPYCOLE编《剧作者论戏剧创作》（载《光明日报》1962年10月23日）。

车夫自己买了车，又卖掉，如此三起三落，结果还是受穷。老舍觉得可以据此写篇小说。这仅是一个创作契机而已。其后，作者"入迷似的去搜集材料"，故事在作者"心中酝酿的时期相当的长"，"把祥子的生活和相貌换过不知多少次——材料变了，人也就随着变"。也历经了一个从"相识的朋友"到"知心的朋友"的艰苦艺术创造过程。根据作家的自述：

> 起初，先细想北京的人力车夫有几种，确定祥子在车夫队伍中的地位；
>
> 接着，想祥子在车夫队伍以外的地位，如给他赁车的车主是哪一类人，拉过什么样的人，把祥子放到一个主角地位；
>
> 继而，再想人的关系，人与事的关系，捉摸"刮风天，车夫怎样？下雨天，车夫怎样？""一个车夫也应当和别人一样的有那些吃喝而外的问题。他也必定有志愿，有性欲，有家庭和儿女。对这些问题，他怎样解决呢？他是否能解决呢？"

作家由一个车夫的故事，想到众多车夫的处境，"把所听来的简单的故事""变成了一个社会那么大"。生活素材，通过作家的熟悉、理解，逐渐提炼为题材，反过来又促使和推动作家对现实更深刻的认识和理解，终于结构成这部小说的主调：

"我所观察的不仅仅是车夫的一点点的，浮现在衣冠上的，表现在言语与姿态上的那些小事情了，而是要由车夫的内心状态观察到地狱究竟是什么样子。车夫的外表上一切，都必须有生活和生命上的根据。我必须找到这个根源，才能写出个劳苦社会。"[1]

"地狱究竟是什么样子"、"劳苦社会"究竟是什么样子的探求，正给《骆驼祥子》的构思带来了灵魂。

而茅盾写《子夜》，虽然发端于"当时颇为热闹的中国社会性质论

---

[1] 引自《我的回顾》《子夜是怎样写成的》《再来补充几句》（《茅盾论创作》，上海文艺出版社1980年版）。

战"，但是，作家的朋友中间，"有实际工作的革命党，也有自由主义者，同乡故旧中间有企业家，有公务员，有商人，有银行家"，并和"他们常常来往"，在他们那里，"听了很多"，那"日常课程"便是："看人家在交易所里发狂地做空头，看人家奔走拉股子，想办什么厂……"提供了作家必不可少的生活基础。这参与"论战"的契机，"日常课程"的生活，使得作家"向来对社会现象，仅看到一个轮廓的我，现在看的更清楚一点了"。于是，作家要从"自己所成的壳子里钻出来"，能够"大规模地描写中国社会现象了"。这正如作者所总结的，一个作家"不但须有广博的生活经验"，而且必须有一个"训练过的头脑能够分析那复杂的社会现象"。①

茅盾和老舍的创作经验，都说明了思想感情和生活、题材的孕育和构思的完成，都不能是硬性的拼凑而是自然的熔铸。

茅盾的《子夜》，缘起于理论的"论战"，而作家的这种"写作意图"，又有来自"日常课程"等对生活的真情实感，有丰富的，熟知的生活素材去表现，论战的"理论"和"观察得的材料"加以对照，"论战"和"日常课程"，思想与生活，浑然一体，塑造生动鲜明、思想深刻的典型形象。而老舍的《骆驼祥子》，发端于朋友的故事，但作家不仅"入迷"的搜集材料，艰苦的思索，从生活的感受、理解中，产生了要揭露黑暗的"地狱"和"劳苦社会"的思想，原来激动过的生活素材，通过扩而大之的生活视野，消化了，转化为新的思想，使思想、生活获得完美的，和谐的统一。

表达思想和反映生活，选取题材和艺术构思，交织共居，水乳交融。如果依据正确的思想，去找寻生活素材来演绎，而这种思想游离于生活感受和体验之外，没有变成作家对生活的审美感受和评价，形象地完美地体现作家的写作意图，就会产生概念的形象图解，造成公式化概念化。如果仅仅依据生活形象，而没有正确的思想和世界观的指导，没有观察、体验、研究、分析一切人、一切生活，提炼出题材的意义，这是另一种思想和生活的割裂，而助长思想错误和格调低下、不健康作品的产生。曾经流行一种理论，认为"选择什么

---

① 引自《我怎样写〈骆驼祥子〉》（《老舍论创作》，上海文艺出版社1980年版）。

题材，如何处理这些题材，取决于他的创作意图和他所要表现的主题"①，认为"现实主义艺术家始终根据思想上的构思来选择对象的某些本质方面，并把他们当作自己作品的题材"②。题材的获得，构思的形成，可以以某一个故事，某一场"论战"，某一"意图"，为触发的契机，思想和世界观，能够帮助作家正确认识和分析生活和社会。但作品的题材和构思，并非作家"思想""创作意图"的推理演绎，题材和构思，"始终根据"和"取决于"的，只能是作家对客观现实生活进行艰苦思考和审美评价的结果。先有"思想上的构思"，先有"创作意图"和"主题"思想，再来选择带"本质方面"的"对象"，再来"选取"和"处理"题材，用题材去填补、铺饰和图解，这不仅把题材错误地当成为"纯客观"的材料，而且也根本颠倒了题材、构思和生活的关系。在这种理论看来，艺术创作不过是为抽象的思想、概念寻找一个生动、形象的外壳。他们否认艺术构思中思想和形象互相依存的事实，割裂思想和生活的辩证统一关系，把艺术看作抽象思想的图解，这是不可能产生生动的艺术形象的。它不仅违背马克思主义的唯物主义的反映论，而且违背文艺反映生活的艺术规律，扼杀题材的多样性和作家的独创性，助长文艺上脱离生活，粗制滥造的泛滥。

先有一个"思想"，再找寻一个"形象"，固然是不可取的；先思得若干"生动"的描写，再附会几条干巴的"思想"，同样也是一种割裂，也是不可取的。生活和思想，只有融入到艺术概括中去；题材的获得和提炼，只有融汇到艺术构思中去，统一于艺术形象的创造中，才能结合为艺术品。

"百货中百客"
——题材的内在规律之四

有句俗话，叫做"百货中百客"。从商品与顾客的维系上，展示了某种生活哲理，一语中的。

---

① 《辞海》文艺条目，载上海人民出版社《文艺评论丛刊》，1976年第一辑。
② 《马克思列宁主义美学原理》下册，第516页。

"的"在那个"百"字上。芸芸"百客"需要丰赡的"百货"。"百货"的单调、划一、标准化，就不可能满足和适应"百客"广泛而多种的需要。"百货中百客"，这不仅要求品种丰富，质量精良，而且要求款式新颖，型号多样，装潢美观。

题材亦然。

群众的需要是有差异的，欣赏习惯也是多方面的，这就首先要求题材的晖丽万有，不拘于一格，要求体裁、形式和风格的色彩斑斓，不定于一法。

观众，读者，听众，每一个人，一般来说，在接受文艺作品的艺术形象时，都是积极的，而不是消极的；在整个欣赏过程中，都会自觉地或不自觉地，明晰地或朦胧地，把作品的形象和自己的思维联系起来，补充着生活，发挥着联想，驰骋着想象。这种思维，因为欣赏者各各的经历、心理的不同，文化、教养、爱好的差异，感情、思想、气质的千差万别，以至民族、国家、地域、风俗的影响，各各可供联想、想象、思索的所见、所闻、所感，也是错综复杂，曲折微妙的，加上各种主客观的原因，在题材的选择、需要和爱好上，也是不尽相同的。《红楼梦》讲的是青年男女婚姻恋爱悲剧，可以引动年逾古稀的老人洒一掬同情之泪，而某些处于海誓山盟热恋中的情人，却热衷于从侦探破案小说去寻求知识和情趣；作为马克思主义创始人的马克思，对大仲马情节曲折紧张的作品赞赏备至，而有的人却喜欢契诃夫那既不曲折也无甚情节的短篇；身经百战的将军，想看一些轻松愉快的东西，而未经世事的儿童却对战争影片津津乐道；列宁既喜欢那可以发现一些新的"令人激动的思想"的《怎么办？》，又赞叹贝多芬的《热情奏鸣曲》是"绝妙的、人间所没有的音乐"[1]。人们的需要不简单。

文艺是生活的反映。文艺的题材，实际就是人的生存、欲望、情感、意志、思想、生活、斗争的反映。文艺为人民，就必须有广泛而全面，而不是狭窄而单调的题材，这才能反映广阔无垠、复杂多样而又处于日新月异不断变化中的人民生活。这就要求作家艺术家广泛地体察民情，倾听民声，领会民心：人民挚爱、欢悦、倾慕的，歌颂之；人民憎恶、仇恨、反对的，鞭挞之。使作

---

① 《忆列宁》第65页，人民文学出版社出版。

家广泛而多样的生活体验和反映，与人民广泛而多样的对生活的愿望、品评和要求相贯通，相适应。群众感到有味，有益，有选择而又有比较，因而才能够被吸引，乐于接受，于美感的享受中，使认识得以深化，感情得以共鸣，情操得以陶冶。在这个问题上，党的利益就包含在人民的根本利益之中，党性和人民性是一致的。

诚然，在题材的选择上，可以而且应当提倡反映巨大矛盾冲突和时代精神，塑造社会主义的新人，能在千百万群众心灵深处卷起风暴，帮助人们认识和改造现实生活。也可以而且应当允许那些增长知识，陶冶性情，怡悦身心的东西。可以而且应当强调其教育的作用和认识的作用，但也不可忽视其传播文化知识的作用和娱乐的作用。可以也应当重视具有直接指导意义的一面，而不应当非议具有间接感染熏陶意义的另一面。

"提倡"和"允许"，教育认识作用和增长知识，美感娱乐作用，直接指导和间接感染都不应该割裂和对立。题材意义有强弱、重轻、直接间接之分，但这都不是绝对的，而是和作品的思想艺术成就和影响成正比例的。

人类自有文化以来，教和乐，教和知识的传播都是并行不悖，并融化贯通的；

二千多年前古罗马贺拉修斯就提出了"寓教于乐"的法则；

我国《礼记》的《乐记篇》就倡导"礼乐不可斯须去身……致乐之治心也"的主张；

中国古代戏台常高悬着："高台教化，与民同乐"的对联。也道出了教寓于乐的道理。

周恩来同志强调："群众看戏、看电影，是要从中得到娱乐和休息，你通过典型化的形象表演，教育寓于娱乐之中。"[1]

鲁迅还认为文艺应"给人愉快和休息"，要消遣的处所"那便是看电影"[2]。

文艺的教育作用和认识作用都是通过美感作用来达到和完成的。欣赏者

---

[1]　《在文艺工作座谈会和故事片创作会议上的讲话》。

[2]　分别见《小品文的危机》和《花边文学·朋友》。

从艺术形象的生动性、具体性和作者的想象力，直接感受美满的、和谐的、人们所要追求的东西，获得深刻的认识和精神的愉悦。

因此，题材要具有广泛而多样的适应性，就不仅要考虑在思想上给人以教育，在道德上给人以熏陶，在认识上给人以帮助，而且在知识上给人以智慧和力量，在情绪上给人以乐趣和快乐。摒弃和排斥娱乐、趣味的功能，或者脱离和超然于乐的教，不是教乐并行，"理过其辞，淡乎寡味"，就不可能有广泛而普遍的适应。

社会主义文艺有着广阔灿烂的前景，它应该有一个大框子，而不是一个中框子，更不是一个小框子。应该是积极的"放"，而不是消极的"防"。这个大框子的界限，就是周恩来同志《在文艺工作座谈会和故事片创作会议上的讲话》等文章中指出的：

> 艺术是要人民批准的，只要人民爱好，就有价值；不是反党、反社会主义，就许可存在，没有权力去禁演。

即一不反党、反社会主义，二人民喜爱，有益无害。

因此，无论"提倡"或"允许"，"直接"或"间接"，有强烈教育作用或有益于群众身心健康，都需要扶持和指导。只顾"提倡"，而抵制"允许"的，或只顾"允许"，而忽略了"提倡"的，都是一个片面。既有金戈铁马，又有花前月下。既有愉悦身心，又有智慧知识。既有历史的借鉴，又有现实的鼓动。歌颂社会主义新人，唤起人们对美好事物的追求是好的。能够引动人们对丑恶势力的悲愤之情，也需要支持。滑稽幽默，寓言传说，亦应当占一席地位。

一阕《平湖秋月》，《雨打芭蕉》，经久不衰，直到如今。雨果的《巴黎圣母院》在建筑方面的描写，令建筑学家叹为观止。齐白石的虾趣图，海内海外，一致推崇。巴尔扎克在作品里曾预言人类有某种影响情绪的激素，竟为"荷尔蒙"的发现提供了线索。反映战败法国的社会生活的《羊脂球》《最后一课》，没有给法国人民带来任何耻辱。邓小平同志在欢宴西班牙卡洛斯王子的时候，提到了塞万提斯《堂·吉诃德》一书，虽然这部书是讽刺西班牙当时的现实生活的，可它仍然是西班牙的光荣和骄傲。

鲁迅有一句话说得实在好："看人生因作者而不同，看作品又因读者而不同。"①

无论深刻反映时代精神，有助于强烈鼓舞人们向光辉未来前进的，也无论反映生活和历史的一鳞半爪，有助于认识现实的多样性和复杂性的，还是一幅山水花鸟画，一首田园牧歌诗，或一首流行抒情歌曲，一篇讽刺幽默小品，价值有大有小，意义有深有浅，只要情调健康，有益无害，都可以使人们获得美的享受和欢悦，有益于人们的心灵健康和精神上的需求。人民群众都是需要的，这也是符合文艺为人民、为社会主义服务的方向的。

文艺不仅具有多方面的功能和作用，而且这种功能和作用，只能放到恰如其分的位置上。艺术欣赏，和艺术创造一样，也需要有一个消化、思索、认识的过程，需要经受一定时间和历史的检验，才可能比较准确地而不是失之苛刻或失之宽容地权衡一部作品的意义和价值。《红楼梦》的主题，《水浒传》的意义，阿Q的形象，自问世以来，长期众说纷纭，《重放的鲜花》，一度打入冷宫，如今重放光华。一部作品的浮沉，往往造成一类题材的兴衰。科学的、经得住历史检验的作品评价，对于题材广泛的开拓和适应，乃是至关紧要的。

在森罗万象的题材领域，难免会泥沙俱下，存在一些消极的、有副作用的东西。这也不要紧，可以通过积极疏导、活跃批评、开展争鸣来加以解决，不可以把污水和孩子一起泼掉，导致堙塞题材广泛多样之路。更何况，那些"消极"的，热衷于"副作用"的欣赏者，是可以从并不消极的作品中找到罅漏的，如从《董存瑞》中学到打架的本领，在《白毛女》中欣赏黄世仁对于喜儿的凌辱等等。鲁迅先生说过，百利而无一弊的事，是没有的，只可权衡利害大小。"百货中百客"，题材的广泛适应性，是文艺为人民服务方向中的要义之一。

笔者在《一花一世界·一叶一如来》中叙述了题材的多样性；在《〈铁冠图〉〈永昌演义〉和〈李自成〉的比较》中，阐述了题材带有主观性；在

---

① 《俄文译本〈阿Q正传〉序及著者自叙传略》。

《从"相识的朋友"到"知心的朋友"》中论述了题材融汇构思始终，本篇又谈了题材的适应广泛性。至此，我们可以给题材的内在规律作一结论，即：它有着客观的多样性，又带有主观性，是主客观的和谐共居；它融贯于艺术构思始终，又要适应欣赏者广泛普遍的需要。至于内在题材与外在题材，题材与主题，题材与体裁，题材与风格，历史题材和现实题材，以及题材问题上的习惯势力与经验教训等等问题，将留在其他章节来谈了。

直逼史诗品格

——评星城小说《陨星》

时代呼唤史诗

多少年了，处于伟大时代的炎黄子孙热盼中华民族的大复兴；同样，复兴中的缪斯儿女，一再呼唤史诗般的巨著的问世。其间，多少文坛骁将发起冲刺，古的、今的、洋的、土的，寻根派、先锋派，现实主义、魔幻主义，林林总总，汪洋恣肆。

结果怎样呢？沸腾的爱琴海显得平静了，弥罗岛上那时隐时现的美神维纳斯，变得缥缈起来。

这时，南国文坛推出的《陨星》，特别令人刮目。也许它是璀璨的、吉祥的，也许它是怪诞的、险恶的，你可以爱它，欢呼它，恨它，诅咒它，但却不得不惊叹于它。它的出现重新叩响了什么是史诗这一命题。

史诗者，巨大的历史的内涵与诗情磅礴奇妙结合之谓也。有的开一代先河，影响后世，如《伊利亚特》《奥德赛》；有的宣告一个新时期的到来，如《神曲》；有的是社会长卷，百家叹服，如《人间喜剧》；有的是人生永恒命题的探微，如《浮士德》；有的掀起一场解放战争，如《汤姆叔叔的小屋》；有的乃社会生活的百科全书，如《红楼梦》。凡史诗，无不是时代的绝唱，并永恒。此二者缺一不可，作品没有轰动效应不行，但轰动的东西，不一定经得起历史的考验，经得起历史考验的东西，若无磅礴的诗情，引不起轰动，都不配称史诗。

史诗的出现，与其说是天才的产物，毋宁说是时代的产物。虽然，伟人也能极大地改变一个时代，但总的说是时代创造英雄，也创造史诗。

这绝不意味着说《陨星》已具有史诗的品格，但我的确看到作家在这方面勇敢而艰难的追求、冲刺、逼进。

她宣告一种旧模式的破产

的确，《陨星》是一部逼近现实，反映中国改革第三次整顿的作品，是当今很多中国作家不屑、不敢于描写的题材，但它却成功了，其奥妙何在呢？

首先，是作家站在人类历史的高度，用全球的眼光，鸟瞰审视中国一个特殊的陨石县的改革。提起改革文学，人们自然想到《乔厂长上任》《沉重的翅膀》《新星》等著名的篇章。上述作品的历史贡献和价值都是不可磨灭的。但是，今天人们回头看看，随着改革的深化和深刻，人们对改革和改革文学有了新的审视和追求，对前一段改革文学的思维模式已不满足。《陨星》作者似乎看到了这一奇怪现象深刻的历史意蕴，因而从题材的选择场景的安排，乃至语言的风格上都有意与它们惊人相似，并且别具匠心地连书名也定为《陨星》。作者在更为广阔的背景上和多元的系统中透视一个似乎比古陵县更为复杂，更有特色的陨石县。

如果说《新星》是写一颗新星的升起，"李青天"推动改革所向披靡的话，恰恰相反，《陨星》是写一颗新星的陨落，"封青天"无可挽回的毁灭；如果说《新星》中的李向南是改革的旗帜，革命的动力的话，而《陨星》中的封灵既是动力又是破坏力，圣人与魔鬼的异质混合物；如果说《新星》中的改革大业主要是因反对派而搁浅的话，而《陨星》中的改革则主要是由改革者自戕而毁灭。

其次，由于这些不同，《陨星》给人的启示是很多的。我想：至少有：一，这场改革的性质是什么？简单地说，它是中华民族历史上又一次伟大的复兴呢？还是什么别的？二，如果是大复兴，它要达到的目的是什么呢？或者说，它是单纯地追求政治、经济、军事强国呢？还是包括思想、文化、教育高度发达的崭新的文明？三，这场改革，是在什么样的大环境下发生的呢？它只是为医治十年"文革"的创伤，力争回到解放初期历史上最好的年代，还是我们改革的空间乃是中国几千年传统文明与当今全球的集汇点？我们改革之后的每一项措施，既要触动漫漫时间之经，又要绊到浩浩空间之纬？四，这场改革的战略和进程怎么样呢？简单地说，它是像我国民主革命时期那样，靠发动群众大轰大烈的运动？还是现代社会复杂得多的系统工程？是三年五年，十年八年呢？还是几代人坚韧不拔的螺旋式的进军？……

我们别认为这些理论早已解决，我们不知多少次总结出了失误的根源之一，就是急于求成，好大喜功。可是，无论谁一上台，几乎都照搞不误，这难道不令人猛醒：它与我国十亿人的素质，五千年的传统，中国目前在全世界格局中的地位没有关系？《陨星》正是塑造了一个有一千种理由搞好，一万个条件成功的封灵的毁灭，来震撼人心。

别林斯基说："概念内容，创作理性——这便是衡量伟大艺术家的尺度。"可见理性之重要。但是，文学毕竟是文学，成功的关键，最终取决于感情、形象。

封灵：一个雄才大略而愚昧无知，疯狂而又不能自救的灵魂

翻开《陨星》，一种山雨欲来风满楼的感觉扑面而来，一片急急忙忙，浮躁不安，寻找对策的情愫感染着你，一个受命于天的救世主出现了，他最突出的性格就是疯狂。看吧：

脱贫致富誓师大会他是疯狂的，那战略构想恨不能一天之内让百万人进入天堂。他打击"吸血鬼事件"的当事人是疯狂的，抓的抓，杀的杀，罢的罢，好像非如此不能扫平道路，震动全局。发展经济他是疯狂的。为争夺九九滩水电站工程，不惜组班子，拨巨款，大搞行贿受贿，极尽歪门邪道之能事，不抢到手，决不罢休。发展丝绸工业更疯狂，为了控制这一聚宝盆，什么亲密战友，拉下；什么承受不了，不行；什么超负荷运转死人，别管！大上，快上，一切为了钱！钱！钱！至于发展江海联运，那已经不仅是疯狂，而是荒唐自毁了。什么穷乡小县不能搞海运，他还可以在金星上指挥船队呢！什么世界船王是假的，假的何妨弄假成真？什么这是疯子说梦，知道不，牛顿、爱因斯坦都是疯子，光荣属于伟大的疯子！谁反对就搬倒谁，先搞老县长，后搞新县

长，杀鸡给猴看。这时的改革家封灵与《新星》中的李向南早已判若两人。

不过更有趣的不是向自然开战，而是向社会开战，不是向反对者、仇人开战，而是向支持者、恩人开战。封灵对自己的第一助手、副书记翦进的愚弄，够戏谑的了。如果说处理"吸血鬼事件"只让他尴尬的话，将他从出国名单中刷去，就是使他下不了台，只得滚蛋了事。封灵对自己的恩师、老首长芮怀溪的愚弄是不可思议的。不说他有今天全是地委书记一手栽培的结果，只说老领导春节前来祝贺他，保护他，就够他顶礼膜拜的了，没想到这小子为高攀省委书记，竟把地委书记撂下，差点没把芮怀溪气死。

如果你认为，封灵的疯狂只是小丑的外在的疯狂，那就大错特错了，不，他追求的是领袖式的潇洒的疯狂。平时，他不需要咋咋呼呼，可是一个心血来潮就能推翻常委会的决定，将县委二把手轻轻弹掉。他不屑于出面多费唇舌，使个眼色就不惜将三百万巨资扔进海里。他喜欢天马行空，独来独往，迷信自己神奇的力量。如果你说他的梦幻是陨石的天堂，他会哈哈大笑视你为知己；如果你吹他的气魄能让日出西天，江河倒流，他会骂一通后再委你以重任。他最大的痛苦是没有对话者，理解者。天地良心，他哪儿是忘恩负义、阴险狡诈之人，他不知道自己如何得罪了领导、朋友。他不是一般意义上的疯狂，而是一种很科学很雄伟的疯狂，如果这种奇想出自一个省长、一个部长之中，也许是天才的计划，可惜他的办公桌老是安在一个小县里面。他委屈了，他气愤了，要为自己拯救人类的理想而斗争。什么，他这样要毁灭？那好，毁灭也是一种贡献；什么，地委要千方百计保护他，将他调回去？好恶毒的阴谋呀，老子死也不走！

于是，封灵走进了一个怪圈：他越努力越走向灭亡；四周越挽救越使他发疯。这真是不治之症吗？开始不是好好的么？他是如何走进这怪圈的？探讨这一现象挺有意思。

有人说，只要上调省里、中央，封灵的病马上就会好，此药方不是很简单么？并非这么简单，且不说他这种人绝不可能再重用，就是重用了，他那领袖欲膨胀起来，也是弄不好的。看来，万恶之源就是他的欲望、野心。

有人说，这怪得着他吗？封灵一开始就是政治狂人吗？那是因为陨石的确不是一个普通的县呀。既然过去当过陨石县委书记的人，有的提了地委书记、专员，有的甚至是省委副书记、中央部长，而今最能干、最受赏识的县委书记，又为什么不可以越级提拔呢？好像错误仍在于未及时重用造成的。

这种意见虽不无道理，但恐怕地委书记芮怀溪就不会同意，他是最重视封灵的啊。他会叫苦，不讲封灵后来胡闹，单讲第一个大会就整了那么多人，弄得地委内很有意见，谁还敢提你？当然芮怀溪知道，他的这个秘书心并不坏，一切一切都是那个发展大战略造成的，太快，太急了。但他封灵能不急吗？还有一年后的庆功会上，省委书记传达指示说："改革，要像当年打日本鬼子一样！"他还能不紧跟？不急？不快？否则调他封灵来干啥？这样一分析问题就深刻了：封灵的狂和急，绝非个人现象，倒是恩格斯说的"历史的必然要求了"，然而，历史也真是一个"两面人"，它虽然开了支票，却也"不能兑现"。因此悲剧发生了，谁进入这一轨道都会成为悲剧人物。不同的是，天分越高，悲剧越大而已。封灵恰是这么一种才华横溢的不幸儿。

异质合成的多元审美

《陨星》的价值取向由单一的标准，挺进到政治、经济、文化、思想、道德、人本的层次，处于新旧意识交错、演变之中。作品无完人与坏人，这一势力与彼一势力之分，也不是简单的好人和坏人，而且一种新的构想和思维模式。让神奇与腐朽，庄严与无耻，阴险与宽厚，狡诈与忍让，风骚与典雅，疯狂与儒雅，有意识与潜意识，成功与失败种种异质碰撞融汇糅合而成，给人一种新的启迪和震撼。

《陨星》中封灵无可挽回地毁灭了，是否可以说改革也失败了呢？不，不是这样的！

悲剧的力量是巨大的，犹如中医的反治，绘画的变形，书法的狂草，古诗的格律难于掌握一样，悲剧的驾驭最见功力。弄不好，会适得其反。

处理封灵的一幕很说明问题。大兵压境，几乎地委的领导都来了，封灵的问题昭然若揭，县检察长传达的走访北京的材料，活画出一个拉大旗做虎皮的大骗子的丑相，封灵该威风扫地了吧，不，他更威风了，看看他的发言：

"讲几点吧：一，1945年7月25日，丘吉尔离开了一起参加波茨坦会议的斯大林、杜鲁门，飞回伦敦。这位第二次世界大战中最伟大的政治家誉满天下时，却被赶下台了。当欧美乃至世界很多人都为之震惊时，他说：'我太疲倦了，应该休息一会儿了。'果然，1951年10月，他重新当了首相，创造了他生命史上最辉煌灿烂的时期。我至少比他年轻吧，我宣布，我决不离开陨石！二，我是陨石罪大恶极的人，诸如心黑手毒，重用坏人，行贿受贿，大开后门，独裁专制，造谣惑众等等，但陨石的工农业产值与发展速度都可恶地在全地区占第一。我确实是一个挥霍浪费，一掷千金的败家子，但又是公认的个人经济上最干净的人，至今家贫如洗，两袖清风。你们却对我大加保护，以微不足道的经济问题论罪，使我变成了外星来客，不知经济问题为何物，单就这点我也得向你们学习，学习，再学习。三，别林斯基说，世界上最伟大、最天才、最永恒的审判官是时间。今天你们审判我，你们逃得脱历史的审判吗？就是我现在死去，也敢说，'上帝，我活过了！'而你们哪位敢说，你活过了呢？"

说完，封灵拂袖而去。

这段引用自然长点，但意蕴很深，语言很省，值得。它不只是深刻地反映了被罢官后封灵的心态，而是把当时复杂的局势，斗争的微妙，力量的消长，未来的走向，事情的结局，似乎都较深刻地表现出来，很有力度，给人无穷的联想。

这力度谁也不能一句话说得清。读者见仁见智，只有从多层次去把握，对上述诸点庶几可望。你能说此刻的封灵是简单的狂人妄语，色厉内荏吗？你又能说他真的自有真理在手，会像当年的丘吉尔一样东山再起吗？你能说他没罪，是纯粹的反话，又能说他罪大恶极在劫难逃吗？你能说他是功勋卓著的改革家，又能说他是大骗子，经济犯吗？这些完全异质的两端结合起来，给人一种似是而非的感觉，恰是这种朦胧的判断更接近生活本质，显示出历史的深度。这种效果是如何获得的？得力于作家异质合成的手法，获得了多元审美的效果。事实上，《陨星》把商品经济的道德与过去的传统道德，这两方尖锐地描写出来：一方面是悲天悯人的，对社会、对人性的永恒的思考；一方面是对现实的、金钱力量的赞美。既有金钱摧残人性的喟叹，又有金钱摧残权力的讴歌。金钱这两面利刃切割着中国社会。再如，关于道德与经济建设的关系，同样表现了多元的观点，不再追求单一的主题，一方面传统的道德在摧枯拉朽，一方面经济发展在日新月异，你很难用一个好与坏字表达出来。在《陨星》中没有完全的好人与完全的坏人之分，没有改革派与反改革派之分，没有先进的群体和落后的群体之分，处处是极端的两极异质合成。雨果说："恶与善相关，阴影与光明相共。"对于文学创作原则来说，"是一个和地震的撼动相类似的进步"。就这样《陨星》运用多元审美的手法，不仅表现了改革这场极其复杂的事物，而且获得了艺术张力。你可以说《陨星》是多么尖锐、深刻地揭示了中国改革在1989年前的危机和改革的极其复杂性、艰巨性，但你决不能说改革没有希望，已经失败。

磅礴的审美，巨大的象征

面对拿破仑的失败，雨果独具慧眼地说："这是一场离奇的败绩，尽管是令人发指的浩劫，然而败者的光辉没有因此而磨灭，胜者的光辉没有因此而增加。"为什么呢，这儿也涉及历史的必然性问题。面对人类的上帝（历史）一切人都显得渺小了。读完《陨星》，我们也有同样的感觉。在伟大的时代里甚至还有这种情形：有的人胜利了，他的形象反淡化了。这有什么奇怪呢？这儿是感情在起作用，往往此时的感情与平常不同，它不考虑后果，是理性的天敌。

这是极其罕见的审美现象，我称之曰"诗情磅礴"。《陨星》最后那场戏正是这种典型。

《陨星》中写了不少爱情，但唯独封灵、华百发与扶瑶瑶的三角恋情最有审美价值。自从人类进入文明社会以来，美，从来都是价值的恋人，皇冠上的祭品。作为陨石县美的代表扶瑶瑶，自然也逃不脱这一轨道。从小在农场，扶瑶瑶就是大学生们捕捉的猎物，到了县上又是县太爷们垂涎的对象，高干子弟华百发来了，他自然艳福不浅，由于华百发的价值和在县上的崛起，使华扶的恋情颇带梦幻般的色彩。作家星城深谙审美之道，三角恋情点燃之后，将它压着，不慌不忙地描写起封灵的事业来。封灵君临天下，万众瞩目，何况，华百发为了自己晋升，专门为扶瑶瑶设计的"哈园"是以黄巢的菊花诗为媒介的，这一下诗人气质的县委书记同诗人女儿的扶瑶瑶真是一拍即合，相见恨晚了！县委书记也公开荒唐地提出这个还不是党员的小会计当他的县办公室主任，这可引起了华百发的暗中恐慌，于是这一三角恋爱非同小可地在县上两位铁腕人物间展开了，它的结局如何，随时都将影响这一特殊县改革的成败。

扶瑶瑶与封灵仲夏夜幽会那一场写得何等精彩！作家慢慢铺垫，以现代才子佳人难有的情趣，一波一波地将二人的感情推上浪尖，读者被二位独特而浪漫的爱俘虏着，一步步向爱的珠峰攀去，即有波涛汹涌激发难耐的饥渴，又有担心这从未领略过的惊心动魄的美一闪而过的无穷的甜蜜，咂着嘴，兴奋地体味着，没想到最后当封灵的权力欲望满足后，他竟高尚地将扶瑶瑶赶走了！这太煞杀风景，封灵的异常，扶瑶瑶的怨恨，使读者更加注意窥视两个人内心的秘密。

没想到作家以后像完全忘记了这条线一般，虽也有扶瑶瑶的暗暗的哀怨，但此时，早已被封华二位之间无休止的权力之争冲淡了。如果说，仲夏夜幽会只是小吊胃口的话，这才是大手笔的大吊胃口！他让一个被冷落的美在暗处静观着两个男子汉的争雄，看谁能夺得天下而后再行动。有趣的是，这里不止一个三角，是多个三角。可是扶瑶瑶公然视身边的丈夫副县长商一毫为无物，通过短短的华百发与扶瑶瑶幽会的描写，知道这女人的情感更高尚更独特了。较之于她身旁的人欲横流世界，她制止丈夫，规劝情人，已成了陨石改革的净化剂，安全阀。

这两年外界的变化是这样的：华百发以过人的力量成为了县长。但因坚持正确的意见，反对江海联运而被冷落；一个好端端的著名改革县眼睁睁地被封灵的狂想曲搞得一团糟了，而其中推波助澜，为虎作伥的干将就是她厌恶的丈夫商一毫。为着挽救改革，挽救封灵，女人做了最大的牺牲，进行了卓绝的努力，堪称改革的保护神，其美神的光辉更夺目地放射出来，但没想到封灵竟未采纳，因而很快走向毁灭。

按说，在丈夫被逮捕的情况下，即将走红的华百发冒着危险来看她，甚至愿意与妻子离婚后与之结合，她应该欣喜若狂，流着泪跪在她情人的脚下了。因为有此一笔，无论于私于公，旧道德新道德华百发都更杰出完美了，没想到，扶瑶瑶竟然第一次，也是最后一次断然地厌恶地拒绝了他。

按说，扶瑶瑶此刻有一百条理由恨死了封灵，过去在性爱上遭他拒绝不说了，由于他的路线把丈夫毁灭不说了，这次她是如此挽救他，挽救陨石县呀。可这独夫民贼仍不接受，乃至全军覆没，多可惜啊！可是万万想不到大年三十晚上，也就是封灵梦游症般地怕神谕"虎头蛇尾"的蛇年到来的前夕，她冒着被抓的危险，竟跑到最孤独、最痛苦的封灵家中，将自己这条羊羔献上了祭台，让她这只凤凰与孽龙结合了！

这太出人意料，这样描写真实吗？它有何深刻的象征意义呢？

这是见仁见智的情节，但也确是神来之笔！这儿最能表现作家的匠心独运。为什么？这儿是美的极致，寓意极其丰富，一千个读者有一千个哈姆雷特，谁说得清？

一个绝对真实罕见的审美，一次灵魂秘密的发现与重铸。

什么是审美？它是灵魂的冒险，生命的体验，是挣断理性绳索之后人性的解放，而审美的价值是以其冒险的程度，历史意蕴的深广决定的。而生与死是人生勇敢的两种崇高的表现。在一男一女深深相恋时，平时看不出来，一旦生死到来之际，以反常的闪电般出现，正是最典型的审美形式。所以我们正常思维方式认为不可能的事才是此刻最真实的事。真实得有时连被缚的男女双方事前毫无准备，事后不敢相信。封灵在政治上毁灭的前夕，扶瑶瑶闪电般地出现了，甚至可以想象：由于此刻两人偷情，正好被守卫的公安人员抓住，促成了封灵政治生命的结束，也促成巨大审美的完成。

这是奇想吗？不，《先知》的作家纪伯伦说："每一条毒龙都产生出一个屠龙的圣乔治来。"如果说封灵是一条毒龙的话，那扶瑶瑶就是屠龙者，扶瑶瑶这最后一次行动，完成了她性格的塑造，无论他们这晚被抓与否都是次要的了。

道德被无情地毁灭了。

审美却更加灿烂辉煌！

　　事后，他们双方都会分外吃惊，啊，原来过去的历史隐藏得多深呀！它的庐山真面目是这样的？但此刻一切都不存在了，就像一道耐心的旅人忘怀了长途跋涉的辛苦，一步步挨到爱人的门前；就像一个有福的灵魂，经过无数的折磨之后，永息在幸福天国一样。同时，一切尘世的、肉欲的、个人的激情都消逝了，颇带一点神圣的、理念的、无私的色彩，与其说它是一张短暂的幸福的眠床，不如说是一座世纪的冷酷的祭台。它是必然的，又是偶然的；是清醒的，又是迷醉的；是凤凰涅槃，又是凤凰永生！于是一个美的精灵唱道：

　　　　"生若星光之灿烂，死若陨石之静美。"

　　这时的美，不顾一切理性的裁决，如火山一样地喷发出来。这美象征了些什么？很难说清。

　　《陨星》并非十全十美，除了封灵仍欠丰满以外，我似乎感到这是一部急就章，有的部分显得较粗糙，那握刀的手在某些神灵面前也止不住颤抖。好在这是删掉九章后的节本，但愿复原的刊本能具史诗的品格，取得巨大成功。

（发表于《当代文坛报》1991年第5期）

评深圳发展中肆虐之"心流感"

——序程学源诗集《心灵风景线》

和学源相识，是近两三年的事；时间不长，却也相见如故。

这多半是康乐园情结。我们有幸沾过中山大学的光，他的导师曾宪通、金钦俊、黄伟宗、李新魁、曾扬华诸教授，是我同班同学，故常以师叔戏之。

半是深圳情结。我们前后受过深圳经济特区的荫泽。深圳文坛本土三星林雨纯、刘学强、廖虹雷是我70年代的老朋友。而当今深圳诗坛四小名旦：关飞、林晓东、赖伟煊、程学源则是我能抗衰老、增智力、能潇洒于世的新朋友。据云他们于繁忙公务中日夜兼程共同创作的、中国迄今最长抒情诗——《百年期待》万行长卷，已在付印之中，它的震撼力，当难以预料。

我曾坦言：我那灵动而具体的开放意识，正是从林雨纯深圳中学旁旧居的"电视机＋生力包夹花生酱"而萌生、蓬发，并开始长途跋涉的。

这意识的代表作和"热身赛"，便是80年代初于《羊城晚报》《南方日报》刊登、引起三次轩然大波的为香港电视辩护、为恭喜发财正名、为《特区文学》创刊欢呼的小文，和于中国大陆首次引进台湾作家白先勇的小说及新派武侠作家梁羽生的小说。

在"叩问岭南"大型书链的序言中，我曾结论：

> 中国新文化的曙光，往往要通过困惑、浮躁、彷徨、痛苦及至残酷的隧道才可获得。……岭南正生长着一种崭新的文化心态和文化精神，风行一种亲和融通、奋力自强、积极实惠的人生哲学，为中华文化的未来发展提供一种可贵的启示和灵感。……叩问岭南，就是叩问中国当代新文化。

人类进步、人类文明，是开放、沟通的成果。锁国、封闭必然导致退化、萎缩。

没有深圳的改革试验，没有深圳窗口的赏心悦目，没有深圳纽带的撮合对接，我想我们还会：

> 从电视荧屏自上而下作平面窥探女人低胸衣内的秘密；
>
> 把拿着手枪式打火机的依法逮捕的人当做持枪歹徒；
>
> 把抱着"旅行夫人"睡觉的人当做嫖客，而没日没夜地跟踪并收审；
>
> 把席上的擦面毛巾当做白面花卷而大嚼……
>
> 那催人泪下的愚昧和原始。

深圳辉煌，深圳文明，是中国共有的。它造就一座横空出世的城市，造就了一种现代精神，也造就了一代人。历史越来越进步，也越证实了这一点。只是这"证实"的代价似乎大了一点。

我是个对诗讳莫如深、不胜惶悚的人，因了这两个契机，才有了一点儿说三道四的勇气。

程学源，1988年毕业于广州中山大学中文系，做过市委领导的秘书，当过街道办事处的头目，现在是一家市属大公司的纪委书记，经管人事，涉猎经济，执掌街道。三教九流，黄道黑道，政府官员，商界大亨，市井小人，多有接触。一介书生，一身斯文，一阙谈吐，一肚经纶，搅拌组合出一个受着中华文化传统熏陶，受着现代文明洗礼，有着执著追求，能严谨处事，又情义待人的人。我至今也弄不明白，他公务那么忙，一切操作都是严谨、有序的，深圳又是各种流行潮的集散地，那么多的挑战和诱惑，他怎么耐得住寂寞，优哉游哉地徜徉在他的诗国里？

学源钟情也善写情诗。他把诗集分为《美丽的误区》—《昨日的花儿别样红》—《谈远如烟》—《春阳暖暖》—《情系香江》—《域外情怀》—《感悟》七辑。在《春阳暖暖》中，作者注入了对深圳的炽烈情感。

舍弃了历史，深圳只是一具空灵的、死寂的、参差不齐的水泥堆。作者唱道："老街很老不是少女玉立亭亭"，"吃螃蟹的每一个故事/都是深圳人闯过来的深深脚印"。老街怎么个老法？笔者1974年到深圳南头挖河，为期十天，除了身疲力竭，腰酸背痛，就是被囚在华侨大厦的饭堂里，胡乱扒了几口饭便被驱赶上车，打道回广州了。笔者身为省委干部，但在深圳却不能东张西望，神秘得让人汗不敢出。此谓之"政治边防"也。

我们来到最悲惨的镜头面前："少妇的月夜孤枕难眠"，"孩童的岁月浸透了秋霜"，"河对岸的父亲不出大名"。从逃港风潮到人潮倒流，是上等题材，可以写一部史诗。当时深圳流传：不少男工作队员入村，村中妇女必极尽热情，烧了足可杀猪的热水，请他们冲凉，然后偷走衣裤，解除羞耻障碍，婉言留宿，以缓解人性之渴。

尽管深圳是"千年的土墙万年的瓦砾"，但如今"股海翻腾的阵阵涛声/期货交易的雨打浮萍"，静中之动，冷中之热，历史沉淀中的现实飞跃，这无疑会使人怦然心动。

最值得称道的是：从"沙头角的海风吹走了多少岁月/助人为乐她（陈观玉）比中英街更加闻名"，揭示深圳改革开放十数载物质和精神的巨变，根本在于"人"的意义上的蜕变。西谚说：造就一个贵族，要更换三代人的血。同理，没有思维方式、生活方式、行为规范、价值取向的变革，就不会有今天的深圳。

更为精彩的是那："开放的春风里有富足的阳光/世界在争看关于中国的风景。"从"深圳窗口"放眼"中国风景"，时代浮沉、历史交替、现实变革，尽在其中，这点穴的一笔，哲理的一笔！柔丽清爽的诗句，给人舒快自豪的感悟。

漫长而曲折行进中的深圳，它的初苗与成长，飘零与炽热，隐潜与显露都是与时代、与历史、与文化密切地互相缠结互相贯通的。面对"世风日下"的感慨，"情感钝化"的指责，"精神阳痿"的攻讦，深圳历经了一个只有被人指责而无指责别人、只有被人调侃而无调侃别人的历史。这是否基于强烈渴望得到而一时间尚未得到的心理不平衡？抑或是自己暂时得不到而指责别人也不该得到的自欺欺人？抑或是财富一定腐蚀灵魂，财富一定产生罪恶，只识

"富贵必生淫色"而不识"贫寒可出盗贼"很有幽默意味的"终极关怀"？

一个女人美不美？有没有魅力？不用天天照镜子，也无需搔首弄姿，看看人们关注的眼光就可以了。深圳吸引了那么多的目光，赞美的、倾慕的、谩骂的，酸溜溜的、色迷迷的、傻兮兮的，它折射出新时期中国波澜的历史进程，它是伟大的付出者、奉献者，它是艳丽照人的、令人心驰神往的。深圳应该盛产史诗。

在乱花迷眼、时尚炫目的文坛和诗坛，多种潮流和流派，仿若是一个什么经典里所说的，当第二茬人收着第一茬人尸体的时候，第三茬人已抬着棺材在门口等着了。一忽儿西方文化中心，外国人对中国文化说上几句肤浅的赞美，哈，连外国人都说好，好像打了一针强心针，胆儿立马壮了。一忽儿东方文化中心，中国不仅有四大发明，连高俅的"蹴鞠"也比马拉多纳的足球踢得好，踢得壮美，这都是国民人格的偏颇。深圳文化符合"没有专化"而又"易于完成""突然的飞跃"的文化进化"潜质法则"（美国文化人类学家塞维斯语），沉浸在圆通实惠的人文环境——外来的、本土的、东方的、西方的、务实的、浪漫的，融汇而后贯通，嫁接而生新质。学源的诗亦颇得其精粹。

学源对情感有股执拗劲，但不唯情，而赋情以思想和哲理，沐浴中国文化的熏陶，又不排除外来文化有益的营养，他的诗风，不玩深沉，不玩玄奥，不玩游戏，不丧失艺术本性，不遗忘最简单质朴本真的艺术规律。至于对其成就大小的评估，可以各说各的，不必也不可能定于一尊。但学源的诗，能让人看得懂，读得明白，有艺术余韵，是接近真实、接近淳朴那类。这是想说的第二点。

学源写得最多又最好的是情诗，亲情的怀念，友情的渴望，爱情的执著，乡情的味，都在他笔下生辉。他在一篇文章中宣言：情义无价，帮人者有福。施乐于人者乐也在其中，情义是一种文明，一种温馨，一种君子情怀，一种比索取更快乐的付出，也是一种与功利者以情义满足私欲——有求时如再生父母，无求时则视同路人——天霄地垠的现代新伦理。善哉此言。他的情诗里，红枫、百合、红杏、秋风、春风、晨鸟、朝露、电话按键、小提琴、灰色的篮子，都会勾起他那淡淡的惆怅，沉寂的心情，诚挚的情愫。

他的灵感有时仿若是蓦然出现，没有准备的痕迹："有了春天才有了思念/在夕阳的黄昏里去设想雨点/飘飘洒洒在心底啊/还是没法宣告那退却的烦怨"，"那年已是春天，你硬说已是冬季"，"挥手告别的时候，我读你的沉默"，"坐在你不想路过的百合花旁/用心去静听你淡淡的哀怨"。

猛然涌现于画面的，还有那些在潜意识酝酿积淀已久的东西。"难道人生是那无法重复的诗句/为何能够修补的只有这远远的记忆/雨季过后还会天晴，缘分断了却无法再续"，"多少金枝玉叶，败老在岁月洗去的船桨"，"电话那头传来你轻轻的哀叹/浓缩了多少关于你的崎岖"。

最耐人寻味的煽情是"你进我退的孙子兵法，错了的是一生何止点点"，"错过的美丽，残缺的哀怨"。

每个人都是一首长诗，本质上只属于他个人。诗与心灵同质情，是一生中最为辉煌灿烂天空中的云朵，必定和故乡、土地、亲人、命运同在。季节变换、越洋追逝、心酸别离、激情遐想、一笑一颦，乃至山脉、海洋、花卉、传呼机，都可变成倾诉的对象，或欲说还休，或无可奈何，或纯真无邪。以怀念再到惆怅，以哀伤跟进凄美，以回味而生烦恼，它像一条河流不停地流着，一切都显得湿润，变得柔软，变得刻骨铭心。一个哲学家说，美不完全在外物，也不完全在人心，它是心物媾和产生的婴儿。学源这些来自生命体验的真情感受，一旦与外物媾和，用调适妥帖的字句，从印象过渡到表现，气韵与诗的情绪、内涵相默契，不使橘树因过了河而成枳棘，因而是颇具美感的。

诗对我而言确是讳莫如深的。拉拉扯扯，断断续续，胡乱说了一堆，就此打住。

（1997年1月28日于广州）

跨世纪岭南文艺批评之路

——在中宣部文艺批评座谈会上的发言

文艺评论，要"借鸡下蛋"、"借船出海"，或曰"草船借箭"，以逐步发展自己。既不奉迎市场，也不排斥市场，用智力，用人才，用出名、出道、流传、轰动的社会人生需求，去开拓市场，去积攒信誉，使"借鸡"容易，"借船"不难，最后把自己也打造成"船"。

广东省文艺批评家协会自1994年11月成立以来，总结改革开放以来广东新文化的特征及规律，确立广东新文化品格，致力于以"精品评论"推动和繁荣"精品创作"。

一

勇敢地拒绝"唯西方"和"唯传统"带有异味的强吻，在万花迷乱的文艺思潮中，保持清醒和独立，不迷失自我，以中国先进文化的前进方向为导引，构筑一个有容乃大、八面来风的文化平台。

改革开放以来，岭南得风气之先，经济发展迅猛，岭南激情的现实生活中无时不在催孕着新文化高潮的产生。广东文艺理论批评作为重要的一翼，进行着既具有时代性，又具有现代性的新人文精神，精神规则和价值伦理的建筑和追寻，且逐步形成了自己的范式。

有困难的命运，充满荆棘的命运，才会深刻，才有兴味。我们曾经面临文艺思潮上层见叠出的困扰和挑战。

一个是"精神失望"。徒唤"精神冷感""精神虚脱""精神阳痿""精神乍胡"，拒绝任何精神规范和终极引导，鄙薄任何使命和责任，从社会良知和义务中隐去或逸出，纯粹的个人感觉天地，超现实超时空，把文艺绝对作为"个体的心灵世界的呈现"。

一个是"躲避崇高"。鄙夷崇高，调侃英雄，虔诚朝圣于宗教大观，孜孜探胜于荒蛮小景，津津乐道于个人隐好，顶礼膜拜于欢场粉丛。

一个是无端指责。诸如"东方无战事，南方无文学"之嘲讽，"南方文化殖民地化"之攻击，广东只有"一个半评论家"、"只有秃子头上的一根毛"（指一篇报告文学获奖）、"岭南文化意识还没有觉醒"之议论，以及"鬼火出比霓虹灯更富有诗意""写当代，只有共时性，不可能有历时性"之怪谈等。

当代中国，由于有多种经济成分，相异的利害关系，斑斓的人生追求，使得社会价值目标的选择多元化。但其评判标准，则应是有利于维护国家、集体与个人正当利益实现和兼顾，体现社会公正、人际关系和谐和个人自由天地的广阔施展，促进生命力发展以及遵循与其相适应的新精神规则，道德规范。何况每个时代、每个国度都存在一种不可或缺、着力张扬、推动历史和社会发展的主流文化。

1. 张扬文化的"朝阳精神"。我会前任主席刘斯奋的《朝阳文化、巨人精神与盛世传统——关于社会主义新文化建设的几点思考》，呼唤一种摒弃"背负着传统因袭负担，咀嚼千年不复的悲歌"，与时共进，与世俱新，体现从农业文明向工业文明飞跃的时代需求的"朝阳文化"：张扬一种与"侏儒精神""痞子精神""虚夸精神"直接对应的"根植于中国的社会现实，与人民大众的情绪和意愿息息相关"的有"无比丰富生动的内涵和纷繁奇丽的色彩"的"巨人精神"，便是对中国流行的文化思潮和论谈作了观照和分析比较，又对现时文化的走向，陈述一己之见，也是对岭南新文化十数年理论探讨和创作实践的一种总结和思考。

2. 倡导"新英雄主义重出江湖"。早在1995年《警魂》研讨会上，我会就预测：受众需要重拾"英雄情结"。1999年我会组织七十位文艺批评家到现代文明著名村庄——深圳南岭村采风，深入生活，又一次强化"新英雄主义，新理想主义"的理论呼唤。2000年11月，在林雨纯、郭洪义新作《天地男儿》的研讨会上，我们提出："渴望崇高，是人的素质改变的首选精义"；"渴望新奇，是在经历多种文体、形式试验后，读者口味需要有新的对接"；"渴望沟通，系在现代生活挤迫负荷重压下，需要有贴近时代，贴近心灵新的交流"；"崇高、正气、英雄、道义，正是文明进程中题中应有之义"，这正为"新英雄主义重出江湖"的凸现适逢其时势所必至的现实契机（见《物质富裕与"精神救药"》，《南方日报》2000年11月18日）。

3. 呼唤文艺的"向外转"和大感觉，大思考。文艺"向内转"，个人化叙事，对个性的张扬和开发，无疑极大推动新时期叙事的发展，另一方面，也带来一些弊端，对女性隐私开发似乎已走到尽头，叙事必然要找寻新的出路。

在2000年8月李兰妮作品研讨会上，我们又适时提出文艺"向外转"，祈望文艺重新审视文艺与社会与人生的把握，用"内转"细腻的叙事方式重新叙写对时代，对社会的大感觉、大思考，让两个方面的"转"互补滚动，一起推动文艺进程。

4. 强化文艺评论的"实践性"。我们一直以为，理论并不都是灰色的，与生活同步与时代捆绑的理论，则是常青的。摒弃理论上的"空对空"，概念上的"过把瘾"，讲求务实性的"地对空"，论说上的"啖啖到肉"，是我们孜孜以求的。

对电视剧《和平年代》《惊涛》《千秋之约》，报告文学《天地男儿》，九千行政治抒情诗《百年期待》的全过程关注和理论投入。

对电影《警魂》《安居》，电视剧《情满珠江》《公关小姐》《风生水起》的理论研讨和概括。

我会会员参与撰写的《邓小平理论与广东文艺实践》，我会主编的《电视剧的定位品格与走向》（广东人民出版社出版）都体现了我们在评论研究上的自主性和实践性。

二

创造性地寻求主旋律与多样化、理性价值和艺术价值、终极引导与世俗关怀间的平衡，竞合。文化不仅需要连续性，更需要开拓性。

1. 文艺评论和文化评论是一种重要的信息资本。

知识经济时代，权力和财富概念正在发生变化，正在发生转换。货币资本逐步转化为信息资本，信息权力取代着货币权力。

当信息取代货币和权力成为人们关注的中心，合理地开发、配置和利用信息资源，就意味着成功。

文艺批评和文化批评，以广阔的视野，在多种学科的交叉、边缘、临界点游弋和圆通，与社会、生活、时代嫁接更为广泛的联系，将政府引导、世俗关怀、传媒优势、人才培养、时尚趋势、智力开发、人际关系一起捆绑一起扭打，构筑一个信息资源平台，就可以寻找到新的生存和发展空间，一种新的平衡和竞合。我们对"精品创作""精品评论"和人才，聚焦我们的"注意力"，正是居于这一平台而考虑和选择的。

广东文艺批评界，涌现许多教授—研究专家—小说家（电视剧作家），评论家—策划家—制片人—发行人，理论家—理论编辑—出版人—广告人—主持人等三栖或多重身份的人才，为构筑这个平台提供了可喜的现代人力资源。

我会策划的《流行蛊》丛书十种（南方日报出版社出版）不仅为出版社带来社会和经济双效益（首印一万册），为流行文化的研究开拓一个全新领域，同时造就了一批在读硕士生的脱颖而出。

2. 文艺评论和大文化视角结合是动感，可"物化"，可操作。强化评论的策划，摆脱呆式经院研究；有主打（"精品评论"），有次打，也有歪打正着；不定于一等，历史学，社会学，旅游学，档案学，都可以在边缘部找到合作的契机。把文艺评论外延或拓展到大文化概念和视角，按认识经济理念的一种说法："视角的价质相当于五十个智商点数。"

对《〈中国现代史演义〉和潘强恩现象》的研讨，对《明清两朝深圳档案文献演绎》的关注，就是一个例证。

3. 文艺评论，要"借鸡下蛋"，"借船出海"，或曰"草船借箭"，以逐步发展自己。既不奉迎市场，也不排斥市场，用智力，用人才，用出名、出道、流传、轰动的社会人生需求，去开拓市场，去积攒信誉，使"借鸡"容易，"借船"不难，最后把自己也打造成"船"。

三

执著地架构策划、创作、评论和传播一体化、立体化，建立岭南评坛的"品牌忠诚"。

不断点燃"研讨"烽烟，南北海外广泛联络，兢兢业业地服务，对"精品创作"尽心尽力地传播，目的是想塑造岭南评坛鲜艳诱人的形象小姐。

1. 锁定"精品创作"，长久开掘，致力于推出"精品评论"。

对获得茅盾文学奖的长篇小说《白门柳》（刘斯奋著）的跟踪和预测早在它获奖之前的90年代初，已有十几年时间。《白门柳》获奖后，我会继续对之进行理论跟进。我会主编了《历史心灵的世纪回声——〈白门柳〉论》（广东人民出版社出版）和《名家评说〈白门柳〉》（广东教育出版社出版）两本评论集计六十多万字。前者引进了西方的叙事理论对传统题材的历史小说文本进行评论；后者从不同的角度对《白门柳》进行解读，阐述各自独特的思考。这两本评论集互相渗透，互相生发，一个开放性的文本的多种意义因解读方式和角度不同而得到充分的表现，《白门柳》的研究被推进到一个新的阶段，这也是对新时期历史小说研究的推进。

对长篇报告文学《天地男儿》（林雨纯、郭洪义著）的关注和投入则从两位作家在深圳南岭村深入生活开始，历时一年零九个多月。这部报告文学第一次以报告文学为载体大气度地艺术真实地写中国农村物质富裕之后的精神出路这一时代主题，在《深圳特区报》连载后，反响热烈，预计可能成为近期文坛的一个热点，我们将继续进行评论跟进和总结工作。

早在"打工文学"命名之前，我会评论家就对打工作家积极地进行关注。今年与有关单位共同策划和主办的"大写的二十年——打工文学研讨会"配合打工文学精品选集的出版，对十几年来打工文学的初始到繁荣，打工作家中的佼佼者进行了理论研讨和研究。

对于反映广东二十年风云有创新突破的长篇小说力作，我们已作初始研究、评判和跟踪，于明年适时推出。

2. 确立"品牌忠诚"，事事躬亲，决不苟且敷衍。

研讨的目的在于传播，对每次研讨合作，我会都从不怠慢。目前虽谈不上水到渠成，但愿意与我会合作的单位很多，学术、影视、出版、旅游等单位及至高新科技公司等都有与我会达成合作意向和协定的。

我会策划主编的大型理论书链《叩问岭南》四种一百万字（花城出版社出版）追求务实性，对岭南新文化进行系统的理论探讨，获广东省鲁迅文艺奖。

两年内计划再出六种，并延伸到文艺的各个领域。在雅文化，俗文化（《流行蛊》丛书）两个层面，建立和巩固自己的"品牌"。

我们以热情服务、理论提升以及网络时代的点击方式，确立"品牌忠诚"，并以"品牌忠诚"驱动利益互补互动。

四

长远地构筑广东文艺评论人才储备系统。以"新人"辈出为首选要义。

一个宗旨。激发老一代文艺理论家的中坚作用；发挥中年文艺理论家的堡垒作用；扶植新生代文艺理论家的先锋作用。

一种理念。要放出眼光，发掘新人，首先自己要在"慧眼"学校毕业再说。无论名牌或者名人，对于籍籍无名的过去，总有一种特别难忘怀的情结。想和他们结为朋友，当在对方还没有成名之前就结交，至于他们能不能成名？什么时候能成名？那得看自己的眼光。

一种做法。在读研究生，是我会后备力量的51号"兵站"，是取之不尽用之不竭的人才。选拔—培育—推出—就业，进行全过程的培育和扶植，为他们铸造发展平台，走出象牙塔，参加岭南文艺批评实战，在毕业时已有业绩和著述，创造多样的条件和服务。他们的加入使我会人才的梯形队列呈欣欣向荣的姿态。

（原载《光明日报》，又载《文学报》）

评李士非《转型期报告》

20世纪80年代中叶，中国报告文学出现了一种可喜的征兆：走向战国时代，这是新时期报告文学的第二次热潮。第一次是出现于70年代末，以徐迟《哥德巴赫猜想》的巨响，宣告了中国报告文学大繁荣时期的到来。

在"各路诸侯"中，南国广东无疑是重要的集团军。

一因广东开放改革"先走一步"，得风气之先，涌现了一大批堪称鲁迅先生说的"中国的脊梁"式的人物。笔者当年正主持一家刊物，就曾策划推出广东改革的"五驾马车"：梁×、袁庚、杨××、雷×、许××，后因我们的作家中不乏"价值盲"等原因，斩获仅得其三。时代使然，也因此造就了一批竭精殚思的"热血"作家。

二因面对万花迷眼，思潮蜂起的情势，广东文坛在历经一个马鞍形的慢牛盘升之后，渐见追涨杀跌、奋力驰奔的新景观。

三因文艺评论与文艺创作的交煽互动，辗转因果，文艺评论正朝着"可操作性""物化""集团效应"驱动。

三者一经化合，便汇成一股纵情挥洒、放金落纸、直击时代的报告文学创作洪流，所以往往佳作迭出，好戏连台。李士非，著名报告文学作家和诗人，花城出版社编审。《热血男儿》获1985年第三届全国优秀报告文学奖。李士非，就是在这开放改革和报告文学双重主潮的潮头奔涌之季出现的一位"热血"作家。

士非有言："反映时代的最有力武器是报告文学"，"报告文学对作家的思想修养、艺术技巧、知识结构，都有很高的要求"，而"内向的人不适宜写报告文学"。

我捉摸，这修养、学识、技巧都应是经历长期沉淀的。那种率尔操觚之作，只会让人感到浅薄，如同一个功夫不深的演员，偏要在那里表演"杀四门"一样，总是使人代为捏一把汗。士非在几十年的编辑和写作生涯中，有过尘封，受过炼火，但勤奋依然，爽直依然，天真也依然；青春焕发不改，政治热情不改，艺术初衷不改。在艺术，越发地趋之完美和谐；于生活，一以贯之地投以率真、激情；对事业，兢兢业业地报之以作家的正义感、使命感。

他写《热血男儿》《招商集团》，集结于心，不下四年；对《电白的启示》《当今奇女子》《命运共同体》等笔下人物命运的浮沉、演进的跟踪，也有八年时间。在笔者写这篇小文之前，士非在电话中说："我把报告文学旧作通读了一遍，心情依然激动不已；跟踪调查了笔下的人物，至今也还站得住；我决定把它编成一本集子，请你再读一下，如觉有价值，就请你……"

淡泊自守的士非话未说完，我已眼角发热。《招商集团》最早发表在我所主编的刊物上，《热血男儿》以前就读过，《电白的启示》的写作我也是清楚的。我即抢过话头：我写。1961年，那吃小球藻、"瓜菜代"的年代，他和我、郭东野在湛江青年运河泡了一年，组织和创作《银河记事》的历历往事，一股脑地窜了出来。

我坦言：收入这本集子的十一篇作品，都是堪称"绩优股"和"精品"的上乘之作。

《热血男儿》1985年获第三届全国优秀报告文学奖。

《当今奇女子》，1987年第四届全国报告文学评奖时初选提名，因作者是该届评委，而放弃了参评的机会。

《招商集团》，1987年评奖时夏衍特别点名推荐，只因发表时间所限（当年评1985—1986年度）而未上；夏衍在接见全体评委时又一次鼓励作者：下一届该评了；下一届是1989年，评选中断。但这无损于这篇作品的思想和艺术价值，也自然无所谓遗憾不遗憾了。

对时代的敏锐、热情，艰难荡漾于有着无限惊涛骇浪的生活激流，诗人的率真、才情以及精到的艺术感觉、剪裁和技巧，也许就是李士非报告文学的三元本色。

一、士非的报告文学，有一股凛然正气，有一种逼人的精神锋芒，有一种鲜明的道德情操和行为准则

官明华（《昭雪之后》）、袁庚（《热血男儿》）、梁宪（《招商集团》）、梁伟明（《香港奇人》）、马福元（《命运共同体》）都是在人生舞台，改革舞台上，通过自我表演、性格冲突，折射和弹出的澄澈、生动、活鲜形象。作者透过他们的命运、际遇而引发的关于改革与人生、历史与个人、成功与危难、正义与邪恶的理性思考，真诚而深刻。

官明华，一个与张志新齐名的烈士。1979年，广东省委为在海南岛白沙县惨遭杀害的烈士官明华平反，并号召全省人民向她学习。生前，官明华追求真理，却遭人诬陷；坚持真理，却遭人杀戮；她就义的时候，嘴里还要被一截竹筒塞着，穿以铁丝，扎在脑后；被杀害八年之后，沉冤得到昭雪，她被追认为烈士，但仍然受到某些当权者的贬抑。杀她的人，换了包装，平安无事，照样当官，其追随者也依然神气十足。

作者满腔义愤地写道："这一切汇合起来，恰似这次持续时间很长的寒流，袭击着我们的心头，不过，我们也看到，那蔑视寒流的木棉，已经开得如火如荼，花朵上仿佛漾着烈士的笑容，于是，我们决定写这篇《昭雪之后》。"

并不是"昭雪"了，就妖氛永靖，从此坦途了。正义与邪恶、开放与麻木还在继续较量。在"昭雪"之后，烈士还要继续经受一场又一场的炼狱之火：恶人逍遥法外，恶势力伺机反扑，还有相当一部分人冷漠、麻木不仁，貌似公平而对平反不满、异议，等等，它们构成了使恶人得以猖獗的恶环境。士非对此进行了爽辣精悍、鞭辟入里的解剖和批判，痛快淋漓，发人深省。

更加耐人寻味的是，《昭雪之后》发表后，《南方日报》发表了大量读者赞扬此作的来信，这强烈而广泛的反响又刺激了一些人的神经。一个署名群斌的人，借着《南方日报》校对上的一点差错，惊讶不已，并对《昭雪之后》的创作和发表提出诘问和责难："这是否有利于安定团结"。

对官明华的沉冤八载，不表"惊讶"；对刽子手的草菅人命，不表"惊讶"；对愚民的漠然冷酷，不表"惊讶"，而偏偏对编辑已经改正的一点校对

上的疏忽，异乎寻常地"惊讶"，你道怪也不怪！

为此，笔者当年受《南方日报》之托，写了《"惊讶论"与文艺批评——读〈昭雪之后〉兼评对它的异议》，予以痛斥，照录一段于后：

"《昭雪之后》，揆其要旨，正在这'之后'的点睛一笔。这带血的一笔，把当今生活中习以为常，但已成为某些人的顽症痼疾捕捉于书上，切中肯綮，痛下针砭，加以疗救。这延伸的一笔，有如撞钟，余音缭绕，激起感情的波涛，触发意味深长的思索。"（《南方日报》1980年7月9日）

杀人有功，高扬邪恶，而不能鞭挞；诬陷有理，泯灭正义，而不能揭露，否则，就有碍于安定团结。这就是那个"高举""紧跟"的"火红年代"发展起来并恶性膨胀闹得人人自危国无宁日而且还会绵绵不断流传久远的逻辑方程。

没有真诚和正义，就没有冤狱的平反；没有冤狱的平反，就没有思想解放；没有思想解放，红衰翠减，秋老花残，是非不分，万马齐喑，也就不会有今天的改革开放。历史是笔财富，取之不尽用之不竭的财富。

从官明华生前和死后的遭遇，我们可以深刻探测那个时代的脉搏和足印。

笔者的小文当时还带来意外的欣慰，在那个律师职业尚未走红的年代，笔者为十数个天天来纠缠不休的平头百姓，充当刀笔吏，干起大状营生，真一乐也。

二、士非的报告文学，在人物塑造上着力，很有深度，有一种大报告文学的气度，有一股黄钟大吕、千秋风云的气概，还有一种多面性丰富性生动性融汇圆通杂交互动的气质

蛇口、招商局、袁庚、梁宪，这不仅是现实的产物，而且带有深刻的民族历史文化印记。

《招商集团》写于党的十三大前夕，那是中国经济由计划经济向市场经济转型的历史时期，旧体制带来的多种传统习惯、心理、观念难以一时在人们头脑中消除，甚至形成多种多样的羁绊、障碍、暗潮，正是在这种思想、体

制、心理的大较量中，袁庚们在艰难竭蹶中突围，在严峻夹缝中行进，在改革的春风拂照下新生和创造。看看那力拔山兮的一笔，那长久凝聚一旦喷薄而出的呼喊："过去说，只有社会主义才能救中国。完全正确。再说具体一点，是不是可以说，只有社会主义商品经济才能富国。"对这一如醍醐灌顶般的呼唤，作者再行提升，一针见血地指出：好像承认商品经济，他们的马列主义纯洁性就成了问题，他们就靠这点顽固性来支持维系自己的精神平衡。

现实的试验、理论的思考，与党的治国大略不谋而合。这不仅浸透着作者和主人公的现实思考和历史眼光，而且潜藏着一种预见。

作者还未就此罢手。在另一处，又浓墨重彩地涂抹一笔：

蛇口的改革，不也是某种意义上的嫁接和杂交吗？

多年来，我们闭关自守，总以为自己的体制最纯，好像马克思只坐在我们的炕头上，结果怎么样呢？大家都知道了，杂交出新，这恐怕是一条普遍规律。

蛇口绝非仅仅是一个地理概念，而是象征着中国改革的试验，象征着市场经济的科学和强大生命力。这种呼唤和精神一旦透过人物和形象活脱而出，就会产生强大的思想光辉和巨大的震撼力。

只会引用马克思，那是马克思的不肖子孙。一位理论家在前几天的报上著文如是说。善哉此言，诚哉此言。

三、士非的报告文学，其翻江倒海般的情感安置于平静质朴随意的叙写中，对复杂斑斓的素材施行大刀阔斧的艺术剪辑和聚光

在不经意中，常常抖落语言机趣和犀利。如作者笔下的袁庚有极精彩深刻的个性，他对监督机制的看法十分奇特，他说：基督山伯爵报复仇人的办法还不够厉害，最厉害的办法，是给他很大的权力而不监督他，让他自己烂掉。

在机锋的谈笑和奇辟的比喻中，让人物的气质、涵养自然流露出来。袁庚提倡肝胆相照，提倡政治透明度，要使所有的同志免除发表政治意见的恐惧心理，谈锋奇警："罗斯福总统四十多年前提出要使人民有免除恐惧的自由，

今天对我们仍然是适用的。"

即使像坐小汽车这样容易为人忽略的小事，作者也要挖掘人物的独特心理感悟和内涵。恢复工作以前，袁庚骑自行车上街，总觉得擦身而过的小汽车太霸道！"不能开慢点吗！"恢复工作以后，自己也坐上了小汽车，有时就觉得路边的自行车碍事了，"不能靠边骑吗！"他很快意识到这种心理状态的变化，警告自己："可不能让屁股指挥脑袋呀！"

秦城监狱里的袁庚，二刘眼里的袁庚，与总书记对话时的袁庚，研究生眼里的袁庚，微服私访时的袁庚，拌和着袁庚的谈判艺术、人才观点、民主意识、生活情趣、政治抱负，活鲜地凸现出集将帅与士兵、红色大亨与阶下囚、以国家为重而又个性奇崛丰富的"这一个"形象！

以人物为中心观点，从对蛇口"试管经济"的现实描绘与百年招商的历史衔接，从当代中国历史的曲折道路中，对蛇口人的横切面解剖铸造，承前启后，纵横捭阖，雄辩地证明这场改革的历史必然性，这是中国改变贫穷落后的历史必由之路。

《热血男儿》和《招商集团》在生动强劲地传递敏感性、真实性、动向性、指导性为一体的现代改革信息方面，也十分典型。前者获国家级大奖，后者夏公一再郑重推荐，绝非偶然。它们的历史、文化价值和艺术价值，一定会被未来的历史不断地开发利用。

四、士非的报告文学状写真实，自然流淌；文笔朴实，力避浮华；人物以"本色"出之，但需"着我之色"，"我色"与"本色"相辉互动，十分精致

士非是个剪辑高手。他对故事、对事件摒弃罗列堆砌式和概念注脚式剪辑，而取形象衬托式剪辑。事件，常常被他的旁触衍生，为转述的故事、人物的刻画、趣事趣闻趣语所剪辑，造成一定的悬宕感和情节性，很多篇都可当做小说来读。

他对香港的繁华就剪辑得很精致玲珑："香港的灯光，是一个奇迹，因为集中，有山、有海，密集而有立体感。"

　　我历来以为，文学体裁无所谓高低尊卑，各种体裁的作品都有精品、赝品、伪劣产品、翻版产品。这本是个常识问题。但长期以来，文坛习惯上总以小说为正宗，报告文学等为邪宗。事实上，约翰·里德的《震撼世界的十天》，夏衍的《包身工》，徐迟的《哥德巴赫猜想》，无疑都是传世之作，与同时代的长篇小说精品并驾齐驱。

　　对士非在报告文学上的成就，我一直怀着深深的敬意。

　　现在是个德高望重过剩的年代。忽略前人，割断历史，以为历史必是障碍无疑，成了一种"流行病"。在广东的编辑出版界，李士非和岑桑、易征、司马玉常、关振东、王伟轩，都是编坛高手，他们常常从字纸篓、废纸堆中，从文理不通错别字连篇的作品中，发掘出一个作家，钩沉出一部佳作。在文学创作上，他们也成绩斐然，这些老同志是一笔难以计算价值的财富。我们不应该也不可能忘记他们。

　　是为序。

　　　　　　　　　　　　　　　　　1997年，子萱8个月，于广州

现实拷问里的理性思考

——《最美好的岁月最早消逝》序

2013年9月,广东省人民政府参事室赴高州调研,我邀刘中国同行。调研时间为期四天,我拖着一个放着几件换洗衣服的儿童书包类的小拖箱,而刘中国却大汗淋漓地拉着一个硕大无比的大皮箱。参事室的阿宝司机很纳闷:女参事出差、行程六七天的,也不会动用如此之庞然大物。这个箱子,我见过二三次。去年林英男约我和他在东山"山东老家"吃饭,刘中国也拉着这个大皮箱,放在身旁,占了过道的一半,我还以为他出差外省路过广州,他说:刚从深圳过来,就住一晚,明天回去。前几年,我邀于爱成、夏和顺他们仨到东山东园宾馆,讨论《深圳九章》编撰事宜,于、夏轻装简行,背了个小挂包,而刘中国照样拖着个大皮箱,"河南人吃多了铁棍山药,力气大,精力旺盛",我心里想。

高州临别前夜,他把《最美好的岁月最早消逝》稿件交给我,厚厚的一大摞,挺沉,让我写个序,理由是:你给林英男写了,给辛磊写了,也给我写一个。读完这本散文集,才知道刘中国皮箱的故事绝妙和细节异趣。

人生感喟时的灵性妙发

在本书第一辑"康乐园集"中,刘中国传递了"新三届"(77、78、79级)这个在历史断裂带上形成的"热带雨林群落"的三重价值信息,无异于这一代人的灵魂档案。那三个"关键句"是——

"在苦难中掘一口深井"（苏炜）；

"人生有上半场，就有下半场"（李旦明）；

"名闻利养都是虚无，但要把富足都化成布施，最后一根草都不带走，才是成功"（吴鸿清）。

苦难观的洒脱，人生观的异趣，世界观的彪悍，财富观的明豁，给人以醍醐灌顶般的冲击。

刘中国在写到"新三届"成长历程时，引用了阿·托尔斯泰《苦难的历程》第二部《1918年》的题记："在清水里泡三次，在血水里浴三次，在碱水里煮三次，我们就会纯净得不能再纯净了。"这几句话，真实，残忍，冷酷，恶毒，但又形象地揭橥了苏俄革命胜利后旧俄知识分子"脱胎换骨"的"苦难历程"。

我于1955年考入中大中文系，那时候所谓"思想改造"刚结束不几年，师长们已经"洗过澡""割过尾巴"，没想到很快就赶上"反右"。陈寅恪先生三缄其口，但是叶启芳、卢叔度、董每戡、詹安泰等老师以及许多同学给"引蛇出洞"，打落水中，蒙难受辱。及至"文革"爆发，师长辈和我这代人，一起掉进了炼狱。至于"新三届"这一代，何尝不是在清水里、血水里、碱水里泡过三次？他们从脱离娘胎那天开始，无一刻不历灾难，无一境不尝艰辛，但却没有"百炼成渣、全军覆没"，而是在这近三十年里撑起一片天空。如今失去了的是青春的颜色，但换回一颗平和、宽容和智慧的平常心与苦难观，这项浮士德与"魔鬼"的交易，我看也有合算的地方：岁月风霜虽然砭骨袭人，其实也滋补人历练人，滋养了人性的丰美富饶；"热带雨林群落"如今重温"人必须每天每日去争取生活与自由，才配有自由与生活的享受"这句话，会有一番不同于大学时代的体贴入微感悟。

人的一生中，上半场（前半生）进行状态多于记忆状态，下半场（后半生）记忆状态多于进行状态，当下流行"六十岁才懂事""退休了开始真诚"这个说法，可谓灼见真知。我们无法也没有能力去操控前半生，尤其是青春，谁也没本事把它重新修改一遍。但是"热带雨林群落"留下的基因密码：激情、闯荡、自由、豁达，不屈，却绵延不尽，葳蕤勃发，贯通于下半生（下半场）威武雄壮的舞台之中。

1979年，中山大学出了一本校园杂志，叫做《红豆》，这本杂志，只出版了七期，三十多年后，在当下由一片片、一束束谎言构筑的山寨历史建筑群中，时兴假话真说，嘻哈倾城，拼爹成风，时兴享受日本双头鲍鱼、伊朗鱼子酱、古巴雪茄、法国红酒的炫示，居然还有那么一些人在缅怀三十多年前一份没有刊号的"校园杂志"，还有那么一些人如林英男、徐晋如自己出资开办"诗教网"，还有一些人如夏和顺自掏腰包往返包括台湾在内的图书馆、档案馆，查阅收集文献，辑录、考释罕有受众的《容庚来往书信集》，还有一些人如刘中国差旅时拖着个大皮箱，在全国各地旧书店、旧书摊乱转悠，专事搜索别人弃之如敝屣的玩意——这个世道儿，你说奇也不奇？

1979年的迎新晚会上，78级诗人朱子庆登台朗诵彭斯诗作："狼（郎）吹口哨妹就来！你要求爱就悄悄地来！后门不开不要来——！"刘中国一直牢记不忘，多少年后他居然在一条贴满"老中医专治花柳病"的死胡同里，买到一册1811年出版的豪华精装本《彭斯诗集》，这本书就像我那位才华洋溢的老同窗金钦俊教授的大作《致彭斯》所言："二百年的尘烟垒就了/浮流的时间巨冢/你素足跨越岁月/依然灿烂明艳一如/苏格兰夏日玫瑰的铃记……"——这种"陋巷艳遇"，你说怪也不怪？

十九年前，刘中国、黄晓东为中国留学生之父容闳立传，曾邀我作序。《容闳传》出版几年后，他居然买到了一册1909年美国出版的容闳英文自传《My life in China and America》。这个百年前的初版本印刷精美，稀缺珍贵，原是美国某图书馆旧藏。我在扉页处抄录了为《容闳传》所作序言中的一段话，权作"题跋"。在书上题词的还有袁伟时、黄天骥、蔡鸿生、陈炜湛、苏炜等。他能购到这本奇书，完全是"日有所思、夜有所梦"的结果——这种痴呆劲儿，不是很有趣吗？

……

"热带雨林群落"涌进康乐园不久，我就和他们有了纠集交错，我在为林英男《平沙集》以及辛磊遗文集所作序言中有过具体描述。弹指间三十多年过去，套用"国王驾崩、国王万岁"这句老话说，青春凋零，青春不朽。如今他们有的退休，有的离开一线，陆续转入筹划日久的"人生下半场"。我只举两例：2008年，金虹（金尧如之女）组织成立"香港知青协会"，传承知青记忆，独立表达历史，近年举办过几次大规模的"知青问题国际学术研讨会"。2006年，吴鸿清到人文始祖伏羲故里甘谷创办特色教育实验班——伏羲班，得到了"热带雨林部落"的倾力支持；头衔众多的方风雷可谓"热带雨林部落"里的"大鳄"，他去年斥资创建河北省白洋淀端村学校，吴鸿清则出任这所乡村民办学校的校长。以上两例，一务虚，一务实，都是"热带雨林群落""下半场"的淋漓书写，都是在尽一份福泽子孙之责，铁肩担道义，舍我其谁欤？

再过几年，"刘藏书"也要进入自己的"下半场"了，我建议这个长于单打独斗的"书斋动物"，最好写写书的收藏与传递。每一本藏书中，都潜沉着一个生动曲折的故事，一个时代的印记和密码，一份痴情、浪漫与想象。书籍的收藏是一种灵魂的渴求与满足，书的传递则是一种精神层面的"布施"，照吴鸿清的话说："把富足都化成布施，最后一根草都不带走，才是成功"。

高州之旅同行者，尚有陈俊年、卢锡铭、高凌飚、黄莹莹诸君。此行考察了一些文化企业与场馆，参谒了几座冼夫人庙，我对高悬在大殿上的陈兰彬（首任驻美公使，容闳副之）撰联"我事三代主，惟用一好心，忠肝义胆，发出纬地经天"，有了一些体悟。"为天地立心，为生民立命，为往圣继绝学，为万世开太平"，谈何容易哉？但是要有"一片好心"，要有一份"忠肝义胆"，要有一点"敬畏"，至少进庙捐上"香火钱"，过座木桥"交桥粮"。

现实拷问里的理性思考

盘点一下刘中国的"上半场"，购书不辍，读书不辍，写作不辍，成果颇是不俗：

——他与汪开国合著的《大鹏所城——深港六百年》出版于香港回归前夕，这是第一本还原大鹏所城历史记忆的著作，我曾应邀为其作序；2001年大鹏所城升格为深圳唯一一家国家重点文物保护单位；

——他与黄晓东合著的《容闳传》出版于2003年，我再次应邀为其作序；容闳先生当年捐建的"甄贤社学"现被辟为"容闳纪念馆"、"中国留学生博物馆"；

——他与舒国雄等编著的《明清两朝深圳档案文献演绎》出版于2000年，时任广东省委副书记、深圳市委书记张高丽作序表彰，认为该书"系统全面地描摹了明清时期深港地区的历史和文化驱动力，从而为深圳的昨天与今天架起了一座横亘不断的桥梁，为深港地区的历史发展和文化交融提供了崭新的坐标，这对于日益加强的深港合作，对于深港地区携手共创辉煌，提供了无可辩驳的史实依据"。

此外，他还出版了《钱锺书：二十世纪的人文悲歌》、《米修司，你在哪里》等史传、散文作品。

本书"凯风集""父老集"以及"尴尬集"的一部分，可以视为其"史传"写作的延续。为容闳、钱锺书立传固然不易，给那些"被侮辱和被损害的"父老乡亲立传，既没有"经济效益"润滑驱动，又没有"社会效益"间接鼓舞，但他还是写下了一篇篇令人震撼的"乡村史记"。

那么，究竟是什么动因使他萌发"乡村史记"系列写作？《皮影人》引了一位美国诗人的几行诗："有时候生活把你抓住/把你变成一支说话的芦笛/你不愿意也得说出/你从未料到那么真实的话……"促使他拿起笔的，其实是一个来自草根阶层的知识人的良知、悲悯、忏悔，以及积郁了几十年的愤怒；正是乡村父老的苦难生命史把他牢牢"抓住"，迫使他说出"真话"、讲明"真相"。于是，我们面前展开了乡土中国历史上荒诞的一幕："老地主"游街挨批斗，十七八岁的女儿，脖子上挂"破鞋"跟着"陪斗"；高校教师打成"右派"，家破人亡，流放穷乡僻壤二十载；"老兵痞"忍辱负重一辈子，最后含恨悬梁；"老根子"（土改"根子户"）一辈子被乡邻憎恶、被权势"耍猴"；老贫农偷个南瓜被打成"二流子"抓去游街，直到最后酿成"现行反革命"事件……

"乡村史记"系列带着强烈的地域性、泥腥味，混和着那个悲催时代的低压气流、酸风苦雨以及铅块一样沉重的暗云，但是行文冲淡，如灯取影，三言两语，一两个场景细节，那些"被侮辱和被损害的"父老乡亲，已经掀开正在腐烂的棺材板，伛偻着腰身默默坐起。"文革"一开始，各大城市、各个单位刹那间变成了"斗兽场"，1971年我也被揪出来关到韶关，内定为"×××"分子嫌疑人。老友金钦俊有几柜子令人艳羡的新文化运动初期的珍稀图书，我曾经拿黄庭坚"家徒四壁书侵坐，马耸三山叶拥门"调侃他，但是"文革"一爆发，那些图书被人统统抄走、焚毁。老金回到家里，满屋狼藉，这回可真是"家徒四壁"了，只剩下一套扔在地上的"雄文四卷"——真是莫大的讽刺！我没有想到的是，数千年以血亲为纽带的农村，也变成了血腥味刺鼻的"斗兽场"。中国的农民是最温顺、忍让、谦卑的"动物"，是谁施了什么魔法，一夜之间让"桌子跳舞"？"热带雨林群落"自然还记得"不斗争就不能进步""八亿人口，不斗行吗"之类"最高指示"。

中国人几千年来"敬天爱人"，事事讲究"和为贵"，为何一夜之间八亿人变成了乌眼斗鸡？《给张德礼表爷拜年》一文有过"引经据典"——他在旧书店淘到一册1933年出版的《史泰林治下之苏俄》，作者张君劢，中华民国宪法之父，早期新儒家的代表之一，尤为留意苏联教育问题，该书写道："革命博物馆，陈列俄国革命党捕后所居之牢狱与其流窜于西伯利亚之相片，依时代先后，分年排列，不啻一部革命史。其最触目者，则俄国贵族放辟邪侈之油画，有乡间农妇，弃其乳儿于道旁，佣于贵族之家，而贵族令其以乳乳小狗。此事之果有否，非外人所敢断言，然亦阶级斗争观念下应有之作品而已"。事实证明，"老大哥"的这套培养"阶级仇恨"的宣传教育方法，后来为"我"拿来，复制克隆，发扬光大，活学活用，立竿见影。

制造恐怖，煽动仇恨，制度设计者把群氓赶上一条不归路。在"阶级斗争"和"专政"的大纛之下，"地富反坏右""老根子""老兵痞""二流子""哑巴舅"弯腰低头，唾面自干，逆来顺受。有句老话说"自古茅屋出公卿"，还有句老话叫着"茅舍之中有雷霆"，受虐者也有铤而走险不要命的时候，比如"二流子"金贵舅爷一辈子贫穷腌臜，猥琐木讷，遭人歧视，但他无辜受辱后那番不要命的"冲动"——戴高帽游街批斗回家后，一把扯下伟人像，撕碎后扔进茅坑里——这就反衬出"哪里有压迫哪里就有反抗"这句话多么经典。

《孩子他爹，念念信罢》是一篇血泪文字，我已老眼昏花，但还是一口气把它读完了。这篇文字把造成民族陷入万劫不复、非人之境的缘由，囊括在一个家庭故事里。故事写的是属龙的"这个女人"和属牛的"孩子他爹"，即作者的父母和"五男二女"之间"打信""念信"的故事。"这个女人"是个文盲，离乡前夕在"孩子他爹"坟前焚烧儿女全部来信，作为祭奠，同时盼着"孩子他爹"托梦的时候，念念儿女们这二十多年"打来的信"。"打信""念信"支撑了两位老人勤劳苦难的一生。

世上所有的爱都是以聚合为目的，中国文化尤其讲究团圆和喜庆。只有一种爱是以分离为归结，那就是父母对孩子的爱，孩子作为一个生命个体从父母的生命体中分离出来，尤其是乡下孩子长大成人"跳农门"，就算是乡村父母"成功"了；分离（"跳农门"）得越早，越是"成功"。但就刘中国的苦难父母来说，外面"打信"的多了，家里"听信"的少了，"成功"后接踵而来的是孤独和衰老，是疾病和死亡。读这篇文章有一种"孤舟五更家万里"的感觉：家是一个生命活体，常"回家"，看看故土；常"打信"，挂念父母；从靠岸水中回到码头，从乡邦启程迈向都市，走得再远走不出我心……这便有了进出"围城"的迷乱、离家返乡的折腾和拷问，以及"岭南音书绝，经冬复历春"的恐慌与绝望。家在路上，路上想家，跌倒了，爬起来，写几页信，读几页书，再哭。

这篇文章尽扫囚困在喜庆"颂歌"旋律里的肉麻高调、猥琐暧昧以及"卖春女"嗲声嗲气的咏叹调，通篇文字"运冷静之心思，写热烈之情感"，抒愤遣愁，自出机杼，白茫茫大雪飘飘，冷飕飕寒风刺人；凌越于寒霜冷冰之上的，是一份冒着血滴子的赤子之爱，但它就像寒夜里、风雪中、荒原上点燃的一簇篝火，根本无法温暖父母早已冻僵的手脚、腰身。直到文末，他才像一匹一发饮羽、失声而逋的孤狼，忍不住在洞穴里发出一串低沉的嚎叫："在这片富饶、广阔而又贫困的国土上，有着我们千百万两眼昏花、双手老茧、腰弯背驼、无依无靠、孤苦伶仃的乡下老娘亲呵。……儿女们呵，进了城！娘老子呵，盼着信！呼儿嗨哟，儿女是娘老子的大救星！"

在状写乡村父老苦难生命史时，作者时常掺杂诙谐戏谑，其用意也许是冲淡泪痕、掩饰血污，其效果则像那些缺医少药的乡民，用草木灰糊住撕裂的伤口止血，反而使得创伤、污血更加触目惊心。

这本集子多处提到饥荒、饥馑、饥饿。"那个女人""孩子他爹"的苦难是怎样酿成的？他们是怎样从死人堆里爬出来的？顾准当年"下放"信阳，在"喜看稻菽千重浪"的鼓噪声里，饿着肚子记下"大跃进"年代一幕幕荒诞无耻、惨绝人寰的悲剧：权力意志与满天谎言的交媾狂欢，肉体苦役与精神良知的双重折磨，莺歌燕舞与饿殍遍野的黑白倒置。但是，《顾准日记》秉笔直书的"饥饿——浮肿——死亡"事件（包括人吃人），也只是豫南乡村"死亡序曲"，等到农民大批饿死的时候，他已经拖着饿得浮肿的双腿回京。可以想象，如果顾准迟走半月，这部充满良知、智慧、悲悯与愤怒的"死亡日记"只能为他陪葬了！

"文革"十年，神州大地"到处莺歌燕舞""旧貌换新颜"，但是当地农民的生存状态究竟如何？顾准与钱锺书、杨绛、俞平伯、李泽厚等"文革"期间"下放"信阳，最后一站是距刘中国老家不远的"明港干校"。对于当地农民的赤贫生活，《顾准日记》与杨绛先生《干校六记》里有过触目惊心的片段描述。

发轫于20世纪70年代末的中国改革开放，其第一推力是持续了几十年的"饥饿"，是尖锐无比的"肚皮"问题，最高决策层顺应了"肚子"提出的历史诉求，包括广东"逃港潮"在内的许多疑难杂症，终于迎刃而解。我和于、夏、刘诸君编撰的《深圳九章》（花城出版社2008年9月版），揭示广东率先"破局"，啄破小孔，找准钥键，捅开铁锁，让思想冲出牢笼，引领中国改革开放之时代大潮的历史现场。

关于"大饥荒""逃港潮"与"开放史"的内在关联，刘中国与舒国雄、黄艳琼、黄俊琳、梅先辉诸君编撰的多卷本《建国三十年深圳档案文献演绎》有过详尽的历史文献梳理；深圳作家陈秉安出版过轰动一时的纪实文学作品《大逃港》，此不赘述。我在为《辛磊文集》所作序言中，追溯了广东近代以来屡屡成为"南风窗"的成因，那么，在加油启动的历史性关键时刻，广东会不会迎来新一轮思想震荡、众声喧哗的"南风窗"浪潮？我拭目以待。

刘中国读大学时，把季羡林翻译的《沙恭达罗》中的一个句子"你走得再远，也走不出我的心，黄昏时树影拖得再长也离不开树根"，改写为："你走得再远走不出我心，黄昏时树影总连着树根"。对于他来说，最初的根是故土，后来是康乐园的"热带雨林"。

他不仅拥有"那个女人"遗传给他的充满苦难的娘胎基因，拥有"那块土地"留给他的充满血污与反叛的乡土记忆，而且拥有"热带雨林"里锻冶出来的不盲从潮流、不为世俗所囿、独立不阿的人文基因。在一个自由高唱的校园中，师长学长们观点亮相、灵性生发、看法争锋，哪怕自己根底浅薄、张口结舌、无法置喙，哪怕只是闻闻见见、作壁上观，也能洗净蒙昧、拓展胸襟、开阔视野，尽情吸纳"南风窗"大时代里鼓荡的天风海雨，日后在理性之锤与现实之砧的锻压之下，铸造出一支涌动着无限生机的精神之花。刘中国们从重评《武训传》的争吵中出走，从辩论高行健《绝对信号》和朦胧诗的喧哗中突围，从质疑其乡贤王实味被砍头以及白桦影片《苦恋》被封存的暴虐中思考，生命中的这种神秘力量，很早就决定了他们的生活道路和人生价值取向，也成就了"热带雨林群落"在苦难深井中爆发的一次次井喷。

德国诗人歌德"在命运的天平上，不是上升，就是下降；不做铁砧，就做铁锤"这句话，一经斯大林引入他那个以"二者必居其一"著称的"斯大林主义"，就变得"拆烂污"透顶（又作"扯烂污"，吴方言称如厕为"射污"）。斯大林一辈子挥舞"二者必居其一"这把铁锤，把多少政敌逼进死角、把多少文人骚客放倒在他备好的"铁砧"上，去承受"铁锤"无情的最后一击？这个"理论"的引进嫁接杂交（所谓"本土化"），及其基因裂变、交叉传染，祸害之惨烈，荼毒之深远，罄竹难书，贻害无穷，直到"文革"结束几年了，"凡是"派理论还占有一定的"市场配额"。有人说《东方红》与《马赛曲》同属"人类优秀的文化遗产"。"人类"都喜欢赞美"自由"的《马赛曲》，谁会喜欢鼓吹个人迷信的"遗产"？即为一例。

情趣状写中的"着我之色"

刘中国的个性豪迈，耿直，率真，我想这得益于中原地区的大气凛然、楚荆之风的豪爽彪悍和岭南文化的灵动豁达。

上世纪80年代中期，他开始在武汉写作《钱锺书：二十世纪的人文悲歌》，当然记得钱锺书在《谈艺录》里调侃陆放翁"有二痴事"——"好誉儿，好说梦。儿实庸才，梦太得意，已令人生倦。"《捉迷藏的孩子》一组，算是他为小儿做的"起居注"吧！儿实庸才？儿实天才？儿乃常儿？其实，所有这些都不重要，用一份平常心放养"常儿"，记录下"常儿"的童稚岁月，这本身更具有生命的价值。西班牙诗人希门尼斯为自己饲养的小毛驴写了本书，他为自家小儿做做"起居注"，我看未尝不妥。今天的孩童就是明天的父母——何况这是一个"衣来伸手、饭来张口"的"独生子女"时代？早早捧起父母做的"起居注"，他们才不至于长出喉结、乱了方寸。

集子里还收了不少"梦的碎片"，归纳起来"食色梦"居多：梦见吃筵席，梦见"有女同车"，等等。还有辛磊曾给他命名为"失乐园"的那个"楼梯梦魇"，等等。他似乎对别人的梦也兴趣盎然：老母亲的"儿孙梦"，河东君的"施蛇梦"，辛磊的"补考梦"，乃至于佛莱德的"国旗梦"，都被他写成了"梦文"。这些梦都不得意，而且痛楚忧伤。"梦文"里有对"食色梦"的"精神分析"："青春蒙着面纱。青春沉默无语。青春风驰电掣。青春转瞬即逝……在梦中，只有在梦中，这个久违的亲爱的梦才倏忽一现，就像我们祭奠亡灵"。（《有女同车》）"童年饥饿的记忆是如此犀利，于是，我们就在梦中摆筵席，反抗饥饿，其结果是，使得饥饿的感觉更加尖锐。这样一来，梦中赴宴，也就不仅仅属于'个人记忆'，而是成了我们这代人的所谓'集体记忆'"（《饿死鬼，吃筵席》）。读者还可以看看《佛莱德的"中国梦"及其他》。

苏炜前些年在刘中国的一本旧藏书上写道："诗的生活与生活的诗，在当今这个世界已经快要消失了。我们仍旧顽强地守望她、坚守她，因为诗的存在，首先是人的存在，或者说，人的存在，就是诗的存在。"毫无疑问，刘中国属于那种顽强的"守望者"，这有他的"乡村史记"、康乐园怀人篇什佐证，有他那篇激情饱满、充满感伤的长篇散文诗《燕子九章》佐证。社会转型期狼奔豕突，众声喧哗，道德失范，高州之行听人讲了几则市井俚语："捞女"说"宁做三奶，不嫁穷人"；"跑官"说"宁做美国狗，不做中国人"；"看场的"和"砸场的"比着呟喝"宁做烂人，不做废物"。在一个肉欲与金钱结盟，色情与权力捆绑，诗歌与贞操携手逃亡的年头，一个垒在烧烤店屋檐下的燕子窝，居然点爆了刘中国这个"半百老汉"的诗情玄想，这种犯傻发呆的"守望"劲头，岂不是让人感到奇哉怪哉？

刘中国的文笔，轻松风趣中透露出百般无奈，激情抒写时常爆出幽默情趣，故事的铺排经常夹杂着杂文式的拍案叫绝，生命历程的彷徨孤苦、人生旅途的尴尬困窘、日常生活的琐碎无聊、市井街头的乱象陷阱，都变成了他笔下机趣横生、令人捧腹、欲哭无泪的文字。《连二塘钓鳖遇险记》写自己饿着肚子钓鳖，刚甩下鳖钩就开始"做规划、造报表"：平均每只鳖钩钓上三只，那就是近三百只鳖！每只鳖平均二斤重，那就是六百斤！但是鳖不上钩，他只得一次次修改"钓鳖蓝图"，减少数量，到最后自己差点儿沦为"鳖食"——这恐怕不仅仅是讽刺"计划经济"吧？打狗巷让路挨耳光，或许真有其事，但他大半生忙着让路，"让路"时躲闪不及与人撞个满胸满怀，这种事情究竟发生过几多次？这就有了文末"'让路'之难亦难矣哉"的唱叹。

至于那个吆喝"破烂换钱"挨了打的汉子，他在机关大院、博物馆、道观、寺庙门口吆喝"破烂呀！卖破烂呀——"，从来无人理睬，也没人把"破烂"与这些场馆画等号，可他在"捞女"出嫁那天，竟然神使鬼差般堵在人家楼下，大声吆喝"破烂呀！卖破烂换大钱呀——"挨了打还找人评理："这年头还有没个王法？还讲不讲法治？自古说'干什么吆喝什么'！老子没抢他们生意！没抢他们地盘！没砸他们饭碗！一帮婊子养的凭什么打老子？凭什么给老子作难？"这就越发显得突兀滑稽——多年前刘中国给我讲过这个故事，我想到的是有位大学同学，当年就是这样给打成"右派"的。"言者无心，听者有意"，多少冤狱错案、多少人被打入"另册"，原来都是这样锻造出来的！

《婊子》是一篇妙趣横生的"小考证"，和盘端出"热带雨林群落"酒桌上的一番"即兴表达"；《公鸡》则是一篇刁钻古怪的"今寓言"：权力的"魔法"让公鸡以秦皇汉武自居，权力留下的"真空"促使阉鸡打鸣上岗，权力的"春药"促使阉鸡施暴母鸡——高州调研路上，阿宝司机讲到某人风闻自己要提拔，"离河半里湿了脚"（客家土话）的故事，正好可以注解这篇"阉鸡打鸣上岗记"。

这本集子，有些篇章像小说，有的像散文随笔，有的像杂文，文体杂糅与方言拗语交织，历史观照与现实关怀碰撞，形象充盈与理性思考纠结，挥洒抒情与嬉笑怒骂交集，向俗背雅与凌越时空勾连，吊诡夸诞与危言卓见并观，写得磊落明豁，放荡不羁，这种随意挥洒的"放荡"之美，令人击节称快。梁简文帝萧纲《诫当阳公大心书》谓"立身之道，与文章异。立身先须谨重，文章且须放荡"，读这本集子，我深以为然。

　　"肉体须谨慎、思想须放荡"，这几乎是包括《花花公子》在内的"美国梦"得以在北美落地生根、枝繁叶茂的文化土壤。但是检讨华夏文明千年兴废史，我们发现肉体放荡、精神阳痿、舆论噤声通常是末世的征兆。对于"立身先须谨重，文章且须放荡"这个说法，鲁迅先生在其《集外集拾遗·书苑折枝》中指出："帝王立言，诫饬其子，而谓作文'且须放荡'。非大有把握，那能尔耶？后世小器文人，不敢说出，不敢想到"。我觉得鲁迅先生所称道的"放荡"，正是陈寅恪先生当年倡导的"独立之精神，自由之思想"——二三子其以为然否？！

　　是为序。

2013年10月11日

理性与激情扭打

——评陈俊年的报告文学集《有龙则灵》

一、改革开放二十年了，其势滔滔，莫之能御。相激相荡中铸就的"长期合理性"，"不可逆转"已成定势。历史进入了一种幽深境界

我隐隐约约觉得，历史每走过二十年，便有一个大轮回，大驿站，或曰大转折。90年代，台湾作家白先勇途经广州，我们在品茗中，他累次提到二十年。他说：台湾文学经历两次浪潮，每次大抵二十年。两个"二十年"，或反传统，或学西方，或单打或混合双打，经过两次二十年大轮回之后，才检视前尘再走一条中西融会贯通的路子的。但对这二十年一轮回的始末因由，则不甚了然。

近读美籍史学家黄仁宇的有关论著，道出了内边奥秘。黄先生的历史著作《万历十五年》正风靡海内外。

他讲述过一个有趣的事：一个男孩和一个女孩情投意合，突然有一段事故发生，他们分手了。十五或二十年后各有婚配。他们回顾以前分手的情形，和当年反应已经不一样了，可是再隔十年二十年，两人的经历愈多，再回顾过去，其观感更是截然不同了。一个人的情形如此，人类的历史亦然。

它传递给我们的信息是：看待历史，宜长时间远视界。

他精辟论道："一件重大事情的发生业已经过二十年（这只是个大概的标准），其情形又不可逆转，则我们务必看清它在历史上的长期合理性。"

中国的改革开放算至今日，已有二十年头了，在历史进化的链条上，虽

只是匆匆的一瞥，但确是亿万民众神圣期盼、欢跃沉浸的一种新生命的到来，其趋向非但不可逆转且呈迂回多艰螺旋式盘升持续深化的情势，它在中国历史上的长期合理性及意义自不待说。

借助于当今，我们才能认识过去；也只有借助于过去，才能充分理解现在。使人理解过去，使人掌握现在洞察未来的能力，这就是历史的双刃效应。

就中华民族的繁荣康乐富强，或曰现代化而言，从1919年五四运动以来，历经开智启蒙，探求摸索，困顿凝滞的三个"二十年"。70年代末才进入了沉思扶正，激荡隆升的第四个"二十"。

中国的改革开放要纵深发展，二十年柳暗花明的历程自有其"资治通鉴"的现实意义。对这"大写的二十年"历史的憬悟和挖掘，咀嚼和反刍，描绘和抒写，以显示它强劲的双刃效应，是一种悫诚的心愿，一阕殷切的期盼，也是一桩庄严的使命。

二、历史在长途跋涉的行进中，被丰富着，深刻着。"大写的二十年"，由历史来筑成，也要让历史来居住

70年代末到80年代初，我们告别红衰翠减秋老花残，开始向阳明启蛰晶物皆春的胜境递进。一个足可称为当代文学史上的"奇观"出现了———向不甚发达的报告文学摆脱了徘徊于新闻与文学之间，时常找不到自己准确位置的尴尬局面，一下在文坛上勃兴起来了。任何一种文学样式的突然繁荣总有其深刻的社会历史原因，报告文学以其对时代的敏感捕捉，对重大社会问题及人的深化认识和艺术描绘等特点肩负起记录历史的重任。这一时期报告文学作家们笔锋所向，几乎伸进了处于转机的社会生活中的各个角落，他们的笔尖下，跳动着强有力的时代脉搏。

作为全国改革开放"前线公路"的广东，代表一种光明的希望，一种久远的渴求，一种艰难而势所必然的走向，承载了大量丰富的报告文学素材，也涌现了一批优秀的作家和高质量的作品。李士非的凝重深沉，雷铎的纵横挥洒，程贤章的敏锐快速，陈俊年的激情恣肆，堪称其中佼佼者。这本《有龙则灵》是陈俊年反映改革开放的报告文学作品结集。这些作品时间跨度正好二十

年（最早的写于1979年，最近的则完成于1999年），基本上囊括了广东二十年来的新姿丰貌，徜徉其中，我们能强烈地感受到作者对祖国二十年骤变诚实由衷的爱，听到他从心底酣畅淋漓唱出的对改革的赞歌。

《有龙则灵》真切生动地表现了时代的伟大变革，忠实地记录了历史前进的足音。它们大都通过记述一个地区、一组事件或一个主人公的行状，以一斑而窥全貌、以一当十地展现和抒写。

经历了如此之多的痛苦和欢乐、失望和希望、反思与批判的中华民族，真切地寄望于中国的作家，真正能创作出无愧于这"大写的二十年"，无愧于当代中国人奋起拼搏"杀开一条血路"（邓小平语）的艰难历程，无愧于无数人为之前仆后继，英勇搏杀，辛勤耕耘的"中国精神"的作品来，这也是我对俊年的《有龙则灵》怀着深深敬意，并愿为之饶舌鼓噪的一个因由。

三、敏锐捕捉，体味咀嚼彷徨、困惑、闯荡、拼搏种种人生，穿过历史的追涨和杀跌，越过历史的浓雾和阳光，展示历史，见证历史

报告文学首先是一种"选择"的艺术。选择什么，选择的重心放在哪里，这是一个报告文学作者的世界观、人生观、价值观，以至见识、胆魄、修养、艺术感受力的考验的症结所在。经得起考验的作者，往往像操盘高手面临名目繁多的上市股时，能判断出含金量较高的绩优股一样，准确地把握蕴涵生活本质的素材。平庸的作者或许会绕过最有价值的矛盾，糟蹋了一个好题材；站在低处的作者，或许会被部分事实激动，得鱼忘筌，舍弃了事实全貌和真相。

俊年报告文学的生活选择视点和艺术感悟触角，是奇崛的，新颖的，细密的。

《"太爷鸡"与探索者》，是中国第一篇写个体经济的报告文学，写于1981年。这和章以武中国第一部写个体经济的电影《雅马哈鱼档》，异曲同工。它的奇崛和新颖，盖在于这第一个"玩心跳"的"发现"。大凡"发现"，大都要承受难以想象的思维流变和心理压力。这是个"风险写作"，是

要看清历史的追涨和杀跌，是要透过历史的浓雾和阳光，才能窥探它的现实价值和历史价值的。"价值盲"作家，难当此大任。第一个吃螃蟹的固然美好，第一个吃的是蜘蛛或臭虫呢？

《羊城晚报》，从和尚也订《羊城晚报》切入，发了一个选题上的"刁球"：《羊城晚报》突破一百七十万大关，靠的是什么？他和微音的来来往往，你问我答，层层剥脱，赫然准确概括而富有情趣展示《羊城晚报》姓"党"姓"羊"姓"晚"的品牌形象。这种视点和触角，即使在今天也是极具挑战性和超前性的，况1985年乎？可口可乐的品牌价值，据说值八百三十八亿美元。《羊城晚报》作为中国晚报"第一家"，在晚报建设上的丰功，在中国改革开放、思想解放运动上的伟绩，在与受众心理、受众需要的"契合""磨合""竞合"上，价值若干，恐怕是个历史之谜了。笔者80年代主持一家刊物时，曾策动写《羊城晚报》的大型报告文学，二十万字，一次推出，然未果。

广深公路，是一条流淌着黄金的大道，绝非虚言，也非文学意义上的那个"黄金大道"。还记得当时的流行词语么？"路通财道"。"通则变"。"人找钱难，钱找钱易"。打工仔中还流行"海珠桥对面系香港"。流通、流量、流行，就是以钱找钱。俊年像是准备在广深公路上开加油站和餐馆一般，算计它的日车流量两万辆次，判断它在"商品流通"中成为"最生动，最活泼且富有代表性"的典型经济走廊，而频频出入，作汪洋恣肆般的挥洒。

《乔迁之喜》，则聚焦于当今社会的分房搬家这一歌哭悲笑、如大旱之望云霓的壮观壮举浓墨重彩抒写之。

俊年的艺术憬悟，自然还建筑在他对生活的真挚热爱，深入体味和多方求证上。一篇六千字的《仰望阳山》，写扶贫的，光蹲点调查就花了二十一天时间。他是最早潜入深圳，涉足禁区，频繁进出沙头角的作家之一，以偷猎愉悦的感受，以呼吸清新的空气，以攫取现代文明的因子，矫正自身，激励自身。

四、风云际会，转折关头，性格镶嵌于现实拷问和磨炼之中，命运贯通于人生际遇和感喟之中

过去，我们一直信奉性格决定命运，认为人物的命运是由性格生成的、

决定的。实际上，有性格决定的命运，而更多更主要的是历史和时代所制约所决定的命运，特别是在大历史时期，大转折时期；而且，受历史转折，时代风云，科技发展所牵制所联动的人的命运、遭遇和境况，无论偶然的、必然的、曲折的、繁复的、戏剧的、滑稽的，都要比之个人的性格，更有震撼力、辐射力和影响力。正像《三国演义》的三国厮杀、决战和鼎立，最终逃不过统一的命运；贾宝玉最终选择当和尚一途一样，当今流行的、叫座的、健康的引人深思的精晶，都证明这一艺术逻辑：由平庸跻身权贵；由富豪沦为贫穷；由市井晋升为精英；由呼风唤雨杀跌到一文不值；幸福、荣誉、财富，顷刻之间化为乌有；罹难、灾祸、不幸，弹指之间飘然降临。法国思想家狄德罗"作为命运的情景应该成为作品的基础，而人的性格只能是次要的"说法是很精辟的。当然命运的情境和个人的性格，是贯通的而非分割的，是融汇而非对峙的。人物的个性和命运，或警示或折射或直接或隐蔽，而成为一段历史的记忆，一个时代的符号，一种社会的标签。

高德良及其"太爷鸡"的际遇和命运，即为典型一例。

作者没有埋没这个原本就埋藏着黄金的素材，同时又冒着相当的风险。最令人悲哀的莫过于隔绝断裂。那是改革开放伊始，是个唱歌能不能拿"咪"而历经长时间激烈争论尔后由省委书记"终审"拍板的年代；是个买生力面包和玻璃丝袜远盛于当今原始股般狂热的年代，是个把打火机当做手枪而动用无数警力为之侦破的年代；是个中国一流作家把擦面巾当成花卷大嚼而大哭的年代。国家一系列关于个体经营的措施和政策还未定型，人们对干个体疑窦丛生，战栗不已。高德良迈出的这第一步，实是众矢之的。他的"太爷鸡"事件果然掀起了一场名曰讨论实为讨伐的轩然大波。"有落差才能发电"。作者顶住了风险，敏锐而准确地感知和判断再没有比这更能体现出新形势下产生的新一代探索者的胸襟和眼光了，也没有比这事更能反映出国家对实行开放的决心和动力了。

高德良原来只是一个领取劳保的锅炉工，因为不甘浪费自己的青春生命，凭借祖传的手艺和秘方办起了"周生记太爷鸡"的熟食店。由于会想敢干，生意越做越大，月平均收入最高达八千元。他的成功引起了中央的重视，国家计委副所长、著名的经济学家何建章曾亲自上门拜访，听取他对个体经济的看法和感想。他根据自己的经验大胆提出了三个发展计划，并向中央提交了详细的计划书。作者通过描写高德良展现了一个生动鲜明的探索者形象。

　　然而，作者的高明之处，还在于他并没有停留在人物的表层，真知灼见的点醒，人物的命运受制于历史和时代，受制于开放和改革。他写道："高德良再有本事也有限，他的成功关键在于他得到了天时地利。"十一届三中全会以来的路线、方针、政策为他壮了胆，而他又能精明地抓住"食在广州"的特点，以经营食品为突破口，所以取得了成功。天时，地利与命运、个性合流，成全了那个曾经行销苏杭港澳八十年，尔后沉寂隐匿三十年，在20世纪80年代才重新啼叫的"太爷鸡"。

　　肖明礼和他的化工厂也面临与高德良同样的际遇和命运。

　　《芬芳的魅力》（1989年）的主人公肖明礼，这位仅用了一年的时间就将一间濒临"死火"的化工厂扭转为盈的厂长，曾经在"文革"期间屡次被整。当他心灰意冷准备跳槽到深圳时，如火如荼的经济转盘却将他推到了德庆林产化工厂厂长的位置。何去何从？肖明礼面临着艰难的抉择：一边是深圳那高于目前工资十倍的待遇，一边是父老乡亲和县领导的期盼。左思右想之下，基于知识分子的社会责任感和良知，肖明礼最终没有放弃他的专业所长，毅然留在了德庆，尽管等待他的是一个滞销五千六百多吨松香，靠贷款发工资的"烂摊子"。

　　上任后的肖明礼祭起的第一把"天火"是在深圳举办订货会。在会上他飞梭走线，广织销售网络，三天下来成交额达一百五十多万元，成功地打出了德庆松香的牌子。第二把"火"烧的是质量关。他身先士卒，带领全厂奋战一年就成功地装配了一条先进的生产线，结束了该厂四十多年土炉土锅的落后局面。眼光长远的肖明礼，其改革的着眼点不单纯是体制、产品，而是人。他敏锐地看到"深化技术改革也好，深化产品加工也好，关键是要深化人的素质锻造"。但在中国这个关系网密织的社会，肖明礼这把火烧得可不容易。五年来，为了提高数百号人的素质，他经历了无数的惊涛骇浪；有人向上告状说他"一朝天子一朝臣"；有人向下施加压力，让他"待人处世要留有余地"……但历史总会作出自己的判决。肖明礼的用心良苦最终得到的是全厂职工的齐声称贺："我们厂好，好在有一班开明的领导。"

作者通过肖明礼的命运去撞击现实拷问现实进而把握现实。在文章的末尾，他巧妙地借用了主人公的一段话："成绩的得来，用一句古话来概括，这就是，我们着实得益于天时地利人和。没有改革开放的大背景大气候，那么多旧框框束缚你这个厂长，你敢搞活么，你能搞活么？"这句话的题中之旨即是：肖明礼的才能是时代催化的，肖明礼的命运是历史赋予的。只要你能在大时代中找到自己的位置，你就有机会发挥个人的潜力。从中，我们又一次看到了改革的归宿：不仅仅是物质的繁荣，而且是人的才思和心智的解放，是社会主义天空下人们自由地翱翔和腾飞。

微音与羊城晚报，吴秀荣与蛇毒，戴文霞与体育，岑桑与重新绽开的艺术，从绝处逢生而欣欣向荣，从单一而百花齐放，从普遍繁荣而蓬勃隆升。历史与命运齐飞，际遇共时代一色。

正是这命运的风帆，所展现的一片片生机，一份份英气，一阔阔高尚，所揭示的新道德伦理和新英雄主义，为"大写的二十年"的"不可逆转"和"长期合理性"，添加一块基石和一片铺垫，印证一时艰难和一次辉煌。中国传统哲学讲求天地人三合一，人在改革开放的"天"和得天独厚的"地"之中求天时地利，加上人和，则成者自成，败者自败，适者生存，优胜劣汰，历史和社会便是这样推动和发展的。西谚有云"上帝只帮助自助者"，自助便是命运的搏击抗争，实现自身，造福社会。

五、博览广采，情趣充盈，严谨理性与葳葳激情扭打在一起，世俗民气与诙谐幽默圆通于一炉

纷杂事以简驭繁。

把散乱的，片段的，零碎的，支离的生活感受和生活观察，加以整合，剪裁和凝聚，用生机、活力、变革的珠子穿将起来，以漫不经心的只言妙语，深中肯綮。这是俊年报告文学的一个艺术特征。

在《广深走笔》（1987年）中，你会发现：那是一个改革初始的历史大观园。

大谈经济、交流信息的农民商人；长期承包或短期租车的个体运输户；冲破了户籍限制，南下致富的打工一族；甚至还有香港来的"插队落户"者……

"可作报销"的发货票出售，"有货到安徽"的揽客招牌，写在货车的"＋、－、×、÷"的数字竖写。有山西佬说的"老井喷出来的水，说不准才是真正的矿泉水"，有"七折大酬宾，不贪赚钱贪名声"的叫卖，有湘女的幽默："嫁鸡随鸡，嫁狗随狗，嫁给司机满天走，说奔波够奔波，说风流也真够风流。"有一边搭客一边画速写，当不了大学生也想买个美院附中旁听生当当的十六岁少年车主，有来皮革加工厂偷师回去准备当老板的打工女，以及店老板的"十月的橘子，新鲜清甜不腻，酸也有限"的广告词。

这是全景式的扫描。

再看看"细部"和"特写"。那打工女"野炊"何等地生动撩人，她们连公共食堂七角钱一顿的饭菜，都舍不得吃，于是便在"荒地上捡三块砖头，垒一个灶，燃一堆火，煮汤小铝锅吱吱地发出芳香的诱惑。一灶一圈人，人圈围着笑。这难忘的黄昏，我在厚街、长安、松岗、南头都见过。这一带缺柴草，她们就烧纸皮、烧布碎，甚至烧塑料袋，俯身弓腰，或是气喘吁吁，或是满脸污灰，偶然抬头相视，彼此笑得泪花打闪，凄楚神色不露半点"。

形形色色的人物，林林总总的目的，情情趣趣的故事，生生猛猛的生活，描绘了一幅生动丰实生机盎然的改革众生相，构织了一匹复杂多元斑斓夺目的心态锦缎图，行云流水，娓娓道来，不事雕琢，本色出之。

它的艺术张力，绝不逊于一部反映改革初始的情境电视剧，一帧沐浴开放和风的写实长卷画。

谈笑间不失思辨。

行文妙趣横生，文笔随意生发，拨开表象，直现隐行于背后的症结，谈笑间不失严密的思辨。这是第二个特征。

《有龙则灵》的大部分作品往往将议论、抒情融入叙述当中，不但能淋漓尽致地描绘事件过程，而且以政论的语调夹叙夹议，进行鞭辟入里的分析、引导、挖掘，强化了作品的深度。

《旧故事与新篇章》（1982）里叙述的是一个可以载入《新笑林》的现代笑话：

1975年，九龙海关。一位港客手里会喷火的"金色小玩意儿"引起了边检青年的高度重视。在上级"注意调查"的"高明"指示下，边检青年花费了七个钟头，消耗了十来斤汽油，从九龙海关追踪到博罗县的一个山村后——才尴尬地发现那不过是一个新式打火机。

作者感慨道："闹笑话的人未必能担当起闹笑话的全部责任。"接着笔锋一转，以犀利的目光穿透历史的底层，予现代迷信、现代荒唐、现代愚昧带来的深重灾难以重重的一击：

"最荒唐的年月往往盛产着最怪诞的笑话。谁也不会忘记，那年月，'阶级斗争是青年必修的一门课'，青年人所能学到的无非是这些令人啼笑皆非的'斗争本领'了。贫困伴随落后，无知造成愚昧，闭关自守，与世隔绝，在这种'笑话时代'不闹笑话才是天大的笑话。"无法忍受的荒谬装在正儿八经的严肃和神圣之中，就像时下的比基尼泳装隐藏要害而展示诱惑一般。能从这内边发现滑稽和荒唐，也是社会多元了进步了文明了的赐福和明证。

感忆的牵引和诱惑，思绪的沉湎和悲凉，一张一弛，踉踉跄跄地行进着。

历史是很蹊跷的。而"大写的二十年"，正是穿过这蹊蹊跷跷的历史隧道，而走过来的。

落笔时语带幽默。

《有龙则灵》相当部分作品摒弃叙述故事的框架，用主观的随想、抒情、思考来串联素材，从而大大丰富了作品的表现力。

俊年文笔老辣，诙谐幽默，常能寓庄于谐。在行文中穿插使用的一些极富地方特色的口语、俗谚，常能使文章陡然生动起来。此其特征之三。

一句"穿心莲成了伤心莲"的巧妙过渡，就把白云山制药厂穿心莲滞销的局面及全体员工的焦灼心情跃然于纸。

一句供销员是"铁脚马眼神仙肚"就形象生动地概括了他们"吃苦耐劳的韧性，眼观六路耳听八方的聪敏，富有企业主人公的崇高责任感和事业心"。这样的例子很多，有心的读者可以慢慢地体味发现。

俊年以主观的随想和思考为经，以栩栩如生的形象为纬，编织了内涵深广的图画。随着作者思维的活跃变幻、纵横驰骋、作品冲破了时空限制，增加了节奏感、信息感、空间感，勾画了众多改革者、探索者的形象，传导了大量的集成信息，探讨了一系列的新时尚、新观念。

《有龙则灵》是一份有思想冲击力和艺术感染力的"历史记录"和"文化记录"，它真挚而忠实地记录了广东这"大写的二十年"的改革开放脚步，形象而理性地归纳了广东这"大写的二十年"的道德精神风貌，从中我们可以雄辩地看到轰然滚动在中华民族休养生息繁衍大地上的势不可挡、势不可逆的历史潮流。

是为序。

1999年12月31日

《容闳传》序

　　马年初冬，得读刘中国、黄晓东大著《容闳传》。我马上意识到，几天内，我将穿越自19世纪70年代大清帝国向"花旗国"派遣一百二十名幼童留学生，到20世纪野火爆燃般中国留学狂潮那段悠长的历史隧道。刘、黄二君放笔直干，纵情挥洒，状写容闳从幽闭到醒悟、从无知到灵光、从平凡到搏击的人生社会壮美之路，展示融批判、坚韧、崇高于一体的另一种中国精神文化现象。

　　容闳，作为第一位受过完备的美国高等教育并取得学位的中国人，作为一个与漫长的"大风决决，前途堂堂，生气郁苍，雄心乔皇"的"过渡时代"伴随始终的思想巨擘和近代化的实践者，敲响了中国置身于世外、封闭落后的丧钟，留给后人一笔丰厚的、沉甸甸的、取之不尽的精神文化财富。江泽民1997年11月1日在美国哈佛大学演讲中，并没有提到该校聘请的首位中文教师戈鲲化，只提到一个中国人的名字，那就是毕业于耶鲁大学的容闳，而且把他作为中美人民两百年友好交往中一个光辉的代表。容闳要中国正视世界的观念，今天已经成为十数亿中国人的一种常见思维。然而，这位预言家和先驱者却没有机会，像我们一样感受他所预告"以西方之学术，灌输于中国，使中国日趋文明富强之境"的现代化时代真正君临天下时，给人类社会醍醐灌顶般的冲击和震撼。容闳是19、20世纪中国一种独特的精神文化现象。其所以独特，取其荦荦大端，以下几点，想是不可忽略的。中国要正视世界中国文化，在心理积淀和思维惯性上，患着一种极难医治的虚悬化、极端化、绝对化顽症：僵死而不鲜活、至善而不发展、封闭而不开放，纵情于假、大、空而鄙薄于怀疑与批判，热衷于歌功狂欢、盛世辉煌而畏惧于危机意识和忧患意识。容闳留学美国初期，"天朝上国"早就夕阳西下，奄奄一息，盛世辉煌之下潜伏着的衰世危机已经揭发无遗，一种挑战全球的全新的工业文明潮声雷动，并以枪炮、商品和鸦片走私的方式，摧毁了中国在世界格局中的地位。容闳的思想精粹，正是在于剪断中国长期以来陈旧、封闭、绝对的思维脐带，满怀忧患，正视危机，把握机遇，迎接挑战，围绕历史发展过程中出现的各种复杂社会思潮、思想文化现象来考量和探索人生、社会，传达了"中国要正视世界"的希望和力量。容闳为这样一种信念付出了惨重的代价，生命也在与时俱进与幽闭落后的对抗中获得力度，由此升华为一种参天立地的崇高，一种如歌如泣的悲怆。诚如作者所言，从中英《南京条约》签订到中华民国成立的六十年风云人物中，容闳是"完全可以承受得起与时俱进的中国近代化先驱称号"的，而且孜孜以求，九死不悔。这跟那种希冀改造中国、强盛中国而迟至20世纪70年代末还不敢"正视世界"的思潮和理念，恰成异趣。以西方学术浇灌中土容闳的一生不仅勾连漫漫时间之经，将中国近代化—中国现代化"正视世界"的脉线打通，而且贯通浩浩空间之纬，将本土化—全球化"走向世界"的脉线打通，经纬交煽互动，辗转因果。他熟读"四书五经"，广泛涉猎欧洲史，从15世纪文艺复兴动摇欧洲君权统治基石，16世纪宗教革命挖空了传统神权统治的墙脚，以及18世纪末叶法国大革命扫荡法国和欧洲封建制度等一系列世界历史性事件中获取教益；而且作为中国留学"第一品牌"，身体力行又切中腠理，系统接受西方文化的洗礼。容闳的"正视世界""浇灌中土"，最终是要实施"中国日趋文明富强"的理想，始终是"择其最有益于中国者为之"。这就在当今与历史、时代与个人两个坐标上，深刻揭示了容闳精神文化现象的内涵和价值。"各时代的统一性是如此紧密，古今之间的关系是双向的。对现实的曲解，必定源于对历史的无知；而对现实一无所知的人，要了解历史也必定是徒劳无功的。……如果以一种谨慎的、批判的态度来取代本能的印象，以此来考察历史，那么其价值将成百倍地增长。"［（法）马克·布洛赫］容闳是历史的，也是现实的；是中国的，也是世界的；是专才的，也是通识的。同时代的先行者，难以望其项背。随着时光的推移，容闳精神文化现象的历史地位和现实价值，必将"成百倍地增长"，迸发出难以估量的穿透力和爆发力。道德之盐与知识之光的结晶："人之为人的特性就在于他的本性的丰富性、微妙性、多样性与多面性。"（卡西尔《人论》）容闳一生经受义与利、生与死、异乡与故国、高位与卑贱、恩宠与通缉多重考验，然而，道德之盐在容闳身上结晶，知识之光在他心中闪烁，中西合璧式的"道德学问"，促使他完成盐和光的使命。纵观容闳的一生，似乎没有过沮丧泄气的时候，无论经受怎样沉重的打击，也无论"窄门"之旅怎样艰难险阻，他对于自己认定的事业和理想，从无改弦易辙。作者跳出思考和感悟，抒写出一个洞穿历史、人性和人生的奥秘深度空间，抽象出一种挺拔向上的人生价值和态度。海的儿子，船的伙伴：珠海文化—岭南文化的孕育海洋是旧大陆与新大陆的直接通道。自从葡萄牙人踏浪东来，入主香山县澳门，中国开始面对异质文明的挑战。"乾隆时的珠江有如伦敦之泰晤士河"，"外国文明输入中国以粤为始"，"面海的文化，早熟"，广东是"中国原创文化的主要发源地"，以及洪武皇帝"梦发东莞"，等等①。岭南的文化不仅是中西文明的结合部和中转枢纽，使两种文明碰撞、贯通、互补、承传、延续和新的生成，而且它的先导性、当代性和兼容性，也孕育和铸造了"中国留学第一人"容闳，以及由此衍生的世人瞩目的"容闳精神文化现象"。作者深情地描述一只小船，打破封闭，把容闳送到澳门，载到香港，带到梦想之国美利坚，并由此激起联翩的浮想：流行千年的龙舟赛，是纪念一个终其一生上下求索的诗人，"桂棹兮兰桨，击空明兮溯流光。渺渺兮余怀，望美人兮天一方"；那是苏子在赤壁下的放声歌唱……三角支撑结构所牵引的教育精义和必备禅道"挫折感、兼容性、信念结"，三角支撑结构所牵引的容受力、融洽力和理想力，是成功跨越鲤鱼门的教育精义和必备禅道。挫折感砸开核桃的方式很多，开启心灵之智，唯有教育、经历、挫折。容闳一生卖过糖果，捡过稻穗，搞过印刷，遭遇过海盗，当过译员，封过二品，做过商人，出任过"中国国会"会长，被孙中山和民间会党组织先后"钦定"为"外交部长""临时大总统"，直到最后当了一回大清帝国通缉的"国事犯"。正是这种种经历、遭遇、挫折，锻造出容闳这样一位脚踏实地的"东方堂吉诃德"式的先驱人物。他似乎没有"荷戟独彷徨"的时候，而是永远握紧理想之矛，时刻准备在铁桶般坚固的旧体制上搠开一个大洞，让自由、文明、科学之风在古老国度鼓荡，"变旧中国为新中国，变苦境为乐境，不特为中国造福，

---

① 参见拙著《手记·叩问》，花城出版社2001年版。

且为地球造福"。挫折教育，逆境教育，远离故土的教育，磨炼人，也成就人。和谐教育，顺境教育，父母搀扶式教育，也能成功，但要很高的悟性和技巧。北极熊之所以没有濒临灭绝，那是因为环境恶劣，造成超强的生命力；而熊猫，则因为环境的闲适优裕，需要人类的悉心保护，才幸免于绝种。个体生命面对复杂多变的社会，看似无奈，看似无望，看似命运多舛，然而在无意识深层内却积结涌动一种充盈希望的生命意识，展示一种别有洞天的人生况味。坊间有云，"别抱不哭的孩子"，个中道理，颇堪玩味。容闳爱重本土文化，却跳出"华尊夷卑"的狭隘观念，他身上所体现的兼容性，不只是简单的引进洋枪洋炮以"御夷"，而是倡导通过西方教育提高国民素质和改造国民精神，最终致中国于文明富强之境，这是"过渡时代"最没有空想成分、最实际、最根本的改造中国方案。而空有一腔"师夷长技以制夷"热情却找不到一条有效学习西方的途径，恰巧是魏源、冯桂芬、王韬等知识分子的群体特征。信念凝结华夏文化的力量，深深熔铸在民族的生命力、创造力和凝聚力之中，它为容闳提供了伟大的精神依托，而不是一间简陋的避难所。容闳一生窘难，一生辉煌，到了八十一岁高龄，面对命运种种挑战，仍然初衷不改，他用低沉的声音告诉东西方读者："我的爱国精神和对同胞的热爱都不曾衰减。"临终前欣闻满清王朝倾覆，新政权即将创立，他向新的中国领导集体呼吁："中国人民处于自己主权的最高峰，他们一直呼吁成立一个共和国……民声即天声；听从这种声音，你们就对了！"吐依曲尔牧师说他"从头到脚，身上每一根神经纤维都是爱国的。他深爱中国，依赖中国，确信中国会有灿烂的前程，配得上它的壮丽的山河和伟大的历史"。贯穿容闳一生的国家情结是虔诚的、自觉的、发自内心的。"蹄窟之内，不生蛟龙"，可知胸襟眼光一旦受到牵制，便是什么"十全大补""伟哥伟妹"也无济于事了。对理想境界的追求和献身，是人类能够生存、发展的内驱力之一，也反映容闳深邃的精神世界。"在人类生活的壮观行列中，真正有价值的东西，并不是政权，而是有创造力、有感受性的个人与人格。"（爱因斯坦语）诚哉斯言。人本身就是文化的载体，也是文化的最大承接者，比之典籍文牍、金石工艺，更能体现文化的健康和传统。容闳作为中国的一种特殊精神文化现象，作为一个预言家和先驱者，他的"创造力、有感受性的个人与人格"是惊人的，也是崇高的。容闳，是一笔独异的、重要的世界非物质文化遗产。从1847年1月4日容闳和黄胜、黄宽兄弟赴美留学迄今，"容闳传奇"（或曰"容闳风范"）一直以非动态的口头、行为、心态等方式为主流，传衍于大洋两岸、东西两极，它所反映的中华民族的共同理想和追求，有深厚的民族历史沉淀和广泛、突出的代表性，在世界范围内具有不可替代性。刘中国、黄晓东二君目光独到，视野弘阔，他们合著的《容闳传》把"容闳"这一世界级的非物质文化遗产"文本化"，为其得到有关权威组织的最后认可作了前奏，好戏还在后头。好戏从来都是在后头的。《容闳传》在叙述方式和叙述语言上，颇具特色，聊表一二：1. 联网脉线。将中国近代与中国现代勾连，将中国与世界贯通，将留学与教育改革、强富中国联动，并以"发展""文明""富强"作为一条红线串联，着重凸现容闳在近代中国"学习西方三部曲"中创下的功业。2. 纵横史论。有史有论，论从史出；有人有事，事由人生；激情状写与典籍论证捆绑；东西方与南北人扭打。刘、黄二君念天地之悠悠、发思古之幽情的同时，把"同治中兴"时代的"自强运动"排列成"前无古人，后启来者"八个方块字，阐释了"容闳精神文化遗产"的现实的启迪性。3. 机趣迭出。史论挟带幽默，博洽熔于简约。常常抖落语言机趣和犀利，在机锋的谈笑和奇辟的比喻中，让人物气质、涵养喷薄而出；看似不经意的三两话语，常能深中肯綮，拨开纷繁表象，直褫背后的症结；评判时，练达睿智，了无碍滞，直观和逻辑绝妙和谐。诸如："就像一天建不成金字塔一样，谁也别想用一天时间摧毁万里长城"；"即使那些是最伟岸的生命，最初也像一团稀松的泥土，只不过后来他被一只神奇的手塑成杯子罢了。杯子的口永远张开着，对世界充满欲望"；"堂吉诃德的理想之矛，奈何不了生铁铸成的现实之盾"；"锚虽然已经抛了下来，但船没有马上停泊，它通常随着水流和自身的惯性行驶一段距离"；乃至"酒鬼也有醒来的时候，清醒得红光满面，目光普照"之类，落英缤纷，俯拾即是。如果说"过渡时代"的血与火，熔铸了容闳这样一个自强不息、与时俱进的中国近代化先驱人物；那么，他所创下的丰功伟业将辉煌于21世纪，推动中华民族伟大的复兴，并以成倍的价值，辉煌于中国和世界。因为，只有今天，"日趋文明富强之境"的中国已经呈现，中美文明的递进渐入佳境，全球经济一体化趋向势所必然——这才是容闳天才预言并毕其一生以求的最好注脚。是为序。

评金钦俊《市楼的野唱》

金钦俊，一个同窗挚友。

那份起于青葱岁月的年轮印记，到秋意浓酽的年轮印记，历经五十年风雨，悠远、浓烈、激情、真诚，无法抛撒，也不可能忘怀。

书桌上，放着他的诗大著《市楼的野唱》，收录他近十几年约一百首诗作；有一部分发表过，居多刊于美国、泰国等国外华文刊物；其中《季节四帖·冬至》，参加国家文化部、中国文联等举办的"2000年世界华人艺术展"，获佳作奖，并被授予"世界华人艺术人才"荣誉称号。

我承认，对古典诗词着实痴迷过，但对新诗则存在一种难以名状的隔膜。我曾坦言，我是个对新诗讳莫如深，不胜惶怵的人。

感忆的牵引，思绪的沉湎，一张一弛，踉踉跄跄地行进着。我依稀记得，俊兄20世纪50年代末在中山大学小礼堂朗诵新作时，那倾倒众多女生的魁梧挺拔的身影，和激越高昂的嗓音。我还清晰记得，大学毕业后几年中，我们间那精彩好玩绝不逊色于当今某些网上精品短信传情的往来书信。对于他的才情、学问和人品，我一直怀着深深的敬意。捧读他的诗作，望之俨然，即之则温，再即之则亲，我触摸到一颗清澈而纯真的心灵，感受到一种氤氲而流动的生命意蕴，体悟到一股勃发的生机和别样意趣。

诗的创作和生存，其"命意点穴"之处，不是对世界的表述和描述，而是对人生轨迹心路轨迹记忆牵扯的追问，有时很累，很艰辛，但伴随而来的，原是意料不到、心领神会的快乐。俊兄的诗，充盈生命意味，字里行间总会执拗地渗出苍凉，悠远和坚韧，从中可以读出阳光、欢乐的魅力。阔大的襟怀，豪迈的感情，微妙的心态和缱绻的思绪，无不成为诗人感悟的对象。让我们摘取些片段来共尝。

凉拌出自由欢乐

"我的疼痛没有伤口/甚至没有名称"（《我的疼痛没有伤口》）。

"有沟壑就有回声/那不是秋声/是你神奇阔大的呼吸/生命之气在体内猛烈搏动"（《李白六题》）。

"我不是一只报喜鸟/尽管我自来生性乐观"（《我不是报喜鸟》）。

"当年的风浪是海神所派遣/试试我的勇毅"（《珍珠之约》）。

疼痛而无伤口，有沟壑必有回音，厌恶作态的报喜但生性乐观，用世事之难反衬人心之坚，以勇敢豁达还击命运多舛，贴切平实，字字铿锵，真射雕手也。凹的疼痛、沟壑、风浪，凹的乐观、回声、勇毅，凉拌最好，凉拌出自由、不羁、欢乐、光明的生命不可或缺之重。

测量着大度与伟武

"鱼成了万古的化石/也长留着清流的梦/就算我不谙水性/也将获得一副海魂"（《海魂》）。

"三十年是预定的期限/考考我的心志"（《珍珠之约》）。

"你自有不羁的性格/兴来时呼引同类遂有一场/壮观的宇宙焰火散花天际/兴去时单独蹚过天边/也要在夜的厚壁擦出一缕光明/你执拗地与光明伴生"（《陨石祭》）。

佛祖有句名言：放下即自在。风浪的袭击，鱼化石的梦幻，三十年的期限、羁绊、障碍、暗潮，在艰难竭蹶中突围，在严峻的夹缝中先进，都被当做测量"勇毅"的尺子，考量"心态"的天平，以熔铸"大度与伟武"的海魂品格。

期盼清凉的雪魄

"因为残缺/所以期盼圆满/因为忧伤/所以懂得生命/我知道残缺是无上的美/雪魄是我不变的期盼"（《我的天国》）。

　　《我的天国》，是诗人长久凝聚一旦喷薄而出的生命呼喊。已经告别"没有罗曼蒂克"的童年。"长年的燠热""承受着熔岩的烧灼"远去了，"死去的火山口"变作了"灰尘"，在命运的搏击中出了一个绿树婆娑，自在自乐的清凉世界，一切都变得湿润，变得柔软，变得刻骨铭心。于是，为忘忧草的枯萎欢欣，为"重入清凉"欢欣，这在人生的链条上虽是匆匆一瞥，却正是诗人神圣期盼、欢跃沉浸的一种新生命的到来。

　　借助"清凉"的当今，才能认识"燠热"的过去；也只有借助于过去，才充分理解"懂得生命"的未来。西谚有云，"上帝只帮助自助者"，自助便是命运的搏击和抗争，以期实现自我。翻江倒海的命运挣扎融汇于平实朴质的状写之中；命运之帆，托起的是一片片生机，一份份英气，一阖阖高尚。意象奇崛，谈笑犀利，超凡脱俗，意蕴深邃，颇值经久阅读。

追寻奇峻幻化的诗格

　　"你吸一口山岚／发一声长啸／千山万壑如箜篌齐鸣／惊起林中宿鸟无数／逶迤而来的长江／兴奋得波涛喷雪／九千万里风云／霎时在此峡中感会"（《李白六题》）。

　　写春："那里山塘多情日夜守候／清水摇漾绿波的丰盈"。

　　写秋："裙裾寒窣／泛起秋酿的澄黄／醉人醇香飞出时光的老窖"。

　　写冬："如果失去冰雪的精魂／冬天还能有什么性格"。

　　写夏："掬起随便哪一条江水／都能捞起楚大夫的清影"（《季节四帖》）。

　　写李白，缘情绮靡，大气磅礴；写春夏秋冬，风情摇曳，极富韵致。

　　在《倾心的吟咏》一辑中，"柳色因你的笑意变青／殿阁在受辱小倾斜"的李白，"狞厉之美"的罗丹，"凭一卷诗摘取不朽"的彭斯，"稚子洁白的纯真／现代人暗色的鞭痕"的德彪西，或挺拔刚健，或秀柔潇洒，或拙朴深重，或放达风流。各呈异彩，蔚为大观、留下一唱三叹回旋，留下辽远而悠长的余韵。

游弋于顺心适意的诗体

在诗的体式上，诚如作者所言，没有自设的樊篱。古典的、现代的、先锋的；古风、民歌风；陈述、直抒、象征；自由体、新格律体、小诗体；绝句体、箴言体、十四行，行于所当行、适于其所适，自由驰骋，无所羁縻，因而异常活跃，顺心适意，游刃有余，真功夫也。

综观《市楼的野唱》，骨力遒劲，品味高雅，精品荟萃，霞蔚满纸。我想，这绝非虚言。

在象征与抒情，典雅与平实，裸露与掩藏的夹缝中取得一条仄身而过的艺术曲径。思想冷峻而激情恣肆；构思奇巧而不冷僻；意象典雅而不枯涩；想象时，天马行空，写实时，清新隽永。展示一种戛戛独造的残缺美、幻化美、哲理美。

受过炼火，但爽直依然，正气依然。

呛过海水，但青春焕发不改，激情澎湃不改。

在艺术，越发地趋之完美；于生活，一以贯之地大度率真，淡泊自守；对学问，兢兢业业地掘进提升。

俊兄的诗风诗格，盖得益于此。

"凉拌式"的哲学，"大度与伟武"的考量，"清凉雪魄"的期盼，"幻化诗格"的追寻，"顺心适意"的游弋，大抵统绪了学者诗人金钦俊诗歌的品位和本色。

是为序。

《广东九章》跋

本书缘起

始于2005年3月，广东人民出版社总编辑金炳亮的一个选题构想。在和本书主编、副主编，刘卫国（中山大学现当代文学博士）、周松芳（中山大学古典文学博士）、于爱成（中山大学民俗学博士），以及副社长黄彦辉，本书责任编辑陈娟编审、钟菱编辑，美编室主任张力平，发行部主任何宝贤多次聚会磋商后，经过九个月的酝酿、构思、争议、编撰后，于是年12月，终告竣事。

本书框架

系从浩如烟海的典籍文献、著述文章中，筛选过滤，选辑展示中外古今粤籍和非粤籍经典大家对广东的经典之论，乃至于非议之论，批判之论。他们或热情赞誉，或翘首期待，或追根溯源，或钩沉探颐。我们从以下几个层面的记忆碎片和相关资料中获得灵感启示，然后结构统绪，统称之为：《广东九章——经典大家为广东说了什么》，其要义在："搅一杯智慧大餐，切一块沉疴弊积，榨几滴希望未来"，使读者"认识一个地方（广东），熟知一种人（广东人），品尝一种文化（广东文化）"。

1. 一片独异的环境。在探究世界各大城市特征之后，法国年鉴派大师布罗代尔说："可能世界上没有一个地点在近距离和远距离的形势上比广州更优越，该城距海三十法里，城中水面密布，随潮涨落，海泊、帆船或欧洲三桅船以及舢板船可以在此相会，舢板船借运河，便能抵达中国内地绝大部分地区。"广州城内外遍布如微血管般的河涌，江、海、河涌贯通，大船、中船、小船齐发，奉献出舟楫灌溉之便，鱼虾荇藻之利，为举世所罕见。大庾山古驿道，系张九龄在位时向朝廷请旨开凿，从此南北陆地变通途。"岭南户户皆春色"，这是苏东坡被贬岭南时的心之所感和身之所信。孔子说"仁者乐山，智者乐水"，活脱出广东历史文化与地理环境关系真谛，天地灵气，一江珠水化育了源远悠长、灿若星辰的岭南智慧，岭南文明。

2. 一个潮流的集散地。"面海的文化早熟。"（费正清）"外国文明转入中国以粤为始"。孙中山第一个站起来呼唤"振兴中华"，雄辩指出"世界潮流，浩浩荡荡，顺之者昌，逆之者亡"。打出"诗界革命"大旗的黄遵宪，倡导"我手写我口"，寻觅贴紧生活，皈依心灵，抒写潮声的文化本性。"春天的故事"唱响，改革开放，如野火般爆燃，一下子烘烧到大江南北，中国现代化的进军，正在广东这一海滩登陆。邓丽君的歌，金庸、梁羽生的新派武侠小说，高行健的现代小说和理论，流行时尚，各显神通，香港影视，高潮迭起，掀起一股由南向北，辐射裂变的多元多样多变的文化狂澜，标志着浪漫、雄心、梦想、冒险、叛逆、憧憬、休憩、娱乐所潜在的需求符号，执著地被几代人把玩珍藏，今天才亲吮经济文化峥嵘的时代乳汁，画出了一片灿烂夺目的文化星空。

3. 一串悠长缨深的"启蒙"链。中国文化，在思维定势上，热衷于歌功狂欢、盛事辉煌而畏惧于危机意识和忧患意识。广东在中国近现代史上的重要地位，正在于剪断中国长期以来陈旧、封闭、绝对的思维脐带，演绎了一场又一场由幽闭到醒悟的思想文化启蒙狂飙。林则徐被称作是"开眼看世界的第一人"，他看到的世界就是广东这片土地。黄遵宪的"我是东南西北人，平生自号风波民"，张九龄的"天涯共此时"，容闳的"教育救国论"，郑观应的"商业救国论"，康有为的变法思考，梁启超的新民学说，孙中山的革命思想，满怀忧患，正视危机，围绕历史发展过程中出现的多种复杂思潮来考量社会，探索人生，传导了要启蒙、要变革，要在铁桶般坚固的旧思想旧体制上搁开一个大洞。滚动的石头永不生苔藓，正是这种接踵联动式启蒙的浸润、沉淀，一贯而下，示范震慑，孕育滋养着广东敢为天下先，引领风骚，自成一帜的文化风格。

4. 一幅奇特的风俗画。无论唱着"月光光""顶硬上""行问题"号子的广府，"到广不到潮，枉自走一遭"的潮汕，"逢山必有客，无客不住山"的客家；无论护国菜、功夫茶、艇仔粥、盐焗鸡、酿豆腐，《旱天雷》《步步高》《行花街》，围龙屋、糯米糍、王老吉、飞机榄、莲蓉月、双皮奶、划龙船、耍南拳、舞麒麟、买端砚；也无论游肇庆奇洞，看韶关阳元阴池，逛开平碉楼，看西关风情，览虎门盛景，或风姿绰约，仪态万千，或特立独行，兴趣盎然，或圆通古今，思接千载，不灭的是这文化胎记，文化因子的生生不息，成为华夏文明一颗亮丽的"另类"明珠。

5. 一批灿烂的星群。汉唐以降，一大批杰出文人被朝廷贬到岭南，包括韩愈、苏轼、秦观、米芾、李纲、杨万里、刘克庄等，他们的到来，令广东的人文风气，焕然一新。南越王墓的金玺玉衣，广州上下九路"西来初地"留下的印度达摩禅师携佛教东来的第一脚印，屹立在华林寺八百罗汉之中的马可·波罗塑像，1582年最先来到广州并成为西学东渐代表人物的利玛窦，传导"中国要正视社会"的中国留学生"第一品牌"容闳。文天祥"人生自古谁无死，留取丹心照汗青"的不朽诗篇。袁崇焕督师的金戈铁马。关天培提督的威震海疆。林则徐的销烟壮举。周敦颐、朱熹、陈白沙、湛若水的哲理探求，郑观应、洪仁玕、康有为、梁启超的历史反思。黄花岗七十二烈士的碧血丹心，张之洞任职广东巡抚时倡导的"中学为体，西学为用"。黄飞鸿的冠世武功，冼星海的怒吼黄河，乃至中国近代史的"金三枪"：1516年深港地区打响中国历史上抗击欧洲殖民者的第一枪，1839年大鹏营水师打响鸦片战争的第一枪，1900年孙中山策划三洲田起义、打响推翻封建帝制的第一枪，铺设了一条深厚而悠远，经世而致用的激情燃烧、惊天泣地的星光大道。

6. 一条中西、南北文化的交错带。"窗棂之下，易感风霜。""始见航海之奇，沧海之阔，自有慕西之心，穷天地之想"（孙中山）。广东位于东亚大陆边缘，南海之滨，文化的开放性、包容性、务实性具有天然性特征，从古代起就形成了一种开放性、包容性心态。近代以来，广东文化夹在北方文化和西方文化两股强风的吹拂之中，它既接受西方文化的熏陶，又沐浴传统文化的光辉。地理优势使它更容易吸收外来文化，越过大海涉足异乡而得到强烈的"山外青山楼外楼"的感受，广东文化虽然具有一定地域性，但并不困守文化本土化和地域化立场，而尽力消解精英文化和大众文化的差距，打破南北文化的屏障，这种当代性和世俗性的特征，容易适应全球化的走势，世俗化过程就是全球化的过程，这是历史发展的必然趋势。文化的世俗性，就是一种以人为本的文化。明清以来，广东经过发展，成为中国资产阶级革命中心，对北方的封建文化和专制体制造成重大冲击。据统计，广东近代农民革命者一人，资产阶级革命者九十人，资产阶级改良者十人，地主阶级革命者一人，除地主阶级革命者由广西八十一人居首位外，其余广东均为全国第一（见1988年2月《人才研究》吴培正文）。广东人在古代科举中较少有被官方选拔的，但在近代却产生了这么多的革命者，这正是因为广东文化中有拒斥儒家文化，倾向世俗化的特点，所以一接触到西方近代文化精神，有以新学说新主义相号召者，"虽以势制之"，但"莫能遏其炎焰"（见《中华全国风俗志》下篇）。

任何一种力量都不能阻挡历史前进的脚步，世俗化也一如既往，终将转换为现代化的利器，消解文化的一切权威，包括既有的农业文化，后农业文明的一整套规范和原则。

7. 一条生猛鲜活的现代化"鲇鱼"。2001年秘鲁小说家库恩在华盛顿美洲银行早餐会上，把粤语与日、德、法、普通话并列，预示全世界学习普通话和粤语，不是一个短期行为，而是一个长期的经济文化现象。"广东发展与广东观念"给人类醍醐灌顶般的冲击和震撼，正成为全球关注的一个热点。第一个吃螃蟹者，就得承担某些舆论和高风险的成本，无论怎样的忠勇可嘉，也无论怎样的披坚执锐，关注、探究、总结这激活振兴中国经济的第一吃螃蟹者，穿过历史的追涨杀跌，越过历史的浓雾阳光，从而展示历史，见证历史，变得十分必要和急切。

8. 一连串剪不断理还乱的争议和关注。对峙日争，并逐日竞。近现代广东，有如纳斯达克指数，有冲上大关的如虹气势，有低迷的垂头丧气，也有挑刺、指瑕、批评、期待。鲁迅曾感慨，广东从革命的策源地变成革命的后方后，随之会变成"懒人享福"的地方，丧失革命的活力。胡适曾批评广东的文化思想非常保守。

中国现代化进军。自广东始，但中国现代化在唱响大江南北之后，广东作为先行者中，"小富则安"论、"低调行事"论，至于"生孩子难取名字易"论（外界批评广东只会生孩子而不会取名字），是否也潜伏着新"懒人享福"、新保守主义"忧患"？岭南文化有否值得反省、自审的一面？

陈寅恪"中国将来恐只有南学"的论断，认为广东省有成为中国学术文化中心的机缘，然而黄节教授辞去广东教育厅长，挂冠而去，容肇祖等北上，终身不返，广东养人才而不养学问，也是不争的事实。

吴有恒早在1956年最早批评斯大林苏联社会主义经济关于价值规律的理论，这是中国经济学界最早向计划经济发射的一颗中程导弹，然而在广东学术界似乎连一丝涟漪也看不到。

何博传近有倘以人为本为标测度，长三角与珠三角的新论。

对这些话题的探究、延伸和讨论，是否有益我们人才机制、学术文化机制，以致文化大省的建设？

本书理念

学术与大众勾连，历史与新闻贯通，编辑与时尚联动，在学术独立性与人文情怀、世俗关怀，市场规则与审美召唤、社会诉求之间，寻求一种平衡，达成一种默契，召唤一种"暗合"，力求编辑手法、气韵、异趣的多样丰富，是我们孜孜以求并努力实践着的。

在多数文章中，以作者简介、精彩论断、随手点评、时尚话语、古文注释以及三百五十幅精美图片，加以点染，希图添些动态，撩拨阅读兴趣。

本书鸣谢

这本集子的编辑出版，有许多方面需要一一鸣谢。

谨向关注、支持、指点本书编辑出版的朋友，致以深深的感激之情：

中山大学文学硕士生洪勇、陶苗最早进行本书的资料收集工作，做了大量艰苦的工作。

本书采用了广东人民出版社出版的《岭南文化知识书系》《广东历史文化名人丛书》《广东人精神丛书》《广东省志》以及其他一些书籍的图片。

中山图书馆文献资料库倪俊明为本书图片搜集给予了大力支持。

本书得到广东商学院人文与传播学院副院长江冰及该院2003级编辑出版专业周善老师的大力支持，该院2003级编辑出版专业学生参与本书的资料收集、校对及宣传营销等流程，还得到华南师范大学文学院编辑出版系申洁玲老师的支持，该院2003级编辑出版专业学生及实习生四川大学文学与新闻学院2003级传播学研究生郭瑞佳也加入了这次教学与实践的互动中。

《广东科技》副社长张墨琴为本书撰写了切实可行的营销方案。

《广州文艺》副主编陆龙威、广州大学李锐文老师为本书资料收集工作付出了努力。

以上挂一漏万之处在所难免，敬请原谅。

主编

2005年12月8日

粤商帮的三个境界

清人杨恩寿《坦园日记》同治元年壬戌（1862）十一月初六条记：

> 克慎斋司马自粤旋楚，假馆于书斋之东厢，秉烛而谈，三更始
> 散，洋楼金碧，珠海烟花，羊城之繁华，洵有闻所未闻者。嘻，其
> 乱薮乎！

把羊城的繁华，首先当成是"洋楼金碧，珠海烟花"的海外奇谈来听，中国过去有过繁华，比如"六朝金粉""秦淮风月""二十四桥明月夜"，那些都不算"乱薮"；而广州的这个"乱薮"，罪在一个"洋"字，聚焦了一切社会祸根，西风东渐，南风北渐，经济繁荣，贸易胜景，人文风流，都带来对封建王朝封建秩序的极大挑战和惨烈危害。是谓之"乱薮"。

"乱薮"之外，还有一种全然不同的视角："命脉"。晚清时期，欧榘甲在日本刊印《新广东》，指出："外国人之论中国者，则谓命脉在于广东。"

清中叶以前，广东文明不昌明，确是事实。乾隆修四库全书，各地搜罗进贡图书以供选择，江、浙略为搜集，即多达四五千种，广东竭力搜罗，也只能拿出十二种来，在多省排列中，倒数第二。嘉庆二十二年（1817），广东一举子进京应试，言及科场试题出自《汉书》，浙江举子竟视为咄咄怪事：广东人也能读《汉书》！应试举子也无法强硬回击，只是以此激励自己和乡邦子弟发愤苦读，人家说的大体属实。

清中叶以后，这种情况随着文化经济交流，大为改观。广东正是因为这种"乱薮"而成为中国之"命脉"。

岭南文化，是中华内陆与外来文化的结合部和临界点，与内陆文化元素密集、有序、稳定比较，更具有兼容性、可塑性，更易产生新的文化相度。它在近代漫长的历史川流中涌现了改良派革命党、孙中山，后面贴近中华传统文化的底核，前面沐浴着西方文化急涛骇浪的拍激冲汇，更易激起新思想文化的裂变；它在二十年，珠江三角洲一"角"的香港跃入亚洲"四小龙"行列，商品经济大潮弥漫在珠江三角洲的广袤原野，人的价值行为产生了新的变异，碰溅出前所未有的现代文化火花，增添了新的文化神趣和气韵。深圳新民俗文化的张扬，广州现代都市文化的兴起，香港影视文化之流的影响及广东影视文化之渐新，南风北渐，对内陆文化的挑战辐射。

中国当代第一部商人题材长篇小说《商界》的面世，粤语文化习俗由于北方移民和港台影响融汇南风北渐所带来的若干新质，这都预示着岭南大文化的形态复苏、成熟和发展，倘若不是以西方文化模式为标测度，不是以腹地文化定于一尊，你只能老老实实在探索、实证。

这是笔者1989年1月在广东作家协会理论月刊《当代文坛报》为《珠江大文化圈》讨论写的一篇"编者按语"。1995年据此思路组织撰写《叩问岭南》理论书链计五种，这已是二十多年前的事了。

随着时序更迭和个人领悟递进，如果那时候对岭南领域还只是"叩问"的话，那么在今天则是冠以"归结"无疑了。

2009年5月，祝春亭、辛磊的长篇小说《大清商埠》，写被李鸿章称之为"千年未有之大变局""千年未有之大伟绩"的广州十三行的历史风云变幻和传奇故事，今年上两位作者的长篇小说《大国商魂》，写香山买办精英唐廷枢、郑观应、徐润的买办生涯和商战传奇。他们的岭南三部曲还有第三部长篇《大江红船》以广东粤剧为题材，正紧锣密鼓创作之中。前两部的电视连续剧也在筹拍中。

此前我主编的《广东九章》《广州九章》和今年即将出版的《上海九章》《珠海九章》对广东商帮和广东买办群，也有诸多文献性论述。

以中国第一商帮广州十三行和珠海买办群为呈现方式的岭南文化研究，正在风起云涌，这个研究更具厚重扎实科学严谨特征。

在中国商帮，最具实力、能力和影响力当数粤商、徽商和晋商。徽商贾而好儒。经商是手段，功名是归宿。徽商把生意都做得很大，但都三心二意，从乾隆初到嘉庆十年的七十年间，同样在两淮经营盐业，徽商子弟有二百六十五人通过科举入仕，而晋商只有二十二人。晋商是学而优则贾，晋商家族中一二流读书子弟去经商，二三流子弟才去参加科举，甚至出现获及功名后不做官而从商的进士。

粤商既非徽商的"贾而好儒"，功名是归宿，也无晋商的"不做官而从商"守土式保守经商。

商人的地位，在广东很高，是社会中坚力量，是"四民之首"，认为"一国之元气惟商人司之"。1908年广州商人兰伯廉在《粤商自治会函件初编》的序言中说："夫商者，农工之枢纽也"，"商人居中控御，驳驳乎握一国之财政权"，"观其国商人之地位之尊卑，既可知其国文野之程度"。这个时期广州和香港报纸基本是商界喉舌。《香港华字日报》一篇《论商人与政治家之关系》的"论读"，比较商人的地位，认为"一国之元气惟商人司之"。

粤商积极参与政治，但不附庸政治，曲从政治，渐渐有"四民之首"的趋势，是广东早期现代化进程中一种颇值关注的经济文化现象。故而，粤商对政治更替，产生很大的影响，如武昌起义爆发后，广东商人表示赞成共和；如十三行商人冒着杀头危险，不顾清廷高压，擅自实行跨国贸易；如广东的和平独立，在广东变更和其后的革命斗争，商人背向几乎起了决定的作用。

清末两广总督，民国的广东都督、督察、省长，莅位之初都会接见商界代表，征询对重要政策意见，商人对地方政府影响很大，为近代中国其他城市少见。

香港学者何佩然用群体平生作为研究方法，对清末民初广东商人的生平背景，进行深入的分析，包括年龄、籍贯、教育背景、家庭背景、职业社会活动政治活动资料作了研究。群体平生学，是指对一特定社群生平背景资料的综合分析，这种研究方法，在欧洲对罗马、英国及法国精英研究，都显示丰硕的成果。何氏研究显示，这群广东商人，多生于洋务运动时期，国家急需改革，又处于内忧外患年代，受动荡政局影响，按受正规教育不多，大多出外谋生，冒险创业，图谋发展。大多是凭着个人聪明才智与勤奋耐劳，美德以外，更有掌握时机的才智及敢于尝试的冒险精神,在西方推崇和宣扬传统找到一个平衡点,务实而不花巧,有浓重的生活意味,而非学院派的哲学理念,他们的使命感开端于体恤民情,加速个人企业的现代化。何式研究扎实证实粤商之特征,及与徽商、晋商之差异。

作为中国第一商帮的粤商帮,其"命脉",或屈大均"一捧粤符,靡不欢欣过望"所说"粤符"。其内核和精神,有三点。

一、观念的先导性

"中国现代化的进军是在岭南这一海滩登陆"。(1995年,笔者为《叩问岭南》所作的序)主要系指上世纪70年代末80年代初,当代现代化和改革开放时期而言。追溯自晚清到近代的中国现代化,也是在岭南这个地方最早尝试最早实践,进行了最重要的现代工商业文化的启蒙。

粤商帮自古以来就是中国的主要商界群体之一,从秦汉时期"海上丝绸之路"开展艰辛的海外贸易商旅,到大唐时期广东成为最重要的外贸港口。万商云集,再到近代,广州十三行和香山买办群成为中国与世界通商主办。

1497年,达·伽马(Vasco da Gama)为葡萄牙人开阔了新的海上航道,成为第一位经由非洲好望角航行至印度的欧洲人,并且中断了威尼斯近乎垄断的东方贸易优势,争夺金子、银子和香料。

1511年,他们"从马来人手里夺取了马六甲海峡以后,他们一直推进到了广州,然而中国是不可能用武力征服的,他们被阻止在沿海立足,只能呆在一个荒僻的半岛上,这就是后来的澳门"(廖炳惠《吃的后现代》,台湾二鱼文化事业有限公司2004年版)。这应该是中外近代贸易最早的记录,交易项目是以阿拉伯的香料、香料和鸦片来换取中国的瓷器、茶叶、丝绸和香料等,澳门、香山(包括珠海、香山),系最早的中国近代商贸登陆地。

认夷为友,认夷为谊。西学最早从广东进入中国,西学进入是以外国商人、传教士、外系官员三者联合的方式进入的。1820年,由谢清高口述杨炳南笔录的《海录》在粤刊印,是广东"得风气之先"的一个标志;而对中国第一批"开眼看世界"思想家影响最大的,是成立于1834年的益智书会;中国境内出版最早的汉文期刊《东西洋考每月统记传》，1833年8月创刊于广州。其宗旨均在"启迪中国人民思想，把西方的艺术和科学传播给他们"，"了解我们的人文、科学和准则，来消除他们的盲目自傲与排外思想"，例如西方人都是"蛮夷"、"天朝无所不有"。1842年中国出版魏源的《海国图志》，这本书大量采用来华西人，主要是传教士的著作，全部辑入传教士裨治文的《美理哥国志略》，没有《美理哥国志略》也不可能有《海国图志》，据有关统计，1811—1842年传教士在广州和澳门出版的中文期刊达13种之多，1839—1840年，广州所译书报已是"灿若星罗"的繁荣局面，广州成为当时中国人开眼看世界的活动中心。

　　《海国图志》全书中心点，是魏源除了赞赏美国打破王位世袭的做法，为"变古今之局"的"公"举之外，更把美国看成"不桀骜中国"、"有益无损"的"谊"国。（参考王立新：《美国传教士与晚清中国现代化》）我们在历史叙述中，对传教士只强调他们"文化侵略"，而忽略他们文化输出；对魏源的"师夷之长技以制夷"，放大了"制夷"，而忽略了"谊夷"，即学习西方的另一面。情感与理性是互相排拒的。

　　梁启超所说"广东言西学最早"，但在广东"其民习与西人游，故不恶之，亦不畏之"，加上"广东人旅居外国者居多，皆因习见他邦国势之强，政治之美，相形见绌，义愤自生"。广东人不崇洋，也不排外。

　　在广东商帮"得风气之先"向"开风气之先"的转化就产生了两个坐标，一不崇洋媚外，而要"义愤自生"发愤图强，二是抵制侵略而不排外，情感与理性是统一的，不是相互排拒的。如广州十三行商人潘振承、同文行与瑞典东印度公司建立非常友好的关系。英国东印度职员在1771年记载：他（潘启官）在最重要的事务上都与大班都密切的联系的。（马士著、张汇文译：《中华帝国对外关系史》）。英国下议院东方贸易调查小组1830年调查结论：绝大多数在广州住过的作证人都一致声称"广州的生意似乎比世界一切其他地方都更为方便好做"。这个评价是客观的。认夷为友、认夷为谊，灵活变通，冒险变革，正是广东商帮先导、开放、冒险的理念和作为，与知识分子如林则徐的"睁眼看世界"、魏源以夷为"谊"国的变革思维契合互动，与清朝封建统治王朝认为中国是世界中心，是"天朝上国"，而别国都是"夷狄蛮貊"，只要人尊重臣服，展开激烈的撞碰。粤商帮在朝廷与外夷，"入侵"与合作，朝贡与外贸，中央与地方，关闭与开放多空纠缠的夹缝中，趟出一条仄身而过的清凉大道，开创了李鸿章所说"千年未有之大变局""千年未有之大奇业"。这是批判封建主义、重塑国民，是近代的第一次文化启蒙。

二、视野的国际化

粤商帮的第二个特征，系把商贸的国际化与文化的传承普及以及现代工商业规则融合起来，在冒险精神之外，对全球化市场的拓展和按国际惯例行事，凝聚形成一个国际化的视野和眼光。从1830年开始，外国传教士以及其所负载的西方文化陆续从澳门、广东登陆，沿广州、厦门、汉口、上海、天津等城市向北辐射，形成一个沿中国太平洋沿岸的中西文化走廊，也由此形成中国现代化的原点。

来华传教士传教夹杂许多问题，有帝国主义文化侵略、中国原有的中心主义受到外来的冲击和我们自身的反应，也包括现代与传统，外因与内因等几对矛盾，这内边要区别民粹主义与虚无主义。广东最早一批开眼看世界的思想家的精神资源，主要是从传教士带来的西方文化里面获取的。

中国思想界的许多事件如洋务运动，戊戌变法，新学崛起，传统教育变革，都是晚清现代化的一个环节和过程，也拨开了现当代现代化的迷雾。

被冠以"买办学者"的郑观应是维新派重要思想家的杰出代表，他超出御敌的变革，而提出"富强救国"、"司兵战不如司商战"。他除了在《救时揭要》《易言》《盛世危言》等著作中，提出一系列改革纲要，将科学、民主提到议事日程，又指出体用一致国家方得富强。他创办经营的大部分洋务企业，成绩骄人，盖在于他建立了新的商业制度。还有一个粤商帮的代表人物唐廷枢，1878年上海《远东日报》称他"又得国人之信任，所见之明无可及也，伊为中国未经创见最大方略之领袖"，1892年唐逝世，1892年10月14日《北华捷报》认为"他的死，对外国人和中国人一样都是一个持久的损失。""要找一个人来填补他的位置，那是很困难。"

"实医国之灵枢也"，由得风气之先到开风气之先，郑观应、唐廷枢、徐润、容闳都起到振聋发聩的功效。他们不仅从事工商业，而且承传文化，两张牌一起打。作为富庶的象征的十三行，与有力焉，其中翘楚当为怡和行伍崇曜（伍秉鉴之子）氏与潘仕成氏两行。其在文化上的贡献，首推刊刻图书。一是大量刊刻地方文献，将罕见的岭南文献汇刻成《岭南遗书》五十九种三百四十三卷、《粤十三家集》十三种一百八十二卷；二是刊刻海内珍本，汇刻《粤雅堂丛书》一百八十五种一千三百四十七卷（以上均伍氏刻，伍氏共刻各类书籍二百六十种二千二百六十卷，跻身清中期全国四大刻书家之列，被张之洞誉为五百年不朽之盛事），每本均介绍作者年代和生平事迹、书籍内容及相关评价、得书经过及版本源流，准确精当，为今日治古代文献、古代文学和历史文化者所宝爱；三是注重刊刻科技书籍及西方译述书籍，潘氏所刻《海上仙馆丛书》五十六种一百一十八卷，其中就包括《几何原本》《外国地理备要》等，具有鲜明的时代特色，为同时刻书家所不及，也是岭南文化之一，所以成为岭南文化的重要原因和重要特征，是岭南文化对于中华文化的贡献之一。

　　其次是捐资兴学。同孚行潘启领衔创办的文澜书院，十三行几乎悉数出资捐助。最重要的是，这些行商们出资刻书办学，不为名（不冠名）、不为利（不做广告推销），对于广东求实、包容、心怀大局的 文化特征的形成，功不在小；近世以来，诚如江浙名士徐珂所言，粤人慷慨成性，志存高远，举凡大事业，非粤人不足以成其事。1907年，广州《七十二行商报》"各行省无不有粤商行店，五大洲无不有粤人足迹"，广东"谓为天然商国，谁曰不宜"。

　　第三当是除嘉惠后学以外，还在商行内部培养了一批读书种子，其代表人物当属梁方仲兄弟。梁方仲是世界级的经济史家，至今仍享有盛誉。其弟梁嘉彬则著作《十三行考》，吴晗为其作序，盛为称道。

　　一般人眼里的十三行商帮，包括一些历史学家眼里的十三行商帮，一言以蔽之，那就一个经贸组织，一个生意上的商帮（在上海就有潮州、潮惠、揭普、南海、顺德、广肇、海澄七大会馆），其实十三行商帮是具有近代现代性的商帮，它在文化、出版传播、教育、人才四方面都作了贡献。上海开埠的19世纪40、50年代，上海中西贸易通事，买办，最高达了三分之二比重，旅沪粤商最多；天津开埠后，各大洋行的买办多为粤籍、大买办中的郑翼之（郑观应之弟）、梁炎卿均为广肇籍；汉口对粤商也有很大吸引力；厦门开埠洋行买办大都是粤人。此外，还有大量广肇型商人涌入香港。清末民初汉口各业多帮会所二百余处，最大的是岭南会馆。

十三行是近代中国的一个缩影，它代表了一个时代、一种制度、一种情绪，承载着太多的政治、经济、文化、历史的内涵。

三、管理的新伦理

"先以诚实，施之与人"。以诚为本的商业经营，是粤商的核心价值之一。视野眼光都是瞄准了现代化的大型百货公司。

1900年1月8日，香港先施百货公司在皇后大道开业，后来在上海、广州设立分公司。

"先施"是英文Sincere的音译，意为"诚实"，中山人马应彪这样理解："先以诚实，施之与人"。粤商郭乐1918年在上海开了上海永安百货公司，他在1949年的回忆录中说："余思我国于外国经济侵略之危机中而谋自救，非将外国商业艺术介绍于祖国不可。"近现代香山（泛指珠海、中山、澳门等地）人创办了现代中国百货业先驰——先施公司、永光公司、新新公司、大新公司，容纳吸收了西方商业文明的新果。

先施公司在商场正面两条大柱上大书："香港大市场，环球货品庄，始创不二作，诚信名远扬。"马应彪对先施的人文关系诚信为本，建立了一整套现代工商业经营理念与规则，到现代也还有它的现实意义：雇员工作业绩良好连续三年加薪；第四年业绩继续上升，便可入股代为在职股东，享受公司年终分红；先施还雇用专职洗衣工和理发师，空期为职工洗外衣和理发；夏天供应清凉饮料，聘请常年医生为职工诊病，均不收费。

评于爱成《四重变奏》

我厮守在这令人烦恼又无限深情的文学编辑和文艺理论批评领地，倏忽五十年，累有机遇和"新欢"，而终未有移易。

五十年的曲折和磨难、行走和搏击、体味和品察，评坛有如球场、舞场，有它的游戏规则，计十八条，戏称之为"评坛十八律"。

这是2001年，我在拙著《手记·叩问——经济文化时代猜想之子丑寅卯》自序中的一段话。

那"评坛十八律"的最后"一律"，即"想到别人，正要过渡而船来，让人夏天感到秋凉，瞌睡时给个枕头"。反观五十年，除去"文化大革命"那变态的日子，我大抵是遵循这一自律的。

著名文艺理论家、中国社会科学院文学所研究员曾镇南对此曾有以下鼓励和鞭策：这"是使我深深服膺并感动的，足见他的善良热忱"，"这一条，是做一个好的、于世有益的评论家之根本，也是灌注人文精神的批评、人性化批评的根本"。

我虽然受聘为中山大学兼职教授，除了研究生论文答辩外，多数时候，为稿件和人才计，与一茬一茬、一批一批的年轻学子，保持一种前辈与后辈、过来人与成长者、学长与学弟、编者与作者、亦师亦友的复杂关系。是学校和社会的一个驿站，是学理到实践的一种中转，也是为文与做人的一场演习。仿若一个球传到我这边，凭着他们各自的实力，我也发一助力，把球扣杀过去，还没有出界的，落点也大抵不差。有时我充当了一初审角色，提出一串的命题和思考，他们则拿着短枪，一一枪毙，最后终审出一个宁馨儿和幸运儿。有时充当一个倾听者角色，从他们的海阔天空闲聊或争论中，获取亮点智慧和新信息，并一一寄在烟盒和小纸片上，用以充实自己。对他们的不靠谱的狂妄和不长进，我也咆哮过，也是中山大学研究生出身、长篇小说《大清商埠》的作者辛磊，对我在一次研究生的聚会上所说的一句话"年轻的时候，我比你们还要狂，但我吃了许多苦头"，事隔十多年还记忆犹新。我是一个摆渡者，虔诚地期望坐在船上的学弟和后辈，能够平安地出人头地抵达彼岸，事业学问上有成，又没有矮化人的精神高度。

转眼间，我认识爱成已经有十五年了。1994年，我还在主持广东省作家协会理论刊物《当代文坛报》，应中山大学中文系之邀，与研究生们座谈对话并约稿。在座的三个级部的研究生，对于感兴趣的话题纷纷发言。几个学生引起了我的关注，向他们发出稿约。我的办刊理念，是不惜血本，推出广东第四代、第五代、第六代的年轻理论家；不求全责备，只要他们"内功"尚好，就要守护他们的勇气、锐气和怀疑创新精神，给予他们"出手"的机会。他们思维活跃，假以时日，给予机会，构筑平台，他们的新思维新理论，必然给广东文坛有力的冲击。但我留意的几个学生中当时并没有爱成。

几天后，几位同学带着稿子，一起到了我的办公室，其中就有爱成。我这才第一次留意起这个年轻人。爱成羞涩腼腆，公众场合很少说话，说起话来经常还会紧张得手脚发抖。通过与这个年轻人的交谈，以及对他一个重要理论课题完成情况的评判，我惊喜地发现，这是一个在同龄人中透出一股灵气、才气的学术苗子。几个月下来，我很快与这个年轻人成了忘年交，在学术上成为可以对话的朋友。十五年来，我的很多的文化创意的生成、文化活动的展开、个人的问题意识、学术思考等等，经常都会有他的参与。十五年后，一个学界同辈中人对他有"别看于爱成沉默寡言，一经开声，往往鞭辟入里"的评价。

在知识分子扎堆的地方，排他性在所难免；能有此评价，也非一件简单的事。

历史早就化作如烟往事。十五年后，当我读到爱成这本新作时，他已非"涛声依旧"，而是"新潮澎湃"了，不由人感慨系之。前沿性探索、互动性学用、复合性结构，我想，这是爱成这本集子三个鲜明的特点。姑以名之于爱成的"三重变奏"吧。前沿性探索"现代性"是中国当下学界的一个热点议题。有从时间观念上界定，有从政治哲学上解释，也有从宗教哲学上阐析。"现代化"的社会进程与"现代性"密不可分，相伴始终。"现代性"是"现代化"事业的精神支撑和价值观念。它包括了科学主义观念、人道主义观念（如自由、平等、博爱、人权、民主、正义、道德等观念）、市场经济观念（即利润最大化、消费、市场、注重实利，扩大再生产）以及民族主义观念等四种价值观念。在这四个轮子中，人道主义滋养孕育了其他三种现代性观念，或者说为其他三种现代性观念提供理论支持和价值评判，这一个轮子牵引着其他三个轮子向前奔驰。

以"现代性"的总揽性思维来观照和辨析中国现代文化以及中国现当代文学现状和历史，这是一种前沿性的探索。

本书收录爱成研究百年中国现代性历程；考辨现代性多样性与中国文化经验；探讨现代性与地方性、城市经验、民间诗学与日常生活美学互动、变奏之繁复关系，以及考察当下文化现场、文化表征的文章。

第一编"新文化论争与现代性问题"，收入他研究中国文化现代性问题的文章。爱成研究生三年是以现代性研究为主题的，论文做的是新文化论争中的现代性问题。在前言中，他说自己"把现代性问题引入现代文学研究，以整体观照、比较论证与个案分析相结合的研究方法，对现代性话语的两难窘境和由此而起的文化论争，做了较为明晰的爬梳和辨议，试图在历史的迷宫中，找到解开百年难题的节点"。文章在我看来，当属国内最早以现代性为题进行现代文学研究的不多的文章之一。在他之前，汪晖谈到中国现代文学的现代性问题，但没有专论；海外学者周蕾20世纪90年代初出版了《女性与中国现代性》，但直到21世纪才翻译引进。所以，我敢说爱成对于现代性与中国现代文学研究具开拓性眼光。我在后来，也听说这个论题，在答辩时受到某一位评委的质疑，质疑的理由竟是："现代文学与现代性有什么关系？这是一个社会学的题目，怎么能拿来做现代文学研究？"该评委据此质疑爱成的"不务正业"的学风，答辩投了反对票，对爱成造成很大压力。如果放到今天，我想如果再有人存有这样的质疑，肯定会被视作学术笑话了。但当时就能成为一种理由。

第二编"多元现代性视野中的20世纪中国文化与文学"，收入了爱成对百年中国文化和文学的精细解读、文本细读。鲁迅作品、新诗与歌谣、城市文化与文学、精英文化与大众文化诸领域，在多元现代性关照下，他进行了抽丝剥茧、富有洞见的重新阐释，发现了许多被遮蔽或者说长期以来被忽略的理论盲点、误区，赋予新的学术立论。

第三编"民间文化的发现与民间诗学建构"，是从民间文化角度，切入现代性研究的最新的理论成果，也初步展露了他试图建构民间文化诗学理论的学术雄心。据我所知，这个章节的文章是其从计划出版的博士论文《新文化的民间文化传统》专著中截取出来的。到博士论文正式出版后，关于他的最新的学术面貌会有个呈现，这本集子只可窥见一斑。

第四编"新岭南文化与新岭学随札"，收入爱成将近20年来，考察岭南文化的部分成果，体现了一位广东学人对于区域文化、地方性知识的关注，对地气的对接和吸纳。互动性学用接通"中国问题""本土意识"的地气，摒弃理论上的"空对空"，崇尚实践性"地对空"，把学理与实践任督两脉打通，面对社会转型人们的生活方式、经济行为、城乡关系，人际交流、价值体系发生骤变后，经济与文化大亲和之后，所激发的新的文化相变的思考和建构，进行理论上的梳理研究。这是本书的第二个特点。广东最早历经一种新形态文化的生命力躁动，民间性、大众性，也就成为20世纪90年代以来广东新文化的一个标志性现象，其精神在于它的大众精神、平民姿态和自由意念。

1994年前后中国学界文化研究中频繁出现的"中国问题"，其实也就是一个"广东观念"问题。这也是对中国文化关注和研究最有启迪意义的所在。

读过一篇林语堂先生谈大学教育的文章，很赞同他的现代教育制度应是训练多过培育的看法。于爱成对这一"历史现场"的关注、熟谙和操练，其意义和价值我想要通过若干年，才能鲜明地凸显出来。

20世纪90年代的中后期，是广东新文化狂飙突进的年代，也是一个在价值上兵荒马乱的时代，主义与顺溜、真理与潜规则、虚拟与现实多种思想观念相互纠缠充分博弈。置身其中的文化学者，对发生在现场的鲜活的文化实践，却整体上表现了不应有的滞后和集体的失语状态。我主持《当代文坛报》及广东省文艺批评家协会期间，集聚中山大学、暨南大学、华南师范大学等高校的年轻教师和学生，以及社科院的部分研究力量，二十多年来坚持对岭南新文化做系列专题研究和宣传推介，策划推出了包括岭南文化大型调查、珠江大文化圈大讨论、第三种文学批评、"叩问岭南"书系、"流行蛊"书系等当代文化研究与批评丛书。我的最得意之笔，迄今为止也最觉得欣慰的，就是大胆起用年轻人来承担这些特别策划的课题。我记得杨苗燕、钟晓毅、谭庭浩、陈晓武等都分别领了题目并很快推出各自的专著，区鉷、谢望新、程文超、蒋述卓、金岱、单世联、陈剑晖、郭小东、陈志红、张奥列、温远辉、秦朔等等，都是《当代文坛报》发起的各种话题的积极参与力量。交往之初，我特别策划并安排爱成和现在中国社科院文学所的学者施爱东一起承担了一个岭南文化大调研的课题，历时三个月，采访三十多位文化学者和社会人士，查阅数百万字的历史文献，写出三万字的《经济列车牵引下的岭南文化》一文，公开发表在中国文联大型理论刊物上。我至今仍认为那是研究岭南文化最好的一篇。

因为这篇岭南文化文章，我对爱成和施爱东有了更多的了解，便让他们分别承担另外两个课题。施爱东拿出了四十多万字的《点评金庸》一书。由民俗学角度进入，生动有趣，充满新意，得到金庸好评。爱成也拿出了四十万字国内第一部整体研究中外流行音乐史、尤其是中国流行音乐发展史论的《狂欢季节》。这本来是我心里没有太多底的，因为像爱成这种个性，他未必对国内流行音乐多么熟悉或者有很大兴趣，让他从头研究，肯定会非常吃力的。但是，爱成欣然接受，用了一年三个月时间，竟然啃下来了，而且一出手就是四五十万字，而这每一个字还是手写下来的。这让我非常惊讶。而后来我了解到，爱成为了写这本东西，用了一年时间奔波于中山大学和文明路的中山图书馆，天天泡图书馆，翻阅各种报刊，各种书籍，钻研相关文化理论，三个月时间封闭写作，达到废寝忘食、几近痴狂的地步。在当时没有便捷的检索资料的工具、没有系统的大众文化理论体系、有关流行音乐历史的研究资料基本空白的条件下，爱成实际上做的是原创性的拓荒工作。我也非常感佩他的这种敢于吃苦的毅力，以及消化处理天量资料从中淘出并炼出金子的能力——我判定这是他的绝技，而且断定他这部书的意义无可低估。国内当今研究严肃流行音乐的著作或文章，其实是都难绕过他这个山头的。我后来也了解到，《狂欢季节》这本书其实在国内各大院校图书馆，大都有收藏。若干研究文章，迄今仍在引用或者参阅该书作为资料。

我坚信爱成最早在国内从事流行文化、流行音乐研究的意义，要知道那是在1994年、1995年的事，现如今国内学界流行文化、大众文化研究界的名家们，当时还没有几个人关注到这个领域。当然，我也知道形势比人强，爱成心里其实对这份研究也不是很有底，所以他在几年后出版这本专著时，竟然用了一个笔名——我后来问起这件事，他说不是学术著作，所以不想特别认真对待。我对此也表示理解，但觉得总有一天他会后悔。果然，该书在《岭南音乐》连载以及由广东人民出版社正式出版之后，不断有人联系他，约稿、邀请参加音乐研讨会议、邀请联合写书、改编电视专题片等等。著名音乐人李海鹰还专门找到了我，要书稿，说他参与策划拍摄的一个流行音乐专题片，希望以这本东西作为重要参考，还保证绝不会泄露该书的内容，并写下了协议书等等。后来，到了2004年，有个电话从韩国打来，洽谈出版韩国版事宜。原来，韩国有位名叫李镕旭的学者，在中国传媒大学留学时，注意到这本书，感觉对于介绍中国流行音乐到韩国去具有重要价值，就决定翻译该书，并由韩国学古房出版社推出。这本书2005年韩国版正式出版，名为《从流行音乐看中国》，六百多页的精装版，甚为大气，可见韩国人对该书的高度重视。

　　爱成无论对流行音乐、影视、动漫卡通、时尚杂志、通俗读物、网络文化，还是其他流行文化形态，其实是非常了解，也很有学术感觉的。他早在1996年就跟我说，想写一本《流行文化论》，这本东西说了十年，他也没动笔，我倒是在2008年，发现著名学者陶东风先生主编的《大众文化教程》出来了。这一方面说明爱成的懒散，更主要的我是想说明他的学术敏感。可惜他并不是个勤奋的人，总是需要一些外力的推动和逼迫，才写写东西。1998年后他的深圳十年，起码有五年是没有动笔的。复合性结构前沿性的学术素质、互动性的学用联通，这得益于爱成的阅读量大、兴奋点多、对海内外学术前沿熟悉、学术触觉的敏锐，得益于他对多种学科、多种领域的浓厚兴趣和复合型的知识结构。他的文章和观点，往往是融合了社会学、文化学、符号学、人类学、民俗学和文化研究方法，思考和分析结果，显得别开生面、别样异趣。每次讨论一个新话题，我发现他往往能别出机杼。我的一些最新的西方文化尤其是汉学领域的方法和理论，好多时候也是通过包括他在内的一些年轻学者朋友的交流而获得的。这是本书第三个特点。

　　从2001年到现在，他用八年时间，写出了几百万的文字，以每两年一部书的速度，初步建造起了一个属于自己的学术空间。这个空间里，除了他用力最多的百年现代性、中国现代文学、城市文化研究的纯学术，还有他所擅长的大众文化考察研析，以及我一直鼓励他坚持的岭南文化、地域文化研究。2004年，他还考取了中山大学非物质文化研究中心的博士生，师从钟敬文先生的嫡传弟子、著名民俗学家叶春生先生攻读民俗学，重点从事民间文化研究。按我的感觉，爱成不考现当代文学或文艺学学科，选择了社会学科的民俗学，也有他对于自己学术方向、学术道路的一种新的思考。从民间文化的角度、从地方性知识的视角，来对百年现代性的成败得失进行回应，我想是一种富有挑战性和理论创新性格外强的理路。不管爱成当初是清楚地认识到这一点，还是隐约间有所感受，都不妨碍他当前所作研究的一种原创性。我留意到选到即将出版的这本书里的一部分研究民间文化的文字，起码对我感觉是新颖的、具有理论冲击力的。

　　总的说来，这本集子的文章，貌似分散，实则辐辏，围绕"四重变奏"的主题，从不同侧面，提示了中国文化实践与中国现代性的问题的因缘，呈现了中国现代性的复杂性和地方经验，凸显了鲜明的问题意识，富有学术个性、创新思维。

　　拉拉杂杂说了这么多，所有这些，都是说明爱成是一位富有才华、有实力走得更远的优秀青年学者，也表达了我对他的由衷期待。他的每一个成绩的取得，以及他的人生的每一步，我都是看在眼里的。因而，对于他的不足之处，如果非要指出的话，正如我向来不讳言当面向他提醒的，就是他的生性的闲散。也正是这种闲散，使得他一次次错过学术舞台的黄金时机，还有就是他没有更用心用力在建构学术体系方面下苦功夫——做学问是要吃得苦、耐得寂寞，也是要借助现代媒体等推力的，是要以整个人生来规划的。表现在这部集子的，文章质量并不都篇篇珠玑，有些文章写得匆促，有些文章并未经过精细的考据，下工夫的淬炼，理论的魅力因为缺乏强有力的史料和论据的支撑，就在一定程度上受到了削弱。这是爱成以后应该继续提升的方向之一。

　　是为序。

办边防证到深圳看香港电视

很多第一次发生在深圳

1980年，广东文化界最流行的一件事情，莫过于到深圳看香港电视。当时的文艺作品里连爱情都不能写，完全是文化专制。精神生活压抑已久，人们都想有一个缺口，希望能引进外面新鲜的空气，看到外面强烈的阳光。到哪里去呢？只有到深圳来。深圳刚刚改县为市，准备建立特区。我们来深圳，是冲着香港来的。

虽然广州1959年就有了电视，但普通老百姓看不到，我们大多数人当时没有见过电视。看过电视的，也看不到香港这一类的节目。1980年前后，不少广州人在自家的天台偷偷安装了"鱼骨天线"，煞是壮观。看香港电视，深圳无疑得了天时地利。这里与香港新界仅一河之隔，新界四个强大的电视差转台使得深圳上空完全覆盖在香港电视台的电波之中。

在一些文友的帮助下，我办了一张边防证来到深圳，非常过瘾地看了一次香港电视。单是新闻节目《香港早晨》，就让我惊叹不已。新闻原来不仅可以播得简短精练，竟然还能插播歌曲，评点实事，调侃领导。在看香港电视之前，我并不知道外面的世界是怎么回事。

大门一旦打开，人们一下子风起云涌奔向深圳。想要进入深圳可不容易。外来的人要进入特区，必须拥有边防证，这是进入特区的"护照"；进了深圳，还想去沙头角看看，需到深圳市公安局另办一级关证，即特许通行证。

不论有没有假期，只要办到了边防证，就想办法来深圳。"老朋友，最近我想去深圳，边防证就拜托你了。"我经常托深圳的朋友帮忙，办边防证和进入沙头角的特许通行证。

我有时候一个星期去好几趟深圳，只要搞到了边防证就去。20世纪80年代后期，有一次我带了七十个人去沙头角采风。一次解决七十个人的特别通行证可不容易，是当时深圳一位市委副书记出面帮忙解决的。那时候，这真是天大的人情。

沙头角距离新界近，又可以到中英街买东西，所以是我们看电视的最佳选择。有的人胆子大，半夜偷偷跨过界河到香港那边，在专门租售录像带的店铺租录像带看。录像带什么都有，比电视更过瘾。

深圳人也没什么好接待我们的，最自豪的事情就是带我们到处去看电视。有时候深夜才到深圳，胡乱吃点东西，就一直盯着电视看到天亮。播什么看什么，连广告都看得津津有味。

我们这一代人整个精神状态封闭了十多年，根本不知道外面的世界是怎么样的，渴望有一种新鲜的空气、新鲜的潮流、新鲜的智慧和色彩，能够进入我们的眼里。深圳提供了这样的东西。朋友很羡慕，他们也想去，纷纷提出"下次去带埋（带上）我"，所以，去深圳看电视的队伍越来越壮大。

除了电视，还有很多第一次都是发生在深圳：第一次吃花生酱、生力面包，第一次在沙头角买嘉顿饼干、玻璃丝袜、太空楼……好像拥有这些东西就拥有了时代的潮流、现代的文明。

往深圳走，根本的原因还是渴望有所转变。每次我都是啃着枕头一样的生力面包，手腕上戴着沙头角买来的石英表，包里装着几袋双桥牌味精、几双玻璃丝袜和买给家人的太空楼，遮遮掩掩、一步三回头地回到广州。

搅动南粤的大论战

1980年上半年，我们看香港电视，下半年忙着论战。当年6月8日《羊城晚报》发表了一篇署名"舜之"的文章《"香港电视"及其他》。文章认为，香港电视是一种心灵的癌症，正污染着我们的社会风气，要坚决禁止。

1980年10月7日，我在《羊城晚报》上发表《香港电视是非谈》一文。我提出，"香港电视中，虽有糟粕莠草，但也不乏健康、严肃乃至优秀之作……应该采取分析、区别、批判、为我所用的政策，而不能采取仇视、恐惧、禁绝的政策"。

我一生写过很多评论文章，这篇文章反响最大。文章发表后，引起一连串轩然大波，让我始料不及。深受拆除"鱼骨天线"之苦的广大百姓听闻后，拍手称快。

在看香港电视上，官员们是最矛盾的。老百姓要看，政府要禁，官员自己也想看。好不容易有一个人站出来讲话，他们把这篇文章当成了一面旗帜，对外开会的时候说："连《羊城晚报》都说了，看香港电视不一定那么坏哦！"

可是，我也差点捅娄子。文章发表的当天上午，广东省委第二书记杨尚昆在中山纪念堂作报告，谈到香港电视的管制问题，于是该文被认为是与上级唱对台戏，政府派人到《羊城晚报》调查。

我的上级领导也找我谈话：你和"舜之"来来往往，打了"平波"。领导是暗示我就此打住，不要再写文章了。

我一直用蚕茧理论来形容当时的社会现实：当人像一只蚕蛹被困在极端封闭的蚕茧中，眼前一片黑咕隆咚，只听到一种单调声音，每天琢磨的就是咬破几个"小孔"，以期获得新鲜的空气和明艳的日照。这是一种拯救，一种征服。

禁，刺激好奇，刺激叛逆，愈禁愈旺，一如火上浇油，造就另一种声势。在1980年——这个被希望充盈的时间点，为看香港电视起而论战，咬破几个"小孔"，具有生命的特殊意义。

通过电视里的光影画面，让我们的个性得到舒张。我们原来性格里面、人生追求里面的某种元素被激活了，转变成为一种社会热情、文化热情、理论热情。这些东西是人对生活的一种希望。

给"恭喜发财"正名

1980年的文化界还有一个关键词，就是"恭喜发财"。在这一年的春节，广州市民拜年时，忽然流行拱起手互相祝贺"恭喜发财"。这一新潮的东西是从深圳流行起来的。深圳人的老师，是香港人。

经常看香港电视，我对于"恭喜发财"早就司空见惯了。到沙头角看一看就知道，香港的商店里商品琳琅满目，深圳这边稀稀拉拉。老百姓生活贫穷，向往香港，纷纷偷渡到香港去讨生活。

当时深圳流行一句话："香港年年是初一，天天是除夕"，意思是香港生活富裕，天天像在过年。深圳人不仅觉得恭喜发财很正常，还要到香港去发财。

1980年元旦，《羊城晚报》总编辑吴有恒发表文章，重提"恭喜发财"这一古老但于国人却时兴的命题。这个词，似乎刺激了某些人的神经。1980年8月3日，《羊城晚报》发表一篇署名"舜之"的评论《且慢恭喜》。文章提出，"（恭喜发财）不仅不利于调动群众的社会主义积极性，更有损于社会主义企业的声誉。"

真要论沉迷和固执，我有比任何人更加充分的理由。"文化大革命"初期，广东省为批判当时党内的"走资本主义道路当权派"，拿秦牧、欧阳山等一批人做文章，省委批判组炮制了一系列批判文章，猛打了一批人。我就是写手，是"棍子"，也是"爆破手"。接受这项政治任务时，我没有丝毫怀疑，还往里面加码。领导要我写八分的左，我可以加料进去写成十分。这样极左的状态保持了十几年。

"文革"结束时我四十一岁，朦朦胧胧有一种感觉，不能像以前那样过日子了。从大学毕业开始，虽然陆续写了两三百万字的"破文章"，但我深知这些东西在历史上不会留下任何痕迹。再这样下去，无论是道义上还是文学事业上，此生将一无所成。慢慢地，我有了自我反叛的冲动，所以，只要有一点新鲜的空气吹来，我就感到兴奋不已。我就是抱着这样一种狂热的心态来到深圳，试图矫正自己，按照现代文明的轨道，奔向一个新世界。

"南风"，就是开放、文明之风。南风入粤，挡也挡不住。

为了给"恭喜发财"正名，也是向当时人们固守的极左风气挑战，我提笔写了一篇《且慢"且慢'恭喜'"》，12月26日发表在《南方日报》上。这篇论战文章我写得理直气壮，因为在此之前，我们在深圳已经亲身实践了发财

带来的欣喜。

来深圳除了看香港电视，最大的收获就是可以带很多稀罕物回去，比如电风扇、电视机这类电器。想买的东西多，口袋里的钱少，有一次我为了买一个日立牌电风扇，动用了三个渠道融资：首先动用了当月的全部工资；其次，深圳的朋友赞助了一部分；再次，用人民币兑换港币，赚取汇率差额。这三方面资金凑在一起，我才买了一台电扇回广州。

在深圳领略现代文明的光亮

1980 年的中国，现代性刚刚启蒙，人们从愚昧的状态走出来，领略了一些现代文明的东西。

有位女性朋友跟我讲了一个小故事。她常到内地出差，一来二去，和当地酒店女服务员熟了，为了感谢人家每次热情的服务，就想送点小礼物给对方。服务员支支吾吾半天，扭捏着说："我什么都不要，就要一双玻璃丝袜。"朋友没想到她要的是袜子，当时也没的买。服务员说，"没关系，我就要你脚上穿着的这双。"

康德说："启蒙运动的重点，亦即人类摆脱他们所加之于其自身的不成熟状态"，"使人发现按照人的尊严——人并不仅仅是机器而已——去看人"。从康德的论述看来，启蒙运动首先要摆脱人的不成熟状态，其次要摆脱宗教所造成的愚昧，第三，要用人的眼光看人。从理论上说，我们那时刚刚经历西方启蒙理性。

在深圳的经历，带给我们思想上、价值观上的冲击，感受到市场经济、现代化以及人文主义，基本上够我们整个20世纪80年代使用。在传统文化里，借用西方文明作为新的坐标，以此来认识中国的现代化和开放改革。解放思想的第一步，就是这么来的。

为什么深圳可以成为现代化登陆中国的地方？因为她旁边有一个香港，香港就是我们的坐标。

1981年，《花城》杂志和《广州文艺》共同创办了《南风》文学报，我是特约编委。我大胆引进了香港武侠小说家梁羽生的《白发魔女传》，刊登在

《南风》创刊号上。杂志一出街，真可谓洛阳纸贵。这是香港新派武侠小说首次在中国内地正规出版物上亮相。

这些在今天看来很简单的事，但在当时每走一步都有很大的障碍，都要经过激烈的交锋。武侠小说进来，言情小说进来，每一步都是这样艰难。

大众文化是世界潮流，也是一种经济文化现象。这等于说玻璃丝袜，女王能穿，女工也能穿。因为我们刚刚开始搞市场经济，流行文化对我们原来的文化冲击非常大，所以有人对这种文化现象很恐惧、很排斥，对这种文化最活跃的领地有诸多非议。正如梁羽生在给我的信里写道："武侠小说一向是禁区，许多人看不惯是可以理解的。正如吾兄所说'有反应'就是'幸事'也。"

1982 年，深圳遭遇"走私起家""暴发户"等诸多误解，不少人断言：深圳是文化沙漠。我为深圳《特区文学》创刊所作的一则简短文字，发表于1982年7月的《南方日报》上。在这篇文章中，我大胆为深圳唱赞歌："深圳有着深厚的文学土壤，本地土生土长的作家必将拥有美好的创作前景。"

这篇谈文学刊物的文字，后来在深圳市委常委会议上被朗读，可见当时深圳对于哪怕只言片语的精神支持和客观评判是多么需要。我这次"拔笔相助"，是因为我对深圳有着深厚的感情，我是在这里打开了视野，重塑了价值观。

我在深圳汲取了受用一生的养分。1980年的深圳，中国现代性从这里开始启蒙，虽然一路走来遮遮掩掩，但人们最终从愚昧的状态走出来，领略到了现代文明的光亮。

（本文节选自《我的1980：深圳特区民间叙事》一书）

"热闹"后的"门道"咀嚼

——后亚运的文化思考

广州亚运精神概言之就是一种想象力、一种开放性和一种包容度，它凝聚了岭南文化和当代文化的价值观。

想象力的张扬，开放性的坚守，离不开政府、官员心态的包容度。言论空间的多元、媒体平台的现代化和政府包容度的三人舞，舞步和谐，舞姿优美。

亚运前夕，广州日报《畅想新生活》论坛邀约，我曾有办亚运就是办文化；看"热闹"，还得看"门道"之言。

如今，亚运谢幕了，"热闹"并未像划过夜晚的流星，绚丽而短暂，南风不减，喜气依常，壮观而持久的征兆在。亚运独异文化风采，口中传道，暗中流通，悠远流淌着：于餐桌上、于闲聊中。

亚运开闭幕式以及它营造的气场，主见、强音、望高，既触动漫漫时间之经，又伴到浩浩空间之纬，一股黄钟大吕、千秋风云的气概；一种多面性浪漫性生动性圆通的气质；留下一份有思想冲刺力和艺术感染力的"历史记录"和"文化记录"。

广东以其地缘优势，为中华文明新时代的到来，输入和积累新的文明特质，岭南文化游离于主流文化之外，同时又是封建及一切落后陈腐文化的掘墓者，既是"乱薮"，又成了"命脉"。广东作为晚清、近代、当代现代化的原点，是新思想、新文化的始发地，思想的风风雨雨，文化的相互砥砺，形成了一条由澳门、珠海、香山、肇庆、广州而厦门汉口而上海天津的中西文化走廊，贡献至伟。

城市离不开文化。古希腊雅典以其哲学与奥林匹克文化著称于世，意大利佛罗伦萨的文艺复兴艺术流传至今，当下，文化以城市发展轴心的战略姿态出现，经济的、社会的、技术的战略与文化轴心联结越紧密，呈多空纠缠状，信息、知识、内容创造已经成为城市可持续发展的关键。

前两年《世界是平的》作者、《纽约时报》专栏作家托尔斯·弗里德曼访问广州，就广东未来发展，与广东省委书记汪洋对话。他说了一句十分精辟的话："未来的发展，关键处于你和你自己的想象力的竞争。"

想象力的搏击

亚运开闭幕式选址，不囿于一场一馆，而以一水两岸为载体，以城市空间为平台，是一个超常规的决策和创举，也是一个自己和自己的想象力的搏击和竞争。

传播学上有一个定理，积累了关注，就积累了效应，积累了忠诚度。由场馆拓展为九点三公里的城市空间，由一点延伸到一水两岸七桥，它的关注度就成几何级数般增长。亚组委庆典和文化部部长何继青对我说，这个决策，难度极大，每日提心吊胆过日子；而总导演陈维亚为此几乎想解散其创作团队。

海心沙选址，把岸、水、桥贯通了，让人们的眼光和关注、聚焦岭南文化的几个基因密码上："落雨大"、"月光光"、红棉花、五羊像，特别是那个帆，向欢赏者传递了岭南历史的通达四海，精神的拼搏坚守的信息，充盈乡土情、世事情、跨国情。18世纪英国商人就发出"珠江帆影盛景，有如伦敦之泰晤士河"之惊叹。风帆中的中国男人，雄、伟、刚、毅，气质非凡，为"中国男人形象"的争得了高分。

选址海心沙的想象力，开幕式的创造力，展示了广州城市的"背山面海，形势雄大"（屈大均语）。

开放性的传承

文化是基因性的，因它独特、主观和个体，而文明是可承传的，它表征的是沟通性、客观性和普遍性。传统是一种民族长期历史发展的心理积淀和历代薪火相传的品格精华，这需要有一种精神的解放和艺术的开放心态，其个体、独立、自由，乃命意点穴之处。广州亚运文化是开放的、参与的、亲和的、有艺术驯化力的。

水是平面的，要让它立起来。风帆要立起来，要立得高，又必须参照小蛮腰的高度比例。李宁是顺着跑的，而亚运帆上人是来回腾挪弹跳的。渔民出海打鱼，红色灯笼凌空而起，脱出高高挂的大红灯笼的窠臼，灯上写上中国的百家姓。惊涛骇浪中的三桅古船，精武神勇的中国渔民，腾空而升的赵钱孙李，思念被当作万物之灵的人独有的精神彩虹。

那个在央视画面上停留二十分钟的广外女大学生的"微笑"，四两拨千斤，胜过人海战术。亚运聚焦情的合力、力的合力。北京奥运会前，有学者主张压缩"传统中国"部分，怕影响外国人理解中国。酒之不同，缘于做法不同。奥运、亚运之"传统中国"的演绎成功，以上疑虑，兴许是多余的。

包容度的赓续

言论多元，众声喧哗，是这次亚运鲜活生猛的生命所在。道歉、批评、挑刺伴随亚运始终。"广东政府给予舆论的包容性是比较大的"，山东网民曹仁义如此评述。有关领导曾对亚运施工引起百姓生活不便表示道歉。广州市建委主任简文豪对"口罩男"的投诉示谢、"作揖道歉"。亚组委庆典和文化活动部开闭幕式处处长谢海涛对海心沙附近的居民道歉，林林总总，不一而足。

想象力的张扬，开放性的坚守，离不开政府、官员心态的包容度。言论空间的多元、媒体平台的现代化和政府包容度的三人舞，舞步和谐，舞姿优美。

盘点广东的城市个性和品格，广州是一个舆论开放淡定、批评议论资源存量丰厚的城市。其一，缘于广东文化极之鲜活，思想极之进步。批评议论，习惯使然。其二，广东历史上就中原来说，鞭长莫及，就西方而言，如梁启超所言：粤人对外国人的志态"既不畏之也不恶之"，在中学与西学之间找到一个平衡点，近代以来广东的"知识体系"可说是中西杂交糅合的。它的城市个性就是淡定从容，众声喧哗，就是奉行"若批评不自由，则赞美无意义"信条。赓续不已，风骨依然。

政府、官员，面对百姓的指责、疑惑、批评或示谢，或道歉，或自责，乃大器之极，是一种大度气质、优良品格、平民姿态。

央视主持人白岩松说："广州天天都见到批评，过去办大事，尽说悦耳的话。"——是一种对过往的批评，对现状的赞美。山西吕梁副市长成锡峰说："媒体客观全面的报道，会使大众有一颗平常心，而平常心，恰恰是亚运需要的，也是中国当下需要的。"——一种思考性的赞美。成都志愿者张强说："为别人的盛会，别人总会走的，而在这块土地的民众，才是值得爱惜的。"——一种期盼的赤子心的赞美。

这来自四面八方的评价、期待、思考，正可窥探广州这座城市的宏大包容度和自信力。这笔财富，用数字难以估算。

广州亚运精神概言之就是一种想象力、一种开放性和一种包容度，它凝聚了岭南文化和当代文化的价值观。

鲜花和掌声渐行渐远，但海心沙广场之开发和利用，仍要运用想象力和创造力在文化遗产收回成本和扩大品牌间找到平衡点。

《岭南三部曲》与岭南文化三核心密码

——《辛磊文集》序

编者按

　　再过几天， 2013年11月9日，中大中文79级毕业三十年聚会，同窗好友齐聚康乐园，拜见恩师。

　　辛磊、徐正良、刘秉忠三位学兄英年早逝，辛磊的合作者祝春亭兄今年亦去世，令人感伤不已。

　　届时，师长、同学会读到一册《辛磊文集》，黄天骥老师、黄树森老师分别写了序言。

　　树森老师说："青春，注定会凋零，但他们却用燃烧的青春，照亮了一幅岭南近代人文历史疆域图。斯人已去，青春不腐。"

　　2008年至2013年，五年时间，辛磊、祝春亭，在广东花城出版社出版了统称《岭南三部曲》之长篇小说《大清商埠》《大国商魂》《大江红船》，总字数为二百五十万。南方电视台也于2008年购买了由他们改编的五十集电视剧《大清商埠》剧本版权。《大清商埠》获2008年广东省鲁迅文艺奖、南昌市政府奖。2009年，他们合著的传记文字《赌城往事1》《赌城往事2》《李嘉诚家族全传》相继出版，共计80万字。加上五十集电视剧，五年间出版总字数近五百万。

　　晨夜宵宵，寒暑勤勤，呕心沥血。2010年5月《大国商魂》尚未出版，辛磊积劳成疾，英年早逝；2013年《大江红船》问世不到一年，祝春亭心瘁力竭，随之作古。

　　面对即将付梓的辛磊散文随笔诗歌选集，想到两位作者欲把鸿篇巨制

《岭南三部曲》改编为电视剧的遗愿，尚未实现，笔者在为辛磊写这篇序的当儿，顿觉有岭南文坛痛失英才、斯人安在哉的怅惘、思念和困惑。然而，青春，注定会凋零，但他们却用燃烧的青春，照亮了一幅岭南近代人文历史疆域图。斯人已去，青春不腐。

三十年中的三次接触

思念，作为万物之灵的人所独具的一道精神彩虹。

我和辛磊这一代人，相识于康乐园（中山大学），纠集着前辈与后辈、学长与学弟、旧友与新朋、编者与作者等多重关系。我在黄天骥教授主政中山大学中文系期间，常常被邀回校讲座，期望以校外的清新空气，冲破康乐园的"沉闷"；其后受聘中山大学兼职教授，参与众多论文答辩，又跨年度的结识许许多多朋友。作为前辈，我很珍惜这份没大没小，无拘无束，既无江湖庙堂之分，也无雅俗正误之别的叙谈聊天喝酒。既至年老之后，我以一位英国幽默大师对老年人的六条戒言"自律"：勿娶少妇，勿进年青人的圈子等求教于彼等。他们颇不以为然，告诫于我：少妇娶否尚可讨论；但要"削尖脑袋"往年青人圈子里钻。

1979年底，我在广东省作家协会《作品》当编辑。那时节，重评《武训传》，高行健的《绝对信号》，白桦的《苦恋》（即电影《太阳与人》），特别是朦胧诗，在中山大学校园里，都有激烈辩论和掀天争执。为了组织为朦胧诗申辩、阻击黄雨的批评文章，我在文德路作家协会，邀集中大一批学生座谈，辛磊和他的夫人陈美华，林英男和苏炜、方风雷、陈平原、马莉、朱子庆等参加。林英男受领约稿，写了《吃惊之余——兼与黄雨商榷》的长文，刊登于1980年第1期《作品》，其后招致北京师范大学教授黄药眠一众人等的系列批判。

2007年2月，我和辛磊、陈美华在天河大厦会面，辛磊谈了他《岭南三部曲》的宏大构想及操作细则，我极表赞赏，愿尽绵力。辛磊说：三部曲，黄天骥老师是支持的第一人，你这个黄老师是支持的第二人；三部长篇通过电影、电视剧，影响力才大。《大清商埠》南方台签了，五年内拍出，鉴于电视播出现实与历史题材比例，需要做工作。2008年在济南图书节上，受广东省出版集团之邀，与陈建功、张颐武一块为《大清商埠》作了点评。陈建功很是期待，在乔致庸、胡雪岩之后，有人写一写粤商。《大清商埠》，让世人认识和了解粤商精神和文化，"是一个值得珍视的艺术文本和有利契机。"我则有言："只识乾隆大帝，不识十三行，历史是不及格的"。2009年广东省人民政府参事室赴珠海调研，我邀辛磊、钟晓毅、张承良同行，顺便为《大国商魂》出版造势，在政界商界为《大国商魂》找寻合作者，辛磊说：黄晓东很支持，林雄的序言《唐廷枢——中国近代企业的先驱》也写得很好。2013年8月16日广州市文联专家咨询委员会成立，聘请了我和刘斯奋、潘鹤、唐大禧、陈中秋、黄伟宗、谢望新、陈永锵、瞿琮、陈翘、连登等为咨询委员，我发言介绍了《岭南三部曲》，刘斯奋插话询问出版情况，极表关心。我向倪惠英隆重推荐《大江红船》，希望粤剧界、粤剧振兴基金会鼎力支持将小说改编影视。

与辛磊少有的几次接触，都让我有故友重逢、直抒肝膈的感觉，并触发我的击节叹赏或欲攘臂辩难之兴。人多道辛磊深厚真挚，胸中自有锋梭。我也有同感。

《岭南三部曲》的价值

明清时代，中国形成徽商、晋商、浙商、苏商、闽商、粤商等六大商帮，其中粤商、闽商与海洋贸易关系密切，而粤商又是与"国际接轨"者最先接的"第一轨"。清代还出现过三个行业集约大商帮，即两淮盐商、山西票商、广东行商。行商的资产，集中于十三行一条街，而影响力却辐射全球。1879年9月5日《申报》记述："广帮为生意中第一大帮，在沪上尤首屈一指。居沪之人亦推广帮为多，生意之本惟广帮为富。"2000年，美国《华尔街日报》向全球调查西方所熟知的、世界五十名顶级富豪，中国占了六人，除了忽必烈、成吉思汗、刘瑾、和珅、宋子文之外，还有一个就是十三行伍家，还有潘家都是出身草根的商界巨子。无独有偶，也是在2000年美国华盛顿亚洲银行早餐会上，秘鲁小说家萨略，把粤语、普通话与法语、日语并列，认为从全球学习语言的热潮中可以推断，这几种语言热会成为一种持续的经济文化现象。

方言是地域文化的核心稳定要素，没有了粤语，就没有了岭南文化。

　　《岭南三部曲》写了十三行（《大清商埠》）、唐廷枢（《大国商魂》）、粤剧（《大江红船》）三个经典文化符号。

　　《大清商埠》《大国商魂》囊括了现代化理论两个主要轮子：一个是市场化，一个是人文精神。前者写了朝贡贸易与平等贸易的激烈冲突，后者写了洋务体制与近现代商业体制的复杂矛盾。中间贯串古老的衰落思维与蓬勃的朝阳思维，以及认夷为敌与"认夷为友"的交叉纠结。大笔挥洒地叙写了广东既是中外海上贸易的总枢纽和东西方的交汇口岸，也是中国走向世界的门户，叙写了抗争朝贡贸易，狙击洋务体制，构筑近代企业制度股份制企业色彩，张扬认夷为友、平等思维的历史进程和现实骄傲。其命意结穴之外，在"恐人心解体"五字之中。1911年，袁世凯被摄政王载沣赶回老家养病，盛宣怀有摄政王支持，宣布了将各省已建、在建铁路收为国有，盛宣怀置换股票方案出台，郑观应认为这是损害股民利益，牵涉到"人心背向"大局，随即致信盛宣怀："如政府收为国有，自当本利给还，不能（令股民）亏本。若不恤人言，挟雷霆万钧之势力，以实行此政策，恐人心解体"，徐润则在自传中指责盛宣怀"心险手辣，公理无所焉"。果不其然，"人心解体"，公理无存，为郑观应、徐润所言中。四川的"保路运动"如火如荼，"成都惨案"腥风血雨，10月10日武昌起义随势而起，盛宣怀亡命日本，清王朝寿终正寝，不过三四个月功夫。

　　踏石留印，抓铁有痕。《大清商埠》《大国商魂》真实地历史地艺术地留下这"人心背向"广大诉求，才是历史价值历史殷鉴的清晰核心标志。小说通过文学走进历史，还原历史，与人物本身固有的复杂性和本真性，展现有别史家纯粹史料的独特景观，因之更深刻、更博大。命运、环境、自然、审美这种内心契合度的阅读感觉，如琼瑶般润泽、滚动、流转，浸润心田，给人以空谷足音，跫然而喜之感。

　　肇始于上世纪70年代末的"改革开放"，盖在于"大饥荒"、"大逃港"、大萧条"人心解体"的情势下，"人心"呼唤开放，呼唤改革创新的历史诉求和社会诉求，贤人志士，只不过是顺应这种诉求而已。

第一次"南风窗"浪潮

面海的文化早熟。滨海地区历来是经济交往和文化交流的前沿地带。位于珠江口的广州、香港、澳门,而向南海,东西汇流,在历史上最早展现大气磅礴、气象万千的经济和文化现象——与国际接轨。与国际接轨,现在是一个热词。沿海地区和内陆地区,都纷纷打上"与国际接轨"的旗号,但是,先接轨的无疑是广东珠江口地区。"第一轨"是从广东开始的。

1909年,珠海香洲开辟国际无税口岸,可谓中国最早的"特区",比后来的深圳特区早了七十年。香洲开埠缘于100年前澳葡坚持殖民扩张,造成中葡勘界问题谈判难产。海内外华人开始"香洲开埠"这一"实业救国"的最初实践,于清宣统元年三月初三(1909年4月29日)开埠。在两年间,在七百亩海港荒野中营造起码头,十多条街道,一千六百多家店铺。因为清廷的抵制,这个商埠只开了两年多,便寿终夭折了。现在虽然只剩下商店,老店铺十多间,还有几个老街名,几棵老榕树,但其昭示的"百年中国特区史"的开端意义之重要不言而喻。

澳门、珠海在中国近现代历史上充当极其重要的"西学东渐"的文化中介作用,有"珠澳近代中西文化走廊"之谓,成为中国近代变革、思想孕育和传播基地。近代维新思想由珠澳——珠三角,渐次向北传播。自1757年一口通商始,跨越了18、19两个世纪近百年时间。

岭南文化内核中的三个忤逆性

东西方在岭南接轨,"蕃舶"跟"洋舶"在广州交集,丝绸陶瓷从广州远销南亚、西亚和东北非;波斯船、大食船,在广州输入香药珠宝。广州成为中国头号贸易港。这是因为葡人迪亚士1478年绕过非洲南端好望角,接通印度洋的新航线被发现了,史称"大航海时代"。"楼房"变了"碧堂"(洋楼);"夷务"取代了季节性"互市";"羊城"也称之"洋城"了。道光年间,洋楼、教会、西医院、新闻纸,纷纷登陆珠三角。岭南成为了中华文化的第一个与国际接轨、开放先引的"南风窗"。

地缘政治学家斯拜克曼提出过"边缘地决定世界"的学说，从这个角度看，中国属处欧亚大陆的边缘地带，而沿海这一线是边缘的边缘。广东无疑是边缘的边缘的边缘了。边缘、偏安、临海，对文化的影响，那就是它的忤逆性，既不是儒家正统，也不是封建规范，更不是全盘西化，而是一种非专化的、融合东西南北的多元境界。

"新开放主义"文化真谛

陈序经说"效法蛮事，乃皇朝之羞，而攻乎异端，乃儒者所笑"。又说"广东是旧文化的保存所，又是新文化的策源地"。论说了岭南之长短，诉说了蛮事与儒者错位之尴尬。

梁启超说，粤人对西人"既不畏之，也不恶之"，叙写了岭南兼容通达。

张竞生认为："若说有广东精神一回事，大概不离二件：一是广东人好打，且打得好，十九路军在沪战一役已经证明了"。"尚有一种精神，就是长于经济，沪地几个大百货公司都是粤人开的"。这"好打"精神，张认为就是"丢那妈"精神；这"长于经济"精神，展现世界任何地方都有粤人足迹，"可说粤人与英旗同具'无日落'之光荣"。（见《广东经济建设》1937年第3期）点睛了岭南的特异和个性。

在1938年版《中国近代史》中，史学家蒋廷黻还说过一段颇值探究的话："中西关系是特别的。在鸦片战争以前，我们不肯给外国平等待遇，在以后，他们不肯给我们平等待遇。"辩论了平等价值之普世通用，任何国家、任何人都不可能独善其身。

孙中山提出要"行开放主义"（《孙中山全集》第二卷第481页，中华书局1983年版）国策。这是依据他的"因袭吾国固有之思想者"、"规抚欧洲之学说事迹者"、"吾所独见而创获者"（见《孙中山全集》第七卷第60页，中华书局1986年版）三个学说来源而提出来的。是兼容的、发展的，非专化的。大至蛮夷与天朝、中央与地方、异端与儒者、平等与专制、极权与民主、开放与保守、东方与西方；细至蕃舶与洋舶、朝贡体制与条约体制（广州十三行）、"互市"与"夷务"、官商体制与现代企业制度（洋务运动李鸿章、盛宣怀与唐廷枢、徐润）、认夷为敌与"认夷为友"，当我们领略晚清至近代思想文化峰峦时，我们都可以获得启发，深思冥索。这是开启领悟岭南文化真谛的一把钥匙。

岭南文化，广东精神，缘于它的面海的环境，移民的历史，偏安的情势，文化的迁移，方言的变化，缘于它的南洋梦、金山梦、"鬼叫你穷"的"顶硬上"。"新开放主义"，一方面面对西方列强挑战，一方面背靠封建中央集权的压迫至甚；是东西方融通，以推动中国文化之勃起，还是昧于世界潮流所趋汇演历史的故辙？是己质文化与异质文化的互相碰撞，还是己质融入异质的个性消融？走在一条追求而受挫、花开难结果、焦虑而无奈的逼仄然而是逼近真理的大道上，岭南"新开放主义"的包容进取，把它们力挽双钩地熔为一炉，淬火、提炼、升华，把千年所承载的坎坷和精美，铸造成这第一个"南风窗"浪潮的时代集体记忆。《大清商埠》《大国商魂》正是这第一个"南风窗"浪潮的历史风采和审美抒写。

第二个"南风窗"浪潮

第二个"南风窗"浪潮，就是上世纪70年代末迄今的三十多年的"改革开放"。一个新文明在岭南瓜熟蒂落。邓丽君，流行音乐，新派武侠小说，琼瑶的情爱小说，歌舞厅，现代派理论和创作，南方人文精神，台湾小说，沈从文、郁达夫小说的开禁，香港电视乃至于生力面包，嘉顿饼干，双桥味精，太空褛，玻璃丝袜，日立风扇，都是由广深珠而珠三角向北辐射。据统计，1993年，全国货车有1/4是开往珠三角，其繁荣兴盛，于此可见一斑，不赘。我在拙著《手记·叩问——经济文化时代猜想》中，在主编的《叩问岭南》系列（谭庭浩、钟晓毅、杨苗燕、陈晓武、江锐歆为著者）、《广东九章》系列（参与者于爱成，刘卫国、周松芳、张承良、刘中国、夏和顺、梁凤莲、龚彦华等）对此均有所论及评说。"叩问岭南"之后又如何？谢望新有次发言说，那该是"归结岭南"吧。

岭南地缘文化在中国现代化的历史走向中，起着深刻的影响和奠基作用，任何国家民族的政治经济文化演变，都和那个国家民族所处自然地理有着密不可分的关系。岭南为一部带忤逆性历史，文化影响，是从岭南向北蔓延辐射的历史，至为深远。晚清时节，康有为的弟子欧榘甲在日本刊印的《新广东》中指出："广东通商最早，风气最开，其能通外事、知内情者，所在而有。中国全部之事，几于有广东人则兴，无广东人则废。外人之论中国者，辄谓命脉在于广东。"此言不虚。此其一。

戊戌政变，辛亥革命，北伐，源自南方，不用说了。

清代，在沪粤人（"香山买办"）对上海、长三角经济，特别是近代企业建设，起着举足轻重的作用；没有他们，就没有上海、长三角的繁荣，他们对上海的作用，影响全国。康有为、梁启超在上海制造舆论的作用更大。其后，珠三角较之长三角，在中国政治、经济、文化版图上，有弱于长三角之势。此其二。

及至当代，中国现代化飓风从岭南登陆，三十多年后，长三角又有爬头之势，岭南"先行一步"之动力先引，有让位长三角之忧虑。此其三。

有论者指出："探讨岭南文学与江南文学的互动共荣，"广东作为秦末赵佗、南汉小王朝、南宋王朝、元末何真的割据，乃至民国"偏安形势形成的政治博弈，对广东文化有何影响"，"是一个新的有价值的课题。"（周松芳《移民与遗民共铸的岭南文化》，《南方日报》2013年8月26日）此其四。

要而言之，岭南与岭北，偏安、边缘与中心，政治博弈与文化生成，确是岭南文化研究新的有价值的课题。

还会有第三次"南风窗"浪潮吗？

经济的发展，绝对肇始于舆论传媒之开放。第一、二个"南风窗"浪潮，即为明证。2020年，岭南有没有可能开创第三个"南风窗"浪潮呢？这里不妨以互联网的发展"占卜"一二。

互联网为当世建立了一个公理正义、人心背向的超级测试评估平台，一个人类心灵互动、净化、提升、凝聚的公共展示平台。

当下，离开了互联网的思维，皆变得或落后守旧、或怪诞不经，或真假倒置。今天的广东，是网络超级大省，网民达到六千万，网站注册数五十一点五万多个，居全国榜首。广州互联网出口占全国端口出口三分之一，广东酝酿了一批以三大电信运营商为基础，腾讯、网易等为国内外数亿网民广泛熟悉的知名互联网企业，华为、中兴数十个全球知名的移动终端厂商均在广东，亚马逊、阿里巴巴、百度、新浪等知名企业，均在广州或深圳设立最重要的研发和运营中心。广东地区手机应用开发总数接近全国开发者数量的四成，具有庞大的技术和人才储备，再加上独领风骚的纸媒……在2020年实现两个"率先"的历史时刻，广东会不会出现思想震荡、众声喧哗，迎来第三个"南风窗"浪潮？人们将拭目以待。

率性之魅·纯情之幻·诗韵之美

辛磊生长岭南，以方块字安身立命。他的青春，和第二次"南风窗"浪潮相互激荡，风生水起；及至壮年，读书万卷，沉毅潜思，和祝春亭一道完成了《岭南三部曲》的淋漓书写，可视为当代岭南学子对第一次"南风窗"浪潮的"总结算"。他们曾经对我谈过，还有一系列创作计划。可惜天妒英才，广陵散绝。

辛磊逝世后，有感于他的率性之魅、纯情之幻、劳作之丰，同辈纷纷著文、撰联以纪念之，都写得笔蓄霜断，字挟秋严，谨录挽联如下：

——"二万日雷鸣紫剑史诗巨制魂共粤商千秋星辉岭海，三十年义笃青衿砚席何时鹤归康乐百侣泪雨云天"（中山大学中文系78系敬挽，林英男撰联，吴鸿清书）

——"诗歌留丽句人生半百未虚度，小说创鸿篇读者万千同致哀"（中山大学中文系79级敬挽，何广怀撰联）

——"辛辣风骨红豆诗隽永，磊落胸怀岭表文魄长生"（中山大学中文系79级甲班敬挽，李铭建撰联）

——"八门水咽杏坛英才此日骑鲸海天去，三地风悲康园弟子何时化鹤华表来"（中山大学香港校友联合会敬挽，林英男撰联，吴鸿清书）

——"畴昔操觚诗惊二届难忘红豆生南国，去年折桂卷压群芳可堪紫辰殒斗河"（林英男、刘中国敬挽，林英男撰联）

今年是辛磊大学毕业三十年，将他的散文、随笔、诗歌编成合集出版，学生时代、青年时代的辛磊，活脱脱一个青年翘楚、文坛美材，迎面向我们走来。阅读他上个世纪80年代的诗文，既有当事人回望第二个"南风窗"浪潮席卷大地、涤荡腐恶的快慰，也有垂暮老者对第三次"南风窗"浪潮即将拍岸而来的欢呼、祈盼——

　　辛磊在作于1983年毕业前夕的《我们正年轻》一诗中写道："是呵，我们年轻/所以不期望命运的厚赠/所以我们将在风暴里作一次小憩/并且卷起最后一片三角帆/让黑色的鸦群盘旋成标志方向的旗帜/沙漠里的仙人掌/将代替我们向世界宣布/在每一处骆驼倒下的地方/都会耸起两座使地平线颤怵的山峰/动身的时刻到了/我们走吧/不必惋惜，也无须告别/纵使原野空旷寂寥/我们的呼唤不会没有回声"——譬如："你的归宿是毁灭自己/毁灭自己是生命的再造/当你的肉体被撕成了碎片/投入滚滚的开水中浸泡/你的清香使茶叶失去了味道/那是你素洁的灵魂/像一面看不见的旗帜在飘。"

　　譬如："我是历史，是艰难流逝的时间。我是过早刻进抬头纹里的沉思，是高扬的头额，是最终未曾降落的旗帜、信念和风帆"（花城出版社《青年诗坛》1983年创刊号）；

　　又譬如："我歌唱共和国的大街上/被无数只劳动的手擦亮的大玻璃窗/当黎明以崭新的姿态降临/我知道，每个人都有了一双太阳般明亮的眼睛/我歌唱迎风飘扬的旗帜/当铁锤和镰刀像钟一样奏响/播洒出一串串江河般起伏奔涌的音符/舒缓庄严的旋律，表达了/从灾难中站起的一个伟大民族的骄傲和自信"（《祖国，我这样为你歌唱》）。

　　"小憩"后的遐想，"寂寥"中的情怀，"旗帜"里的呼唤，表达的感情是润泽的和风细语的，比喻是奇巧自然的，韵律是朗朗上口的，不需要张扬的颜色，透视出不事声张的厚重，这就是辛磊诗歌的色彩与格调。

　　是为序。

杂 说

"粤味儿"想象

——与陕西电视台记者蒿苇的对话

陕西电视台《开坛》，以恢弘气度、思密操作，邀请北京、上海、广州、西安的学者专家，就四城市的文化品格与精神或背靠背，或面对面，或单打，或混合双打，策划了一场别开生面的"特别指导"。2003年该台记者蒿苇就岭南新文化与笔者作对话。对话的主要内容已于2003年底在陕西卫视播出。

蒿：广东有"落雨大""月光光"的童谣，有"饮早茶""行花街"的习俗。北方人的印象，广东人一天到晚都在吃，什么东西都敢吃，今年吃出了一个"非典"。你是不是什么都吃？

黄：1958年，我在中山大学念书，到东莞虎门劳动锻炼，割稻子的时候，农民挖了一些小田鼠，看我可算是他的朋友。恩赐般的要我边喝酒边吞下去，那些田鼠眼睛都没睁开，全身没毛，农民说这玩意大补。前苏联元首伏罗希洛夫到广州吃"龙虎凤"，不知龙就是蛇，猫是虎，鸡是凤。上面还有几片菊花，说很好吃，但吃了肚子不舒服。我在西安吃了四分之一个泡馍，也闹了一晚上肚子。"非典"带来的恐惧，为雕刻现代饮食文明，给广东人送来一把凿子。

蒿：饮茶，是岭南文化的一个标记。

黄：是的。不是我们湖北人说的"过早"，也不是北方人说的早餐早点早饭。它是一种应酬，一种休闲，一种交友和化解隔阂的方式。合同，在饮茶时盖章。一家人有了摩擦，有了矛盾，如果有人提议：明早去"饮茶"，如无异议，矛盾也就化解了。西安人边吃泡馍边谈恋爱，可吃两个小时，也是一种饮茶方式。广东人说："辛苦捡（赚）来自在食"。广东炎热，粤人"重汤喜粥好茶"。柳亚子说："粤海难忘共品茶"；毛泽东说："饮茶粤海未能忘"；鲁迅日记中大量记载，"得土鳞鱼两尾"，他们都得其中三昧。"饮早茶"和"行花街"都是讲意头、讲人气，虽然"花到岭南无月令"，主要还是"人看花来人看人"，要的是氛围、气韵，那个广东人讲求的"人气"，那个吉庆热闹的气场。

嵩：作为广东开放改革的亲历者、践行者和思考者，你曾提出："中国现代化的进军，是在岭南这一海滩登陆"，岭南为中国和世界提供了一部"中国经济文化形态的当代史"。你怎么看待历史？

黄：我很欣赏法国年鉴学派的提法，就是布洛赫讲的"唯一真正的历史，乃是总体的历史"，历史，不只是精英们的历史，而是总体成分构成的历史；不只是表面上轰轰烈烈，如战争事件、起义、瘟疫等，而是长时期的、缓慢的、涉及面极之广泛，包涵了情感、思维、意识、心灵等"隐秘的"历史。今天行进中的事，明天就变作了历史；"考古"重要，"考今"也不可忽略。中国王朝都是到破灭的时候，才修正史，是扎堆当时精英的墓志铭、行传、家谱、集之而成的合订本，许多人有权有钱，像韩愈他们阿谀奉承死人，就是阿谀奉承自己，美化死人，就是美化自己，这种修史是不是可靠、可信，很值得怀疑。"提到过去，每个时代都承认它是事实；提到当前，每个时代都否认它的事实"。罗素所言的这种历史悲哀，我们不应再重复了。市场经济，大众文化，时尚潮流，现代文明，信息启蒙，起于岭南；精英与大众，政府和民间，意识与心灵，经历了二十五年的长时间的孕育和生长，共同修下了一部岭南当代文化史，对岭南，对中国，乃至世界，都是一种骄傲和光荣。其价值和意义，绝不只是经济上的，更重要是文化上的。否认它，不仅是现实的悲哀，也是一种历史的悲哀。

嵩：岭南新思想新文化，跨越了两个"三中全会"，是从十一层三中全会开始的，请你们描述一下它的思想文化流变。你说的广东骄傲的现实和理论依据是什么？

黄：为什么"市场经济的理论"缘起于广东？追溯到1956年，吴有恒最早批评斯大林的"价值体系"理论，还有卓炯的"市场经济"理论。珠江三角洲历史上便崇尚"桑基鱼塘"，商品经济。从晚清开始，广东被称作中国的"乱薮", 不同意者则称之为中国的"命脉"。为什么周扬、夏衍、林默涵、张光年1978年结伴南下广州, 从而揭开中国文艺思想解放的序幕? 为何中国文艺推翻"文艺黑线论的战役"要在广东打响?

一言以蔽之, 广东是产生现代观念的地方, 因为"得风气之先", "思想解放"就是广东人梁启超最早提出来的。

一花独放, 进而才满园春色。

嵩: 现在, 一谈到广东, 那意思, "东西南北中, 发财到广东", 就是经济GDP占多少多少, 广东人有钱, 以至几乎所有电视剧里干坏事、走私、贩毒的、行贿的、讲的都是半咸不淡的粤语。你说的"广东骄傲", 指的是什么, 它的现实和理论依据?

黄: 这种思想文化流变, 可以分成三个时期。

第一是启蒙期, 就是由文化封闭向文化牧放突围。

第二是转型期, 就是由政治文化向经济文化转型。

第三是建构期, 营造经济与文化相融合的"热带雨林", 构筑岭南新文化批评学派。

广东历来是个"众声喧哗"的地方, 崇尚"如批评不自由, 则赞美无意义", 现代化的舆论准备, 都是从广东开始的, 改革开放以来, 因为经济太耀眼, 受到的关注就比较多。我常说, 一个女人靓不靓? 无需天天照镜子, 看人家关注的目光就够了。

粤派影视

——《广东电视剧珍品集成》序

（一）

历来工商兴盛之地，必然是文化繁盛之邦。

这句话好像已经不需证伪了。现如今文化的较量已经是综合国力竞争的主要领域，随着全球化的到来，又出现了以城市为单位的文化的对话和竞争的新景观。城市文化、地域文化的问题，重新浮出海面，成为21世纪中国文化复兴的基本构成元素。

中国现代化的进军，是在岭南这一海滩登陆。

岭南二十多年"先行一步"的风雨历程和醍醐灌顶般骤变，为中国和世界提供一个形象而具体、切实而生动，深刻而复杂的中国经济文化形态的"当代史"。文化领域南风北渐，西进东征，从而在中国新时期的文化版图上，重重地突出了岭南新文化的地位，使之当之无愧地成为中国三大文化态势中的一极。

广东电视剧，便是这部"当代史"中的精彩华章和绝妙好词。

自1981年中央电视台播放我国第一部电视连续剧《敌营十八年》后，广东电视剧紧接其后，佳作迭出，精品不断，形成"航空母舰"，实现跳跃式的规模效应，以爆炸性的动能，推进中国电视剧进入一个新的领域。

这套《广东电视剧珍品集成》，以八百万字之巨，收录了1978—2002年，驰骋中国荧屏的名作珍品：《公关小姐》《外来妹》《情满珠江》《英雄无悔》《商界》《和平年代》《钢铁是怎样炼成的》《农民的儿子》等剧本和这

些剧本创作的始末因由，经验规律，以及它所彰显的新文化形态和精神，所孕育的新文化因素，着实成为中国当代电视剧的一部"显学"。这是岭南新文化重要组成部分的广东影视的一部通鉴，一个存照，一份纪念，是历史的一次阶段性收束，同时也为未来新的创造提供了一个平台。

<h2 align="center">（二）</h2>

说起广东影视，尤其是广派电视，北京的专家和主流媒体有"做一个成一个"之说，将它的成功与辉煌，视之为中国影视界的一个"哥德巴赫猜想"。

当然，这一"猜想"是可以破解的。广东电视剧是在历史血脉与时代激流、地域特色与文化特性的碰撞和交融中，逐渐确立并凸现出自己的方位和品格。具体来讲：

视界上——

强调对生活、对大众作近距离取景，执著于对现实生活的叙述，侧重于以现实经济生活为轴心扮演人情故事，倾力、自觉地塑造新人形象，显示出与现实生活和历史进程的同步性。

理念上——

肯定日常生活，肯定世俗快乐，尊重传统伦理，尊重理性规则，弘扬平民理想，根植于市场经济的新经济伦理，敏锐而及时地捕捉和反映。

审美上——

追求审美品性和美学精神上的雅俗共赏，追求明快的朝阳效果，致力于大众审美文化的制造和生产。情节模式上，不避类型化处理，并从港剧吸收成功"桥段"；叙事上，是通过人物命运展开情节，在情节推进中展示人物性格，另外加上明星效应，地域风情，权力/市场/传媒三"包装"等等。

奉献给观众的就是这么一道道广味大餐。

（三）

新时期广派电视的成功与辉煌，秉承师脉岭南文化中固有的"变通"传统，是一个重要的因由。

概言之，岭南文化的禀性和品味：乃一鲜二容三错位。

1. "游水的"——酸甜苦辣/鲜味为上。

2. "咸淡水"养殖的——"基围虾"效应/兼容为大。

3. "咸甜相间"互补的——"莲蓉月"品格/错位为高。

新时期以来，广派电视，走着一条贯通艺术、时代、市场、娱乐四条脉线的路子。形式是通俗的，内容是严肃的，协调是靠艺术的追求，从而在政府行为和市场选择、艺术法则与社会诉求，取得了一种平衡；在时代精神、历史要求和艺术属性、审美召唤间，找到一种暗合。这种两难在传播价值取向上的协调和兼顾，深得岭南文化"变通"的固有精髓。

现代社会传媒，占有了"注意力资源"，就意味着占领了市场。"受众的注意力资源"，伴随社会需求和社会心理语境频繁而剧烈的变动而变动，转移而转移，谁倚重它、驾驭它，谁就获得了市场。从《公关小姐》《外来妹》《和平年代》，适应和跟进这条现代传媒的"随动"法则，是广东电视剧成功与辉煌的又一重要因由。

"变通"＋"随动"，支撑着广东电视剧的生命力、应变力和历久不衰的影响力。

（四）

《公关小姐》《外来妹》《情满珠江》《英雄无悔》《和平年代》，几部电视剧就足以串起广东和中国改革开放的历史——经济，民俗的，心灵的，宏大叙事的以及私人叙事的。这真的是个奇迹，直到今天仍让人玩味。《和平年代》之后至今，好几年又过去了，现在广东电视剧正面临一个历史的阶段性收束和新来严峻的挑战；全球化的挑战，域外电视的落地，戏说风跟着宫廷戏，"日潮""韩流"夹杂仿制青春偶像剧的逼近，市场规则的日渐成熟，受众心理变动的日趋频繁而难以捉摸。当中国电视剧，只有少数几个夏娃的时候，少做甚至无需做什么动作就容易引起亚当的注意；现在一批夏娃出现了，酷毙了，个个仪态万千，亚当的眼光就变得扑朔迷离，我们需要做各种各样的动作，才能引起它的注意，以冀在我们身上多停留一些时间。而电视作为一个新兴的产业，不熟谙"信息不对称"的法则，若想规避风险，实现效益最大化，又需要足够智慧和勇气去面对。

广东电视剧是面临新的选择，抑或在历经马鞍形的深思和重整，以图第二波辉煌的到来。这变成一道新的"哥德巴赫猜想"。

然而，预示未来的最好方法，就是创造未来。

（五）

甲：

鳞次栉比的房顶，架着电视天线，枝丫分叉向上，状如鱼骨，分割南方的天空；

冲破禁锢的刺激和兴奋，广东一群文化人、电视人，历经二十多年艰辛——

一次智力角逐的探戈。

一局高手云集的论剑。

一顿开创纪元的盛宴。

乙：

探路——广派电视剧的发展寻迹。

检视——广派电视剧的策划战略。

整合——广派电视剧的品牌展示。

揭橥——广派电视剧的历史价值。

丙：

广派电视剧品牌所要传递的信息如下。

开拓开放。

异曲同工。

在艺术与市场间游刃有余。

囊括本书的编辑理念。

（六）

书名一解

本集成以"珍品"冠之，一则因为这些反映中国开放改革银钩铁勒般艰难和葳蕤绮丽般辉煌的艺术精品，必将成为中国影视学界关注和研究对象，弥足珍贵。

二则这些精品的创作和播放，虽然距今只有数年或十数年时间，但剧本多已散失，有的几成"绝响"、孤本，为此，我们竟花了大半年时间追踪、"抢救"，实乃稀有珍品也。

编辑体例

《广东电视剧珍品集成》共分三大部：

第一部：广东省省属团体创作、摄制的电视剧精品。

第二部：广州市市属团体创作、摄制的电视剧精品。

第三部：深圳市市属团体创作、摄制的电视剧精品。

每部又包含理论卷、历史卷、作品卷三大板块。

设计上分别以色彩和文字区分之，于2002年至2003年间出齐。

特别鸣谢

谨向支持、指点本集成编辑出版的：

章以武、邹月照、林华忠、黄加良、贺梦凡、张木桂、曾小电、陈小莉、胡滨、祁海、王维超、张智菀致以谢意。

方唐的视界与境界

认识方唐，倏忽三十有年。

三十年间，我们见面甚少，有点淡如水的君子之交味道。1983年，中国作家协会广东分会理论月刊《当代文坛报》创刊，我约请他就广东作家百人画一巨形漫画，方唐面无难色，欣然应允了，那可是个苦差，颇费精力和时间的。1984年2月25日《当代文坛报》以整版篇幅，以《羊城百花仙子图》为题配以黄雨"沤心血横冷眉挥剑笔呈辩舌扫除秽水污泥薄轻雾尘欲教遍地光辉；登高山下沧海去农村入工厂换得奇珍异宝名花佳果造就满园春光"对联，汪洋恣肆，洋洋大观。如果说，1978年底，作协广东分会在广州召开文学创作座谈会，在全国最早为《三家巷》等被诬陷的作品及其作者平反；1978年12月29日《南方日报》发表由我执笔撰写的"特约评论员"文章《砸烂文艺黑线论为实现四个现代化而创作》；此前广东报刊最早批判"三突出""根本任务论""反映真人真事"论，在广东引发的思想解放运动，当之无愧成为中华民族萌发铸造现代化意识的契机和先导的话，方唐的《羊城百花仙子图》无疑是一幅广东文化新建设的"集结号"。

三十年间，我们深谈甚少，到了饮"下午茶"时分，都已退出江湖，了无牵挂了，倒有了两次长聊。一次在从化，方唐一扫常态，洋洋洒洒说了他对政治、历史、文化、科技的看法和悟道，极之精辟和风趣；一次是在他的画室的闲话，临走时送了一摞他的艺术笔记和发表的文章。这次交往，方唐留给我极之纯朴、闲适、自在、自乐的印象，平添了对他的一分尊重之情。

人无不生活在历史进程之中，生活在历史中的人，每个人都是一部历史。

每个人都是可读的。方唐历经的是一部"不寻常的、奇特的、金戈铁马式"的历史，尽管其中不乏烦恼的潇洒、精致的遗憾。

方唐的漫画，别有一番洞天。

一、博览广采，一种充盈的情趣人生

方唐的视界，得益于他的艰难人生的丰富和新闻职业的敏锐以及他个性的独异。

方唐少年时受过"洗礼入教"，学过会计，当过水泥工，考不上美院却去临摹凡·高的油画，工作后又历经新闻生涯的陶铸。他的心境很澄净，他的情绪挺自在，他的人生要自由，他在《艺术笔记》中说："所谓哲学、政治、文艺都不过是人生中的一个游戏，不要看得太认真，看问题、看世界不仅仅要看及表面、看领袖、看小人物，同样不必仰首或不屑，需要是平等对待。""一个人的人生不过为流星那样一闪而已，我享受闪光的快乐。"方唐在中国的漫画家中，是最少负累，最闲适潇洒，也是最具成就的一个"另类"。华君武仙逝以后，解密他艺术人生中的一个细节，在"反右"中，他凭着他的使命画了浦熙修的漫画之后，邓小平即电告他不要再画了，其后在揭露人民内部矛盾的创作时也受到许多制约。他顶着一个副部级画家桂冠，又从事的是"揭露阴暗"的行当，其自由度自然会打上一大折扣。

让人吊诡的是，在政治和形象间他难以兼得。方唐的《北京烤鸭》也有类似境遇，参加了全国美展，但拿不到金奖。比较而言，方唐的漫画，自由度相应大一些，思想与艺术张力也相应高一些。后来，在国际舞台上，夺了先声，便是验证，因为珍惜永恒，才不在乎那微不足道的瞬间。这是方唐之所以为方唐，当然也是方唐始料不及的。

二、凛然正气，一种逼人的精神锋芒

方唐的漫画创作，是真诚的，是敢讲真话的，他的画作，透视了强而有力的思想震撼和精神锋芒。

利维斯的《大传说》为经典作家艺术家作了以下定义，"不仅为和读者改变了艺术潜能，而且就其所促发的人性意识而言，也具有重大的意义。"这个定义大体上可用中国现代文学（含艺术）的三个概念："文学革命"、"重沽一切价值"（胡适）、"人的文学"（周作人）来阐释，其命意结穴之处，即改变了文学的潜能，促进了人性意识。简言之即美学尊严和人的尊严。

方唐的《思想者》是我最欣赏的一幅漫画。一个人于文坛历史长河中其实是很渺小的；方唐有此一幅，足以彰显他的价值和骄傲。那是一个金属半拉头像，是机械的、冷酷的、趋炎附势的、定于一尊的、毫无生机活力的脑袋。这种脑袋的存在，是对亵渎人性的一个控诉和声讨，是对灭绝人性的专制的一个"天问"和挞伐。

这幅批判革文化的命的巨制，犹如强心针、电击器，让我们血脉贲张，惊栗骇然。它所状写的痛感刺激和持久的文化反思，对历史保持了一种持续的敬畏、清醒和纪念，内化为复兴不竭的精神动力，直到今天仍然闪耀熠熠光芒。这是真实的，方唐说了真话，道出了当时中国环境钳制思想的险恶，舆论一律的危机。明朝永乐皇帝也曾"诏求直言"，要求讲真话，不过说说而已，最多敲敲边鼓，"及言者多斥时政"，他就不高兴了，反制人家"言者谤讪"之罪。在那个年代，方唐画这样的画，需要胆识和大义，需要高风险的代价和付出。

如果真话的紫丁香凋谢，弥天大谎的罂粟花必然盛开。

索尔仁尼琴写过一篇《莫要靠谎言过日子》的文章，他引用俄罗斯的谚语："一句真话比整个世界的分量还重。"面对谎言，俯首帖耳；面对正义，诔言亵渎。苏联的解体，正是背叛了任何一种文化都绝不可能违背的神圣共同底线——要靠真话过日子。苏联的悲哀和灾难，不幸为索氏所言中。

《思想者》正是上述三个概念中隐含的一个经典作品标志性观念——"美学尊严"。这画上了美国《时代》周刊，绝非偶然。

三、纵笔游缰，一种荒诞的漫画做派

方唐的境界还包括了他的自由画风，独立精神。古人说："文章且需放荡。"方唐在《艺术笔记》中曾记下了他的思考："独立思考，是人的最

大乐趣。""不做别人思想的奴才。""科学与文学的发展，都需要想象力。""文艺不像体育、竞技，不宜比赛，不宜排座次。"他的《北京烤鸭》先后被西德《明镜》周刊，美国《新闻周刊》介绍发表，成为中国街头漫画热的代表之作，20世纪末，又被美国时代出版公司登在《20世纪》巨型画册上；他的长篇连续剧式的专栏漫画《老兵旧传》，为红卫兵立传，在社会上引起很大影响；《市井百态》《下午茶》都以高点击率位于报纸专栏榜首。所以，方唐颇自豪地说："我是在国内外获高层次奖项最多的中国漫画家。"实至名归，此言不虚。方唐属于"自山前而窥山后谓之深远"（宋代郭熙《山水训》"三远法"之一种）一类画家，自由情感振盈，自由心湖微波，化解他人心中情感，从而取得美的享受和人文关怀。

　　三个境界，活脱脱这一个狂发不羁、锋利深刻、艺界深远的"荒唐派"方唐。

广东："很文化"

在中国，也许很难找到一个地方，像广东这样充满争议。不论普罗大众意见纷纭，就是经典大家也看法各异。这些意见盘根错节，已经形成了一个错综复杂的争议结。这里边有孙中山的美誉、苏曼殊之批评、梁启超的赞赏、鲁迅之担心、陈寅恪之预言、胡适之感慨、钟敬文之埋怨和陈公博之揭露。（参见《广东九章》）

这些争议都是上世纪早期的事了，上世纪70年代起，广东打造出中国的经济奇迹。但广东，又有"南方文化殖民地化"之质疑，有"广东没文化"之讨论，还有鬼火也比霓虹灯更富有诗意之嘲讽，不绝于缕。1987年我在主持广东省作家协会理论月刊《当代文坛报》，进行了为期八年的漫长讨论。这两年，这一话题成为新的热门。

《经典广东》由史话、民系、名人、粤语、名胜、名产和名城七个部分组成。贯通博雅，穿越古今，激活经典，多角度全方位地讨论广东：广东独特的地理，奇异的风俗，灿烂的人文，深厚的历史；广东的历史地位、现实贡献和世界影响。映射了以一省"智力资本"，来解码广东的"很文化"，来介入民族的文化创造；阐析了广东历史文化的辩证意象和潜因根性；洞开了整个社会的云兴霞蔚和千年梦想。

徜徉书中，顿时感悟，广东不是"没文化"，也不是"有文化"，而是"很文化"，有些时候甚至"最文化"的生命场气。

《经典广东》，为我们破译这道顽题，将其路径图，展现得清清楚楚，将其基因谱，抒写得真真切切。姑以名"经典广东"之一、二、三、四。

（一）"第一孔道"

珠江口是中国千年不变的大河，是"世界交通第一孔道"，是世界贸易史上少有的历史最长影响最大的河海交汇地。

在中国地理上，广东是边缘，像梁启超所说："故就国史上观察广东，则鸡肋而已。"但在世界地图上，广东是中心，为"世界交通第一孔道"。

法国年鉴学派大师布罗代尔在考察15—18世纪城市发展模式时十分强调地理与区位因素的持久作用。他说："可能在世界上没有一个地点在远距离与近距离的形势比广州更优越。"

（二）两条脉线

由于独特地理条件的原因，广东从汉唐时期开始成为沟通中外关系的重要门户。与西方世界的联系从此代相延续，遂在历史的沉浮中铸就其独特品格。

近几十年来，在全国封闭的形势下，广东则处于半开放的状态，面向海洋的开放。明里，有罗湖桥与香港的联接，有拱北与澳门的联接，和中国进出口商品交易会。暗里，有"南风窗""港澳风""逃港潮""海外关系""海外华侨"。这是广东有别于长江口渤海湾及其他沿海地区最大的差异性。

曾对世界贸易产生巨大影响的海上丝绸，始发地选择珠江口；早早入华的葡萄牙选择珠江口的澳门，不在长江口渤海湾；鸦片战争时，英国人先在长江口登陆，战后签《南京条约》时，建筑海外市场的英国人，要霸占的地方，也不在长江口而在珠江口。

这不但是时势使然，也是地势使然。

改革开放选择岭南登陆，邓小平、江泽民、胡锦涛三代领导人，三次视察广东，托起中国的三个春天，自有其地理、历史、人文等诸多因素辐辏，可以说是历史定数，别无选择。

自古以来，岭南就是"中西唱和"的"华洋界"、"南北勾连"的集散地，是中西、南北文化两条脉线的结合部和交汇点。

（三）三足鼎立

中国近代史由广东肇始，中国思想史由广东滥觞。

明清以来，广东的中国政治、经济、文化学术，对外交流都具有特殊的地位。中西文化碰撞，民本民生思想萌发，人文、学术思想异常活跃，京沪粤中国三大学术中心，成为鼎足之势。

广东出现了一批思想、学术、政治、经济大家，如屈大均、陈白沙、鲍俊、黄遵宪、康有为、梁启超、陈澧、容闳、郑观应、孙中山。"会念经的外来和尚很多"，清末民初政坛上几乎所有风云人物，如李鸿章、丘逢甲、张之洞、曾国藩等都曾驻留广东，或出身官宦，或教书治学，或从事改革活动。

1961年，中央宣传部副部长周扬来广州，又重提把广州建成中国第三大文化中心。

20世纪70、80年代，政治上由政治文明向经济文明转型，经济上由计划经济向市场经济过渡，文化上精英文化受到大众文化的挑战和洗礼。当代文化语境中的流行词，生活习俗、时尚图景、消费品位、影视媒体、资讯网络、品牌效应、游戏消闲，也即人类共享着、传播着、频率最高的人、事、物都要囊括在大众性之中，这种大众性自广东始。这正对应现代性文化相适应的精粹：大众精神，平民姿态，自由意志，正如文化学家杨东平所指出的"粤文化大举北上，从经济北伐到文化北伐"，全方位改变中国文化的原有格局，极大地推动了中国文化的转型。《经典广东·绪言·说粤》中生动表述为"无论生活在全国任何一个地方，我们已经习惯了扬手'打的'到'酒楼'吃饭，饭后大叫'埋单'，到'发廊'理发，和男女朋友'拍拖'，周末去开'派对'等等"。

（四）四大迁徙

第一次，秦始皇打通居于五岭之一的大庾岭，使长江与珠江豁然相通。

第二、三次，即公元3、4世纪和9世纪大批中原居民直抵五岭山脉一带，客居垦田求生。

第四次即20世纪70、80年代，由于深圳特区的启动，"东西南北中，发财到广东"口号的激励，数以千万计流动人口涌入广东。"在1992、1993年盛期，全国货运车队据说四分之一在开往珠三角"，2007年仅铁路春运人数近二千万，日最高峰达六十三点六万人次。南北文化碰撞，各文明体纠缠，远近城乡勾连，蔚然大观。以至有网民留言："你已身在战场，危机四伏。"

岭南在人口大迁徙中坚持着的文化自主性和文化自觉，悠长的形成、发展着它洒脱不拘，兼容并蓄的资质。和谐而不千篇一律，异趣而不相互冲突，和谐贯通以达共生。

（五）四个关键词

戴高乐有句名言："在亚历山大的行动里，我们能发现亚里士多德。同样，在拿破仑的行动里可以发现卢梭和狄德罗。"在每一种成功和辉煌背后，都在于一种观念支撑；在思维方式、思想深度、职业探索、人生理想背后，观念都有自己独特的贡献。

广东独特的地理环境，悠长的历史积淀，丰盈的经济脉动，繁盛的人口结构，构筑了岭南文化的多元和深刻。关键词有四：

1. 思想摇篮

一种文明，一种观念，不是大脑设计出来的，而是千百万人长期自由努力而产生出来的，演为历史沉淀和文化记忆，缘于不间断的信息刺激，使之内化为复兴不竭的精神力量。

广东较早地摒弃了中原文化"耻言利"的意识，强调功利和务实，表现在重利而不图虚名，求实而不务空华，夸富而不计尊卑。何启、胡礼垣就提出"经商求之有道，将欲利己以利人也"（《新政论议》）；洪仁玕在《资政新篇》中提出的"夫事有常、变，理有穷、通，"主张变通以行"新政"。康有为有名言道："盖变者，天道也"，"能变则全，不变则亡"。"变一变，路路通"，"路通财通"变通，成为广东地域群体形成的一种文化精神。在当代，这种岭南精神承传并发展着。1956年，吴有恒在香港《大公报》发表文章，在中国是首次对斯大林的"价值规律"论，发出的挑战檄文。

还有一个卓炯，是中国"商品经济"理论的泰斗之一，有"北孙（冶方）南卓"之说。至于民向智慧，如"靓女先嫁，不要等到更年期"；"每个人都有做太阳的权利"；"中国如果不像顺德一样，就会变成前苏联"；"要使人民有免除恐惧的自由"，更是林林总总，生猛鲜活。

"乡土味民间性与国际化是互相照明的"（李欧梵语），它是开启文化真相的唯一钥匙。广东真正的财富，是这种文化真相要义的开发和把握。

广东作为中国开放改革的排头兵和先行者，首先是观念的排头兵和先行者，如果说，广东文化沙漠化了，以此发展趋势看，中国的文化也就沙漠化了。

2. 潮流风标

广东经济文化所彰显的巨大张力和强势潮流，对当代中国的转型，发生了重要的制约和影响作用。

京沪两地学者文人，据此都有过许多议论和微妙心理，代表性的如于光远：北京是政治中心，上海是经济中心，广东是世界风云的中心；严良堃，徐沛东：北京人对广东有点看不起，又不能看不起；厉以宁：广东这些年的发展变化最大的，就是精神观念。

3. 异趣生态

风结异趣，风物多情，风骨独特。《经典广东》将粤味文化代表性元素铸造成为集成板块，刺激阅读快感，无论"鲜为上"粤菜，"淡而雅"潮菜，"不是药来胜似药"的凉茶，甜咸相间的莲蓉月，薄脆而糯的炸牛奶，乃至石湾公仔，肇庆端砚，开平碉楼，西关风情，虎门盛景，南海 I 号，以至珠江疍民差点成为中国第五十七个民族，粤语方言仅以三票之差败给普通话，差点成为国语，杜甫的《春望》的"深""心""令""簪"，四字粤语语音同韵，普通话的现代语言中却不同韵，因而广州话比普通话更押韵。或风姿绰约，仪态千万；或特立独行，异趣盎然；或圆通古今，思接千载，不变的是这文化胎记、文化因子的生生不息，成为华夏文明一颗闪烁的"另类"明珠。

4. 国际商圈

中国历史上有个独一无二的绝版品牌——"广东十三行"，几乎不为今人所知。

2001年，《华尔街日报》（亚洲版）统计了一个千年世界最富有的五十人，名单中有六个中国人的名字，分别是：成吉思汗、忽必烈、刘瑾、和珅、宋子文和伍秉鉴，他们都代表了西方眼中的中国巨富，十三行伍秉鉴"在西方商界享有相当高的知名度"。

十三行商人在借鉴西洋先进技术上，比洋务运动早整整二十年。美国总统华盛顿签的第一单中美贸易，通过十三行购买中国瓷器；英国下议院调查结果，"广州的生意比世界一切地方都好做"。

仅此一例，广州的国际商圈无与伦比的形象和雄姿，展露无遗。

如果说"海味儿"想象，其目的地不是上海，而是"西方"；"京味儿"想象，其目的地只有"北京"，只在北京的宫廷王院胡同四合院；那么，"粤味儿"想象，其目的地盖在于"潮流"。白先勇在评价广东时说广东有点像纽约，对它的争议，更多是与经济上取得的成绩太快，太耀眼有关。引领潮流，第一个吃螃蟹者，未必最先接受鲜花和掌声，而是首先担承异样的打量和审视。粤文化，正是可以通过种种文化交流，消除误读和审视，吸取有益反省和养分，做强做大。

恐惧是文明的凿子

　　人类有了恐惧，才有了音乐，换句话说，音乐源于恐惧。这是欧洲曾经流行的一种音乐理论。对此，门墙外的我无从置喙，只有仰之弥高的份儿。但音乐与恐惧与命运与人生关系至深至广，却也是不争的事实。恐惧弥漫，人要生存，要呼吸。呼者，为出一口鸟气、恶气、闷气；吸者，为争一口正义之气、祥和之气、欢乐之气。宣泄中，喊叫中，就有了音乐。从《摇篮曲》至《葬礼进行曲》，恐惧于生存多难，恐惧于命运多舛，恐惧于死亡威胁，贯串勾连着人的一生。

　　陕西有一种地方戏曲，叫"秦腔"；秦腔不是"唱"的，而是"喊"的，叫做"喊秦腔"。当今流行的《黄土高坡》《风风火火闯九州》都是"喊"歌，高亢悲凉，一泻千里。京剧十大名曲牌中，《哭皇天》是悲凉的，《山坡羊》是哀怨的，《夜深沉》是凄切的。《命运交响乐》集聚众多音乐元素，一气呵成，充盈着直阙心府的生命力。巴赫的《咏叹调》，肃穆庄严，也是希图平衡纾缓悲痛心态。

　　学界和坊间，还流行一种音乐疗法。倡导人在恐惧的时候，听欢乐的音乐，更有人主张人在恐惧的时候，听悲痛的音乐，把悲痛释放出来，把恐惧消除掉。贝多芬说，音乐使人类的精神爆发出火花。这精神火花的"命意点穴"之处，恐怕就在于顽强斗争，消弭恐惧，享受欢乐。

　　躲避恐惧，追求欢乐，乃人生两大哲学命题，也是人与生俱来的终极目标。早在苏格拉底时代，"快乐原则"即得到哲学上的确立。那肯定也是从恐惧从悲痛中生发出来的经验的结晶。

　　"非典"肆虐中国，引发恐惧遍野，时刻感到威胁和不安。旅行社关门。学校、食肆以酒精棉球及喷射消毒水净手。护士去洗手间一次得花二三十

分钟解衣宽带。打躬作揖取代握手言欢。电梯上赫然写着：本电梯按钮十分钟
消毒一次。舞厅门口告示：为防"非典"，免费赠送红茶一杯。手机短信高频
率地互道祝福。回家洗手，千叮嘱万叮嘱要在八秒钟以上。仿若跌进一部真实
的恐怖大片，也仿若身处"吊起来不打"一般于正常——疑似——"非典"踯
躅徘徊的无奈境地。盖在于"非典"拥有神秘主义的暧昧力量，飘飘忽忽，行
为怪异，而人类不知究理，不明因由，一种前所未有的不确定状态，使人迷
茫、无奈、焦虑，不知所措。传统的旧的秩序，也由此被撬开，被打破。

　　恐惧而求思考，思考而解疑虑，解惑而生文明。神秘暧昧、不确定，一
旦摆上桌面，置于明处，施以对策，就慢慢丧失其战斗力。恐惧一旦被释放、
舒展，链接的就是力量、欢乐。福祸相依，否极泰来。当你遇到恐惧的时候，
你必须提醒自己，恐惧伴随而来的就是快乐。健康不是绝对无痛无恙，而是人
体与外来侵袭能够处于平衡状态的结果。

　　文明是一种"扩展的程序"。"非典"旋风、动摇、解冻旧的秩序，文
明得以扩展、重建和发展。

　　历史，惊人的相似。1900年黑死病进击旧金山。这是一座在黄金浪潮带动
下发达繁荣起来的城市，但是一艘货船上一只携带着黑死病菌的老鼠，从船上
蹿上陆地，两个月后，第一例感染黑死病病例在唐人街出现，一场大灾难随即
而至。直到找到疾病源是受感染的老鼠和寄生的跳蚤，这座城市才最终根除这
场灾难。

　　18世纪天花侵袭欧亚。仅在1719年一次天花流行中，巴黎就死了一点四万
人。1770年在印度死于天花的就逾三百万人。所有欧洲国家无一不受到天花的
蹂躏。天花恐惧在欧亚席卷一个世纪，直到接种牛痘的发明，引发了整个世界
文明的大震动。

　　据意大利卡斯蒂廖尼《医学史》中的表述，18世纪末，卫生设施在欧洲的
一些大都市仍是很原始的水平，把垃圾和排泄物倾倒在未铺设的不洁大道上，
是一种生活习惯。1782年伦敦才开始设置人行道。该世纪初，巴黎才出现冲水
便桶，该世纪末才公开推行清扫马路。新的公共设施和医院保健，都是在历经
恐惧和灾难后才得以改善和发展的。

　　现实，发人深省——

政治文明与人文关怀的递进。"非典"风以来，在危机感与使命感，诚信风与欺世术，务实风与作秀术的相激相荡中，领袖与民众共同锻造熔铸中华民族新的文明形象。人是什么？人活着为了什么？人与他人与社会的关系是怎样的？作为文明核心的人文精神，如水银泻地般渗透到人的生活、社会各个层面和领域。一系列应对措施和法律，横空出世。一大批惊天地泣鬼神的英雄和豪杰，应运而生。国家、社会、个人的秩序和关系，井然祥和。由此延伸的各种科学研究的嫁接圆通，方兴未艾。

心态回归和价值构架的逾越。香港一位医生说，"非典"促使他的人生观得到改变。病人说，医院是产生哲学家的地方。百姓说，多病的国王不如健康的乞丐，有事干比赚钱更重要。打喷嚏，随地吐痰，不再是随心所欲的事。胡锦涛、温家宝、钟南山、叶欣被作为巷闾美谈。财富观、生死观、幸福观发生变化，且在重新思考之中。

WTO离不开WHO。卫生、安全、行为准则要与国际接轨，疆界失去了保护作用。

全球化时代，不仅窗户打开了，连门也撬开了。孤芳自赏，踽踽独行，我行我素，假大空骗，只能导致自由的消逝，正义的毁灭，文明的葬送。

封闭，等于自我毁灭。

欺世，等于蓄积恶性能量。

公共健康、公共卫生的恐惧和危机不亚于战争威胁。

我们可以讨厌"恐惧"，可以憎恶"危机"，可以不喜欢"祸事"。但从历史殷鉴和现实思考考量，恐惧与欢乐相伴，危机与辉煌勾连，福兮祸兮相倚。恐惧催生文明。恐惧孕育文明。恐惧是雕刻文明最好的凿子。

形象忠告

这一篇的题目，是形象设计师、供职于跨国公司的英格丽的《修炼成功》一书所赐。

提壶的遇到卖酒的一般的巧。今年9月初，外孙女子萱入读小学，入学三天后即回家向家长及我辈忠告："你们放学去接我，要有文化，不要弱智。要穿戴整齐，不能穿拖鞋。"忠告之后，我又接到二次警告。也是9月初的事，我被邀请去香港大学参加一个国际学术交流，行前，联系人二次电话都提到别忘了带西服，否则进不了会场，大家讨没趣。形象忠告，看来绝非空穴来风。

经验有时是人们对错误的别称。从皱纹里，可以读出阳光，可以悟出真知。

三十岁的时候，我火候未深，段数不高，作为省里最高机关的一名无级干事，半夜两点，被叫醒去起草一份重要文件。我极具个性地穿着一件白色T恤，一条黑色香云纱的唐装裤，一双拖鞋，那裤子宽大无比，不用任何皮带，白色的宽带，一折一合一扎就行了，悠然信步走进大楼，自以为潇洒得让人止泻生津，其实大楼漆黑一片，欣赏潇洒的对象并不存在。对威严调戏，对端庄非礼。文稿通过了，我却犯了这样的低级错误，挨了一顿批。堆叠于胸中的城府和丘壑起码让我在穿着、形象上成了大器。自那以后，我再不喜欢穿凉鞋——到了任何地方，脚丫子都迫不及待地想伸出丑陋的脑袋，出来透透气。

这些年来，休闲风吹皱了一池春水。穿灰色套装，吃绿色食品，看橙色新闻，成为中等收入者的流行三原色。新人类，流行的亲昵小动作是互相喂食，走路时把手塞在对方的牛仔裤里。这多亏社会多元化的赐福。但公众场所，端庄领地，人们的穿戴、形象，理智常常有瞬间的短路。《修炼成功》提出五大法则，品咂新的忠告、警告，玩味旧的经验、挫折，倍感亲切和刺激。

形象内涵丰富，悠远，包括穿着、言行、举止、生活方式、认识层次、住在哪里、干什么事、和什么人交往。它无声而准确地讲着你的故事，为你下着定义：你是谁，你的社会位置，你如何生活，你是否有发展前途。人的兴衰进退，由形象开始。

文化是水

2003年广东"两会"前夕,《南方都市报》重拳出击,以"建设文化大省与文化产业"为题,不惜篇幅地作了"特别报道",或振以钟磬,晓以利害,或镶以"讨论",启智献策。我作为被采访者之一,曾就经济与文化关系坦言:经济与文化,不是兄弟关系,更不是父子关系,而是情侣关系,你中有我,我中有你,牵牵挂挂,缠缠绵绵。无长幼之序,也无尊卑之别。并引述若干例证,说明广东的文化资源远未认识开发。

意犹未尽。补述如次。

"经济搭台,文化唱戏"的说法.在我们的文山会海中,颇为辉煌过一阵子。还有一种说法,意思是社会的发展是按先经济后服务再后是文化的顺序而递进的。其实,文化也可以搭台;经济也需要唱戏;经济和文化是互动互补互进的。它们不应该"分飞燕",而应该是"梁祝恋"。棒打鸳鸯,横加干涉,是一种偏颇。分拆割裂,重经济轻文化,是一种弊端。补偏救弊,此其时也。

文化的定义,据说有二百六十种,而权威的德国《迈尔百科辞典》说得最到位:文化是"人类社会在征服自然和自我发展中所创造的物质财富和精神财富"。这是一种大文化的概念。物质和精神,经济和文化是一个铜钱的两面。经济是船,文化是水,是浮力,浮力越大,船的载重力就越大。有鉴于此,现代经济界、企业界就有了"商业思想家"的说法;英国的一位教授还把企业掌门人提到"知识主管"的战略高度来要求。有鉴于此,"知识经济"一词成为时髦,成为一些城市发展的关键词;而林林总总的"经济论坛""财富论坛",无一不在玩新概念游戏。如果我们转换一个视角,不分拆不割裂地看待经济与文化的关系,用现代知识经济的说法,那么这种视角的价值就相当于五十个智商指数。云南的丽江，在产品、资本、品牌三张牌中，主打的是品牌，一入"世界文化遗产"名单，便身价百倍，一夜蹿红，经济振兴，财富飙升，即为典型一例。

人，是文化的载体，比之典籍文牍，书画工艺更能体现和承接文化与传统；个人的独特，是一切高质量高效率结合的基础；人才的争夺和培育，是一个地区一个企业赖以生存和发展的阿基米德支点。这里边易于忽略的，是人的通识教育和博雅教育。数学大师、哈佛大学数学系主任、美国国家科学院院士肖荫棠，力主通识教育。他认为理科学生接受的通识教育，主要是人文科学知识。知识最终是相通的。这是就人的教育层面而言的。而从另一个层面来看，杰出的人，成功的人本身就是一种文化、一个品牌。美国国家安全顾问赖斯，是斯坦福大学教授，又是业余钢琴高手，曾和马友友大提琴合奏一曲，得到布什的赞赏。这位黑人外交家，就是美国博雅教育的产品，既是专才，又是通才，作为"美国精神"的一个品牌，颇富象征意味。佛山的"黄飞鸿"和珠海的"容闳"，是"中国精神"的两个品牌。前一个品牌，人们耳熟能详，但已被多家外省企业抢先注册为商标。后一个是"中国留学第一品牌"。江泽民1997年11月1日在美国哈佛大学演讲中，并没有提到该校聘用的首位中文教师戈化鲲，只提到一个中国人的名字，那就是毕业于耶鲁大学的容闳，把他作为中美人民二百年友好交往中的一个光辉代表。这两个品牌的文化附加值是多少？恐怕是个天文数字。

全球化时代，头脑资本正在制造，融合着货币资本。文化生产力，经济生产力，科技生产力正在成为经济发展的关键因素。企业文化的演进，经济结构的知识转型，大众消费的文化含量，市场营销的文化策略，不同人文资源之间的互动等，都会落叶归根到经济与文化的大亲合，以及因此激发的新文化相变和建构。日本的几家大企业规定行政人员要读中国的三部古典书籍：《孙子兵法》《三国演义》和《西游记》，主张生意之道，理论上要知己知彼、百战不殆，实践上要总结经验，以及商战需要天马行空式的幻想和创造。前些年，日本各地在出售睡眠辅助用具眼罩、耳塞、催眠画时，都要赶制中国古代诗人孟浩然《春晓》的有关包装，挂上孟浩然的画像。日本的科学家还从医学角度诠释和论证"春眠一刻值千金"，科学地辐射诗歌觇人情、征人心的功效。经济"文化"化，文化"经济"化，日本人深得其中三昧。

创造力是一种才干，一种能够勾连表面上看起来不能勾连，能够贯通表面上看起来不能贯通的才干。眼罩与孟浩然诗的勾连，企业与《西游记》的贯通，就是一种创造力。信息化时代产业革命也好，创新管理也好，鄙意以为，首先得从观念革命开始，从经济与文化关系的ABC开始。

高科技精英们休闲、宽松的风格，对传统"形象管理"理念造成很大的影响，但社会"成功形象"的模式，以及传统行业礼仪，并未因此而动摇、改变和消失。世界著名的伦敦商学院的"风险基金投资"的课程，曾请来英国著名的风险基金经理来讲投资风险基金是如何选择投资项目的，他在讲到投资者对项目的评价时说："我们实际是在对人进行投资。一个一流的人才可以把一个三流的项目做成一流，而一个三流的人才，可以把一个一流的项目做得不入流"。他认为对人的评价，在短促接触中，外在形象和交流能力，是产生形象的最重要因素，所以，风险基金管理者常常把对项目和对人的评价与投资相提并论。

"比尔·盖茨"风刮起的牛仔、T恤、口香糖乃至性格化的黑布鞋之类，其实都敌不过风险基金管理和面试你的未来老板的西服正装。何况，现在的比尔形象，更像一个华尔街上的经纪人。即便他穿着牛仔、T恤打高尔夫，被场地管理人员拒绝进场，盛怒之下或可直接买下那个高尔夫球场；但微软被法院传召，或被媒体采访之时，他仍不敢穿戴随便。更何况，你还不是比尔，你连比尔的邻居都不是，你还有不少艰难的坎儿要过。许多盲目追求比尔休闲的人，在挫败之后开始警醒。

被朋友称为"社交家"的法国古董商皮培尔说："闲谈是最好建立你的好形象的方式，因为它轻松、愉快，能以最快最捷径的方式消除人的距离，这是我和客户建立个人关系的唯一方式。我努力寻找对方感兴趣的话题，如果我对他的兴趣在行，很快就进入了状态。由于对歌剧、品酒、油画和古董的知识的了解，我结识了不少有经济实力的客户。"懂得成功之道的人与不成功者有截然不同的闲谈方式和内容。

我们需要形象设计。如果以上忠告以形象理念给我们以深刻的启迪，那么，下面的调查，以科学的数字给我们以雄辩的说服。美国著名形象设计师莫

利曾对美国财富排名榜前三百位中的一百名执行总裁进行调查：

97%的人	认为懂得并能够展示外表魅力的人，在公司中，有更多的升迁机会
100%的人	认为若有关于商务着装的课，他们会送子女去学习
93%的人	相信在首次面试中，申请人会由于不合适的穿着而被拒绝录用
92%的人	认为不会选用不懂穿着的人做自己的助手
100%的人	认为正该有一本专门讲述职业形象的书以供职员阅读

习惯就是文化。习惯决定命运。想要获取良好形象，先要在"习惯"学校拿张"沙纸"（即毕业证）。